回归悦读，拥抱经典

轻经典

猎人笔记

[俄罗斯] 屠格涅夫 著　张耳 译

中国友谊出版公司

图书在版编目（CIP）数据

猎人笔记 /（俄罗斯）屠格涅夫著 ；张耳译. -- 北京 ：中国友谊出版公司，2011.12（2017.4重印）

ISBN 978-7-5057-2927-8

Ⅰ. ①猎… Ⅱ. ①屠… ②张… Ⅲ. ①中篇小说－俄罗斯－近代 Ⅳ. ①I512.44

中国版本图书馆CIP数据核字(2011)第222559号

轻经典

书名 猎人笔记
著者 [俄罗斯] 屠格涅夫
译者 张 耳
出版 中国友谊出版公司
发行 中国友谊出版公司
经销 新华书店
印刷 北京盛兰兄弟印刷装订有限公司
规格 889×1194毫米 32开
13.25印张 284千字
版次 2016年11月第2版
印次 2017年4月第2次印刷
书号 ISBN 978-7-5057-2927-8
定价 34.00元
地址 北京市朝阳区西坝河南里17号楼
邮编 100028
电话 (010) 64668676

目录

译者序

伊凡·谢尔盖耶维奇·屠格涅夫（1818—1883）是19世纪俄国杰出作家。他一生四十余年的笔耕生涯中，创作了被誉为“艺术编年史”的六部长篇杰作，以及大量中短篇小说、特写、戏剧、抒情诗、叙事诗、散文诗等各种各样体裁的作品，并撰写了相当数量的文学评论、回忆录、文学书简等等，他的创作极大地丰富了俄国文学的宝库，为俄国文学的发展做出了巨大贡献。他的作品也深受世界各国人民的喜爱，如今已成了人类的共同文化遗产。

《猎人笔记》是屠格涅夫的成名作，也是他的第一部现实主义力作，在他的整个文学创作中占有非常重要的位置。

《猎人笔记》是一部形式独特的特写集。其第一篇特写《霍里和卡利内奇》最初发表于俄国《现代人》杂志1847年第一期上。后面的绝大部分篇章也都是陆续发表于同一杂志上。直至1852年，作者将先后刊出的二十一篇特写汇编在一起，外加一篇未曾发表的新作《两地主》，以《猎人笔记》为书名，出版了单行本。至1880年，作者又加进了后来创作的三篇：《切尔托普哈诺夫的末路》（1872）、《车轱辘响》（1874）、《枯萎了的女人》（1874），共计二十五篇，这便成了作者生前最后的定本。今天我们所据以译出的就是这样的定本。

19 世纪 30 至 40 年代，俄国的资本主义经济有了相当程度的发展，俄国农村中农奴制的存在已成了经济发展和社会进步的严重障碍，因此，农奴制的改革问题便被提上了日程，成为当时社会最关注的迫切问题。

屠格涅夫出身于奥廖尔省的一个贵族家庭，他的母亲就是一位残暴的农奴主。他自幼亲眼目睹了地主阶级的凶残专横，早就产生了对农民悲惨处境的深切同情。上大学后，又受到了进步思想的熏陶，下定决心要与农奴制度做不倦的斗争。1843 年他结识了著名批评家别林斯基，在别林斯基的思想影响下，他更坚定了与农奴制做斗争的决心。

《猎人笔记》就是他以反农奴制为中心思想的第一部重要作品，在这里他以敏锐的观察力提供了自己的新题材，发出了自己的呐喊。所以《猎人笔记》一出版，便引起举世瞩目，其影响远远超出了文艺界而扩及整个社会。不同阶级的人们对它做出了不同的反应。它的思想内容立刻激起沙皇政府及统治阶级的惊恐和愤怒。当时沙皇政府中那位颇具政治嗅觉的教育大臣很快便嗅出了书中的反农奴制气息，他向尼古拉一世报告说：此书的大部分篇章都“带有侮辱地主的绝对倾向”，说书中的地主“不是被表现得滑稽可笑，就是常常被弄得极不体面而有损于他们名誉的样子”。随后不久，屠格涅夫便受到了沙皇政府的迫害，被遣返故里监管一年。而在广大人民群众中，此书则受到普遍的欢迎。作家有一次在一个小车站上遇到两位不相识的青年农民，当他们得知他就是《猎人笔记》的作者时，便脱帽向他致敬。其中一位还以“俄罗斯大众的名义”向他表示“敬意和感谢”。进步的文艺界人士更给予此书很高的评价。尤其是别林斯基，当此书的第一篇特写《霍里和卡利内奇》刚发表时，便立即给了作者极大的鼓励。别林斯基写信对作家说：你大概还不清楚自己的作品具有何等的价值，你找到了适合于自己的创作形式，你走上了出色的道路，你的前程远大。著名作家赫尔岑也称赞此书是一部“反农奴制的控诉书”。

这部作品反农奴制的思想倾向明显地表现在对作为农奴制社会基础的地主阶级的揭露和批判上，表现在对农民命运的深切同情上，表现在对农民的才能和精神世界的热情赞美上。

在揭露和批判地主阶级方面，俄国“自然派”文学奠基者、杰出作家果戈理已率先做出了出色的贡献，他在《死魂灵》中已成功地刻画了从玛尼洛夫到普柳什金等系列的典型的地主形象。屠格涅夫继承并发展了果戈理的现实主义文学传统，在《猎人笔记》中以不同于前者的风格，向读者展示了一系列新旧地主的画像。

沙皇政府中那位教育大臣所说的这部作品把地主不是表现得“滑稽可笑”，就是被弄得“极不体面”。从表面粗粗看来，所写的似乎就仅此而已。当你细细地品味书中的内容时，你就可发现，书中所写的地主何止是“滑稽可笑”，他们的行为也远不只是“极不体面”。在农奴制的旧俄国，地主与农民的关系是压迫者与被压迫者、剥削者与被剥削者的关系。在这样的关系中，地主必然会表现出诸如残暴、狠毒、贪婪以及虚伪、愚蠢、空虚、无耻等等卑劣的性格和行为。这些正是作家要揭露和批判的对象。不过，作家在这本书中一般没有直接描写地主们凶残狰狞的面孔，没有直接描写他们残酷迫害农民的穷凶极恶的举动，没有直接描写他们最丑恶的表现。在不得不触及的地方，也显得格外的小心，往往是通过间接的暗示和启发，让读者通过联想去认识他们卑劣的行为和品性。这固然是为了使作品易于通过书刊审查，更主要的是这位作家对自己的作品持有特殊的审美要求。

地主佩诺奇金是书中刻画得最出色的典型形象之一。此人受过“良好”教育，颇有“文明”风度。他仪表堂堂，衣着时髦、举止文雅，“为人正派”“通情达理”。他家里收拾得既干净又舒适，又很讲究饮食，待客热情。但即使这样，客人还是不乐意登门，原因是他家里总是弥漫着某种可怕的气氛，令人窒息。他对奴仆虽然说话和气，貌似仁慈，但实际上却很冷酷无情，奴仆们偶有伺候不周之处（如侍仆菲多尔忘了把他的酒烫热），便会受到严厉惩罚。即便在这种场合，这位老爷仍然显得文质彬彬，既没有表现出怒气冲冲，也没有厉声呵斥，更不用亲自动手打人，他只是坦然地、低声地吩咐旁的奴仆“去处理一下”就行了。

佩诺奇金还善于利用总管、村长之类爪牙去经管各处的田庄。索夫龙就是他手下一名很得宠的总管，佩诺奇金得意地夸赞这位总管有“治国安邦”之才。索夫龙主管下的什比洛夫村就是老爷的田庄的样板。当老爷光临该村时，村长（总管的儿子）早就在村口迎候。老爷的车子进入村子时，几个坐着大车、一面唱着歌从打谷场上归来的庄稼人一见到老爷驾临，马上就闭口不唱了，都摘下了帽子，低下了头。老爷的到来立刻使全村为之“震惊”。不仅吓得娃娃们哭着朝家里跑，连鸡也吓得直往大门底下钻。要说索夫龙的“管理”才能，确实有两下子：在他的治下，庄稼人都乖乖地按期向东家缴佃租。凡缴不起租的，索夫龙可给代缴，但这些庄稼人就得给索夫龙当牛做马，凡欠了一些租的，就得给索夫龙当长工。凡是顶撞过索夫龙的（如安季普），就会被他折腾得家破人亡：几个儿子全被送去当兵，最后连母牛也被牵走，婆娘还挨一顿毒打。若还敢向东家告状（安季普真的告了状），那就得彻底完蛋。所以在庄稼人眼里，索夫龙不是人，而是“一条恶狗”。作家无疑是想通过这些情节向社会启示：一个

“文明”“有教养的”地主的统治尚且如此，更何况其他“没有教养的”地主的统治了。

《两地主》也是一篇讽刺性很强的特写，讲的是两个性格各异的地主。一个姓赫瓦伦斯基，是个退伍军官，好像没有打过仗。此人“心地善良”，但有一些“奇怪的见解和习惯”。他瞧不起无钱无势的贵族，对他们“决不平等相待”，至于对那些地位卑微的人，更是“连看也不看”，要是需要同这些人说句话，他的声音便变得“像鹌鹑叫”似的。他还没有娶妻，但很好色，在路上一看见漂亮的女人，便穷追不舍。他喜欢打牌，但只愿同身份低的人打，这样他可以随意呵斥。等到同省长或其他高官打牌时，他那态度便发生惊人的变化：满脸堆笑，整个人变得像蜜一样甜。他还喜欢抛头露面，善于在各种庄严的公共场合上作秀。他为人很吝啬，所以竟不愿意接受贵族长这样的荣誉头衔，大概怕应酬多开销大，不合算。

另一个地主是斯捷古诺夫。他自称是“老实人”，办事“照老规矩”，生活中处处都保持古风。可有时也会赶新潮：为了显示自己不落后于时代，十年前便从莫斯科买来一台打谷机，可是一直把它锁在棚子里不加利用，心里却颇感满足。他待客十分热情，显得是个“好心肠的人”，然而对附近的庄稼人却很不客气：例如近邻的农家有几只鸡跑进了他的花园，他便大喊大叫，不仅把鸡加以没收，还要抓住那个进来赶鸡回去的小姑娘鞭打一顿。他对手下的奴仆也很残酷无情：他吩咐人鞭挞奴仆，自己坐在凉台上一边喝茶，一边随着鞭打声的节奏喊：“吧嗒！吧嗒！吧嗒！”他对那些不够听话的庄稼人就更狠心了：“把他们送去当兵，把他们打散，这里一个，那里一个。”即使这样，他仍感到不解气，因为这样“还是不能让他们绝根”。他还总结出一套理论：“老爷总归是老爷，庄稼人总归是庄稼人”；“如果老子是贼，儿子一定也是贼”。

在其他一些篇章中还描写了各种各样的地主，如蛮横地抢占他人土地的地主（“猎人”的祖父）；精神空虚、变着法子折磨庄稼人和家仆的科莫夫；如穿着像马车夫，表面上对农民客客气气，可又使他们心里害怕的柳菲沃诺夫；如专门设立庄园“办事处”，通过一批爪牙进行管理的女地主洛斯尼亚科娃等等。通过对这些地主乖僻行为和习性的描写，自然使读者联想到，在他们主宰下的黑暗王国里，广大的农民会有什么样的命运。

揭示农民的悲惨命运，也是《猎人笔记》的基本主题之一。在屠格涅夫之前，利戈罗维奇的《乡村》和《苦命人安东》对此已做过一定程度的反映。在《猎人笔记》中我们也看到了一些因农奴制的长期压迫而变得极其可怜委琐的旧式俄罗斯农民。例如《莓泉》中那个斯焦布什卡，他原先曾是地主的家仆，后来被主人完全抛弃了，结果落到“不被当人看”的地步，在人口调查簿上都找不到他的名字，连一份“口粮”也没有。他为了糊口，整天“像蚂蚁似的”到处觅食充饥。《利戈夫村》中绰号“小树枝”（即苏乔克）的库济马，也是个家仆，在众多地主手里被转来转去，被主人当一件东西似的任意摆布，先后充当过几个地主家的厨子、车夫、鞋匠、戏子、渔夫等角色，他被扭曲成为一个毫无个性、胆小如鼠的可怜虫，以至于在那次涉水过河面临灭顶之灾时，竟不敢伸出手去抓住走在前面的“老爷”的衣襟。还有《两地主》中那个管餐室的仆役瓦夏，受了鞭打之后仍认为主子是个好人，是自己罪该当罚，说主子是“不会无缘无故打人的”。书中的这类描写，显然是对农奴制的严厉控诉。

然而，书中最引人注目的则是作家从前人所没有接触过的角度去展现农民生活的新的方面，那就是表现农民的才干、创造力、优良品性和丰富的精神世界。

深受别林斯基重视和赞扬的第一篇特写《霍里和卡利内奇》率先为读者提供了两个别开生面的农民形象。一个叫霍里，为人精明、务实，进取和自信，他凭自己的勤劳和才智，为自己创建了较为独立富裕的生活。他思想开放，求知欲强，对国外的社会民生都感兴趣。他使人想起了彼得大帝，他也体现出俄罗斯人的精神特征："相信自己的力量和刚强"，"勇敢地面对未来"。另一个是与他性格迥异的卡利内奇。这是个颇具天赋和丰富内心世界的农民。他不像霍里那样务实，不善于安排个人生活。他是个理想派、浪漫派一类的人，热情而好幻想，爱好大自然。他有多种特长：养蜂、治病、念咒语、识天时，又能弹会唱，还识得字。他很尊重霍里，霍里也很喜欢他，他俩之间洋溢着友谊的"温情"：他有时给霍里献上一束草莓，霍里很欣赏他的歌喉，有时与他一起动情地唱起伤感的歌。有时他们也互相逗趣，友好地争论。这是作家为俄罗斯农民唱出的第一首赞歌，并为全书定下了主旋律。诚然，作家是在向世人宣告：在俄罗斯农民的身上"蕴藏着并成熟着伟大事业的未来的萌芽，伟大的民族发展的萌芽"！

《美丽的梅恰河畔的卡西扬》中的卡西扬也是一个令人喜爱的农民形象。他身体矮小瘦弱，不善于干活，可他充满着生命的活力。他在大自然的怀抱中显得那么灵活、自在、惬意，确像是个大自然的宠儿。他能与各种鸟儿对歌、争鸣，能利用野草为人治病。他头脑聪明，善于思考，平常沉默寡言，但一旦打开话匣子，便滔滔不绝，活像个哲学家，说出一套套绝非一般农民所能说得出的哲理。他爱大自然中的一切生灵，认为一切飞禽走兽都有权享受自己的生命，有权活尽自己的天年。射猎它们是罪过的。他认为人类有自己吃喝的东西，那就是上帝所恩赐的粮食和水，还有祖宗传下来的家禽家畜。他自己却喜欢去捕捉夜莺，但他不是为了杀害它、食用它，而是让它使人们开心快乐。他说鱼是可以捕食的，因为鱼的血“是冷的，不是活的”。他认为做人“必须正直，这是最要紧的”。他感到“人间无公道”，他打算去“寻找真理”！在这里，作家是何等热情地赞叹农民的纯真和善良，赞叹他们的道德力量。

《歌手》更像是一首赞歌，它既直接地赞美山沟里的农民歌手雅可夫的艺术天赋，同时也间接地赞美歌手身边那群农人的音乐鉴赏力。作家借猎人之口说，这位农民的歌声“蕴有真挚深沉的情感、青春的气息、力量、甜美，以及一种淡淡的哀愁”，说那歌声里跳跃着“一颗俄罗斯正义的炽热灵魂”，它紧紧地“抓住人们的心。直接扣动俄罗斯人的心弦”。接着作家描写了在场听众的反应，做印证。你看，猎人的心弦被“扣动”了，“涌上了热泪”，酒馆老板娘禁不住“发出低沉的、压抑的哭声”，老成持重的老板感动得“垂下了头”，眨巴眼压制着内心的激动而“扭过头去”，笨瓜“深深动情了，笨相地张着嘴巴，呆呆地站着”，穿破长袍的庄稼人“在角落里低声抽泣”，那沉着冷静的“怪老爷”也“涌出大颗的泪珠”，连雅可夫的竞赛对手包工头都听得“发愣”了。作家似乎在告诉人们：在俄罗斯农民中不仅有艺术天才，更有广大的能够欣赏艺术美的群众。可是作家又在后面描写了一幅令人“很不愉快的”画面，表现了这群农人醉酒后使人懊丧的丑态。这无疑是要发人深思：农奴制下的现实生活无情地扭曲了这些具有才华和美好心灵的农人，他们理应有一种文明的、适合于他们美好心灵的生活！

屠格涅夫还以相当的篇幅描绘了女性农民，如聪明美丽的渴求爱情和自由而又勇于作自我牺牲的马特列娜（《彼·彼·卡拉塔叶夫》）；纯真、温柔而又痴情的阿库丽娜（《幽会》）。特别是在《枯萎了的女人》中，作家以整章篇幅深情而细腻地刻画了卢克丽娅的形象。卢克丽娅原先是一个能歌善舞、笑声朗朗的美丽姑娘，曾是众多小伙子爱慕的对象。可是她后来不幸从高台阶上重重摔了下来，由于没有得到适当的治疗而瘫痪，枯萎了，成了一具“活尸首”，虽然她外形的美丧失了，可是她那心灵的美反显得更为动人：她是那样坚强地忍受着病痛的折磨，她竟能以女英雄贞德的精神鼓舞自己。在长期的僵卧状态中仍表现出她对生命、对大自然的热爱；她不抱怨个人的不幸，很能体谅别人，还惦记着农民兄弟的贫苦。从这些章节中我们已可发现，屠格涅夫确是一位描写女性心灵美的高手，这些描写也为全书增添了不少诗趣。

作家在这部书中也没有忽略对农民后生的刻画。在开篇中他就为读者勾勒了几个小霍里的画像，他们看起来是那样健康、开朗、富于幽默感，总给人这样的印象：这些小霍里将比老霍里更强，他们更有能力去开拓自己的未来。在《别任草地》中专门描写了五个天真稚气的农家孩子。作家把他们置于暮色笼罩下的草地的背景里，似乎是有意烘托他们的纯真和可爱。然而他们毕竟是些穷孩子，小小年纪便分担着生活的担子，显然他们是没有机会上学，接受科学的教育的，他们受到的是民间神话传说的熏陶。他们讲的传说故事里都带有恐怖凄凉的色彩，这反映了现实生活的苦痛已在孩子们心灵上留下了阴影，作家对他们倾注了深深的同情。在对勇敢的帕夫路沙的热情赞叹里，更表现了作者对农民后生的希望和信心。

屠格涅夫的这些人物形象都是以现实生活中人物为原型的，而非他凭概念随心所欲地“创造”的，他的笔法是“诚挚而公正”的，对地主既无恶意的丑化，对农民也没有任意的美化，但都能准确地抓住这两类人物性格的本质特征。作者也没有就这些人物做出直接的评价，这样的评价是留给读者自己去做的。

再来谈一下书中的风景描写吧。

如果说《猎人笔记》中猎人的形象是贯穿全书各篇的形象，那么，俄罗斯中部的大自然景色也可说是贯穿全书的第二形象，它与前者一样，成为统一全书结构的一个重要因素，同时它也为全书平添了诗情画意。

屠格涅夫极擅长描写自然风景。日月星辰、天空白云、晨光暮霭、雨露风霜等等自然现象以及自然界中的湖光山色、树林原野、香花野草、禽兽虫鱼，在他的神奇画笔下无不显得诗趣盎然，情味无穷。难怪托尔斯泰赞叹他的风景描写说："只要他描上三笔两笔，自然景物就会冒出芬芳。"

风景描写在此书中具有多方面的重要作用：有时是标示故事发生时环境气氛和时间地点，有时烘托或反衬人物的内心世界，有时对情节的发展或结局起着象征作用。比如《幽会》中那位纯真少女阿库丽娜在树林中等待情郎前来幽会的时候，那树林中的景色也显得那么欢快，"到处洒满阳光，透过那些欢腾嬉闹的树叶，看得见浅蓝色的天空，它仿佛在闪闪发亮……空气中弥漫着一种特殊的干爽的新鲜气息，令人心旷神怡，精神焕发"，这显然是少女此时心境的外投。待到那个薄情郎冷淡地抛下她离去的时候，这位少女异常的伤心、失望，此时林中的景色亦随之大变，那阳光"似乎也变淡了，变冷了"，那些"蜷曲的小树叶急急地飞腾起来"，一只乌鸦在上空"时断时续地啼喊着"……一切都标志着"冬天的凄凉可怕的景象似乎已在悄然逼近了"。由此也可看到，屠格涅夫对自然景色的描写不是冷漠的、纯客观的，而是融入了主观的情感，使自然也染上了浓浓的情感色彩，达到情景的交融。所以书中的景色描写便成了作品的有机组成部分。

当然，在《猎人笔记》中我们不但可看到屠格涅夫长于写景，而且也可看到他在刻画人物性格方面的非凡功力。这里我们不妨顺便稍谈一下他在刻画人物方面的几个特点：

一、善于选择有代表性的细节。例如《总管》中的侍仆菲多尔因一点小过失（忘了给主人热酒），主人佩诺奇金便低声下令要惩罚他，这一细节即可深刻地暴露了这位地主对待下人的冷酷无情。又如佩诺奇金去他的田庄什比洛夫村，全村的庄稼人马上便惶惶不安，连孩子都吓得往屋里跑，母鸡也吓得往大门底下钻。这细节也有力地烘托出这位地主在庄稼人心目中的印象。

二、善于运用鲜明的对比手法。例如在开篇中便以两个聪明可爱的农民霍里和卡利内奇同那个平庸可笑的地主波卢特金前后做了强烈对比，一下给读者留下深刻的印象；在这两个农民之间也进行细致的对比，表现了他们各自的性格特征。在地主与地主之间也做对比（如《两地主》中两个地主的不同表现）。而且在同一人物身上也进行表里的对比，如佩诺奇金的温文尔雅的风度与他冷酷残暴的内心的对比等等。

三、善于运用动物形象比喻人物的性格。例如把那个胆小窝囊、一见到上司便浑身发抖的涅多皮尤斯金比喻成“像一只被抓住的小鸟”；把希格雷县的哈姆莱特那位有心灵创伤的妻子比喻为“被猫抓伤了的可怜的黄雀”等等。有时干脆把这类比喻直接变成人物的绰号，例如，把那个懦弱渺小的老奴仆库济马称之为“小树枝”（即苏乔克），把那个沉默、孤独而又坚强的护林人福马称之为“孤狼”，把那个性格好动而不安分的卡西扬称之为“跳蚤”等等。这些手法使作家在刻画人物性格时节约了大量笔墨，同时又起了画龙点睛的作用。

屠格涅夫又是一位语言大师，他创作中的语言总是显得那么的简洁、明快、清新、优美，读起来确实是一种美的享受。列宁就非常欣赏这位作家的语言，在提到几位俄罗斯语言大师的名字时，首先便提到了他。

屠格涅夫不止一次表明自己是一个现实主义作家，他把“准确而有力地再现真实”视为自己的“莫大幸福”。托尔斯泰也称赞屠格涅夫创作的最主要特点就是它的“真实性”。读了《猎人笔记》，你就可感到：全书的内容都是俄罗斯生活的真实写照，是地道的俄罗斯的东西，每一篇都散发着俄罗斯泥土的芳香。

但是屠格涅夫并不满足于描写生活的真实。在他看来，“把生活提高到理想”才是艺术家的崇高使命。然而所谓提高不是人为的随便拔高，不是把现实生活加以任意的美化，而是要求作家从现实生活中的理想事物方面去提炼自己的材料。换言之，就是要从生活的散文中看到生活的诗意。法国作家德·沃盖说：屠格涅夫的才华“正好表现于保持现实和理想之间的惊人的匀称，每个细节都停留在现实主义的领域……而整个说来却飘浮在理想的领域。”法国作家莫洛亚更干脆称屠格涅夫的现实主义为“诗意的现实主义”。我想，用这个词来评价《猎人笔记》的创作风格也是恰如其分的。

张　耳

霍里和卡利内奇

奥廖尔省人跟卡卢加省人有着气质上的明显差异，这也许会让那些从波尔霍夫县前来日兹德拉县的人大为吃惊。奥廖尔省的庄稼人个头不大，略显驼背，郁郁寡欢，老是愁眉不展。他们住的是窄小的白杨木屋，身服劳役，不事经商，饮食粗劣，穿的是树皮鞋；而卡卢加省的交田租的庄稼人可就大不一样了，他们住的是宽绰的松木房子，个子高高的，神情快活而胆大，脸孔白白净净，做奶油和柏油买卖，逢年过节便穿起长筒靴。奥廖尔省的村庄（我们说的是奥廖尔省的东部）一般都坐落在耕地中间，在那种稀里糊涂变成了污水塘的溪谷边上。除了寥寥几棵随时供人派用场的爆竹柳以及三两棵瘦巴巴的白桦，方圆一俄里内不见树木。房子鳞次栉比，房顶铺的是烂麦秸……卡卢加省的村庄恰好相反，大部分都是林木四绕；房子的间距显得较为宽松，排列得也较为齐整，房顶是用木板盖的，大门锁得严严实实，后院的篱笆也不见东歪西倒，不往外倾斜，不会招那些过往的猪来登门做客……对于猎人来说，卡卢加省也比较称心。过上五年六载，奥廖尔省最后一批森林和茂密的灌木丛将会荡然无存，沼泽地亦将无处可寻；相反，在卡卢加省，几百俄里内林木连绵不绝，沼泽地也占几十俄里，依然有高雅的松鸡在此栖息，和善的大鹬也常常光临，忙忙碌碌的山鹑猛的腾空而起，令射手和猎犬又惊又喜。

我曾以猎人身份去过日兹德拉县，在那边野外遇到了卡卢加省的一位小地主，并跟他混得挺熟。他姓波卢特金，是个猎迷，而且也是个有头有脸的人。说实话，他还是有一些毛病的。比如说吧，凡是省里富裕人家的闺秀，他全求过婚，结果到处遭人拒绝，被逐出门外，因此，他常怀着一颗破碎的心向各个朋友和相识苦诉衷肠，可是照旧把自家果园出产的酸桃子和其他不熟的果子当作礼品奉赠给那些被追求的对象的高堂。他对趣闻非常津津乐道，讲来讲去，尽管波卢特金先生认为自己说的多么情趣盎然，可惜从未赢得人家一笑。他叹赏阿基姆·纳希莫夫[①]的文章和小说《平娜》[②]。他说话结巴；将自家的狗美其名曰“天文学家”。他把“可是”念成“可希”，他家里吃的是法式菜肴，据他家的厨子的理解，烹调这类菜肴的奥秘就在于把各种各样食物的原汁原味来个彻里彻外的改造：肉食一经这位巧手料理，其味便变得像鱼，鱼变得像蘑菇，而通心粉则煮出了火药味；可是放进汤里的胡萝卜又全成了菱形或梯形的玩意儿。不过，撇开这些屈指可数的而又无伤大雅的缺点不谈，波卢特金，如同上边所说，算得上是个有头有脸的人。

我跟波卢特金相识的当天，他便邀我前去他家过夜。

“离我家大概有五俄里地，”他说，“步行去很远；我们先去霍里家吧。”（读者谅必会允许我不照他的口吃方式来转述吧。）

“霍里是什么人？”

“是我家的佃户……他家离这儿挺近的。”

---

① 阿基姆·纳希莫夫（1782—1814），俄国诗人。

② 《平娜》系俄国作家马尔科夫（1810—1876）的小说，它曾受到别林斯基的严厉批评。

于是我们便前去霍里家。在林子中间的一块经精心清理和整治过的空地上，耸立着霍里的独家宅院。院里有几间松木建造的房子，用篱笆圈在一起；正房前方有一敞棚，是由几根细柱子支撑起来的。我们步入院内。迎接我们的是一个年轻小伙，约二十来岁，高高的个子，相貌堂堂。

“喂，费佳！霍里在家吗？”波卢特金先生问他。

“不在，他进城去了。”那小伙答道，一边微笑着，露出一排雪白雪白的牙齿。“吩咐备车吗？”

“对，伙计，备车吧。还给我们拿些克瓦斯来。”

我们进了房子。由洁净的圆木组装的墙壁上没有挂一张苏兹达尔[①]的画；房角处摆着一尊沉甸甸的裹着银服饰的圣像，圣像前燃着一盏神灯；有一张前不久被刮洗得干干净净的椴木桌子；在圆木间的隙缝里，在窗子的边框上，既无机灵的茶婆虫在那里游荡，也无疑虑重重的蟑螂在那里藏身。那个年轻小伙拿着一只盛满爽口的克瓦斯的大号白杯子，一大块小麦粉面包和放有十多根腌黄瓜的木盘快捷地出来了。他将这些食品在桌子上通通摆好，然后倚身于门上，面露笑容，打量起我们来。我们还没来得及把这些小吃打扫光，台阶前已传来马车的响声。我们起身出来。驾车的是一个十五六岁的孩子，一头鬈发，两腮绯红，他使大劲勒住了那匹肥实的花斑牡马。马车四边围着六个大个子的年轻人，他们彼此都很相像，而且都像费佳。“全是霍里的孩子！”波卢特金说。“全是小霍里，”费佳接过话说，他也跟着我们来到台阶上，“还没有全到齐呢：波塔普正在林子里，西多尔跟着老爸进城去了……要小心，瓦夏，”他转向驾车的孩子继续说，“尽量跑快点，送的是老爷呢。不过，到了高坡那儿可得留神，悠着

---

① 苏兹达尔系弗拉基米尔省的一个县，该县出产简陋的木版画。

点儿。别把车子搞坏了，不能惊扰老爷的肚皮！”旁的几个小霍里听了费佳这句有点越规的逗趣话都轻轻地笑了。“把天文学家放上车！”波卢特金先生威严地喊了一声。费佳开心地把那只强露笑容的狗举了起来，放到马车底板上。瓦夏松了松缰绳，我们的马车便迅速跑动起来。“这是我的办事处，”波卢特金忽然指着一所低矮的小平房对我说，“要不要去瞧瞧？”“好的。”“目前它已撤了，”他说，一边下了车，“不过还值得一瞧。”说是办事处，不过是两个空房间而已。看守人是个独眼老头，他从后院跑来了。“你好，米尼亚伊奇，”波卢特金先生说，“哪儿有水？”独眼老头跑了开去，不一会就拿了一瓶水和两个杯子回来。“尝尝吧，”波卢特金对我说，“我这里的水可是上好的泉水呀。”我们各饮了一杯，这时候老头向我躬身施礼。“喂，看来现在我们可以动身了，”我的这位新朋友说，“在这个办事处里我卖出四俄亩林子给了商人阿利卢耶夫，还算卖了个好价钱。”我们坐进了马车，过了半小时，我们已经抵达主人的宅院了。

“请问，”用晚餐时我问波卢特金，“为什么您的这位霍里跟您的其他佃户分开住呢？”

“原因么是这样的：他是我的一个挺有头脑的庄稼汉。大概二十五年前吧，他家的房子烧了；于是他前来对先父说：‘尼古拉·库济米奇[1]，请让我搬到您的林子里的沼泽地上住吧。我会给您付高额租金的。’‘你为什么要迁到沼泽地上住呢？’‘我思谋着这样好；只是请您，尼古拉·库济米奇老爷，别派我去干任何活了，而租金嘛，由您来定。’‘一年五十卢布！’‘行。’‘当心，我可不许拖欠！’‘那当然，我不会拖欠的……’就这样他搬到

---

① 波卢特金的父亲的名字和父名。

沼泽地住下了。打那时候起，大家都管他叫霍里[1]。”

“那么，他发了吧？”我问。

“发了。如今他付我的租金是一百卢布。我也许还要提价呢。我曾对他说过好几遍这样的话。我说：‘赎身吧，霍里，哎，赎了吧……’可是他这个老滑头硬是咬定说赎不起，说是没有钱……这怎么可能呢……”

第二天，我们一喝过茶马上就去打猎了。马车经过林子的时候，波卢特金先生吩咐车夫在一所矮房子旁停一下车，并大喊一声：“卡利内奇！”“就来，老爷，马上来，”院子里传来答话声，“我在系鞋子呢。”我们的马车慢慢地向前赶着；一个四十来岁的汉子在村外赶上了我们，他是位瘦高个子，小脑袋稍稍后仰。这就是卡利内奇。他那张和善的、带点麻斑的黝黑脸孔，我一见就感到喜欢。卡利内奇天天都陪伴老爷去打猎（这是我后来听说的），背着他的袋子，有时还扛着枪，探察鸟儿在何处栖息，打水、采草莓、搭棚子、跟在马车后面跑；离开他，波卢特金真可谓寸步难行。卡利内奇这个人的性格是顶乐呵的，也是顶和顺的，他不断地低声哼唱歌曲，无所思虑地向四处东张西望，说话带点鼻音，微笑的时候便眯起那双浅蓝色的眼睛，不时地捋捋那稀疏的楔形胡子。他走起路来不急不忙，可步子迈得老大，还拄着一根又长又细的拐棍。这一天他跟我聊了好几回，伺候我时不见他低三下四，然而他照料老爷真像照料孩子一般。中午时分，天气酷热不堪，我们不得不找个庇荫地方，这时候他领我们到他的设在林子深处的养蜂房去。卡利内奇给我们打开了那间挂着一捆捆冒着香气的干草的小屋的门，让我们躺在新鲜的干草上，他在自己头上戴了一个袋状的网罩，拿起一把刀子、瓦罐和一块木

---

① 俄语中“霍里”是“黄鼠狼”的意思。

片，到养蜂房去给我们割蜂蜜。我们喝着掺和泉水的透亮的温蜜汁，在蜜蜂单调的嗡嗡声和树叶的不停的簌簌声中睡着了。一阵清风吹醒了我……我睁开眼睛，看见卡利内奇坐在那扇半开半掩的门的门槛上，用刀在削一木勺。我盯着他的脸欣赏了好一阵子，那是一张如傍晚天空一般的温和而明朗的脸。波卢特金先生也醒来了。我们没有立即起来。在走了很久的路和一阵酣睡之后，安然不动地躺在干草堆上是颇为惬意的：身体显得既舒坦又疲倦。脸上冒着轻微的热气，甜蜜的困倦使人懒得睁眼。最后我们起来了，又一直闲逛到傍晚。晚餐时我们又谈起了霍里和卡利内奇。“卡利内奇是个善良的庄稼人，”波卢特金对我说，“他又热心又殷勤，可惜他没法正经八百地去干农活，因为我老拖着他。他天天要陪我去打猎……哪能还干得了农活呢，您想想看。”我很同意他的话，接着我们都睡着了。

到了第二天，波卢特金先生要进趟城，是为同邻居皮丘可夫打官司去的，听说那个叫皮丘可夫的邻居抢耕了他的田地，还在这块耕地上殴打了他的一个农妇……我便独自前去打猎，傍晚前拐到了霍里家。一个老头在门口接待了我，他谢顶、矮个、宽肩膀、身体壮实，这就是霍里本人。我怀着好奇心打量了这个霍里。他那面容活像苏格拉底：同样的带点疙瘩的高额门，同样的小眼睛，同样的翘鼻子。我们一同进了屋。上回见过的那个费佳给我端上牛奶和黑面包。霍里在凳子上坐下来，安详地抚摩着他那鬈曲的胡子，同我攀谈起来。他显得很自尊，言谈举止慢条斯理，不时地从他那长长的小胡子下露出微笑。

我跟他聊播种，聊收成，聊农家生活……他对我说的话似乎处处认同；只是后来我感到不好意思，我觉得自己说得并非样样恰当……于是情况变得有点令人纳闷。霍里有时谈得难以捉摸，大概是由于谨慎的缘故吧……以下便是我们聊天中的一个例子：

“你说说，霍里，”我对他说，“你为什么不向老爷赎身呢？”

“我要赎身干吗？如今我很了解老爷，也付得起租金……我家老爷人很好。”

“赎回自由总是更好些吧！”我说。

霍里斜瞥了我一眼。

“那当然。”他说。

“既然这样，那你为什么不赎身呢？”

霍里摇了摇头。

“老爷，让我拿什么去赎呀？”

“唉，得了，老头……”

“霍里要是成了自由人，”他低声地继续说，好像在自言自语，“那种不留胡子的人[①]，就会来向霍里发号施令了。”

“那你自己也剃掉胡子嘛。”

“胡子算什么？胡子是把草，可以割的。”

“那还说什么呢？”

“看来，霍里干脆去做生意人得了；生意人日子过得好，也可留胡子。”

“你不是已经在做生意了吗？”我问他。

“我只搞点奶油和柏油方面的小买卖……怎么，老爷，要不要备辆马车？”

“你这人嘴好严哪，心里可有主意啦。”我心里想。

“不用，”我大声说，“我不需要马车。明天我要在你家近处转转，如果允许的话，我想在你家干草棚里过一夜。”

“欢迎呀。不过，你在干草棚里睡得踏实吗？我吩咐娘儿们给你铺上床单，放上枕头。喂，娘儿们！”他喊道，一面站起身

---

① 指官吏、士绅们，当时是不许他们蓄胡子的。

来。“过来，娘儿们……你，费佳，跟她们一块去。她们都是些饭桶。”

过了一刻钟，费佳提着灯笼领我到干草棚去。我扑倒在干草上，狗蜷缩在我的脚旁；费佳向我道了晚安，门嘎的一响，又砰的一声关上了。我久久没有睡着。一头母牛走近门边，大声地喷了两口气。狗自尊地朝它汪汪地大叫起来；一头猪从棚边走过，沉思地哼哼着；有匹马也在附近某处嚼着干草，打着响鼻……我终于打起盹来。

一大早费佳唤醒了我。这个快活而机灵的小伙子很让我喜欢；据我所见，他也是老霍里的心肝宝贝。他们爷儿俩常常相互逗乐，亲热极了。老头出来问候了我。不知是因为我在他家过了夜，或是其他什么原因，霍里比昨天对我的态度更亲切多了。

“茶炊为你准备好了，”他微笑着向我说，“我们去喝茶吧。”

我们在桌子旁坐下来。一个壮健的女人，即他的一位儿媳，送上了一罐牛奶。他的儿子们全挨个地来到屋里。

“你有这么一大家子呀！”我对老头说。

“是呀，”他咬了一小块糖，一边说，“对我和我的老伴来说他们看来没有什么好抱怨的。”

“全都跟你住在一起吗？”

“全住在一起。他们自己愿意这样，就这样住了。”

“都娶媳妇了吗？”

“就这个淘气鬼还没有成亲，”他指了指依旧靠在门上的费佳回答我说，“瓦西卡年纪还小，可以再等等。”

“我干吗结婚？”费佳回嘴说，“我这样蛮好。老婆对我有什么用？好跟她吵架呀？”

“哼，你呀……我还不知道你！戴上银戒指……想整天跟那班丫头片子胡混……‘得了，真不要脸！’”老头滑稽地模仿那些丫头们说话的口气说。“我可知道你，你这懒虫！”

“老婆有什么好？”

“老婆就是劳力嘛，”霍里严肃地说，“老婆会侍候男人。”

“我要劳力做什么？”

“得了，你就喜欢别人替你白干活。你这种家伙我可知道。”

“既然这样，就给我娶一个吧，啊？怎么啦！你为什么不说话？”

“唉，得了，得了，调皮鬼。你瞧，咱们打扰老爷了。会给你娶的，别担心……老爷，你别生气，孩子还小，不懂规矩。”

费佳摇摇头……

“霍里在家吗？”门外响起一个熟悉的声音，卡利内奇进了屋，手里拿着一束草莓，那是他为自己的朋友霍里采的。老头欢欣地迎接他。我惊奇地瞅了瞅卡利内奇，说真的，我没料到庄稼人也有这种“温情”。

这一天我比平常约晚了四小时才去打猎，随后三天我都住在霍里家里。我的这两位新相识令我颇感兴趣。我不清楚我拿什么博得了他们的信任，他们都无拘无束地跟我聊这聊那。我愉快地听着他们的谈话，并不断观察他们。这两位朋友彼此没什么相似之处。霍里是个正派的、务实的人，有经营管理的头脑，重理性；相反，卡利内奇是属于理想派、浪漫派一类的人，他热情洋溢，好幻想。霍里懂得实际生活，所以他要修建房屋，积蓄钱财，跟主人和其他有权有势的人融洽相处；卡利内奇则是脚穿草鞋走路，凑凑合合度日。霍里养育了一群孩子，有一个对他服服帖帖、团结一心的家庭；卡利内奇也曾有过媳妇，可他惧内，未养得一儿半女。霍里对波卢特金先生其人看得一清二楚；而卡利内奇则很崇拜主人。霍里喜欢卡利内奇，对他时加袒护；卡利内奇也喜欢并尊敬霍里。霍里话语不多，笑颜常开，而心里可颇有主意；卡利内奇很爱说话，但不像机灵的花言巧语者那样，说得像夜莺歌唱一般……不过，卡利内奇很有一些天赋，霍里对此就很赏识；比如说，他会用咒语止血、镇惊、制疯、驱虫；蜜蜂都服他调教，他是很有好手气的。霍里曾当着我的面请他把一匹新买来的马牵进马厩[①]，卡利内奇便认认真真、正经八百地去执行这个多疑的老头的托付。卡利内奇更接近于大自然；而霍里更接近于人和社会；卡利内奇不喜欢深入思考，他盲目相信一切；霍里站得高，以致对人生持有嘲弄的眼光。他见多识广，我从他那里学到不少东西；比如说，我从他口里知道了这样的事，他说，每年夏天，在割麦子季节前，常有一辆式样特别的小马车来到各个村庄。车上坐着一个穿长外衫的人，他在销售大镰刀。用现金购买的话，每把卖一卢布二十五戈比至一个半卢布；若是赊账，每把则卖三个卢布纸币至一个银卢布。不用说，所有的庄稼人向他买的时候都要赊账。过不了两三星期，他又来了，是为讨账来的。庄稼人刚割了燕麦，都付得起账；庄稼人与商人一起去了小酒店，在那里付清了赊账。有一些地主思谋着用现金购进镰刀，然后用同一价格赊账给庄稼人；可是庄稼人觉得不过瘾，甚至有些丧气；因为他们失掉了不少乐趣，比如用手指弹弹镰刀，听听声响，把镰刀拿在手里翻来覆去地查看，无数遍地探问那个骗人的商贩子："喂，伙计，这镰刀不怎么行吧？"在买小镰刀的时候，也会出现同样的把戏。不过所不同的是，这样场合往往有女人们掺和进去，有时候弄得那商人不得不动手打人，这样一来反而对女人们有利了。然而，最让女人们吃亏上当的是以下情况。造纸厂的原料采办人员委托那些在一些县里被称之为"鹰"的专门人员去收购废布。这种"鹰"从商人手里领到二百卢布左右的

① 这是旧俄农村中的一种迷信，认为有人有好手气，办事吉利。

纸币，然后就去寻找猎物。可是他和自己因以得名的那种高尚的鸟大不相同，他不是明目张胆地去进攻，相反，这种“鹰”要耍滑头，弄诡计。他把马车停在村子近旁某处丛林里，自己窜到各家的后院或后门，装成过路的人或装成无事闲逛的人。娘儿们凭感觉就猜到他来了，便悄悄地向他跑去。买卖匆匆地就成交了。为了几个铜子，娘儿们不仅把各种不要的破衣烂布卖给“鹰”，而且把丈夫的衬衫和自己的裙子都给卖了。近来娘儿们发现有些交易是挺来钱的，那就是把自家的大麻，尤其是把一些大麻布偷出来，以同样方式卖出去——这样一来，“鹰”们的生意可就一下红火了。可是村里的爷们也变聪明了，一觉得可疑，远远一听到“鹰”的到来的消息，便立即采取措施，认真防备。说真的，这不可气吗？卖大麻本是他们的事，他们是实实在在地去卖，不是拿到城里去卖，去城里卖得自己运去，而是卖给前来采购的商人，他们由于没有秤，就规定四十把算一普特①。可您知道，什么是一把，什么是俄国人的手掌，特别是在他“存心多拿”的时候！我这个阅历浅、对农村生活不“识门道”（如我们奥廖尔省人所说的）的人听了很多这类的故事。不过霍里不是自己一个劲儿去讲，他也向我问了许多问题。他听说我到过外国，这大大引起了他的好奇心；卡利内气的好奇心也不比他的差，可是卡利内奇更感兴趣的是有关大自然、高山、瀑布、非凡的建筑、大城市等等的描述；霍里所关心的则是国家和管理方面的问题。他对一切事情都逐个儿进行分析思考：“这种事在他们那儿跟咱们这儿一样，或是不一样？……说说吧，老爷，是怎么回事？……”“啊，天哪，真玄呀！”在我讲述的时候，卡利内奇不时地这样感叹；霍里则默不作声，浓眉紧蹙，只是偶尔说：

① 俄国的重量单位，相当于十六点三八公斤。

“这在咱们这儿可能行不通，不过这很好，很得当。”我不能将他的种种提问都向你们转述，也没有必要；但从我们的谈话里，我得出一种信念，读者对它也许怎么也料想不到，这信念就是：彼得大帝主要是表现出俄罗斯人的特性，俄罗斯人的特性正体现在他的革新精神中。俄罗斯人是如此相信自己的力量和坚强，以至自己受折磨也在所不顾：他们很少迷恋于过去，总是大胆地向前看。凡是好的他们便喜欢，合理的他们便吸取，至于它来自何处，他们觉得无所谓。他们那健全的头脑喜欢嘲笑德国人的乏味的理性；但是，用霍里的话说，德国人是挺好奇的人，他准备向他们学习。由于自己处境的特殊性，由于他实际上的独立性，霍里对我谈了许多，这在别的人那里，就像庄稼人所说的，那是用杠杆转不出、用磨也磨不出的。他的确很了解自己的地位。我同霍里聊天时，是头一回听到俄国庄稼人的那种纯朴而深含智慧的言谈。作为一个庄稼人来说，他的知识是相当渊博的，但是他不会读书识字；而卡利内奇却会。“这个鬼家伙识得字，”霍里说，“他养蜂也挺棒，蜂从来不死。”“你让自己的孩子学识字吗？”霍里沉默了一下。“费佳识字。”“其他几个呢？”“其他几个不识。”“为什么呀？”老头置之不答，并换了话题。然而，不管他多么聪明，他也有许多偏见和成见。他打心眼深处就瞧不起女人，他开心的时候就拿她们逗乐，嘲笑她们。他那老伴又老又爱唠叨，整天不下炕，不停地怨这怨那，骂不绝口；儿子们都不搭理她，可是儿媳们对她却怕得要命。难怪俄罗斯小曲中的婆婆这样唱：“你算我什么儿子，算什么成家的人！你不揍老婆，不揍新媳妇……”有一回我打算替那几个儿媳鸣不平，想引起霍里的同情；可是他坦然地反驳我说：“您去管这些……小事何苦呢——让娘们吵去好啦……劝解她们反而更糟，也犯不着惹那份麻烦。”有时候这个凶恶的老太婆爬下炕，从穿堂里唤出那只看家狗，她喊道：“来，来，小狗！”接着抡起火钩子照着那狗的瘦脊背直打，或者站在敞棚下朝所有过路的人，如霍里所形容那样“骂街”。然而，她怕自己的丈夫，他一声令下，她便乖乖地回到她的炕上。可特别有趣的是听卡利内奇与霍里在谈及有关波卢特金先生的事时的拌嘴。“你呀，霍里，别当我的面招惹他。”卡利内奇说。“那为什么他不给你置双靴子呢？”霍里反驳说。“哼，靴子……我要靴子干什么？我是庄稼人……”“我也是庄稼人，可是你瞧……”说到这儿，霍里抬起自己的脚，把那双可能是像皮制的靴子给卡利内奇看。“哼，我哪能跟你比呀！”卡利内奇回答说。“哪怕给你点钱买树皮鞋也好嘛！你是老陪他去打猎的呀，也许一天就得一双树皮鞋吧。”“他是给我买树皮鞋钱的。”“可不，去年就赏了你一个十戈比银币。”卡利内奇懊丧地转过脸去，霍里哈哈地大笑起来，这时候他那双小眼睛眯得全看不见了。

卡利内奇唱歌唱得非常动听，他还弹了一会三弦琴。霍里听着听着，忽然把头侧向一边，以悲怆的声音与他伴唱起来。霍里特别喜欢《我的命运呵，命运！》这首歌曲。费佳趁机取笑父亲：“老爷子，怎么悲伤起来啦？”而霍里只顾手托脸颊，闭起眼睛，继续悲歌自己的命运……可是在别的时候，没有人比他更加勤奋的了，他老是在鼓捣着什么：修修马车，整整篱笆，查查挽具。然而他不大讲究卫生，有一次我提了一下，他回答说：“房子么得有些住家的气味。”

“你看，”我反驳他说，“卡利内奇的蜂房里多干净。”

“蜂房若不干净，蜜蜂就不肯待了，老爷。”他叹口气说。

有一次他问我：“你家有世袭领地吗？”“有。”“离这儿远吗？”“约有一百俄里吧。”“那么你是住在自家的领地上？”“是的。”“想必常常玩枪打猎吧？”“的确是那样。”“那挺好；为了身体，多去打打松鸡吧，不过得常换换村长。”

到了第四天傍晚，波卢特金先生派人来接我。跟霍里老头告别，我有点依依不舍。我同卡利内奇一起坐上马车。“再见吧，霍里，祝你健康！”我说，“再见，费佳。”“再见，老爷，再见，别忘了我们。”我们动身了；晚霞刚刚燃红。“明天会是好天气。”我望着明亮的天空说。“不，要下雨啦，”卡利内奇反驳我说，“鸭子在那边使劲拍水，再说，青草散发出浓烈的气味。”我们的马车跑进了丛林。卡利内奇在车夫的座位上颠簸着，低声地哼起歌曲，一面不断地瞧着晚霞……

第二天，我离开了波卢特金先生的好客之家。

叶尔莫莱和磨坊老板娘

傍晚时分，我偕同猎人叶尔莫莱一道前去打“伏击”……我的读者大概不是人人都了解什么是伏击。那就听我说说吧，先生们。

春天里，当日落前一刻钟光景，您带上枪到小树林里去，不用带狗。您就在树林边上找个地方，观察一下周围，检查一下子弹火门，跟同伴交换交换眼色。一刻钟过去了。夕阳下去了，可林子里还是亮堂的；空气清洁而明澈；鸟儿在饶舌地啁啾着；嫩草闪着绿宝石般的欢快亮泽……您就等着好了。林子里渐渐昏暗下来；晚霞的红光缓缓地滑过树根和树干，越升越高，从几乎光秃的树枝移向发愣的、沉沉欲睡的树梢头……接着树梢也暗下来了；红通通的天空渐渐地变蓝了。林子的气息也渐渐浓烈起来，微微地散发着暖洋洋的潮气；吹进来的风一到您近旁便停住了。鸟儿们就要入睡——不是一下全都睡去，而是分批分类地睡去：最先安静下来的是燕雀，过一会儿是知更鸟，接着是　白鸟。林子里越来越黑了。树木连成了黑压压的一片；蓝蓝的天上羞答答地出现了第一批星辰。各种鸟儿全都进入了梦乡。唯有赤尾鸟和小啄木鸟仍在困倦地啼喊……过不多一会儿它们也沉默下来了。在您的头上又一次响起了柳莺清脆的歌喉；黄鹂在一处悲悲切切地叫喊，夜莺初次啼啭了。您正等得心烦，突然——但只有猎人才明白我的意思——突然在沉寂中响起一种奇特的嘎嘎声和沙沙声，听得到一阵急促而富于节奏的鼓翼声———只山鹬姿势优雅地侧着长长的嘴，从容不迫地从黑洞洞的白桦树后飞了出来，迎着您的射击。

所谓的“伏击”指的就是这个。

就这样，我和叶尔莫莱一起前去伏击；不过请原谅，我先得向诸位介绍一下叶尔莫莱。

此人是个四十五六岁的汉子，瘦高身材，细长鼻子，低脑门，灰眼睛，一头乱发，两片带嘲笑神情的宽嘴唇。无论严寒或酷暑，他都穿着一身浅黄色土布外衣，还系着一条宽腰带；下穿蓝色灯笼裤，头戴羔皮帽，这帽子是一个破落地主一时高兴送给他的。他那腰带上系着两个袋子：一个系在前边，被巧妙地扎成两半，一半装弹药，一半装子弹，另一个系在后边，是用来装野味的；而所用的棉屑，叶尔莫莱是从自己那顶仿佛取之不尽的帽子里掏出的。本来他用卖野味所赚的钱不难为自己购置弹药袋和背袋，可是他压根儿想不起去买这类用品，仍然照老办法装弹药，他能避免散弹和火药撒落或混合的危险，其手法之高超常令观者为之惊叹不已。他的枪是单筒的，装有火石，并具强度“后坐”的坏习性，所以叶尔莫莱的右腮总是比左腮肿大。他是如何使用这支枪射中猎物的——即便机灵人也想象不出，可是他能射得中。他有一条猎狗，取名为瓦列特卡，是个怪得出奇的造物。叶尔莫莱从来不喂它。“喂狗干什么呀？”他自有道理地说，“再说，狗是种聪明的畜生，它自个儿会找到吃的。”此话确实不假：瓦列特卡那副骨瘦如柴的模样虽然让不相干的过往生人也大感吃惊，可是它依然活着，而且还挺长寿；尽管它境况可怜，可它一次也没有逃走过，从来没有表示过想要离开自己主人的意思。只有过一回，那是在它的青春年华，为了谈情说爱而离开过两天；不过它很快就不再干这种蠢事了。瓦列特卡有一个最显著的特点，那就是对世上的一切都持一种令人捉摸不透的无所谓的态度……倘若这里谈的不是狗，那么我就想用一个词去说明“悲观失望”。它常常坐着，把它那短尾巴蜷在身子底下，双眉紧蹙，不时地哆嗦几下，从来不见它露出笑容（大家知道，狗是会笑的，甚至笑得挺可爱）。它那副长相奇丑无比，凡是闲来无事的仆人总不放过机会把它的仪表刻毒地嘲笑一番；可是对于所有这些嘲笑以致殴打，瓦列特卡都以惊人的冷静态度忍受下来。有时候由于那些不单单是狗所特有的弱点，它把自己的馋嘴巴探进暖和而香气扑鼻的厨房那扇半开半掩的门里，厨子们便立刻丢下手头的活，对它大喊大骂，并去追赶它，这给厨子们带来了极大的快乐。行猎时，它一向不知疲累，嗅觉又极灵敏；不过，如果偶尔追到一只被打伤的兔子，它就会远远地躲开那个用各种懂得和不懂得的方言大骂的叶尔莫莱，躲在绿丛林里的阴凉处，把兔子美美地吃个精光，连骨头都不剩一根。

叶尔莫莱是我邻近一个旧式地主家的下人。那些旧式地主不喜欢“鹬鸟”，而爱吃家禽。只有遇到特殊情况，如逢生日、命名日或选举日，旧式地主家的厨子们才烹制一些长嘴鸟作菜肴。俄国人都有一个特点，每当自己不知道怎么做的时候，就来了劲头，那些厨子就是这样，他们一来劲便想出高招，调制出奇离古怪的菜肴，使得大多数宾客只能好奇地欣赏端上来的美味，可怎么也不敢去尝一尝滋味。叶尔莫莱按吩咐每月要为主人家厨房供应两对松鸡和山鹑，其他的事便不用他管了，他想住哪儿就住哪儿，想怎么过就怎么过。人们都不要他干活，把他看成百无一用的人——就像奥廖尔人所说的，是“废物一个”。不用说，正是依照他那种不拿东西喂狗的规矩，人们也不供给他火药和散弹。

叶尔莫莱是一个怪得出奇的人：如鸟儿一般无牵无挂，贫嘴长舌，从表面看懒懒散散，笨头笨脑；他非常贪杯，不爱在一地久居，走起路来两脚磨磨蹭蹭，身子东摇西晃——就这样磨蹭和摇晃，一昼夜却能走五十来俄里路。他经历过各种各样的险遇：曾在沼地里、树上、房顶上、桥底下宿过夜，多次被人关在楼阁、地窖和棚屋里，失掉了猎枪、狗、贴身穿的衣服，被人长时间狠揍过，然而，时隔不久，他又回来了，也有衣服穿，还带着枪和狗呢。不能管他叫快乐的人，虽然他的心情几乎是蛮不错的；总的说来，他像个怪人。叶尔莫莱喜欢跟上等人聊上几句，特别是在酒酣之时，但他聊不多一会儿，抬起屁股就走。“你往哪儿去呀，死鬼？深更半夜的。”“到恰普利诺村去。”“你跑十来俄里去恰普利诺干啥呀？”“到那边庄稼汉索夫龙家过夜。”“就在这儿过夜吧。”“不，不行。”就这样叶尔莫莱带着自己的瓦列特卡在黑夜里穿过一处处丛林，越过一道道水沟，匆匆地赶路，而那个庄稼汉索夫龙没准连门也不让他进，还可能拧他的脖子，不准他来打扰规矩人家。话说回来，叶尔莫莱的某些能耐却是无人可及的，比如他善于在春汛时捕鱼，赤手捞虾，凭嗅觉找到野味，诱招鹌鹑，驯养猎鹰，捕捉那些会唱“魔笛”和“杜鹃于飞”[①]曲段的夜莺。唯独驯狗这一行他干不来，他缺乏耐心。他也有妻子。每星期他去会她一回。她住在一间歪歪斜斜，破烂不堪的小屋里苦挣苦扎，艰难度日，今天不知明天能否填饱肚子，总之，受尽苦命的煎熬。叶尔莫莱本是个心地温厚、无所挂心的人，可是对老婆却很粗暴无情，在家里爱摆臭架子，装得严厉可怕——他那可怜的婆娘不知如何讨好他，他一瞪眼，她便吓得发抖，把剩下的最后一分钱都给他打酒喝。当他神气十足地躺在炕上熟睡的时

① 夜莺迷们都熟知这些名称，它们是指夜莺歌声中美妙的段子。——原注

候，她便像奴婢似的给他盖上自己的皮袄。我也不止一次地看到他无意中流露出来的阴沉的凶残劲：他在咬死被射伤的鸟儿时的那种脸部表情使我很厌恶。叶尔莫莱从来没有在家里待过一天以上。到了外边，他又变成了“叶尔莫尔卡”[①]，方圆一百俄里内人家都这样称呼他，有时他本人也这样称呼自己。最卑贱的奴仆都觉得自己比这个流浪汉优越，也许正因为这样缘故，对他倒是蛮友好的。农人们起先为了寻开心，跑去追逐他、逮住他，就像对待野地里的兔子似的，过后又发慈悲而放了他，一听说他是个怪人，就不捉弄他了，甚至还给他面包吃，跟他闲聊……我就是带着这样一个人同去打猎，与他一起到伊斯塔河畔一个很大的桦树林里去伏击。

俄国有许多河流跟伏尔加河很相似：一边是山，另一边是草地；伊斯塔河也是如此。这条小河像蛇一样蜿蜒着，奇特异常，没有半俄里是直溜的。在有的地方从陡峭的山岗上放眼望去，十几俄里长的小河，以及堤坝、池塘、磨坊、围着爆竹柳的菜园和茂密的果园，都可一览无遗。伊斯塔河中的鱼多得不可胜数，尤其是大头鳄（天热的时候农人们在灌木丛下用手去逮）。一些小滨鹬一边啁啾着，一边沿着那些流淌着冰凉而清澈的泉水的岩石岸边飞来飞去；野鸭子向池塘中央游去，小心翼翼地四下顾盼；苍鹭停歇在一些河湾里悬岩下的阴影处……我们伏击了近一小时，猎到两对山鹬。希望在日出之前再碰碰运气（早晨也可以伏击的），便决定到最近处一家磨坊去歇宿。我们走出丛林，下了山冈。河水滚着深蓝色的波浪；空气变浓了，弥漫着夜晚的潮气。我们敲了敲大门，院内有几只狗一齐叫了起来。“谁呀？”响起一个沙哑的、睡意蒙眬的声音。“是打猎的，想借宿一下。”

---

① 叶尔莫莱的卑称。

没有回答。“我们会付钱的。”“我去对老板说说……嘘，该死的畜生！……怎么不死呀！”我们听到那雇工进屋里去了；他很快就回到大门边。“不行，”他说，“老板不让进。”“为什么不让？”“他害怕；你们是打猎的，弄不好把磨坊给烧了，你们带有弹药呢。”“瞎说！”“前年我们的磨坊已烧过一回：有几个牲口贩子来过夜，不知怎的把房子给烧了。”“怎么，伙计，总不能让我们在外头过夜吧！”“那随你们的便了……”他走开了，靴子噔噔噔地响。

叶尔莫莱朝他骂了一通脏话。“咱们到村里去吧。”最后他叹口气说。但到村子还有两俄里地呢……“就在这儿过夜吧，”我说，“就睡在外头，夜里还暖和；给点钱，让老板给咱们送些麦秸来。”叶尔莫莱顺从地同意了。我们又敲起门来。“你们要干什么呀？”又传来那个雇工的声音，“说过了，不行。”我们向他说明了我们的要求。他去跟老板商量了一会，便和老板一起转回来。小门嘎的一声开了。老板露面了，他是个高个子，肥肥的脸，公牛般的后脑勺，滚圆的大肚子。他同意了我的要求。离磨坊百来步远的地方有一个四边通风的小敞棚。他们把麦秸和干草给我们送到敞棚里。那雇工在河边草地上摆好茶炊，蹲下身子，尽心地去吹那生火的筒子……炭火闪烁着，清楚地照亮了他那张年轻的脸。磨坊老板跑回去唤醒妻子，终于他自己提出让我到他房子里过夜；但我宁愿在外边露宿。老板娘给我们送来了牛奶、鸡蛋、土豆、面包。茶炊很快就烧开了，我们便开始饮茶。河面已是雾气腾腾，没有风；秧鸡在四周咕咕地啼叫；磨坊的水轮边发出微弱的响声，那是轮翼上的水点往下滴，水从堤坝闸门里渗漏出来。我们生起一小堆篝火。叶尔莫莱在灰烬上烤着土豆，我趁机打了一会盹……一阵压低的轻声细语惊醒了我。我抬头一瞧：那磨坊老板娘正坐在篝火前一个倒放的木桶上同我的猎伴在聊天。我早先从她的穿着和举止言谈中已看出她是某地主家的女仆——她不会是农妇，也不会是小市民，不过直到这一会儿我才看清她的脸容。看样子她有三十来岁；清瘦的面容还留有当年姿色的遗韵；我特别欣赏她那双忧郁的大眼睛。她的两肘支在膝上，手托着脸。叶尔莫莱背朝着我坐，不时往火堆里添些木柴。

“热尔图希纳那边的牲畜又闹瘟疫了，”磨坊老板娘说，“伊万神父家已死了两头母牛……愿上帝保佑！”

“你们家的猪怎么样？”叶尔莫莱沉默了一会后问道。

“都活着呢。”

“能给我一只小猪崽就好了。”

老板娘一时不答话，稍后叹了口气。

“和您一起来的是什么人？”她问。

“一位老爷，柯斯托马罗夫村那边的。”

叶尔莫莱往火里扔了几根枞树枝；树枝立即噼噼啪啪地响了起来，一股浓浓的白烟直扑他的脸。

“你丈夫干吗不让我们进屋？”

“他怕。”

“瞧那胖样，大肚皮……小鸽子，阿丽娜·季莫费叶夫娜，给我一小杯酒吧！”

老板娘站起身，消失在黑暗中。叶尔莫莱低声地哼起歌来：

> 我去找情妇，
> 鞋子都磨破……

阿丽娜拿着小酒瓶和小杯子回来了。叶尔莫莱欠一欠身，画了下十字，一口气喝干了酒。“棒极了！”他说了一句。

老板娘又在木桶上坐下来。

“怎么，阿丽娜·季莫费叶夫娜，你还老是有病？”

“可不。”

“这怎么回事？”

“夜夜咳嗽，可折磨人啦。”

“老爷看来睡着了。”叶尔莫莱沉默了一会说。“你别去找郎中，那会更糟。”

“所以我没有去。”

“上我家串串门吧。”

阿丽娜埋下了头。

“到时候我把家里那婆娘赶走，”叶尔莫莱继续说，“真的。”

“您最好把老爷叫醒，叶尔莫莱·彼得罗维奇，瞧，土豆烤熟了。”

“让他好好睡吧，”我的忠实仆人冷静地说，“他跑累了，睡得很香。”

我在干草上翻起身来。叶尔莫莱站起来，走到我身旁。

“土豆烤熟了，吃点吧。”

我走出敞棚；老板娘从木桶上站了起来，想要走。我跟她聊了起来。

“这磨坊你们租下很久啦？”

“去年三一节那天租的，一年多了。”

“你丈夫是哪儿人？”

阿丽娜没有听清我的问话。

“你丈夫是啥地方人？”叶尔莫莱提高嗓门，重复了一遍。

“是别廖夫人。他是别廖夫城里人。”

“你也是从别廖夫来的？”

“不，我是地主家的人……以前在一地主家干活。”

“谁家的？”

“兹韦尔科夫先生家的。现在我自由了。”

“哪一个兹韦尔科夫？”

“亚历山大·西雷奇。”

“你是不是做过他妻子的婢女？”

“您怎么知道的？我做过。”

我怀着双倍的好奇心和同情心瞅了瞅阿丽娜。

“我认识你那家老爷。”我继续说。

“您认识？”她低声地答话，低下头去。

该对读者说一下，为什么我会如此同情地瞅着阿丽娜。我在彼得堡的时候，一个偶然机会使我认识了兹韦尔科夫先生。他当时身居要职，以博识和干练闻名。他有一位胖乎乎的夫人，她有些神经过敏，爱哭鼻子，可又很凶，是个平庸而又讨厌的女人；他也有一个儿子，是个地道的又娇又蠢的公子哥。兹韦尔科夫先生本人的长相也令人不敢恭维：那张近乎四方形的宽脸上狡猾地瞪着一双鼠眼，翘着一个又大又尖的鼻子，鼻孔朝外翻；剪得很短的白发像鬃似的戳立在他那布满皱纹的前额上边，两片薄嘴唇不停地颤动着，甜腻腻地微笑着。兹韦尔科夫先生常叉开两腿站着，把那双胖胖的手插在口袋里。有一次我和他两人坐马车出城。我们攀谈起来。作为一个阅历丰富的能干人，兹韦尔科夫先生便教导起我来，要我学走“正路”。

“恕我直言，”他最后尖声尖气地说，“你们这些年轻人对各种事情不假思索，便做出判断和解释；你们很少了解自己的祖国。你们，先生们，对俄罗斯很不熟悉，就是这么回事……你们全只读德国人的书。比如说，您现在跟我谈这谈那，喏，比如谈仆人问题……很好，我不争论，这一切都很好；可是你们不了解他们，不了解他们是些什么样的人。（兹韦尔科夫先生大声擤了下鼻涕，嗅了嗅鼻烟。）比如，有一件小趣闻，我来对您说说，这可能会让您感兴趣。（兹韦尔科夫先生咳了一下。）您是知道的，我的太太是什么样的人：比她更善良的女人，恐怕是难以找到的，这您也是承认的。她使唤的丫头过的可不是常人的日子——简直像在天堂……但是我的太太给自己立下一道规矩：不用结过婚的女仆。那样的女仆确实不合适：一个女仆有了孩子后，就有这事那事，哪儿还能好好服侍太太，照料她的饮食起居呢？那样的女仆会顾不上这些，她已经没有这份心思了。这也是人之常情嘛。事情是这样的：有一次我们乘车经过我们的村子，这事有些年头了——怎么对您说呢，说实话——早在十五六年前吧。我们看到村长家里有个小姑娘，是他的闺女，模样标致极了；而且您要知道，那仪态里还带有娇媚劲。我太太就对我说：'科科——您知道她是这样称呼我的——把这个小丫头带到彼得堡吧，我很喜欢她。科科……'我说，'好吧，带去吧。'那村长嘛，不用说，就向我们下跪道谢，您明白，他做梦也想不到有这样好运……当然啰，那小丫头还不懂事，大哭了一阵。开头这的确会让她害怕：要离开爹娘的家嘛……总之……这没有什么可奇怪的。她很快就跟我们处惯了；起初让她和女仆们一处住；当然，得调教她。您猜怎么着？……这丫头的长劲可惊人了；我太太对她简直喜欢得不得了，可疼她啦，终于撤了其他几个女仆，让她来当自己的贴身丫头……看到了吧！……也该为她说句公道话：我太太压根儿没有过这样可心的丫头；她那么殷勤、恭顺、听话，简直样样都称人的心。可说实话，我太太对她也太宠了：给她穿得漂漂亮亮，让她与主人吃一样的饭菜，喝一样的茶……嘿，真叫人难以想象！就这样她在我太太身边伺候了十来年。忽然，有一天早上，您想象一下吧，阿丽娜——她的名字叫阿丽娜——没有禀报就走进我的办事室里，扑通一声便跪在我面前……坦白地说，我容忍不了这个。人在任何时候都不该忘记自己的身份，不是吗？‘你有什么事？’‘老爷，亚历山大·西雷奇，请您发发慈悲。’‘什么？’‘请许我出嫁吧。’说实话，我很惊讶。‘你是知道的，傻丫头，太太身边没有别的丫头呀！’‘我会照常服侍太太的。’‘瞎说！瞎说！太太是不用出嫁的丫头的。’‘马拉尼娅可以接替我。’‘别说三道四了！’‘随您怎样吧……’说真的，我惊呆了。对您说吧，我是这样的人：我敢说，没有什么像忘恩负义的事一样让我感到这样强烈的痛恨的了……反正对您说说不要紧，您知道我太太是什么样的人，她是天使的化身，她的善良是无法言传的……哪怕是魔鬼，也会怜惜她的。我把阿丽娜轰出房去。我思谋着她没准会醒悟的，要知道，我不信人会那么坏，会以怨报德。您猜怎么着？半年后她又为同一件事来求我。我，说真的，非常气恼，把她赶了出去，并吓唬她，说要去告诉太太。我火极了……可是还有令我吃惊的：过了不多日子，我太太眼泪汪汪地来找我，她十分激动，简直让我吓坏了。‘出什么事啦？’‘阿丽娜……’您明白……您明白……这事我羞于说出口。‘不会吧……会是谁呢？’‘是仆人彼得鲁什卡。’我肺都气炸了。我这个人哪……就不爱含糊……彼得鲁什卡……没有错。惩罚他也行，不过，依我看，他没有错。阿丽娜嘛，唉，唉，还有什么可说呢？当然，我立刻吩咐把她的头发剃了，给她换上粗布衣服，把她遣送到乡下去。我太太失去了一个可心的婢女，但这也无可奈何：家里总不能被搞得一团糟。烂肢不如一下截去为好……唉，唉，现在您自己想想吧，反正您是了解我的太太的，这，这，这……终究是个天使呀……她就是舍不得阿丽娜嘛，阿丽娜明明知道这个，而她就不顾羞耻……不是吗？您说说……啊？还能说什么呢！总之，毫无办法。至于我吗，这个丫头的忘恩负义也使我痛心、难过了好一阵子。不管怎么说……这种人没有良心，无情无义！你无论怎样喂狼，狼总是眼瞧树林……且当作后事之师吧！不过我仅是想向您说明……”

兹韦尔科夫先生没有把话说完，便转过头去，用外套把自己裹得更加严实，刚强地抑制着不由自主的激动。

这一会儿读者大概已会明白，我为什么那么同情地瞅着阿丽娜了。

“你嫁给磨坊老板已很久了吗？”我最后这样问她。

“两年了。”

“怎么，老爷允许您啦？”

“人家替我赎了身。”

“谁？”

“萨韦利·阿列克谢维奇。”

“他是什么人？”

“是我男人。（叶尔莫莱不出声地微笑一下。）莫非老爷对您说起过我？”阿丽娜稍沉默了一会，又问一句。

我不知道该怎样回答她的问话好。“阿丽娜！”磨坊老板从远处喊她。她站起身走了。

“她丈夫人好吗？”我问叶尔莫莱。

“还可以吧。”

“他们有子女吗？”

“有过一个儿子，可夭折了。”

“怎么，磨坊老板喜欢上了她，是吗？……他替她赎身花了很多钱吧？”

“这不清楚。她识字；干他那一行，识字……总是……很有用的。所以她被看中了。”

“你跟她早相识啦？”

“早啦。我从前常去她主人家。他们的田庄离这儿不远。”

“仆人彼得鲁什卡你也认得？”

“彼得·瓦西利耶维奇吗？当然是，认得。”

“他现在在哪儿？”

“当兵啦。”

我们沉默了一会。

“她的身体似乎不大好？”我最后问叶尔莫莱。

“会有什么好身体呢……明天这场伏击兴许很好。现在您就好好睡一觉吧。”

一群野鸭嘎嘎地叫唤着，掠过我们的上空，我们听到，它们是降落在离我们不远的河面上。天色已经全黑了，也开始变凉了；树林里夜莺在嘹亮地啼啭。我们钻进干草里睡着了。

莓泉

8月初的炎热天气常常令人不堪忍受。在12点到3点这段时辰里，即使最坚决最迷恋打猎的猎人也无法出去行猎，连最为忠心的狗也“蹭起猎人的脚跟”，就是说，一步一步地跟在猎人的屁股后边，难受地眯起眼睛，把舌头伸得老长，对于主人的呵斥，它只是委屈地摇摇尾巴作为回答，脸上露出一副窘态，但不往前头跑。我有一次就是在这样的日子前去打猎。心里很想找个阴凉地方，哪怕躺一会儿也好，可是我对这种诱惑抵制了好一阵子。我那只不知疲倦的狗也一直坚持在灌木丛里寻找猎物，显然，它并不期望自己的狂热行动会有什么收效。这种令人喘不过气的暑热最终迫使我想到，还是保存一些最后的气力和能力为好。我勉勉强强走到伊斯塔河边，这条河是我的宽厚的读者所已熟悉的。我走下陡坡，踏着潮湿的黄沙，朝着那个在附近颇有名气的名曰“莓泉”的泉水走去。这股泉水是从河岸上那个渐渐变成又窄又深的峡谷的裂缝中涌出来的，它在离这儿二十来步远的地方带着欢快的絮叨声泻入河中的。峡谷两边的斜坡上长满了小橡树林；泉水近旁是一片青翠的草地，草长得很短，整片草地仿佛天鹅绒一般；阳光几乎从来没有接触过那清凉的、银色的泉水。我好不容易来到泉水边，草地上放着一个桦树皮做的水勺，那是过路的农人留下给大家用的。我喝足了水，在阴凉处躺下来，向周围扫了一眼。泉水注入小河的地方形成了一个水湾，那儿老是泛着一片涟漪。就在水湾旁坐着两个老头，背对着我。其中一个身体壮实，个头高大，身穿整洁的深绿色长外衣，头戴毛绒便帽，正在钓鱼；另一个身体瘦小，穿的是一件带补丁的棉毛上衣。没有戴帽，膝上放着一小罐鱼饵，有时摸摸自己白发苍苍的头，像是要挡点阳光。我细细打量了他，认出他就是舒米希诺村的斯捷普什卡。请读者允许我介绍一下这个人。

距我的村庄几俄里远的地方，有个叫舒米希诺的大村庄，村上有一座石结构教堂，它是为修士圣科济马和圣达米安而修建的。教堂对面有一座曾显赫一时的宽敞的地主大宅，大宅周围有各种各样附建的房屋棚舍，如杂用房、作坊、马厩、地窖、马车棚、澡堂、临时伙房、供客人和管理人员住的厢房、花房、民众娱乐房以及其他大小用房。在这个宅院里住的是一家地主老财，他们的日子一直是过得安安稳稳的。不料在一天早晨，他们的全部家当突然被一场大火烧个精光。于是这地主一家便迁往另一处住了，这儿的宅院便开始荒废了。宽敞的废墟变成了菜地，一些地方留下一堆堆砖头瓦块，和先前屋基的残迹。人们用没被烧坏的圆木马马虎虎地钉了一间小屋，用船板盖了屋顶，那船板是十来年前为建造哥特式亭台而购置的。主人让园丁米特罗方带着妻子阿克西尼娅以及七个孩子住进这个小屋，并派他种瓜种菜，供住在一百五十俄里外的主人家食用，又指派阿克西尼娅照管那头以高价从莫斯科买来的季罗里种母牛，不过，很遗憾，这头母牛已丧失了生殖能力，因此自买来后就没有产过奶；她还得饲养一支烟色的凤头公鸭，这是唯一的“老爷家的”家禽；孩子们由于年幼，没有派他们任何差使，这倒使他们完全成了懒骨头。我曾有两次在这个园丁家里借宿；路过时常向他买些黄瓜，可天知道为什么他的黄瓜在夏天便长得那么老大，皮黄而厚，淡而无味。就是在他家里我头一回见到了斯捷普什卡。除了米特罗方一家，还有一个托基督的福寄住在一个士兵的独眼妻子那间小屋里的年老失聪的教会长老格拉西姆。除此之外，便没有任何其他家仆留在舒米希诺村了，因为我要向读者介绍的这个斯捷普什卡一般不能算作人，尤其不能把他算作家仆。

在社会里，任何人总有不管什么样的地位，总有不管什么样的关系；任何家仆，即使不拿工钱，至少也得有他一份所谓的"口粮"，可是斯捷普什卡则绝对没有拿过任何补贴什么的，他无亲无故，无人知道他的生死存亡。此人简直没有来历，没有人谈起他，人口调查簿上也不见得查得到他。有些不明不白的传闻说，他从前当过某某人的侍仆；然而，他是何人，来自何方，是何人之子，如何成了舒米希诺村的村民，他那件不知从何年何月起就穿在身上的棉毛外衣是如何搞到的，他住在何处，何以为生等等诸多问题，绝对没有人能知道一星半点，老实说，也没有人去考查这些问题。特罗菲梅奇老爷爷是个很了解所有家仆的四代家谱的人，就连他也只提起过一次，他说，他记得已故的老爷阿列克塞·罗曼内奇旅长当年出征归来时，用辎重车载回的那个土耳其女子就是斯捷潘[1]的亲戚。按俄国的古老习俗，每逢节日，就用荞麦馅饼和烧酒普遍赏赐和款待大家，即使在这种节日里，斯捷普什卡也不来到摆好的餐桌和酒桶旁边，他不鞠躬行礼，也不前去吻老爷的手，不当着老爷的面一口气饮干由管家的胖手斟得满满的一杯酒，以表示对老爷健康的祝福；除非有个好心人经过，把一块吃剩的馅饼分给这个可怜虫。在复活节，人们按习俗吻他的脸，而他也不卷起油腻腻的袖子，不从后边口袋里掏出红

① 即斯捷普什卡的正式名称。

鸡蛋，也不喘着气、眨着眼把红鸡蛋献给少爷以至太太。夏天他住在鸡窝近边的贮藏室里，到冬天则住在澡堂的更衣室里；最寒冷的时候便到干草棚里过夜。人们对他看习惯了，有时甚至给他一拳踢他一脚，但没有人跟他说说话，他本人也好像生来没张过嘴一样。那场火灾之后，这个被丢下不管的人便栖身在，或像奥廖尔人所说的，“躲藏”在园丁米特罗方家里。园丁对他不理不睬，既不对他说，“住在我这里吧”，也没有让他滚蛋。斯捷普什卡也不算是住在园丁家里，他是凑凑合合地歇宿在菜园子里，他来来去去、一举一动都无声无息；打喷嚏、咳嗽时都蒙上手，害怕出声，他老是忙忙碌碌，奔前奔后，活像蚂蚁，这全是为了口，纯粹是为了有口饭吃。说真的，要是他不从早到晚为自己的吃饭奔忙操心的话，那么我的斯捷普什卡已成了饿死鬼了。

糟就糟在朝不保夕，吃了上一顿，没有下一顿！有时斯捷普什卡坐在篱笆旁啃萝卜或是嚼胡萝卜，或者低着头切碎那坑里肮脏的白菜帮；有时呼哧呼哧地把一桶水提到某处去；有时在小砂锅下边生火，从怀里掏出几块黑乎乎的玩意扔在锅里；有时在自己的小贮藏室用木头敲敲打打，钉钉子，做个搁面包的小架子。他干这种活时都是不声不响的，像是偷偷摸摸地干：有人瞧一眼，他就躲开了。有时他突然离开三两天；他的失踪当然也没有人发觉……过不多久，一瞧，他又在那里了，又在篱笆旁偷偷地给砂锅生火煮吃的了。他的脸蛋很小，有一双黄色的小眼睛，头发直遮到眉毛，小鼻子尖尖的，耳朵特大，显得透亮，活像蝙蝠的耳朵，胡子像是两星期前剃的，老是留得不长不短。这就是我在伊斯塔河岸上遇到的与另一个老头待在一起的那个斯捷普什卡。

我走到他们身旁，向他们问了好，然后便挨着他们坐下来。斯捷普什卡的那位同伴我也认出来是位熟人：他是彼得·伊利奇伯爵家的已获自由的农奴米海洛·萨韦利耶夫，绰号叫“雾”。他常住在那个患肺病的波尔霍夫城小市民——一家客店的老板那里，我经常在那家客店里投宿。乘车经过奥廖尔大道的年轻官员以及其他有闲情的人（那些沉睡在条纹羽毛褥子里的商人则无心及此）至今还可以发现离那个特罗伊茨基大村庄不远的地方，有一座木建的两层楼房屹立在路旁，房顶已经塌了，窗户已经钉死，完全被废弃了。在阳光普照、天气晴朗的中午时分，你很难想象有比这遗址更凄凉的景象了。早先在这里住的是彼得·伊利奇伯爵，他是当年有钱有势的显赫人物，以好客闻名。他的家里常常云集着全省的名流显要，客人们在他的家庭乐队的震耳欲聋的乐声中，在花炮和焰火的噼啪声中尽情地跳呀，玩呀，热闹非常。如今，因途经这座荒废了的贵族豪华宅第而勾起对往昔和青春岁月的感叹和回忆的，大概不只是一位老太太吧。伯爵长年地大摆筵席，带着亲切的微笑来往周旋于众多的百般奉承的宾客之中。但不幸的是他的产业不够他一生挥霍。他彻底破产了，于是便前往彼得堡，想在那边谋个一官半职，但还未等到什么结果，就死在旅馆里了。“雾”曾在伯爵家里当过管家。伯爵还健在时，他就领到了解放证书。此人约七十岁左右，有一张端正而讨人喜欢的脸。他几乎总是面露微笑，如今只有叶卡捷琳娜时代的人才像他那样笑得慈善而优雅。说话时，双唇慢慢地开开合合，亲切地眯起眼睛，说话带点鼻音。他擤鼻子、嗅鼻烟都显得不慌不忙，像在办件要事。

“怎么样，米海洛·萨韦利伊奇[①]，”我开始说，“钓到鱼了吗？”

“您瞧一瞧鱼篓吧：钓到了两条鲈鱼，还有五条大头　呢……

---

① 即萨韦利耶夫的别称。

给他看看，斯捷普卡[①]。”

斯捷普卡把鱼篓递给我看。

“你近来好吗，斯捷潘？”我问他。

“没……没……没……没什么，老爷，马马虎虎。”斯捷潘讷讷地回答，仿佛舌头上压着重东西。

“米特罗方身体好吗？”

“他身体很好，可……可不是，老爷。”

这可怜的老头转过脸去。

“鱼不怎么爱上钩，”“雾”说起话来，“热得真够呛；鱼全躲进树丛下睡觉了……替我装个鱼饵吧，斯捷帕[②]。（斯捷普什卡取出一条虫子，放在手掌上，拍打了两下，安在钓钩上，吐了口唾沫，递给了“雾”。）谢谢，斯捷帕……老爷，您，”他接着向我说，“是去打猎吗？”

“是呀。”

“唔……您的狗是英国种或是纽芬兰种？”

这老家伙一有机会就喜欢表现自己，他的用意是让人知道，他是个见过世面的人！

“不知道它是什么种，可是它挺好。”

“唔……您还有一些狗吧？”

“家里养了两群呢。”

“雾”微微一笑，摇摇头。

“确是这样：有的人对狗很着迷，可有的人白送他也不要。依我的浅之见，我以为养狗可以说主要是为了摆谱儿……想让一切都显得体面：让马显得体面，让养狗的仆人也显得体面，一

① 斯捷普什卡的另一种爱称。
② 斯捷普什卡的另一小称。

切都得体面。已去世的伯爵——愿他进天国！——说实话，生来就不是一个猎人，可他也养狗，一年里出去打一两回猎。养狗的仆人穿起镶金边的红外套，集合在院子里，吹起号角；伯爵大人出来了，他们给伯爵大人牵过马，扶他上马，领头的猎手把大人的脚套进马蹬，然后摘下帽子，用帽子托着缰绳递上去。伯爵大人的马鞭一响，养狗的仆人们便吆喝起来，拥出院子。马夫骑着马跟在大人后面，用绸带子牵着主人的两只宠爱的狗，小心照看着……马夫他高高地骑在哥萨克马的马鞍上，容光焕发，大眼睛不停地转来转去……当然啰，在这样的场合总是少不了有宾客。多么开心，多么、派头……咳，挣脱了，鬼东西！”他拽了下钓竿，突然说。

“听说，伯爵这辈子过得挺风光的，是吗？”我问道。

老头往鱼饵上吐了口唾沫，把钓钩抛下去。

“敢情，他是个富贵显赫的人嘛。可以说，常常有一些从彼得堡来的头等要人来拜访他，常常有一些佩蓝绶带的人在他家里吃吃喝喝。伯爵也挺会款待客人。他时常把我叫去，说：‘“雾”明儿我要几条活鲜鱼，叫人给送来，听见没有？’‘听见了，大人。’那些绣花外套、假发、手杖、香水、上等花露水、鼻烟壶、大幅油画等等都是直接从巴黎定购来的。一举办大宴会——天哪，可了不得！焰火满天蹿，车马遍地游，甚至还放炮呢。光是乐师就有四十人。他雇了一个德国佬来当乐队指挥，可那德国佬竟摆起架子：要与主人一家同桌用餐，伯爵大人就下令让他滚蛋，他说，我的乐师个个懂行，用不着指挥。当然啰，什么都由老爷说了算。一跳起舞来，便跳个通宵达旦，跳得最多的是拉科谢兹舞和马特拉杜尔舞[1]……唉……唉……唉……上钩了，伙

① 拉科谢兹舞是一种四人或四组男女跳的舞蹈；马特拉杜尔舞是一种西班牙舞蹈。

计！（老头从河里拖上一条不大的鲈鱼。）拿着吧，斯捷帕。”老头又抛出钓钩，接下说，“老爷倒是个好老爷，心肠也好。有时会揍你几下，过一会就不记得了。只有一件事不怎么的，就是养姘头。唉，那些姘头呀，全不是好玩意儿！就是她们害得他破产的。她们全是从下等人家那里挑来的。按说她们还有什么不满足的呢？可是不：即使把全欧洲最值钱的东西都给了她们，还是不行！说来也是，为什么不及时行乐呢，这是老爷家的事……可是搞到破产总是不该的呀。特别是一个名叫阿库丽娜的姘头，如今她已不在人世了，愿她升入天国！她本是一个普普通通的丫头，西托夫村一个甲长的女儿，瞧她那个凶劲！常常扇伯爵的耳光。她把伯爵完全给拴住了。我侄儿不小心把她的新衣服溅了点可可汁，就把他押去当兵……被押去当兵的何止他一个人呢。话说回来，那时候到底是好时光呀！”老头又说了这段话，深深叹了口气，低下头，不吭声了。

“我看，你家老爷很严厉吧？”沉默了一会儿之后，我开口说。

“那时候就兴这样嘛，老爷。”老头摇摇头，反驳说。

“现在就不那样了。”我眼盯着他，说。

他斜过眼瞟了我一下。

“现在当然更好了。”他嘟哝说，把钓钩抛得远远的。

我们坐在树荫下，可树荫下也闷热得很。沉闷而炎热的空气似乎停滞不动；燥热的脸愁苦地盼着风来，可是一点风也没有。太阳从蓝蓝的发黑的天空火一般地照射；在我们的正对岸，是一片黄灿灿的燕麦地，有些地方长出一蓬蓬苦艾，连一根麦穗也没有摇动。稍低处有一匹农家的马齐膝站在河里，懒洋洋地摇晃着湿漉漉的尾巴；从低垂的灌木下有时浮出一条大鱼，吐了几口水泡，又悄然沉到水底，留下微微的涟漪。螽斯在枯黄的草地里吱吱地叫着；鹌鹑仿佛不高兴地啼喊着；鹞鹰在田野上空从容地飞翔，时不时地在一处停歇下来，迅速地拍了拍翅膀，尾巴如扇子似的展开。我们热得一动不动地坐着。蓦然从我们后面的峡谷里传来了一阵脚步声：有人朝着泉水走来。我回头一瞧，就瞧见一个五十来岁的满身尘土的庄稼人，身上穿一件衬衫，脚登树皮鞋，背着一只背篓，肩上搭着一件粗呢上衣。他来到泉边，大口大口地饱喝了一通水，慢慢地站起身来。

"是你呀，符拉斯？""雾"朝他打量了一下，喊了起来，"你好呀，老弟。你是打哪儿来呀？"

"你好，米海洛·萨韦利伊奇，"庄稼人走到我们跟前说，"打大老远来。"

"上哪儿去了？""雾"问他。

"上了趟莫斯科，去找老爷。"

"为了什么事呀？"

"去求他。"

"求他什么呀？"

"求他减轻点代役租，要么就改劳役租，或者让我换个地方也行……我儿子死了，眼下我一人对付不过来。"

"你儿子死了？"

"死了，"庄稼人沉默了一下，接下说，"我儿子以前在莫斯科赶马车：说实话，代役租是他替我缴的。"

"难道你们如今还缴代役租？"

"是呀。"

"你家老爷怎么说呢？"

"老爷怎么说？他赶我走！他说，你怎么敢直接上我这儿：这种事有管家管嘛；他说，你应该先向管家报告……让我给你换到哪儿呀？他说，你得先把欠的租交清了。老爷真的生气了。"

"怎么，你就这样回来啦？"

“就回来了。我本来打算查问一下，我死去的儿子有没有留下什么财物，可是没有弄清楚。我对儿子的老板说：‘我是菲利普的爹’；而他对我说：‘我怎么知道你是不是他爹呢？再说，你儿子也没留下什么；还欠我的债呢。’我就这样回来了。”

这庄稼人是带着微笑对我们谈这些事的，好像是在谈别人的事，可是他那双小小的、眯拢的眼睛里却是泪水盈眶，嘴唇抽搐着。

“那么你现在就回家吗？”

“还能去哪儿？当然是回家。说不定我老婆正饿着肚皮呢。”

“那你还是……那个……”斯捷普什卡突然开口说，却又觉得不好意思，便不说了，把手伸到罐里翻弄鱼饵。

“那你去找管家吗？”“雾”继续说，带点惊讶地扫一眼斯捷帕。

“我去他那儿干什么？……我还欠着租呢。我儿子在死以前就病了一年，连他自己那份租金都没有交……我也不去操那份心了：反正从我身上挤不出什么了……老哥，任你怎么有鬼主意，都用不着了：我不管那一套了！（庄稼人哈哈大笑。）不管他怎么要聪明，金季良·谢苗内奇，总归……”

符拉斯又笑了起来。

“怎么样呢？这可不好，符拉斯老弟。”“雾”一字一顿地说。

“有什么不好？不……（符拉斯的话音断了。）天气真热呀！”他用衣袖擦下脸，又说了一句。

“谁是你家老爷？”我问。

“瓦列里安·彼得罗维奇·××× 伯爵。”

“是彼得·伊利奇的儿子吗？”

“是彼得·伊利奇的儿子，”“雾”做了回答，“彼得·伊利奇还在世那会儿就把符拉斯住的那个村子分给了他。”

“是这样，他身体好吗？”

“身体好着呢，感谢上帝，”符拉斯回答说，“他气色红润，脸好像更胖了。”

“是这样，老爷，”“雾”朝着我说，“在莫斯科附近可能好些，可是在这里得交代役租。”

“租金得多少？”

“租金得九十五卢布。”符拉斯嘟哝说。

“喏，您知道，耕地没多少，尽是老爷家的林子。”

“有人说，那林子已卖掉了。”那庄稼人说。

“喏，您看看……斯捷帕，给我个鱼饵……斯捷帕？你怎么啦。睡着啦？”

斯捷普什卡猛地振作一下。庄稼人在我们旁边坐了下来。我们又不作声了。对岸有人唱起歌来，多么忧伤的歌呵……我这位可怜的符拉斯发起愁来……

过了半小时后，我们便分手了。

县城的大夫

秋天的时候，有一回我从很远的野外打猎归来，途中着了凉，病了。我发起烧来，幸好这时候已到了县城，在一家客店住下了。我打发人去请医生。半小时后来了一位县城的大夫。此人个头不大，瘦巴巴的，头发乌黑。他给我开了普通的退烧药，要我贴上芥末膏，挺麻利地把一张五卢布钞票塞进他那翻袖口里，而同时干咳了一声，瞧了瞧旁边，本来想要立即打道回府，不知怎的，跟我聊了起来，于是留了下来。我受着高烧的折磨；我料想夜里会睡不着，巴不得有个人同我聊聊天。茶端上来了。我的医生便打开了话匣子。他这个人不笨，口齿伶俐，说话颇有风趣。世上有些事好奇怪：你同有的人相处很久，关系也挺融洽，可是你从来不向他披肝沥胆，倾吐心曲；而跟有的人刚刚结识，便视为知己，彼此把心里的全部隐私像忏悔似的全掏给对方。我不清楚我是凭什么博得了我这位新朋友的信任，不知出于什么原因，他便把一件相当动人的事，如常言说的，“拿来”说给我听了。现在我就把他所讲的事说给我知音的读者听听。我尽量用那位大夫的原话来叙述。

“您知不知道，”他开始说了，嗓音显得乏力而发颤（这是因为抽了纯别列佐夫烟草的缘故），“您知不知道本地的法官帕韦尔·卢基奇·梅洛夫？……不知道吧……那没关系。(他咳几下清清嗓子，擦擦眼睛)。您看，怎么说好呢，就照实对您说吧，事情是发生在大斋期里，那正是冰雪消融的时节。我坐在他——我们的法官——家里，在玩普列费兰斯纸牌。我们这位法官是个好人，对玩这种牌很着迷。突然（我的大夫常常用‘突然’这个词）有人对我说：‘有人找您。’我说：‘有什么事？’那人说：‘他带来一张条子，也许是病家写的。’我说：‘把条子拿来。’果然是一个病家写的……那是好事——您明白，这就是我们的饭碗嘛……是这么一回事：那条子是一位守寡的女地主写给我的；她说，‘我女儿病危，看上帝的面上，劳您驾来一趟，我派马车接您。’嗯，这倒没有什么……可是她家离城有二十俄里地，当时已是深更半夜，而且道路又是那么糟！再说啦，她那家又穷，很难指望出两个银卢布以上的诊费，就连这点钱还未必有，没准只给些粗麻布或者旁的一点儿什么。可是您明白，职责重于一切嘛，人家快要丧命了。我突然把纸牌交给那位每场必到的牌友卡利奥宾，就赶回家去。一瞧，一辆小马车已停在台阶前；那几匹马是农家的马——是些大肚子马，肚子特别大，身上的毛简直像毡子一样，那车夫为了表示崇敬，脱了帽坐在那里。我心想，一看就知道，老兄，你的主人不是家财万贯的主呀……您笑了，对您直说吧，我们这些穷哥们，凡事都要掂量掂量……要是车夫像个公爵似的坐着，不脱帽子，还从胡子底下冒出几声冷笑，一边摇晃着鞭子——我敢说准能拿到双倍的诊金！而这一回，我知道不会有那样的运气。不过，我心想，没法子，职责重于一切嘛。我带上一些最必需的药品，就动身了。您信吗，我费了老劲才勉强到达的。道路糟透了：又是小河，又是雪，又是烂泥，又是水坑，突然有一处堤坝还决了口——多糟糕呀！可我还是到了。病家的房子很小，房顶是麦秸铺的。窗子里亮着灯，想必是在等我。一个恭恭敬敬的老太太戴着便帽出来迎接我。她说，‘救救命吧，她快不行了。’我说，‘请别着急……病人在哪儿呢？’‘请到这边来。’我一看，是一个干干净净的小房间，角落里亮着一盏神灯，床上躺着一位二十来岁的女子，处于昏迷状态。她体温很高，呼吸困难——患的是热病。房间里还另有两位女子，是她的姐妹，她们甚是惊恐，眼泪汪汪的。她们说：‘昨天她还好好的，吃东西也有胃口；今天一早便说头痛，到晚上就这样了。’我再次说：‘请别着急。’您知道，这是医生必须说的话，接着我便开始给病人诊治。我给她放了血，吩咐给她抹上芥末膏，开了药。这时候我瞧了瞧她，瞧着瞧着——我的天，我从来没有见过这样标致的脸蛋……简直可说是个绝色美妞！我的怜惜之情便油然而生。那容貌真招人喜欢，那双眼睛……过了一会儿，感谢上帝，她安静些了；她发了汗，似乎清醒过来了，向周围瞧了瞧，微微一笑，用手摸摸脸……两位姐妹向她俯身问道：‘你怎么样啦？’‘没什么。’她说，身子转了过去……我一瞧，她睡着了。于是我说，现在该让病人安静一会儿。我们便蹑手蹑脚地走出去，留下一个丫头在那里随时侍候。客厅的桌子上已摆好了茶炊，旁边还放着牙买加酒：干我们这一行是少不了它的。给我上了茶，并请我留下过夜……我同意了，这时候还能去哪儿呀！老太太叹气不已。我说，‘您何必这样呢？她会好的。请别担心，您自己去好好休息一下：已经1点多钟了。’‘要是有事，请您叫人喊醒我好吗？’‘好的，好的。’老太太出去了，两位姐妹也回到自己房里去；已经给我在客厅里铺好了床。我躺下来，可就是睡不着——多么奇怪呀！我心里老是翻腾着。我总是想着我的病人。我终于忍耐不住，突然起来了；心里想，去看看病人怎么样了？她的卧室就在客厅隔壁。于是我下了床，轻轻地推开门，而我的心怦怦直跳。我一瞧，那个丫头已经睡着了，张着嘴，还打着鼾，这个狡猾丫头！病人脸朝外躺着，两手伸开，可怜的姑娘！我走近她……她突然睁开眼睛凝视着我……‘谁呀？谁呀？’我有些发窘。我说，‘别害怕，小姐，我是医生，来看看您怎么样了。’‘您是医生？’‘是医生……是令堂派人到城里请我来的；我已经给您放过血，小姐；现在您好好睡吧，过上三两天，上帝保佑，我们会让您康复的。’‘唉，好呀，好呀，医生，别让我死去呀……求求您，求求您啦。’‘您这是怎么啦，上帝会保佑您的！’我心想，她又发烧了。我给她号了下脉，的确，又在发烧。她瞧了我一会，突然抓过我的手。‘我要告诉您，我为什么不愿意死，我要告诉您，我要告诉您……现在只有咱们两个人；可是请您别告诉任何人……请听我说……’我弯下身子；她的嘴唇凑到我的耳边，她的头发触到我的脸——说真的，我脑袋都晕了——她喃喃地说了起来……我什么也听不明白……唉，她是在说胡话呢……她低声地说呀，说呀，话说得很快，似乎说的不是俄国话，她说完了，身子颤了一下，把头倒在枕头上，用手指威吓我说：‘当心，医生，不能对任何人说……’我好歹让她安静下来，给她喝了水，叫醒那个丫头，就出来了。”

说到这儿，大夫又使劲地嗅了嗅鼻烟，发了一会儿呆。

“可是，”他接下去说，“到了第二天，同我的期望相反，她的病情不见减轻。我想来想去，突然决定留下来，虽然还有别的病人在等着我……您也知道，对病家可随便不得，不然，以后的业务会大受影响。但是，第一，这病人确实处于危急状态；第二，应说实话，我对她大有好感。再说，这全家人我都喜欢。她们虽然很穷，可很有教养，可以说是很难得的……她们的父亲是个有学问的人，是作家；当然，他死于贫困，然而已经让子女们受到了良好教育；又留下了许多书。是不是因为我在病人身旁热心照料，还是别的原因，我敢说，她们都很喜欢我，对我像亲人似的……再说，路又泥泞得可怕，交通可以说完全中断了；去城里买药也困难得很……病人的病况还未见好转……日子一天又一天地过去……但是……这样一来（大夫沉默了一会。）我真不知怎么对您讲好……（他又嗅了下鼻烟，咳了一声，喝了一口茶。）对您直说吧，我的病人……这怎么说呢……也许是爱上了我……或者不是，不是爱上……可是……真的，这怎么说好呢……”（大夫低下了头，脸红了。）

“不，”他很兴奋地接下说，“怎么能说爱上呀！人总该知道自己的身价嘛。她是个有教养的、聪明博学的女子，而我连拉丁文可以说都忘光了。至于模样吗（大夫微笑着瞧了瞧自己），看起来也没有什么好自夸的。然而上帝也没有让我生成了傻瓜：我不会把白的叫作黑的；我也懂得些什么的。比如说，我心里很清楚，亚历山德拉·安德烈叶夫娜——她名叫亚历山德拉·安德烈叶夫娜——对我产生的不是爱情，而可以说是一种友好的情谊、敬重什么的。虽然她自己也许在这方面搞错了，要知道她是什么样地位呀，您自己想想看……然而，”大夫带点慌张地一口气说完这些断断续续的话，以后又补充说，“我似乎有点说乱了……这样说您会一点听不明白……这样吧，我还是照顺序给您说吧。”

他喝干了一杯茶，以较平静的音调说起来。

“事情是这样的。我的病人的病情越来越糟了，越来越糟了。您不当大夫，亲爱的先生，您可能体会不了我们这些当大夫的心情，特别是当他最初料到他敌不过病魔时的心情。自信心不知哪儿去啦！你突然会害怕起来，怕得没法说。你似乎感到你把自己的所有医术全给忘了，病人也不相信你了，别的人也发现你惊慌失措了，不大乐意地告诉你症状，皱着眉头瞧着，在一旁嘀嘀咕咕……唉，糟透了！你心里定是在想，会有对症的药的，只要找得到就好。看，是这药不是？试试吧——不对，不是这药！不等药力有起作用的时间……一会儿用这种药，一会儿又用那种药。有时就拿起药学书来翻翻……心想，就是它，就是这种药！实际上有时是随便翻翻书，心想或许运气好能找到什么……可是病人这时候快不行了；也许别的大夫能够救治他。于是你就说，需要会诊；我不能把责任揽给自己。在这种场合下你多么像个傻瓜！不过。时间一长，就习惯了，觉得没有什么。人死了，不是你的过错，你是照章办事嘛。常常还有更令人窝心的事：看到人家盲目地信任你，而你自己则感到无力帮人一把。亚历山德拉·安德烈叶夫娜一家正是这样信任我的：她们家的姑娘已危在旦夕。而我这方面呢，则让她们相信，这病不大要紧，可是心里却担心得要命。特别难办的是，道路那么泥泞难行，车夫去买药，往返得好几天。我待在病人房间出不来，我离不开，您知道，我给她讲各种各样好笑的事，同她玩纸牌。夜里都坐在那里守着。老太太噙着泪感谢我；而我心想：'我不值得你谢。'我坦率地跟您说吧——如今也不必隐瞒了——我爱上了这位女病人。亚历山德拉·安德烈叶夫娜对我也情意绵绵；除了我，一般她不让任何别人进她的房间。她跟我一聊起来，便向我问长问短，问我在哪儿上的学，日子过得怎么样，亲人有些谁，同哪些人交往？我觉得不能让她多说话，需要劝阻她，但您知道，完全不让她说说话——我办不到。我常常抱着头在想：'你是在干什么呀，你这强盗？……'然而她握住我的手不放，打量着我，久久地打量着我，然后转过脸去，叹口气说：'您是多好的人哪！'她那双手烧得多么烫，眼睛大大的，显得无精打采。她说，'是的，您很善良，您是个好人，您不像我们这里的一些街坊……是的，您不是那种人……我以前怎么不认识您呀！''亚历山德拉·安得列叶夫娜，您安静些吧，'我说，'……说真的，我觉得，我不知道有什么值得您夸奖的……看上帝面上，请您安静些吧，安静些吧……一切都会好的，您会康复的。’不过我应该告诉您，”大夫向前弯弯身，耸起眉头，继续说，“她们跟街坊来往很少，因为寒微人家跟她们身份不大相称，而傲气又使她们不愿去高攀那些富人阔佬。对您说吧，这是一个非常有教养的家庭，所以，您知道，我很引以为荣。她只吃由我亲手递给的药……这可怜的人由我帮她坐起来服药，然后凝望着我……我的心跳得可厉害啦。这期间，她的病情越来越恶化，越来越糟了，我想，她就要死了，一定要死了。您信吗，哪怕让我进棺材也好；这时候她的母亲和两位姐妹都在一旁打量着，直盯着我的眼睛……对我渐渐失去了信任。‘什么？怎么样呀？’‘没什么，没什么！’神志都不清了，怎么是没什么呢。有一天夜里我又是一个人坐在病人旁边。那丫头也坐在那里，鼾声如雷……可是也不能怪这个可怜的丫头，她也累得够呛了。亚历山德拉·安德烈叶夫娜整个晚上都感到非常难受，烧得很苦。她一直辗转反侧地折腾到半夜；最后似乎睡着了，至少躺着不动了。屋角里圣像前亮着神灯。我坐在那里，耷拉下脑袋，打起盹来。突然，像是有人从旁捅了我一下，我转过头……我的天！亚历山德拉·安德烈叶夫娜睁着眼睛在瞅我……嘴张着，两颊烧得通红。‘您怎么啦？’‘医生，我要死了吗？’‘哪会呢！’‘不，医生，不，请不要说我会好起来……不要这样说啦……如果您知道……您听我说，看在上帝面上，不要对我隐瞒病情啦！’她呼吸得非常急速。‘要是我确切知道我定要死去……那我要把一切都告诉您，全告诉您！’‘亚历山德拉·安德烈叶夫娜，请别这样想！’‘请听我说，我一点也没睡着，我对您看了好久……看在上帝面上……我信得过您，您这个人很善良、很诚实，为了世上神圣的一切，我恳求您对我说实话吧！要是您能明白，这对于我是多么的重要……医生，看在上帝面上，请告诉我，我的病很危险吗？’‘我对您说什么呢，亚历山德拉·安德烈叶夫娜——别那么想！’‘请行行好，我求您了！’‘我不能瞒您，亚历山德拉·安德烈叶夫娜，您的病确实很危险，但上帝会保佑的……’‘我要死了，我要死了……’她似乎高兴起来，脸上显得非常快乐；我很吃惊。‘您别害怕，别害怕，死一点儿也不让我畏惧。’她突然欠起身来，支在胳膊肘上。‘现在……嗯，现在我可以对您说了，我真心实意地感谢您，您很善良，是个好人，我爱您……’我呆了似的瞧着她；您知道，我害怕极了……‘听见了吗，我爱您……’‘亚历山德拉·安德烈叶夫娜，我哪儿配呢！’‘不，不，您不理解我……您不理解我……’突然她伸过双手，抱住我的头，吻了一下……真的，我几乎喊了起来……我猛地跪下来，把头埋在枕头里。她默不作声；她的手指在我的头发上颤动着；我听见她在呜咽。我开始安慰她，要她放宽心……我真不知道对她说了些什么。我说，‘您会把那丫头吵醒的，亚历山德拉·安德烈叶夫娜……我很感谢您……请相信我……安静些吧。’‘得了，得了，’她一再地说，‘别去管她们啦，她们醒来也好，进来也好，都无所谓：反正我要死了……而你有什么好羞的，好怕的呢？抬起头来吧，……也许您不爱我，也许我搞错了……若是这样的话，请原谅我。’‘亚历山德拉·安德烈叶夫娜，您说的什么呀？……我爱您，亚历山德拉·安德烈叶夫娜。’她直对我的眼睛盯了一下，张开双臂。‘那就拥抱我吧……’对您坦率地说，我搞不懂我在那一夜怎么没有发疯。我感到我的病人是在毁灭自己：我看得出，她不完全清醒；我也明白，要是她不认为自己快要死去，她大概就想不到我了；您想想看，她活到二十五岁了，还没有爱过什么人，可就要死去，岂不遗憾？正因为如此，她痛苦极了，所以，出于绝望，她连我这样的人也抓住不放——这一下您明白了吧？她那双手搂着我不放。我说，‘请顾惜顾惜我吧，亚历山德拉·安德烈叶夫娜，也顾惜顾惜您自己。’她说，‘为什么呀，有什么好顾惜的呢？反正我要死了……’她不断地叨咕这句话。‘要是我知道我还会活下去，还要做个体面的小姐，那我就会害臊的，真的害臊的……而现在还有什么呢？’‘谁对您说，您要死了？’‘唉，得了，你骗不了我，你连说谎也不会，瞧瞧你自己吧。’‘您会好的，亚历山德拉·安德烈叶夫娜，我会把您治好的；我们要求得到令堂的祝福……我们将结为夫妇，我们会幸福的。’‘不，不，我记住您说的话，我会死的……你答应过我……你对我说过……’我很难过，有许多原因令我难过。您想想，有时有些小事，看起来没什么，其实令人痛苦得很。她突然想到问我叫什么名字，她问的不是姓，而是名字。可惜我的名字不怎么的，叫特里丰。是呀，是呀，叫特里丰，特里丰·伊万内奇。在她家里大家都称呼我医生。我没办法，只得实告：‘叫特里丰，小姐。’她眯眯眼睛，摇摇头，用法语嘟哝句什么——大概是句不好听的话吧——随后她笑了起来，也笑得不大好听。就这样我跟她一起过了几乎一整夜。清早我出来像疯了似的：我再去她的房间时已是白天用过茶之后。我的天，我的天哪！都认不出她来了，比死人只多一口气了。我对您绝对说实话，到现在我都不明白，压根不明白，我当时怎么受得了那样的折磨。我的病人又苦挣苦扎地活了三天三夜……多么难熬的三个夜晚呵！她对我说了些什么呀！……最后的那一夜，您想象一下吧——我坐在她身旁，只求上帝一样事：快点带她走吧，把我也一起带走吧……突然她的老母亲一下闯进房间里……我在头天晚上就对她——这位老母亲——说过，我说情况不妙，希望不大了，请牧师来吧。病人一见到母亲就说：‘正好，你来了……你看看我们吧，我们相爱了，我们相爱了，我们相互起了誓。’‘她这是怎么啦，医生，她怎么啦？’我已面无人色。我说，‘她发高烧，在说胡话……’

而她却说：'得了，得了，你刚才对我说的完全是另一番话，你还接受了我的戒指呢……你干吗装假呢？我母亲心好，她会原谅的，会理解的，我就要死了——我用不到说谎；把手给我……'我跳了起来，跑掉了。老太太当然已猜到了。"

"不过，我就不多打扰了，说真的，我自己一想起这一切，心里真难受。我的病人到第二天就死了。愿她进天国（大夫快速地补说了这一句，叹了一口气）！她临终前要求家里人都出去，单留下我一个人在身旁。她说，'请原谅我吧，也许，我对不起您……有病嘛……不过请您相信，我没有比爱您更深地爱过任何人……请不要把我忘了……保存好我的戒指吧'"

大夫转过脸去；我握住他的手。

"唉！"他说，"聊聊别的什么吧，要不，想不想玩一玩小输赢的普列费兰斯牌？知道吗，我们这号人是不该陷到那种高尚情感中去的。我们这号人该考虑的只有，怎么让孩子不哭不闹，让老婆不骂街。打那以后，我结婚了，即缔结了所谓的合法婚姻……可不是吗……我娶了一位商人的女儿，有七千卢布的陪嫁。她叫阿库丽娜，跟我特里丰正好门当户对。我告诉您吧，这婆娘挺凶，好在她整天睡大觉……怎么，玩普列费兰斯吗？"

我们坐下来，玩起一戈比一局的普列费兰斯。特里丰·伊万内奇赢了我两个半卢布——他很晚才走，对自己的赢钱极为得意。

我的邻里拉季洛夫

秋天里山鹬常常栖息在那些老椴树园里。在我们奥廖尔省有许许多多这样的园子。我们的先人在选择定居地方时必定辟出两三俄亩好地用来营建带椴树林阴道的果园。经过五十来年，多则七十来年，这些庄园，即所谓的“贵族之家”渐渐从地面上消失了；房子倒塌了，或被卖掉后给拆运走了，石建杂用房也变成了一堆堆废墟。苹果树枯死了，被当作了柴火，栅栏和篱笆都消失殆尽了。唯有椴树依旧欣欣向荣，如今在它们的周围已整出一片片耕地，它们正向我们这些轻浮的后人诉说“早已长眠的父兄”的往事。这样的老椴树是一种非常美好的树……连俄国庄稼汉的无情的斧头也怜惜它呢。它的叶子很小，强劲的树枝宽宽地覆盖四方，树下永是一片浓荫。

我和叶尔莫莱有一回在野外游猎山鹑，我看到旁边有一个荒芜了的园子，就向它走去。我刚刚踏进林子，一只山鹬啪的一声从灌木丛里腾空而起；我放了一枪，就在那一瞬间，离我没几步远的地方有人喊了一声：一位年轻姑娘惊慌的脸从树后露了一下，当即便躲开了。叶尔莫莱向我跑来。“您怎么在这儿开枪呀：这儿住着一个地主呢。”

我还没来得及回答，我的狗也没来得及神采飞扬地把射死的山鹬叼给我，便听到一阵急促的脚步声，一个高个的蓄小胡子的人从密林里走了出来，他带着一副不高兴的样子站到我跟前。我再三表示歉意，并报了自己的姓名，还把那只在他领地上射下的鸟送给他。

“那好，”他带着微笑对我说，“我就收下您的野禽，但是有一个条件：您要留下来在我家吃顿饭。”

说心里话，我不大乐意接受他的邀请，可是却之不恭。

“我是这儿的地主，是您的邻里，我姓拉季洛夫，您可能听说过，”我的新相识继续说，“今天是星期天，我家的伙食大概会像点样，不然，我就不敢请您了。”

我做了这种场合下得体的回答，便随之前往。一条清扫过不久的小路很快把我们引出了椴树林；我们走进一座菜园。在一些老苹果树和茂盛的醋栗丛之间，长满一棵棵圆圆的浅绿色白菜；蛇醉草弯弯绕绕地缠在高高的杆子上；菜畦上密匝匝地插着小枝条，上面缠着干枯了的豌豆藤；一个个扁平的大南瓜宛如躺在地上；在那些沾满尘土、带棱带角的叶子下露出黄灿灿的黄瓜；高高的荨麻沿着篱笆一溜地摇晃着；有两三处长着一丛鞑靼忍冬、接骨木、野蔷薇，这都是往昔“花坛”的遗物。有一个小鱼池，里面灌满淡红色的含黏液的水，鱼池旁有一口水井，周围尽是小水坑；一些鸭子就在那些水坑里拍水游玩；有只狗全身颤动着，眯着眼睛在草地上啃骨头；一头花斑色母牛也在那边懒洋洋地吃草，不时地用尾巴甩打瘦瘦的脊背。小路拐向了一边；在粗大的爆竹柳和白桦树后面映出了一幢老式小屋，屋顶是松木盖的，屋前有个歪斜的台阶。拉季洛夫在这里停下步。

“不过，”他善意地直对着我的脸瞧了瞧，说，“我刚才细想了一下，也许您根本不愿意上我家来，要是那样的话……”

我没等他把话说完，便极力向他表示：恰好相反，我很高兴在他家用餐。

“那好，请吧。”

我们进了屋。一个身穿蓝色厚呢长外衣的年轻仆人在台阶上迎接我们。拉季洛夫立即让他拿伏特加酒招待叶尔莫莱；我的猎伴朝着这位慷慨施主毕恭毕敬地鞠了个躬。我们经过那个贴有形形色色图画，挂有许多鸟笼的前室，走进一个不很大的房间——这是拉季洛夫的办事室。我脱下了猎装，把枪搁到房角里；一个穿长襟衣服的侍仆忙手忙脚地清掉我身上的尘土。

“好，咱们就到客厅去吧，”拉季洛夫亲切地说，“让您会会家母。”

我跟着他走。客厅中央摆着一个长沙发，那里坐着一位身材不高的老太太，她身穿一件深棕色衣服，戴一顶白色便帽，有一张慈祥而瘦削的脸，眼神畏怯而忧伤。

“妈，我来介绍一下：这位是咱们的邻里 ×××。”

老太太欠欠身子，向我施下礼，没有从她那双干瘦的手中放下口袋似的粗毛线手提包。

“您光临我们这地方已很久了吗？”她眨了眨眼睛，有气无力地低声问道。

“不，不很久。”

“打算在这儿久住吗？”

“我想住到冬天吧。”

老太太不言语了。

“还有这一位，”拉季洛夫向我指指一个又高又瘦的人说，我进客厅时没有注意到他，“这是费多尔 · 米赫伊奇……喂，费佳[①]，把你的技艺对客人露一手。你干吗躲到角落里呀？”

---

① 费多尔的小称。

费多尔·米赫伊奇立刻从椅子上站起来，从窗台上取过一把破提琴，拿起弓子——不是按规矩握着弓的一头，而是握着弓的中段，把小提琴抵在胸前，闭拢眼睛，跳起舞来，一边哼着歌，把琴弦拉得吱吱直响。看样子他大概有七十来岁，长长的粗布外套在他那干瘦的肢体上可悲地晃荡着。他跳着舞；时而大胆地摇晃着他那光秃的小脑袋，时而似乎要停住不动，把那青筋嶙嶙的脖子伸得直直的，两只脚在原地踩着，有时显然很费劲地屈起双膝。他那掉光牙的嘴巴发出苍老的声音。拉季洛夫大概从我脸上的表情猜到，费佳的"技艺"没有给我带来多大的快乐。

"好了，老爷子，够了，"他说，"你可以去犒劳一下自己了。"

费多尔·米赫伊奇立即把小提琴搁到窗台上，先向我这个客人鞠个躬，接着向老太太，再向拉季洛夫鞠了躬，随后就出去了。

"他原先也是个地主，"我的新朋友接着说，"本来挺有钱的，可是破产了，所以现在就住在我家里……当年他在省里可算是头号的风流汉呢：夺走过两个男人的老婆，家里养着一些歌手，他自己也挺能跳能唱的……要不要来点伏特加？饭菜都摆好了。"

一位年轻姑娘，就是我在园子里见到一眼的那一位，走进房间里来。

"这位就是奥丽雅！"拉季洛夫稍稍转过头说，"请多多关照……好，咱们就去吃饭吧。"

我们去到餐室就了座。当我们从客厅出来，到这边坐定后。那个因受到"犒劳"而两眼发亮，鼻子也微微发红的费多尔·米赫伊奇便唱起《让胜利之雷响起吧！》屋角里已放着一张没铺桌布的小桌子，上面为他单摆了一份餐具。这个可怜老头的邋遢相令人不敢恭维，所以经常让他离大家远一点。他画了十字，叹口气，然后如鲨鱼似的吞食起来。饭菜确实不错，由于是星期天，所以少不了有颤动的果子冻和那种名之为"西班牙之风"的甜点心。这个曾在陆军步兵团干过十来年并到过土耳其的拉季洛夫在餐席上便天南地北地聊开了。我留意地听着，并悄悄地观察起奥丽加[1]。她不算很漂亮；可是她那坚毅而沉着的脸部表情，她那宽阔而白皙的额门、浓密的头发，特别是那双虽然不很大，但显得聪明、清晰、水灵的褐色眼睛，无论谁处在我此时的位置上，都会感到惊讶的。她似乎很专心倾听拉季洛夫的每句话；她脸上显露的不是兴趣，而是热情的关注。论岁数拉季洛夫可做她的父亲；他称呼她为“你”，然而我立刻猜她不是他的女儿。在谈话中他提到自己已故的妻子——“就是她姐”，他指着奥丽加这样说。她脸一下子红了，垂下了眼睛。拉季洛夫沉默了一会，并换了话题。老太太在用餐的整段时间里没有说一句话，几乎什么也没有吃，也没有客气地招呼我多吃菜。她那脸上流露出某种畏缩的、失望的期待和一种老年的忧伤，使人看了感到非常难受。快散席的时候，费多尔·米赫伊奇本来要唱支歌来“赞颂”主人和客人，然而拉季洛夫瞧了我一眼，便叫他不要唱了；老头用手抹抹嘴唇，眨眨眼睛，行了个礼，又坐下了，可坐到了椅子的边上。饭后我和拉季洛夫去到他的办事室。

凡是心里强烈地怀有一种念头或一种欲望的人，在待人接物上都有某种共同点，某种表面上的相似之处，不论他们的品性、能力、社会地位和所受的教育是多么的不同。我越是留意观察拉季洛夫，就越感到他就是属于这一类人。他谈农事、收成、刈草、战争、县里的流言蜚语、近期的选举等等时，谈得头头是道，顺畅自如，甚至相当投入，但突然间却叹起气来，像一个被繁忙工作搞得疲惫不堪的人一样倒在安乐椅里，用手抹抹脸。他那既善良又温情的整个心灵似乎浸透着、充溢着某种情感。令我

---

① 奥丽雅的小称。

惊讶的是，我从他身上看不出他对什么有强烈的爱好，比如对吃喝、对行猎、对库尔斯克的夜莺、对患癫痫病的鸽子、对俄罗斯文学、对溜蹄马、对匈牙利舞、对纸牌和台球游戏、对舞蹈晚会、对省城或大都市的旅游、对造纸厂和制糖厂、对豪华的亭阁、对茶、对娇惯坏了的拉梢马、对胖得把腰带系到胳肢窝下的马车夫、对那些穿着讲究、而不知为什么脖子一动眼睛就歪斜和往外翻的马车夫……“这究竟是个怎样的地主呢！”我这样想。而且他绝没有装得像个闷闷不乐的人，像个怨天尤命的人；他对别人总是显出一样的感情和热忱，几乎想要去结交每一个萍水相逢的人。其实，您同时会感到，他跟任何人都不可能成为朋友，都不可能真正地深交，这并不是因为他一概不需要别人，而是因为他把一切都埋入内心。我细细观察了拉季洛夫，简直想象不出他无论现在或过去什么时候会是幸福的人。他也不算是个美男子；然而在他的眼神里、微笑里，他的整个身上都蕴含着某种非凡的魅力，的确如此。所以，我很想好好地了解他，喜欢他。当然，有时他也暴露出地主和乡下人的本性，然而他终究是个相当可爱的人。

我刚刚同他聊起新任的县长，忽然门口传来奥丽加的声音：“茶备好了。”我们来到客厅。费多尔·米赫伊奇仍然坐在窗子和门之间的那个角落里，谦卑地缩起脚。拉季洛夫的母亲在一边织袜子。窗子是开着的，从园子里飘来秋天的清爽气息和苹果的芳香。奥丽加忙着为我们斟茶。我这会儿比用餐时更加仔细地打量她。她很少说话，像一般的县城姑娘一样，可是至少我从她身上看不出她在痛苦地感到空虚无聊的同时想要说些好听的话，不翻白眼，也不作带幻想味道的、用意不明的微笑。她显得既文静又坦然，如同一个经历过大喜或大悲后而歇息下来的人。她的步态、举止又坚定又洒脱。她很让我喜欢。

我跟拉季洛夫又聊了起来。我已经记不清我们是怎样得出一个人所共知的见解：一些最无关紧要的小事往往比一些极其重要的事给人的印象更深。

“是呀，”拉季洛夫说，“我常有这种体会。您知道，我有过妻子。共同生活不很久……三年，我妻子便死于难产。我想，我活不下去了；我悲伤极了，痛苦得要死，可是又哭不出来——成了果子似的。我们照规矩给她穿好衣服，放到灵床上——就在这间屋子里。神父来了，几位教堂执事也来了，开始唱赞美诗、祈祷、焚香：我鞠躬磕头，可是掉不出一滴泪来。我的心仿佛变成石头，头脑也是这样——全身沉重极了。头一天就这样过去。您信吗？夜里我甚至睡着了。第二天一早我来到妻子身旁——那时候是夏天，她从头到脚都被阳光照射着，而且被照得亮亮的。突然我看到……（拉季洛夫说到这儿不由得颤抖了一下。）您猜怎么着？她的一只眼睛没有全闭上，有一只苍蝇就在那只眼睛上爬……我一下就栽倒在地了。苏醒后就开始哭呀，哭呀，已抑制不住自己了……”

拉季洛夫不说话了。我瞧了瞧他，又瞧了瞧奥丽加……我永远忘不了她那脸上的表情。老太太把袜子搁在膝上，从手提包里掏出手绢，偷偷地擦擦眼泪，费多尔·米赫伊奇蓦地站起身来，抓过他的小提琴，用嘶哑而古怪的嗓音唱了起来。他大概是想让我们快乐，可是一听他那声音，我们全打战了。拉季洛夫就请他别唱了。

“不过，”他接下去说，“过去的事已经过去了，过去的事是挽回不了的，而且终归……人世上的一切都会好起来的，这话似乎是伏尔泰说的吧。”他连忙补充说。

“是的，”我回答说，“当然是这样的。而且各种不幸都可忍受过去，没有摆脱不了的逆境。”

"您这样想吗？"拉季洛夫说，"怎么说呢，也许您是对的。记得我在土耳其的时候，有一次躺在医院里，人已半死不活的了：我因创口感染而发起热病。唉，那时的住院条件当然没法说是好的，战争时期嘛，有个地方躺就得感谢老天爷了！突然又送来一批伤病员——把他们往哪儿安置呀？大夫跑东跑西，就是找不到地方。后来他走到我身边，问助理医生：'他还活着吗？'助理医生回答说：'早上还活着的。'大夫弯下身听了听我还在喘气。这位仁兄就不耐烦了，说：'这小子真差劲，他反正就要死的，必定死的，却在这儿苟延残喘，拖时间，不过是白占地方，妨碍别人。'我心里想，'完了，你要完蛋了，米海洛·米海雷奇呀……'可我还是病好了，您瞧瞧，还一直活到现在呢。可见您说的是对的。"

"在任何情况下我这样说都是对的，"我回答说，"假如您那时真的死了，那终归也算是摆脱了逆境。"

"那当然是，那当然是。"他用手在桌上拍了一下，补充说……"只要下决心……在逆境里待着有什么出息？……干吗要耽搁、拖延呢？"

奥丽加一下站了起来，往园子里走去。

"喂，费佳，跳个舞吧！"拉季洛夫喊道。

费佳腾地站起来，用一种华丽别致的舞步在房间里跳开了，犹如那出名的"山羊"在训练有素的狗熊身边表演一样，并唱起那首《在我家大门旁……》来。

大门外传来一辆赛跑用的二轮马车的响声，过不多一会儿。一位高身材、宽肩膀、体格结实的老头——独院地主[1]奥夫夏尼

---

① 指俄国的一种小地主，通常仅拥有一个院子和少量土地，他们大都是十六七世纪边防军下级军官的后裔。

科夫——走进这房间里来……不过，奥夫夏尼科夫是一位出色的独特人物，所以请读者许我在另一篇里去谈他。眼前我只补充说一下：翌日，我和叶尔莫莱在天亮前一同去打猎，打过猎就回家了。过了一星期我再次去拉季洛夫家，可是既见不到他，也见不到奥丽加。又过了两星期我便听说，他突然失踪了，抛下母亲，带着那位小姨子不知何处去了。全省都轰动了，对这件事议论纷纷，只有这时候我才彻底领悟奥丽加在拉季洛夫谈到妻子时的那种脸上的表情。当时那种表情不单单是同情，它还是一种醋劲儿呢。

我在离开乡下之前去拜望了拉季洛夫的老母。我在那间客厅里见到了她；她正在同费多尔·米赫伊奇玩“傻瓜”牌。

“您有令郎的消息吗？”最后我还是问她。

老太太哭起来了。我就不再向她打听拉季洛夫的消息了。

独院地主奥夫夏尼科夫

亲爱的读者，有这样一个人，他身材魁梧，年约七十，脸有点像克雷洛夫[①]，双眉低垂，眉下有一双明亮睿智的眼睛，器宇轩昂，谈吐稳重，步履迟缓，这就是我要向诸位介绍的奥夫夏尼科夫。他穿的是一件肥肥大大的长袖蓝外衣，衣扣直扣到脖下，脖子上围有一条淡紫色绸围巾，脚蹬一双擦得锃亮的带穗子的长筒靴，从大体上看，很像一个殷实的生意人。他的手又软又白，甚为好看，在说话的时候，常常去摸摸外衣上的扣子。奥夫夏尼科夫的傲气和古板、机灵和懒散、直爽和固执使我想起彼得大帝以前时代的俄罗斯贵族……他要是穿上古代的无领大袍，那可能挺合适。这是一位旧时代的遗老。乡亲们对他异常尊敬，认为与他交往是件体面事。他的那些独院地主弟兄对他可崇拜啦，老远望见他便脱帽致敬，并以他为骄傲。一般说来，在我们这一带，独院地主跟庄稼人至今很难区分：他们的家业恐怕还比不上庄稼人的，小牛长得不及荞麦高，马匹勉强地活着，挽具也很蹩脚。奥夫夏尼科夫可算是这通常情况中的一个例外，虽然也说不上有钱。他和老伴两人住在一幢舒适整洁的小房子里，仆人不多，让

① 指俄国著名寓言作家克雷洛夫。

他们穿俄罗斯式服装，称他们为佣人。仆人们也替他耕田种地。他不冒称贵族，也不以地主自居，从来不像常言所说的那样“忘乎所以”：头遍请他入席，他不会立即就座，有新的客人到来时他定然起立，然而又显得那样庄重、尊严而亲切，使客人不由得向他深深鞠躬。奥夫夏尼科夫保持古风旧习不是出自迷信（他的心灵是相当自由开放的），而是出自习惯。比如说，他不喜欢带弹簧座的马车，因为他觉得这种马车坐得并不舒坦，他要么乘坐赛跑马车，要么乘坐带皮垫的漂亮小马车，亲自驾驭自己的良种枣红色跑马（他养的马全是枣红色的）。马车夫是一个脸颊红润的年轻小伙子，头发理成圆弧形，穿一件浅蓝呢上衣，头戴低低的羊皮帽，腰系皮带，毕恭毕敬地与主人并肩而坐。奥夫夏尼科夫每天都要睡一会午觉，每逢星期六洗一次澡，只读一些宗教的书（而且神气地戴上那副圆形银框眼镜），每天都早起早睡。可是他不蓄胡子，头发理成德国式发型。他待客极为亲切诚挚，但不对客人低三下四。不忙前忙后，也不拿什么干的和腌的东西去款待客人。“老伴！”他慢条斯理地说，身体不站起来，只是稍稍向她转过头，“拿些好吃的来请客人尝尝。”他认为粮食是上帝所赐，销售粮食是罪孽的。1840 年，在发生大饥荒和物价狂涨之时，他把自家的全部存粮拿出来赈济附近的地主和农民；来年时他们都很感激地把粮食归还给他。常常有乡亲们跑来请奥夫夏尼科夫去为他们评理、调解，他们几乎都能服从他的评判，听从他的劝解……许多人多亏有他帮助而最终划清了田界……可是有两三次同一些女地主发生龃龉，这以后他便声称，决不为妇道人家之间的纠纷居中调解了。如今他受不了忙乱、受不了惊慌着急，更受不了娘儿们的长嘴长舌和“瞎忙”。有一次他家的房子着了火。有个雇工慌里慌张地向他跑来，一边大喊大叫：“失火了！失火了！”奥夫夏尼科夫镇定自若地说：“你嚷嚷什么呀？递给我帽子和手杖……”他喜欢亲自训练马。有一回，一匹冲劲十足的比秋克马[1]拉着他下山，奔向峡谷。“嘿，得了，得了，年轻的小马驹，你会摔死的。”奥夫夏尼科夫好心地关照它，可说时迟那时快，他连同所乘的赛跑马车、坐在后边的小厮和那匹马一起全滚到峡谷里了。幸亏谷底尽是一堆堆沙子。没有伤着人，只有那比秋克马把一只腿摔脱臼了。“唉，你瞧瞧，”奥夫夏尼科夫从地上爬起来，仍然语气平和地说，“我对你说过的呀。”他按自己的心意找了一位配偶。他的妻子塔季雅娜·伊利尼奇娜是位高个子女人，端庄而寡言少语，老是系着栗色的绸头巾。她显得神情冷漠，可是没有人怨她严厉，相反，有许多穷人称她为好大娘和恩人。端正的容颜、乌黑的大眼睛、薄薄的嘴唇至今仍能证明她当年的出众姿色。奥夫夏尼科夫没有子女。

读者已经知道，我是在拉季洛夫家里认识他的，没过几天我就去他家拜访了。正巧他在家。他坐在皮制的大安乐椅上阅读经文。一只灰猫待在他肩上打呼噜。他按平素习惯亲切而庄重地接待了我。我们攀谈起来。

“请您照实说，卢卡·彼得罗维奇，”谈话中我这样问，“早先在你们那个年代生活是不是好一些？”

“跟您说吧，有些方面确实好一些，”奥夫夏尼科夫说，“那时候我们日子过得比较安定，也比较宽裕，确实……不过还是现在好；到你们的孩子们长大了，那时候一定会更好。”

“卢卡·彼得罗维奇，我原以为您会夸耀旧时代呢。”

“不，旧时代我认为没什么可夸耀的。举个例说吧，如今您是地主，同您已经去世的祖父一样是地主，可您没有他那样的权

---

① 是一种特种马，繁殖于沃龙涅日省著名的“赫列诺夫”养马场（即奥尔洛娃伯爵夫人的养马场）一带。——原注

势啦！而您也不是那一号人。就连当今还有一些地主在挤压我们；看来这也在所难免。也许将来事情会变好的。可不是嘛，我年轻时司空见惯的事，眼前就见不到了。”

“举个例子说吧，是什么事呢？”

“那就再举您爷爷的例子说说吧。他是个好要权势的人！他常常欺侮我们这类百姓。说来您可能知道——您怎么会不知道自家的地呢——从切普雷金到马利宁的那片地吧？如今这片地已成了您家的燕麦田……唉，按说这地本来是我家的，整片都是我家的。您爷爷把它从我家霸占了去；他骑着马，手指了指说：‘这是我的土地’——就霸占过去了。先父（愿他进天堂！）是个正直人，也是个火暴性子的人，他忍不下这口气——谁甘愿丢掉自家的田产呢？就去法院上告。可是只有他一人去上告，旁的人都不去告，因为他们都害怕。有人去向您爷爷告密说，彼得·奥夫夏尼科夫去告您了，说您夺走他的地……您爷爷马上就派手下的猎师巴乌什带上一伙人闯到我家来了……他们逮住我的父亲，押到你们家的领地上。那时候我还是个毛孩子，光着脚丫跟在父亲后面跑。您猜怎么着……他们把他押到你们家的窗子下，就用棍子揍他。您爷爷站在凉台上瞅着；您奶奶坐在窗前，也在瞅着。我父亲就喊道：‘大娘，马丽雅·瓦西利叶夫娜，可怜可怜我，替我说句公道话吧！’可是她只是欠欠身子，观看着。就这样逼着我父亲答应交出土地，还要他向你们家表示感谢，感谢放他一条活命。这块地就这样成了你们家的了。您去问问您家的佃户看，这块地叫什么？它就叫棍棒地，因为是用棍棒夺来的。所以说，我们这些小人物就不喜那老一套规矩。”

我不知道如何对奥夫夏尼科夫说才好，我不敢瞧他的脸。

“当时我家还有一位邻里，他姓科莫夫，名叫斯捷潘·尼克托波利昂内奇。他使尽各种花招来刁难我父亲。他是个酒鬼，喜欢请人喝酒，酒喝足时就用法文说一句‘塞邦’[1]，又把嘴巴舐了舐，然后就闹腾开了！他叫人去把所有的左邻右舍都请了来。他的马车都准备好了，停在门前；你要是不去，他马上亲自闯来……真是一个怪人！他在所谓‘清醒’的时候不大瞎说；可是一喝醉酒，就胡吹起来了，说他在彼得堡的丰坦卡街上有三幢房子，一幢是带一个烟囱的红房子，另一幢是带两个烟囱的黄房子，第三幢是蓝的，不带烟囱；他说他有三个儿子（实际上他没有结过婚），一个当步兵，另一个当骑兵，老三在家过日子……又说，三个儿子各住一幢房子。老大家常有海军将官来访，老二家常有陆军将官来访，而到老三家来的尽是英国人！说着说着便站了起来，说：‘为我家老大的健康干杯，他是最孝敬我的孩子！’接着便哭了起来。要是有谁不举杯祝酒，那就糟了。他就要说：‘我毙了你！我不许埋了你！……’有时候他会蹦起来大喊：‘大伙都来跳舞吧，让自个乐一乐，也让我高兴高兴！’那你就得跳，哪怕死了也得跳。他把家里的农奴丫头们折磨得可苦啦。经常让她们通宵达旦地唱歌，谁唱得最响亮，就奖赏谁。当她们唱累了——他就抱着脑袋哀叹道：‘哎呀，我这孤苦伶仃的人呵！大家都抛下我这可怜的人了！’于是马夫们赶紧就来给丫头们打气。我父亲也被他看中了，有啥法子呢？他差点把我父亲折磨死了，真的快被他折磨死了，幸亏他自己先死了，是喝醉了从鸽子棚上跌下来摔死的……瞧，我家有过一些什么样的邻里呵！”

“时代已经变多了！”我说。

“是呀，是呀，”奥夫夏尼科夫赞同地说道，“可以这样说吧，在那些旧年月贵族们活得更是奢侈。至于那些达官显要就

---

① 指法语 C' est bon，意为“这很好”。——原注

更不用提了：我在莫斯科时见得多啦。据说，这种人如今在那边也不见了。”

“您去过莫斯科？”

“去过，那早啦，很早很早啦。如今我七十三了，我是在十六岁那一年去的莫斯科。”

奥夫夏尼科夫叹了口气。

“您在那边见到过一些什么人呢？”

“许许多多的达官显贵都见到过，什么样的都见过；他们真是荣华富贵，令人惊叹呀。可是没有人比得上已故的伯爵阿列克塞·格里戈列维奇·奥洛夫－切斯明斯基。阿列克塞·格里戈列维奇我经常见到；我的一位叔叔在他家里当管家。伯爵家就住在卡卢加门附近的沙波洛夫卡街。他真是显贵人物呢！他的那种风度仪表，那种宽宏大度，你根本想象不出，也无法形容。单是身材别提多魁梧了，而且身强力壮，目光炯炯！当你还没有熟悉他，没有接近他的时候，的确会感到害怕，会感到胆怯；可是一旦与他接近之后，他就会像太阳一样使你感到浑身温暖，非常愉快。他容许每个人去见他，他对什么事情都感兴趣。他亲自参加赛马，不论什么人都可以同他竞赛；他从来不立即一马当先，他不愿让别人难堪。不挡着别人，只是到最后才超越过去；他显得那样和蔼可亲：他安慰对手，夸奖对手的马。他养了一批善翻筋斗的优种鸽子。常常来到院子里，坐在安乐椅上，吩咐放鸽子飞；仆人们站在周围的房顶上，拿着枪防止老鹰的袭击。伯爵的脚边放了一个大银盆，里面盛着水，他就朝水里观赏那些鸽子。许许多多穷苦人、乞丐都靠他救济过日子……他献出了多少钱财呵！他一旦发怒，简直像是打雷，可怕极了，不过你用不到哭鼻子，过一会儿再瞧，他已笑容满面了。他一举办宴会，准教全莫斯科人喝个醉……要知道他还是个好聪明的人哪！他打败过土耳其人。他还喜欢角力；他从图拉、从哈尔科夫，从唐波夫，从全国各地请来一大批大力士。谁被他摔倒了，便奖赏谁；要是谁赢了他，他更是给以厚赏，还要亲吻他……我还待在莫斯科那一会，他曾发起过一次猎犬比赛，这样的比赛在俄国从未有过：他邀请全国所有的猎人前来，并规定了日期，限期三个月。这样，猎人们都来会集了。把猎狗、雇用的猎手都运来了——嚯，到的人可多了，真是千军万马！先是设宴款待，然后大家前去城外。观赛者来得多极了，真是海了去啦……您猜怎么着？……您爷爷的那只狗跑得最快，一举夺魁。”

“是那只米洛维特卡吗？”我问。

“是米洛维特卡，那只米洛维特卡……这样一来伯爵就向您爷爷请求说：‘把您的狗卖给我吧，你要多少，就给多少。’您爷爷回答说：‘不，伯爵，我不是买卖人：没用的破烂也不卖，若是为了表示敬意，即使老婆也可让人，唯独这只米洛维特卡不能让……我倒宁肯让出自己。’阿列克塞·格里戈列维奇很赞赏他，说：‘好，佩服。’您爷爷就用马车把这只狗送回家了；后来米洛维特卡死了，您爷爷让人奏乐为它送葬，把它葬在花园里，在坟前立了块碑，并刻上墓志铭。”

“这么说来，阿列克塞·格里戈列维奇没有得罪过任何人。”我说。

“事情往往是这样的：谁越没能耐，谁就越翘尾巴。”

“那个巴乌什是个什么样的人呢？”沉默了一会儿之后，我问。

“您听说过米洛维特卡，怎么会不知道巴乌什呢？……他是您爷爷手下主要猎师和驯猎狗的人。您爷爷喜欢他不次于喜欢米洛维特卡。这是个什么都敢干的人，只要您爷爷一声令下，他会立即照办，哪怕是上刀山下火海……他朝猎狗吆喝一声，林子里就会闹得天翻地覆。有时他一下闹起倔脾气来，就跳下马，躺倒不干……猎狗一旦听不到他的吆喝声，那就完了！那些狗就不再去闻新留下的猎物足迹，什么猎物也不去追了。这一下让您爷爷气得要命！‘我不吊死这个无赖，就不活了！我要剥这个坏蛋的皮！我要让这个坏家伙不得好死！’但是到头来还是派人去询问他有什么要求，探问他不吆喝狗去捕猎的原因。巴乌什在这种情况下一般只要求喝酒，一当喝够了酒，就会起身上马，又高高兴兴地去指挥那群猎狗了。”

“您好像也喜欢打猎，卢卡 · 彼得罗维奇？”

“可算喜欢吧……确是如此，但不是现在，现在我的好时光已经过去了，那是在年轻的时候……可是您知道，由于身份的关系，不大好搞，像我们这些人是不能跟在贵族们屁股后头。的确，我们这类人中也有一些嗜酒成性的没出息的人，常常去同那些老爷们一起胡混……这有什么乐趣呢……不过是让自己丢脸罢了。人家让他骑蹩脚的、趺趺绊绊的马；动不动揪下他的帽子往地上扔，有时还用鞭子抽他一下，像抽马似的；而他老得赔着笑脸，让人家开心。不行呀，我对您说，越是身份低，就越要自重，否则，只会自讨羞辱。”

“是呀，”奥夫夏尼科夫叹口气，继续说，“我有生以来，许多时光像水似的流过去了。世道已经变了。特别是在那些贵族中间，我看到的变化可大啦。田产少的要么去当差，要么不住在原地了；那些田产多的，更叫人认不出来了。那些有大产业的人，在那阵划分地界的时候，我见得多了。我可以这样跟您说吧，瞅着他们，心里的确很喜欢：他们又和气，又有礼貌。只有一点很使我惊奇：他们学识渊博，说话有条有理，令人心悦诚服，可是对于实际的事务却一窍不通，连自己的利益是否受损也搞不明白——他们的农奴出身的管家就如摆弄轭具似的摆弄他们。说起来您可能知道亚历山大 · 弗拉季米罗维奇 · 科罗廖夫吧？他算得上是个地道的贵族吧？长相帅气，家产殷实，又受过高等教育，似乎出过国，谈吐稳重、谦虚，见了我们总要握握手。您认识吗？……那好，请听我说一说。上星期我们应中介人尼基福尔·伊利奇的邀请前去别廖佐夫卡聚会。中介人尼基福尔·伊利奇对我们说：'诸位，该把地界划一划清了；比起所有其他地区来，我们这地区落后啦，这多丢脸呀。我们就开始干吧。'于是我们就干起来了。照例是磋商、争论；我们的代理人发起性子来。但最先带头吵闹的是钦尼科夫·波尔菲里……而这个人为什么要闹呢？……他本人地无一垅，他是受兄弟之托来办事的。他大喊道：'不行！你们糊弄不了我！不行！不能那样搞！把测量图拿来！把测量员给我叫来，叫那坏小子上这儿来！''您到底要怎么样呢？''别把人当傻瓜！哼，你们以为我马上会把我的要求说给你们听吗？……不行，你们还是把测量图拿来，就这样！'他的手在图上直敲。马尔法·德米特列夫娜被他气得要死。她喊道：'您怎么敢败坏我的名誉？'他回答说，'把您的名誉给我的栗色母马我都不要。'好说歹说，总算用马杰拉酒让他消了气。他平静下来了，可别的人又闹开了。亚历山大·弗拉季米罗维奇·科罗廖夫坐在角落里，咬着手杖上的镶头，只是不住地摇头。我感到很不好意思，真想溜了出去。人家对我们会怎么想呢？一瞧，我的亚历山大·弗拉季米雷奇[①]站了起来，装出要说话的样子。中介人慌忙地说：'诸位，诸位，亚历山大·弗拉季米雷奇要讲话了。'不能不夸这些贵族：大家立即停下不吵了。于是亚历山大·弗拉季米雷奇开始讲了，他说：'我们似乎忘记了我们是为了什么会集到这儿的；虽然划分地界无疑是对土地拥有者有利的，但实质上它为的是什么呢？为的是使农民负担轻一

① 即弗拉季米罗维奇的别称。

些，使他们劳作起来方便一些，承担得起赋役；而不要像现在这样，自己都搞不清自己的土地，常常要跑到五俄里外去耕种，再说对他们也很难处罚。’随后亚历山大·弗拉季米罗维奇又说：‘地主不去关心农民的利益是罪过的；如果冷静地想一想，最终就会明白，农民的利益和我们的利益是一致的：他们好，我们也好，他们不好过，我们也不好过……所以，为了一些鸡毛蒜皮的事而争来争去，那是罪过的、糊涂的……’他说呀、说呀……说得多在理呀！很打动人的心……贵族们听了个个垂下了头；我也差点掉了泪。说实话，古书里也没有说过这样的话……而到头来怎么样呢？他那四俄亩长满青苔的沼地却死活不愿让出来，也不愿意卖。他说：‘我叫人把这块沼地的水排干，在那儿建一座设备完善的毛纺厂。’又说：‘我已选定这块地作厂址：这方面我有我的考虑……’如果真是这样，倒也罢了，然而事情并非如此，只不过是因为他的乡邻安东·卡拉西科夫舍不得花一百卢布票子去疏通他的那位管家老爷。事情一件也没办成，我们就散了。直到现在亚历山大·弗拉季米雷奇还认为自己是对的，还老是去谈毛纺厂的事，可是并没有叫人去给那沼地排水。

“他对自己的产业是怎样经营的呢？”

“他采用全套新办法。农民们不赞赏，不过也用不着听他们的。亚历山大·弗拉季米雷奇搞得不错。”

“这是怎么啦，卢卡·彼得罗维奇？我以为您是老保守呢。”

“我吗，是另一码事了。我既不是贵族，也不是地主。我的产业算得了啥？……干别的我也不会。我力求做得公道，合法——这就谢天谢地了！年轻的老爷们不喜欢老的一套，我很赞赏他们……该是动动脑筋的时候了。只有一点差劲：年轻的老爷们太自作聪明了。对待庄稼人就像玩木偶似的，让他们转过来，转过去，搞坏了一丢了之。这样一来，农奴出身的管家，或德国籍的管事又把庄稼人抓在自己的手心里了。哪怕有一个年轻老爷做出个榜样也好，让人看看，应该怎样经营才对……这结果又会怎样呢？难道我就这样死去，看不到新的局面了吗？……什么样的怪事呀？老的东西死了，新的东西还没有出生！”

我不知道怎样回答奥夫夏尼科夫才好。他环顾了一下，向我更挪近一点，低声往下说：

“您听说过瓦西利·尼科拉伊奇·柳博兹沃诺夫的事吗？”

“没有，没有听说。”

“请您说说，这是什么怪事，我搞不明白。是他那些佃户说的，可我弄不懂他们说的是什么意思。您知道，他是个年轻人，不久前他母亲去世了，他得到了一笔遗产。于是来到自己的领地上。庄稼人一齐前来，想瞧瞧自家老爷的风采。瓦西利·尼科拉伊奇向他们迎了过来。庄稼人一瞧——好奇怪呀！——老爷穿着一件棉毛裤，像个马车夫，脚上穿的是一双镶边的靴子；他穿的衬衫是红色的，上衣也是像马车夫穿的；蓄着大胡子，头上戴的是顶样式古怪的小帽，那张脸也很怪，似醉非醉，像是精神不正常。他说：‘你们好，伙计们！愿上帝保佑你们。’庄稼人向他鞠躬，只是不吭声。大概有些胆怯。他本人似乎也显得胆怯。他向众人讲了几句话，他说：‘我是俄罗斯人，你们也是俄罗斯人；我爱俄罗斯的一切……我的心是俄罗斯的，血也是俄罗斯的……’突然他下令说：‘来，乡亲们，唱一首俄罗斯民歌吧！’庄稼人的双腿哆嗦起来，都发愣了。有一个胆子大一些的人开始唱了，立刻又蹲下地去，藏到别人的背后了……令人惊奇的是，我们这儿确实有一些落拓不羁的地主，行为放荡，穿得像马车夫一样，又跳舞，又弹吉他，跟仆人们一起唱歌、饮酒，跟农人们一起吃吃喝喝；可是这位瓦西利·尼古拉伊奇却像位大家闺秀，老是在读书写字，要么就唱赞美诗，不跟人聊天，腼腼腆腆，经常独自一人在花园里徘徊漫步，像是有苦闷或忧伤。原有的那个管家在开头一些日子显得惶惶不安；在瓦西利·尼古拉伊奇到来之前，他跑遍了各家农户，向大家鞠躬作揖——这馋猫心里明白。它吃了谁家的鱼肉！庄稼人有了盼头，心里想：'你溜不掉，伙计！马上有人来收拾你啦；当心吧，你这贪心鬼！……'可结果呀——怎么对您说好呢？连上帝也弄不明白是怎么回事！瓦西利·尼古拉伊奇叫管家前来，他一开口，自己倒先脸红了，连呼吸也急促起来，说：'你在我这儿办事要公道，不要欺压人，听见了吗？'打那以后就没有再叫管家前来听吩咐了。他待在自家领地上就像个陌生人。这样一来，管家便放宽心了，庄稼人都不敢去找瓦西利·尼古拉伊奇，因为他们害怕。还有令人奇怪的事呢：这位老爷向他们鞠躬问候，亲切地望着他们，他们却反而吓得发抖。多么怪呀，先生，您说说？……或许是我糊涂了，老了，还怎么的——我搞不明白。"

我回答奥夫夏尼科夫说，这位柳博兹沃诺夫先生也许有病。

"有什么病！别看他年轻轻的，身子已肥得滚圆，脸也胖嘟嘟的……真是天晓得！"（奥夫夏尼科夫深深叹了口气。）

"好，不谈贵族了，"我说，"您给我讲讲独院地主的事好吗，卢卡·彼得罗维奇？"

"不，不说这个吧，"他连忙说，"的确……也该对您说说……可是说什么呢！（奥夫夏尼科夫挥一下手。）咱们还是用茶吧……他们是庄稼人，的确就是庄稼人；不过说真的，我们这类人还能怎么样呢？"

他沉默起来了。茶端上来了。塔季雅娜·伊利尼奇娜从座位上站起，坐得更靠近我们些。这个晚上她悄悄地出去几趟，又悄悄地回来。房间里寂然无声，奥夫夏尼科夫庄重地一杯接一杯地慢慢喝着。

“米佳今天来了。”塔季雅娜·伊利尼奇娜低声地说。

“他来干什么？”

“来赔不是。”

奥夫夏尼科夫摇摇头。

“唉，您说说看，”他朝向我说，“拿这些亲戚怎么办呢？不能把他们拒之门外……这不，上帝赐给我一个侄儿。这孩子人很聪明，很机灵，这没的说；学习也棒，只是我对他什么也指望不上。他本来任了公职，可他撂下不干了：说是没什么发展前途……难道他是个贵族？即使是个贵族，也不能立刻当上将军嘛。目前他没事闲着……这倒没什么——谁知道他竟干起替人提刀代笔的事！替农人写状子，拟呈文，给乡警出点子，告发土地测量员，出入大小酒馆，结交一些无业人员、小市民、旅店的勤杂工。这不是迟早得惹祸吗？这警察局长和县警察局长警告过他不止一次了。好在他能花言巧语，插科打诨，逗得他们哈哈大笑，可后来又给他们添麻烦……得了，他还坐在你的小屋子里吗？”他转身对妻子说，“我可知道你，你总是那副菩萨心肠，要护着他。”

塔季雅娜·伊利尼奇娜低下头，笑了笑，脸也红了。

“哼，就是这样嘛！”奥夫夏尼科夫继续说，“你呀，就会宠他！好了，叫他过来吧——那就这样吧，看在贵客面上，我饶了这傻瓜蛋……好，叫他过来，叫他过来……”

塔季雅娜·伊利尼奇娜走到门口喊了一声：“米佳！”

米佳是个二十七八岁的青年人，身材高挑挺拔，一头鬈发。他进房间时，一看见我，便停在门边。他穿的是德国式服装，但单是肩部大得不相称的褶子就明显地证明，这服装无论是裁剪或做工都是出自俄国裁缝的手。

“嘿，过来吧，过来吧，”老头子说，“为啥害臊呀？要谢谢你婶，是她说的情……好，我来介绍一下，”他指着米佳说，“这是我的亲侄儿，可我怎么也管教不了他。他混到头啦！（我和他相互鞠个躬。）你说说，你在那边又胡搞什么啦？他们为啥告你，你说呀。”

米佳显然不愿当着我的面进行解释和辩白。

“以后再说吧，叔。”他咕哝说。

“不，别以后啦，现在就说吧，”老头子继续说道，“我知道，你呀，在这位先生面前感到难为情，这样更好——你就痛悔吧。你说，你说……我们来听听。”

“我没什么可难为情的，”米佳激动地开始说，晃了晃头，“叔，您自己评断一下吧。列舍季洛夫的几个独院地主来对我说：‘替我们说说理吧，老弟。’我问：‘怎么一回事？’‘事情是这样的：我们的粮库管理得好好的，可以说再好不过了；突然有位当官的来到我们这儿，说是奉命来检查仓库的。他检查一通之后就说：“你们的粮库管理紊乱，有严重纰漏，我必须向上级汇报。”那我们问：“纰漏何在呢？”他说：“这我心里有数。”……于是我们便一起商量出一个办法：给那个官老爷烧把香，孝敬孝敬他，可是普罗霍雷奇那老家伙却不赞成，他说，这样只能使那些官老爷更贪得无厌。实际上这算什么呢？我们就毫无办法对付？……我们听了这老家伙的话，可是那位官老爷生气了，真的打了报告指控我们了。如今要传我们上法庭了。’我问：‘那么你们的粮库确实管理得好吗？’‘苍天可作证，管理得很好，而且存有法定数量的粮食……’我说：‘既然如此，你们就不必害怕。’于是我就替他们写了状子……现在谁胜谁负还不清楚……为什么有人为这件事上您这儿来指责我——道理是很明显的：对任何人来说，自己的衬衫总是最贴身的。”

“任何人都是这样，显然，你不是这样，”老头低声地说，

“那么你跟舒托洛莫夫的庄稼人在那边搞什么鬼？”

“您怎么知道的？”

“我当然知道。”

“这事儿我也没做错——您再好好评断评断。舒托洛莫夫的庄稼人中有位乡邻叫别斯潘金，他种了他们的四俄亩地，他说这块地是属于他自己的。舒托洛莫夫的庄稼人是付了代役租的，他们的东家已出国去了，您想想，还有谁替他们辩护呢？这块地毫无疑问历来都是他们承租的。所以他们来找我，请我替他们写份申诉书。我就写了。那个别斯潘金得知以后，便威胁说：‘我要敲碎这个米捷卡[①]的全身骨头，再不然就让他脑袋搬家……’瞧着吧，看他怎样来搬我的脑袋：到现在我这脑袋还是好好的呢。”

“哼，别吹牛，你的脑袋迟早保不住，”老头说，“你完全是个疯子！”

“怎么啦，叔，不是您自己对我说过……”

“我知道，知道你要对我说什么，”奥夫夏尼科夫打断了他的话，“的确，做人应该正直公道，应该乐于助人。有时候还应该豁得出去……可你难道全是这样做的吗？不是常常有人请你上酒馆吗？不是请你喝酒，向你鞠躬作揖，说，‘德米特里·阿列克塞伊奇，好老爷，帮帮忙吧，我们必当酬谢。’说着把一个银卢布或一张五卢布钞票偷偷地塞给你，是不是？啊？有没有这样的事？说呀，有没有？”

“这事我的确有错，”米佳低下头回答说，“可我没有拿穷人的钱，我没有昧着良心。”

“现在你没有拿，一旦自己穷急了，就会拿的。没有昧着良心……哼，你呀！好像你维护的全是大好人呢！……那博里

① 米佳的鄙称。

卡·彼列霍多夫你忘啦？……是谁替他奔走的？是谁庇护他的？啊？”

“彼列霍多夫他是自作自受，的确……”

“他挪用公款……这是闹着玩呀！”

“可是，叔，您想想看，他很穷，又养着一大家子……”

“穷，穷……他是个酒鬼，是个赌徒，问题就在这儿！”

“开头他是借酒浇愁。”米佳放低声音说。

“借酒浇愁！如果你有一副热心肠，你应该帮帮他，可你自己不该同那酒鬼一道上酒馆去。他能说会道，那有什么新鲜！”

“他人顶善良的……”

“在你眼里全是好人……怎么样，”奥夫夏尼科夫转身对妻子说，“给他送去了吗……就在那边，你知道的……”

塔季雅娜·伊利尼奇娜点点头。

“这些天你去哪儿啦？”老头子又说起来。

“在城里。”

“大概整天在那边玩台球，喝茶，弹吉他，跑衙门，跟商人子弟胡混，躲在后屋里写状子，是这样吗？……说呀！”

“就算是这样吧，”米佳微笑说，“　，我差点儿忘了：安东·帕尔费内奇·丰季科夫请您星期天上他家去吃饭。”

“我不去这个大肚皮家。吃挺老贵的鱼，放的油却是带哈喇味的。别去理他！”

“我碰见了费多西娅·米海洛夫娜。”

“哪个费多西娅？”

“就是买下米库利诺那块地的地主加尔片琴科家里的那一个。费多西娅是米库利诺村的人。她在莫斯科做裁缝，承担代役租，能按时交纳租金，每年交一百八十二个半卢布……她手艺很好，在莫斯科很多人请她定做衣服。日前加尔片琴科去信召她回来，把她留在这儿，又不派她干什么活。她很想赎身，也向东家说过了，可是他不作任何决定。叔，您跟加尔片琴科相识，能不能去对他说一说？……费多西娅愿出高价赎身。”

“是不是花你的钱呀？是不？嗯，那好吧，我去跟他说说。不过我不知道，”老头带着不满的神色继续说，“这个加尔片琴科呀，上帝宽恕，可是个贪心鬼：他收购期票、放高利贷、抢购地产……是谁把他带到我们这地方来的？唉，我真看不惯这些外地人！跟他打交道不会很快有结果的；不过，试试看吧。”

“您就帮个忙吧，叔。”

“好吧，我帮忙。不过你得小心，得留神！好啦，好啦，别再说七说八了……行了，行了……不过往后你得小心为好，否则呀，米佳，你会吃苦头的，真的，会倒霉的。我不能老是替你担责任……我也不是有权有势的人。好啦，现在你去吧。”

米佳出去了。塔季雅娜·伊利尼奇娜也跟了出去。

“让他喝点茶吧，娇宠孩子的女人。”奥夫夏尼科夫朝她背后喊道。“这小子人不笨，”他继续说，“心眼也好，只是我很替他担心……唉，真对不起，尽顾聊这些小事，耽搁您这么久。”

通前室的门开了，进来了一个矮个子，头发花白，身穿丝绒外衣。

“啊，弗兰茨·伊万内奇！”奥夫夏尼科夫喊了起来。“您好！近来一切都好吗？”

亲爱的读者，让我来介绍一下这位先生。

弗兰茨·伊万内奇·列戎（Lejeune）是我的一位邻里，也是奥廖尔的一位地主，他通过不大寻常的手段取得了俄国贵族的荣誉称号。他出生于奥尔良，父母都是法国人，他跟着拿破仑前来侵略俄国，充当一名鼓手。起初一切都顺顺当当，这位法国佬也雄赳赳气昂昂地走进莫斯科。可是在回去的路上，这个可怜的列戎先生便冻得半死，鼓也丢了，还落到了斯摩棱斯克庄稼人的手里。那些庄稼人把他押到一个空荡荡的缩绒间里关了一夜，第二天早晨便把他带到堤坝旁边一个冰窟窿前，就请这位“de la grande armée”[①]鼓手赏个面子，也就是说，让他钻到冰底下去。列戎先生没法接受这些庄稼人的盛情，只得用法语恳求这些庄稼人放他回奥尔良去。他说：“Messieurs[②]，那边有我的母亲，une tendre mère[③]。”可是这些庄稼人大概不清楚奥尔良城的地理位置，依然请他沿着这条弯弯曲曲的格尼洛捷尔卡河顺流而下，做一次水下旅游，而且已经轻轻推着他的颈椎和脊椎勉励他钻下去，蓦然传来了一阵铃声，这让列戎有说不出的高兴，一辆大雪橇向堤坝驶来，雪橇的后座又宽又高，铺着一条色彩斑斓的毯子，在前边拉套的是三匹黄褐色的维亚特卡马，雪橇上坐着的是一位身穿狼皮大衣，身材肥胖，满面红光的地主。

“你们在那儿干什么呀？”他问庄稼人。

“我们要把一个法国佬沉到河里去，老爷。”

“啊！”地主坦然地应了一声，就转过头去。

“Monsieur！ Monsieur！[④]”那可怜的人呼喊起来。

“啊，啊！”那穿狼皮大衣的人带着斥责的口吻说话了，“该死的家伙，跟着拿破仑的侵略军闯到俄国来，烧毁了莫斯科，偷走了伊万大帝钟楼上的十字架，可现在却喊‘穆西，穆西！’（先生，先生！），现在夹起尾巴了吧！恶有恶报……走吧，菲利卡！”

马儿又跑动了。

---

① 法语：大军的。——原注

② 法语：先生们。——原注

③ 法语：慈爱的母亲。——原注

④ 法语：先生！先生！

“啊，等一下！”地主添说了一句……“喂，你这穆西懂音乐吗？”

“Sauvez-moi, sauver-moi, mon bon monsieur ! [1]”列戎哀求说。

“瞧，这种小民族！竟没有人懂俄语！缪济克，缪济克，萨韦·缪济克·武？萨韦？（音乐，音乐，你懂音乐吗？懂吗？）喂，你说呀！科姆普列内？萨韦·缪济克·武？（听得懂吗？你懂音乐吗？）福尔托皮亚诺·茹埃·萨韦？（钢琴，你会弹吗？）”

列戎终于听懂了这地主所说的意思，便肯定地点点头。

“Oui,monsieur,oui,oui,jesuismusicien;jejouetouslesinstrumentspossibles!Oui,monsieur…Sauvez-moi,monsieur!”[2]

“嘿，算你走运。”地主回答说，“伙计们，放了他吧；赏给你们二十戈比打点酒喝喝。”

“谢谢，老爷，谢谢，您就带他走吧。”

让列戎坐上了雪橇。他高兴得喘不过气来，哭着，哆嗦着，向地主、车夫、庄稼人鞠躬致谢。他身上只穿着一件带玫瑰色带子的绿色绒衣，而天气又冷得够呛。那地主默默地瞧了瞧他那冻僵了的发青的四肢，就把这倒霉蛋裹进自己的皮大衣里，带着他回家去。仆人们跑了过来。急忙给这法国人生火暖身，让他饱餐一顿，给他衣服穿。地主把他领到自己的几个女儿那里去。

“瞧，孩子们，”他对女儿们说，“给你们找到一位老师了。你们老是缠着我说：‘教我们音乐和法国话吧。’现在给你们找来了法国人，他会弹钢琴……喂，穆西，”他指了指五年前从一个卖香水的犹太人那里买来的那架破钢琴，继续说，“露一手你的技艺给我们瞧瞧吧，茹埃！（弹吧！）”

---

① 法语：救救我，救救我，仁慈的先生！——原注

② 法语：是的，先生，是的，是的，我是音乐家；各种乐器我都会！是的，先生……救救我，先生！——原注

列戎坐到椅上，心都吓愣了，因为他生来还没有摸过钢琴呀。

“茹埃吧，茹埃吧！”地主又重说了一次。

这可怜的人像击鼓似的拼命敲打着琴键，乱弹一气……“我当时心里想，”他后来对别人说，“我的救命恩人会抓住我的衣领，把我摔到门外去的。”令这个不得已的即兴演奏者大感吃惊的是，这地主听了一会，赞许地拍了拍他的肩膀。“好，好，”他说，“我看得出，你很有一手；现在你歇歇去吧。”

过了两个来星期，列戎从这个地主家转到了另一个地主家，此人既有钱也有学识，他挺喜欢列戎的愉快而温顺的性格，就把自己的养女许配给了他。后来列戎谋到了差使，变成了贵族，并让自己的闺女嫁给了奥廖尔的一个地主。这地主叫洛贝扎尼耶夫，是一个退伍的龙骑兵，会写诗，列戎自己后来也搬到奥廖尔来住了。

正是这个列戎，或者像现在称呼的弗兰茨·伊万内奇，在我还在座时，走进奥夫夏尼科夫的房里来，他同这位主人颇有交情……

也许读者跟着我在独院地主奥夫夏尼科夫家里已坐厌烦了，因此我就不再聊个没完了。

利戈夫村

“咱们去利戈夫村吧，”那个已为读者所熟悉的叶尔莫莱有一次对我说，“那边的鸭子可多了，够咱们打的。”

对于一个懂门道的猎人来说，虽然野鸭算不上是什么特别诱人的野味，可是眼下一时没有其他野味可打（这时候是9月初，山鹬尚未到来，在野外追猎山鹑我已厌烦了），所以我便听从我的搭档的建议，前往利戈夫村去了。

利戈夫村是个地处乡野的大村庄，村里有一座年头不少的石建的单圆顶教堂，还有两个磨坊建立在那条沼泽似的罗索塔小河上。这条小河在离利戈夫村约五俄里外的地方变成了一个宽阔的水塘，水塘的周围以及中央的一些地方长着密匝匝的芦苇，奥廖尔人称之为“芦苇荡”。就在这片水塘里，在那些水湾或芦苇之间的幽僻处，生息着无数的各类野鸭子，如绿头鸭、半绿头鸭、针尾鸭、小水鸭、潜鸭等等。它们常常一小群一小群地在水面上飞来飞去，一听枪响，便腾空而起，像一片乌云，使猎人情不自禁地一手抓住帽子，拖长声地说：“哎——呀！”我和叶尔莫莱顺着塘边往前去，可是首先，这种野禽颇为小心谨慎，不待在塘边近处，其次，即便有掉队的、缺乏经验的小水鸭被我们击中而丧命，我们的狗也没法进到那密密麻麻的芦苇荡里去叼它回来。

尽管这些狗崇高无比，富有自我牺牲精神，然而它们既不会游泳，也不能潜入水底，只能枉然地让那些锋利的芦苇叶子割伤自己的宝贝鼻子。

“不行呀，”叶尔莫莱终于喃喃地说，“这样可不成，得弄一只小船来……咱们回利戈夫村去吧。”

我们便往回走。还没有走上几步，就瞧见一只赖不叽叽的猎狗从茂密的爆竹柳后面窜了出来，在它后面又出来一个中等身材的人，穿一件破破烂烂的蓝色外衣、一件浅黄色坎肩，一条深灰色裤子，裤腿随随便便地掖在破旧的长筒靴里，脖子上缠着一条红围巾，肩上扛着一只单筒猎枪。我们的狗按习惯的，以狗类所特有的中国式礼节[①]，同它们的新朋友互嗅几下，那个新朋友显然有些胆怯，夹着尾巴，竖起耳朵，直着腿，龇着牙，全身迅速地打着转。就在这时候那陌生人来到我们跟前，彬彬有礼地向我们鞠了个躬。看他模样约有二十五六岁；他那搽了大量克瓦斯[②]的淡褐色长发一绺绺地竖在头上，一双褐色小眼睛和蔼地眨巴着，脸上扎着黑头巾，仿佛是由于牙疼，满脸泛出甜滋滋的微笑。

“请允许我做一下自我介绍，”他以柔和的略具奉承的语调开始说，“我叫弗拉季米尔，是本地的猎人……听说您来了，并知道您来到我们的水塘边上，如果您不嫌弃，我定当为您效劳。”

这个叫弗拉季米尔的猎人说起话来，酷像扮演初恋情侣的地方青年演员。我同意了他的提议，还没有到达利戈夫村之前，就摸清了他的身世阅历。他是个已赎了身的家仆；少年时期学过音乐，后来当过侍仆，认得字；可以看得出，他读过一些杂七杂八的书，就像俄国的众多百姓一样，至今仍然身无分文，又无固定

---

① 当时的俄国人认为中国人的礼节复杂而奇特，故有此比喻。

② 本是一种清凉饮料，但俄国的农人和仆人常用它作发油。

职业，几乎连吃饭也成问题。他的谈吐非常文雅，显然有些自我卖弄。他可能还是个极善于向女人献殷勤的汉子，在这方面他定会成功的，因为俄国的姑娘们很喜欢能说会道的男人。还有，从他话里我听出来，他时常上邻近地主家拜访，有时进城做客，玩普列费兰斯牌、同京城里的一些人也有交往。他对笑很拿手，能笑出千姿百态来；当他倾听别人谈话时，他嘴角露出的谦恭而含蓄的微笑，对于他则特别合适。他很留神倾听你的淡话，会完全赞同你的高见，可又不失自尊，似乎要让你明白，如有机会，他会向你表明自己的一家之见的。叶尔莫莱是个没多大教养的老粗，根本不懂什么“礼貌”，就随便对他称起“你”来了。不妨看一看，弗拉季米尔对他称“您”的时候，带的是什么样的嘲笑神情。

“您为什么包着一块头巾？”我问他，“是牙疼吗？”

“不是的，”他回答说，“这是因不慎而造成的不幸后果。我有一位朋友，是个好人，但对打猎一窍不通，这倒是常有的事。有一天他对我说：‘亲爱的朋友，带我去打猎吧：我挺想体会一下打猎的乐趣。’我当然不愿拒绝这位朋友。我给他搞来一支枪，就带他去了。我们打猎打了好一阵子以后，就想歇一会。我在树下坐下来：他没有坐下歇歇，就练习起操枪动作，并且把枪对着我瞄准。我请他停下来，可是由于缺乏经验，没有听我的。他一放枪，我的下巴颏和右手的食指就被报销了。”

我们来到了利戈夫村。弗拉季米尔和叶尔莫莱俩都认为，在这里没有只小船是打不了猎的。

“苏乔克有一只小平底船[1]，”弗拉季米尔说，“可我不知道他把它藏到哪儿啦。得跑去找他。”

---

[1] 指由一些用旧船板钉成的平底船。——原注

“去找谁？”我问。

“这儿有一个人，绰号叫苏乔克[1]的。”

弗拉季米尔同叶尔莫莱一起前去找苏乔克。我对他们说，我在教堂附近等他们。我在墓地上参观一座座坟墓，偶然发现一个变黑了的四方形墓饰，其上刻有如下的文字，一面是法文“Ci-git Theophile Henri，vicomte de Blangy”[2]；另一面是“此墓石下安葬的是法国臣民勃朗奇子爵的遗体；生于1737年，死于1799年，享年六十二岁”，第三面是“愿逝者安息”，后第四面题着的是：

一位法国侨民长眠于此；
他出身高贵，才华出众。
他痛悼妻室家小的惨死，
离开受强暴践踏的故土，
远来到俄罗斯这个国度，
晚年备受热情接待和庇护；
教育子女，侍奉父母……
苍天让他在此永享冥福。

叶尔莫莱、弗拉季米尔同那个有怪绰号“苏乔克”的人来了，打断了我的沉思。

苏乔克光着脚丫，衣衫褴褛，蓬头乱发，外表像个丢了饭碗的家仆，年纪约六十左右。

“你有船吗？”我问。

“船倒有一只，”他用疲惫而微弱的声音回答说，“只是太

---

① 意为小树枝。

② 法文：勃朗奇子爵泰奥菲尔·安里安葬于此。——原注

破了。”

“怎么回事？”

“船缝脱胶了；木楔子也从窟窿眼里掉出来了。”

“有什么大不了！”叶尔莫莱接着说，“可以塞些麻屑嘛。”

“那当然可以。”苏乔克表示同意说。

“你是干什么的？”

“替老爷家打鱼的。”

“你这打鱼的怎么搞的，你的船怎么这样破呢？”

“这条河里没有鱼好打啦。”

“鱼不喜欢沼泽上的褐色水皮。”我的猎伴严肃地说。

“那好，”我对叶尔莫莱说，“你就去搞些麻屑来，把船缝塞一塞，快一点。”

叶尔莫莱去了。

“照这样，咱们可能会沉到水底去？”我对弗拉季米尔说。

“不会吧，”他回答说，“不管怎样，可以断定水塘不很深。”

“是呀，水塘不深，”苏乔克说，他说话有点怪，像没有睡醒似的，“塘底是水藻和草，整个水塘都长着草呢。不过，也有深坑①。”

“可是，如果草长得太多的话，”弗拉季米尔说，“船也没法划动了。”

“这种平底船哪里是划的呢？要用篙子撑。我跟你们一块去吧，我那儿有篙子，不然用锹也行。”

“锹不好使，在有些地方可能还够不到底。”弗拉季米尔说。

“那倒真的，不大好使。”

我坐在一个墓石上等候叶尔莫莱。弗拉季米尔为了礼貌，向

---

① 指塘底或河底的深陷处。——原注

旁边走了几步，也坐下了。苏乔克仍然在原地站着，低着头，照老习惯把两手反剪在背后。

“请说说，”我开口说，“你在这儿当渔夫已很久了吗？”

“六年多了。”他身子颤了一下，回答说。

“早先你是干什么的呢？”

“早先当马车夫。”

“是谁没有让你继续当马车夫的？”

“新的女东家。”

“哪一个女东家？”

“就是买我们来的那一个。您不认得的，她叫阿列娜·季莫费夫娜，胖乎乎的……不很年轻了。”

“她为什么要让你去打鱼呢？”

“天知道她。她从自己的领地唐波夫来到我们这里，吩咐把所有的家仆都召集到一起，然后出来和我们见面。我们先是去吻她的手，她没什么表示，没有生气……后来就开始挨个地查问我们：‘干什么的，分担什么差使？’轮到我了，她问：‘你是干什么的？’我说：‘马车夫。’‘马车夫？你算什么马车夫，瞧瞧你自己吧，你算什么马车夫呀？你不配当马车夫，给我去打鱼吧，把胡子剃了。我每次到这边来，你得给我供鱼吃，听见没有？……’打那以后，我就算是渔夫了。她还说：‘要细心，要把我的鱼塘搞得好好的……’可是怎么把鱼塘搞得好好的呢？”

“你们以前是谁家的呢？”

“是谢尔盖·谢尔盖伊奇·彼赫捷列夫家的。我们是被当作遗产由他接管过来的。不过他掌管我们的时间不很长，总共六年。我是在他手下当马车夫的……但不是在城里，在城里他另有马车夫，我是在乡下的。”

“你从年轻时候起就一直当马车夫？”

“哪里是一直当马车夫呀！我是到了谢尔盖·谢尔盖伊奇手下才当的马车夫，更早的时候是当厨子，但也不是在城里当厨子，是在乡下干的。”

“那你是在谁家当的厨子？”

“是在以前的东家阿法纳西·涅费德奇家，也就是谢尔盖·谢尔盖伊奇的伯父家。利戈夫村就是阿法纳西·涅费德奇他买下的，谢尔盖·谢尔盖伊奇继承了这个田庄。”

“是从谁手里买下的？”

“从塔季雅娜·瓦西利耶夫娜手里。”

“哪一个塔季雅娜·瓦西利耶夫娜？”

“就是前年去世的那一个，在波尔霍夫附近……不对，是在卡拉切夫附近，她是个老处女……没有嫁过人。您不认识吧？我们是从她爹瓦西利·谢梅内奇手里转到她手下的。她掌管我们可久啦……有二十来年。”

“怎么，你在她家也是当厨子？”

“起先就是当厨子，后来又当咖啡工。”

“当什么？”

“当咖啡工。”

“这是哪门子差使呀？”

“我也不清楚，老爷。我在餐室里干活，管我叫安东，而不叫库兹马。这是女东家吩咐的。”

“你原来的名字叫库兹马吗？”

“叫库兹马。”

“那你一直只当咖啡工吗？”

“不是的，不是单干一样……也当戏子呢。”

“真的？”

“当然真的……我演过戏。我们女东家在家里办了个戏园子。”

“那你演过什么角色呢？”

“您指的什么呀？”

“你在戏台上干的什么呀？”

“您不知道吗？他们拉了我去，把我打扮一番；我被打扮好后就登台，或是站，或是坐，都得听安排。他们教我说啥，我就说啥。有一次我扮演个瞎子……他们在我两边眼皮下各搁一粒豌豆……可不是！”

“那你后来又干什么了呢？”

“后来我又去当厨子。”

“为什么把你降为厨子呢？”

“因为我的兄弟逃跑了。”

“哦，那你在第一位女主人的父亲那里干什么呢？”

“各种各样差使都干过：开头当小厮，当马车夫、当花匠，后来又让我管猎狗。”

“管猎狗？……你骑着马管带猎狗？”

“是骑着马管带猎狗，曾经摔个半死：人仰马翻，马也受伤了。我们那老东家可严厉啦；下令揍了我一顿，就打发我到莫斯科一个鞋匠那里学手艺。”

“怎么还去学手艺？难道你管猎犬那时候还是个孩子？”

“论岁数吗，当时我已经二十出头了。”

“怎么二十多了还去当学徒呢？”

“大概没什么吧，既然是东家吩咐，也就可以嘛。幸好，他很快就死了，他们又让我回乡下来。”

“那么你的煮饭烧菜手艺是什么时候学的呢？”

苏乔克稍稍抬起那又瘦又黄的脸，笑了笑。

“这还用得着学吗？……连老娘们都会煮饭烧菜嘛！”

“哦，”我说，“你这辈子，库兹马，见识真不少呀！既然你们这儿没什么鱼，那你现在当渔夫干些什么呢？”

“我吗，老爷，没什么可怨的，让我当个渔夫，就得感谢上帝了。这里还有一个像我这样的老家伙，叫安德烈·普佩里，女东家派他在造纸厂的汲水房干活。她说，白吃饭是罪过的。……普佩里还指望她发慈悲呢：他有个堂侄在女东家的事务所里当办事员；那堂侄答应替他向女东家求个情。求啥情呀……我还亲眼看见普佩里向他堂侄下跪叩头呢。”

“你有家眷吗？结过婚吗？”

“没有，老爷，没有。已去世的塔季雅娜·瓦西利耶夫娜——祝她进天堂！——是不许任何下人结婚的。说啥也不许！她常说：‘我不就是这样单身过的嘛，干吗要结婚呢？瞎胡闹！’”

“那你现在靠什么过日子呀？拿工钱吗？”

“啥工钱呀，老爷……有口饭吃，就谢天谢地了！我很知足。愿上帝保佑我们女东家长命百岁！”

叶尔莫莱回来了。

“船修好了，”他严肃地说，“拿篙子去吧——你！……”

苏乔克就跑去拿篙子了。在我跟这个可怜的老头交谈的时候，猎人弗拉季米尔不时地带着鄙夷的微笑瞧瞧他。

“这人是个傻瓜蛋，”当苏乔克走开之后，他说，“是一个没半点教养的人，一个泥腿子，如此而已。他连家仆也称不上……尽是瞎吹……他哪里当得了戏子，您想想看！您跟他聊天白劳神！”

过了一刻钟，我们已经坐在苏乔克的平底船上了。（我们把狗留在一个小屋里交马车夫叶古季尔照看。）我们感到不大对劲，可我们这些猎人是不好挑剔的。苏乔克站在平头的船尾用篙子“撑”船；我和弗拉季米尔坐在船的横档上；叶尔莫莱坐在前边船头上。尽管船缝已用麻屑塞好，水依然很快在我们脚下渗上来了。还好，没有一丝风，水塘仿佛睡着一般。

我们的船走得相当之慢。老头费劲地从黏黏的水底烂泥里拔出长篙来，篙子上缠满了一条条绿色的水藻；睡莲的密丛丛的圆叶子也阻碍着我们船的前进。我们终于到了芦苇荡边，这一下可不得了。野鸭由于我们突然光临它们的领地而大为惊慌，叫着喊着地从水塘里腾空而起，枪声也追着它们砰砰地响起，瞧着这些短尾巴的飞禽在空中翻着筋斗，扑通扑通地重重掉到水里，那真叫人开心。我们当然无法把射下的鸭子全都弄到手，因为伤轻的已钻到水里去了；有些已被打死的掉进密匝匝的芦苇荡里，即使叶尔莫莱那双山猫般的眼睛也找不到它们；虽然如此，快到中午时候我们的小船已经装满野鸭了。

让叶尔莫莱大为称心的是，弗拉季米尔的枪法极不高明，他每次射击落空之后，就装出一副惊讶的样子，检查检查枪，吹一吹，表不枪不好使，最后向我们解释他之所以没射中的原因。叶尔莫莱像往常一样，身手不凡，弹无虚发；我吗，枪法依旧没长进。苏乔克以从年轻时就侍候老爷的人的那种眼光瞧着我们，不时地喊道：“那边，那边还有一只鸭子！”他常常在背上搔痒痒——不是用手，而是靠晃动肩胛骨去搔。天气棒极了：我们的头上高高地、徐徐地移动着一团团白云，明晰地倒影在水中；周围响着芦苇的沙沙声；太阳照耀下的水塘处处像钢铁似的闪着亮。我们已准备返回村子，霎时间发生了一件大煞风景的事。

我们早就发现河水一直慢慢地渗进我们的船里。我们让弗拉季米尔负责用水瓢往外舀水，那水瓢还是我的有先见之明的猎伴从一个在打瞌睡的村妇那里偷来以备不时之需的。当弗拉季米尔没有忘记自己的职责时，情况还算不错。可是到了打猎快结束时，那些野鸭仿佛是向我们表示告别似的，一群群地飞了起来，使我们几乎来不及上弹药。我们正在紧张地射击的时候，没有顾得上小船渗水的情况——突然间，由于叶尔莫莱猛地一扑（他竭力想抓住一只被打死的鸭子，全身压向船的一侧），我们的这只破船便随之倾侧，灌进了很多的水，于是也堂而皇之地向塘底下沉，幸亏船不是处在深水的地方。我们惊喊了起来，可是为时已晚：我们已经处在齐脖子的水里了，满船的死鸭子飘浮在我们的周围。如今我一想起我的这几位猎伴当时吓得发白的脸色（当时我大概也不会是容光焕发的），不能不感到好笑；不过在那个时刻，说实话，我是想不到发笑的。我们每个人都把枪举在头上，苏乔克大概因模仿主人惯了，也把篙子高高举起。叶尔莫莱第一个打破了沉默。

“呸，糟透了！”他往水里唾了一口，嘟哝着说，“真想不到有这样的事！都是你的错，老鬼！”他朝苏乔克气愤愤地说，“你这只是什么船呀？”

“全怪我。”老头喃喃地说。

“你倒好，”我的猎伴掉过头向弗拉季米尔说，“你管什么来着？为什么不舀水？你，你，你……”

弗拉季米尔已顾不上回驳了：他冷得像树叶似的颤抖着，上下牙直磕碰着，毫无意义地微笑着，他的伶牙俐齿，他的文雅的礼貌和自尊感不知哪儿去了！

那该死的小船在我们脚下微微晃动着……在小船下沉的那一小会儿，我们感到河水异常之冷，但很快就习惯了。最初的恐惧过去之后，我环顾了一下，离我们十来步远的周围全是芦苇；远处，从芦苇上方，可看到塘岸。“坏啦！”我心想。

“咱们怎么办？”我问叶尔莫莱。

“看一看再说，总不能在这儿过夜吧？”他回答说。“喏，你把这只枪拿着。”他对弗拉季米尔说。

弗拉季米尔没有说三道四地服从了。

“我去探一探水浅的地方。”叶尔莫莱颇有信心地说，仿佛每

个水塘里必有可以 水过去的浅处，他拿过苏乔克的篙子，小心地探着塘底，向岸边进发。

“你会游泳吗？”我问他。

“不，不会。”他的声音从芦苇的后边传来。

“哦，那会淹死的。”苏乔克淡然地说，他开先不是怕危险，而是怕我们怨怒，这会儿已全然定下心来了，只是有时大声喘气，似乎不觉得有任何必要去改变自己的处境。

“定会白白地去送死。”弗拉季米尔抱怨似的说。

过去一个小时多了，叶尔莫莱还没有回来。这一个小时我们觉得长极了；开头我们跟他频频地相互呼应；后来他对我们的呼喊回应得渐渐少了，最后声息全无了。村子里响起晚祷的钟声。我们也不相互交谈，甚至尽量互不相视。野鸭在我们上空来回飞翔；有一些想停歇在我们的近处，可突然又猛地腾飞起来，叫叫嚷嚷地飞走了。我们的身体开始发僵了。苏乔克眨巴着眼睛，似乎想要睡觉。

叶尔莫莱终于回来了，我们高兴得无法形容。

“喂，怎么样呀？”

“我到了岸上了；路探到了……咱们动身吧。”

我们本想立即就动身，然而他却先从没在水中的口袋里掏出绳子，把一些死鸭子的腿一一系上，用牙齿咬住绳子的两端，然后才缓缓地向前走去；弗拉季米尔跟在他后面，我跟在弗拉季米尔后面，苏乔克走在最后面。离岸边约两百来步了，叶尔莫莱大胆地、不停地走着（他已摸熟了这条道），只是有时喊一声：“靠左边点，右边有坑！”或者喊：“靠右边点，靠左会掉下去的……”有时水深没脖，可怜的苏乔克比我们三人个矮，有两次呛了水，直吐水沫。叶尔莫莱朝他严厉地喊：“喏，喏，喏！”苏乔克竭力往上蹿，乱迈双脚，一蹦一跳地终于踩到较浅的地方，但即使在最危急的关头他也不敢抓住我外衣的衣襟。我们终于爬上岸了，可是已筋疲力尽，一身污泥，里外湿透。

大约过了两小时，我们已尽可能把衣服晾干，并一起坐在一间宽敞的干草棚里，准备用晚餐。马车夫叶古季尔是一个动作特别慢而笨的人，是个既审慎而又迷糊的人，他站在大门边，诚心诚意地请苏乔克吸烟。（我发现俄国的马车夫能很快交成朋友。）苏乔克猛吸一阵，以至感到恶心：他又吐痰又咳嗽，看样子相当满足。弗拉季米尔显得懒洋洋的，歪着小脑袋，不大言语。叶尔莫莱擦着我们的枪。那些狗将尾巴摇得更快了，急等着麦粥喝；马在棚檐下又跺脚又嘶鸣……太阳就要下山了；它的余晖射向四处，形成一条条深红色的带子；金黄色的云彩越来越细地在天空上扩散开来，宛如梳洗过的羊毛……村子里响起了阵阵的歌声。

别任草地

那是一个美好的七月天，只有天气长久稳定的时候，才会出现这样的好日头。从一大早起便是一片晴朗的天空；早霞没有像火般地燃烧，而是泛着柔媚的红晕。太阳不像酷热的干旱时候那样火烧火燎，也不像暴风雨前那样暗淡发紫，而是显得明亮璀璨——在那狭长的云彩下冉冉上升，放射出鲜丽的光芒，随之又淹没在淡紫色的云雾中。那舒展的云彩上方的细边闪出蛇似的亮光，宛如刚出炉的银子……瞧，又有一些亮闪闪的光芒喷射出来——一个强大的发光体正在欢乐地、庄严地、飞快地向上升腾。近中午时分常常出现大量高高的金灰色的圆形云朵，镶着柔和的白边。它们犹如分布在泛滥无边的河中的岛屿。四周环绕着一条条清澈的、碧蓝的支流，它们几乎在原地一动不动；在远处，在靠近天陲处，一些云朵在聚集着、拥挤着，已经看不到云朵之间的蓝天了；但这些云朵本身就如同天空似的蔚蓝：它们也都充溢着光和热。天陲呈现柔和的淡紫色，整天里很少变化，周围也是一样；没有一处在变暗，没有一处像要下雷雨；不过有些地方从上到下伸延着淡蓝色的带子：那是飘洒着难以看清的蒙蒙小雨。傍晚时这些云朵渐渐消失；它们中最后一批如烟似的黑乎乎的云朵映着夕阳凝成一个个玫瑰色的云团。在太阳像冉冉上升时那样静静地落下的地方，它的通红的余晖仍短暂地照着渐渐暗黑下来的大地的上空，金星就在这儿悄悄地闪烁着，仿佛被人小心地端着的烛灯。在这样的日子里，各种色彩都显得那么柔和、明朗，但不耀眼；一切都印下温柔动人的色调。在这样的日子里，天气有时也极为炎热，坡地上有时甚至热如蒸笼；但是风会把聚积起来的热气驱除，吹散，一阵阵的旋风——那是稳定天气必具的征候——就像一根根高高的白柱，顺着条条道路游荡，穿过一块块耕地。洁净干爽的空气散发着苦艾、割下的黑麦和荞麦的气息，即使在午夜前一个来小时，也感觉不到一点点潮气。庄稼人在收割季节里盼的就是这样的天气……

有一次我正好在这样的日子里到图拉省契尔恩县去打松鸡。我找到并打到了相当多的野味；装得满满的猎袋勒得我的肩膀非常难受，可是直到晚霞已经消失，寒峭的阴影在那虽没有落日的余晖而仍很明亮的天空中开始变浓并扩散开来的时候，我才决定回家。我快步走过长长的一段灌木丛，费劲地爬上一个山冈，出乎我意料的是，我看到的不是那个我所熟悉的右边有片小橡树林、远处有一座低矮的白色教堂的平原，却是我从不知道的另外地方。我脚下延伸着一条狭窄的山谷，正对面耸立着陡壁似的茂密的白杨树林。我困惑地停下脚步，打量了一下四周……心里想，“哎呀呀！我完全走岔了，太偏右了。”我对自己的走错路感到很惊讶，同时又赶忙走下山冈。我立刻被一股令人不舒服的、凝滞的潮气围上了，仿佛进人了地窖一般；谷底里的又高又密的野草全都湿漉漉的，像铺得平平的白桌布，走在上面感到有些害怕。我连忙转到另一边，往左沿着白杨树林走。蝙蝠在已入睡的树梢上边飞来飞去，在朦胧的天空中盘旋着、颤动着；一只晚归的小鹰敏捷地在高处直飞过去，赶回自己的窝。“只要我走到那一头，”我心里想，“即可看到归去的路，不过我已白走了近一俄里的弯路！”

我终于走到了林子的那一头，可那边还是无路可走：在我眼前是大片大片的未砍伐过的矮灌木丛，再往前，远远地显出一片空旷的田野。我又停下了脚步。“多么奇怪呀？……我这是在哪儿呢？”我便去回想这一天的路是怎么走的，向哪儿走去的。“唉！原来这是帕拉欣灌木林呀！”我终于喊了起来，“就是它！那边大概就是辛杰耶夫小树林了……可我怎么走到这儿来了呢？怎么走得这么远？……真怪！眼下又得往右走了。”

我往右走去，穿过灌木丛。这时候夜色更暗了，更浓了，宛如下雷雨时的乌云；黑暗似乎跟夜气一道从四下升起，甚至从空中洒下来。眼前出现一条高低不平、杂草丛生的小道。我沿着这条小道走去，一边仔细地向前边探视。四周围迅速地黑下来、沉静下来，只有鹌鹑偶尔发出几声啼叫。一只小夜鸟展着轻盈的翅膀悄悄地低飞着，差点撞上了我，便惊恐地避到一边去了。我走出了灌木丛，沿着田野间的一条田埂慢慢地走着。我已很难辨别稍远处的东西了；周围的田野显得白茫茫的；再前边滚动着巨大的气团，升起了阴沉沉的黑幕，我的脚步在凝滞的空气中发出低沉的响声。暗淡下来的天空又变蓝了，但这已是夜晚的蓝空了。星星在那里闪烁起来，颤动起来。

被我看成是小树林的原来是一个黑黑的圆丘。“我这是来到哪儿了呀？”我又出声地重复了一遍，第三次停下了脚步，带着询问的神色瞧了瞧我的英国种黄斑花狗季安卡，因为它在所有四条腿的畜生中绝对是最最聪明的。可是这只最聪明的四条腿畜生只是摇摇尾巴，沮丧地眨眨困倦的眼睛，并没有给我任何切实的忠告。我在它面前感到了难为情，于是便拼命地向前奔去，好像我突然明白该怎么走了，我绕过了这个圆丘，来到了一处不很深的，四周都耕作过的凹地里。一种奇怪的感觉顿时支配了我。这块凹地活像一个几乎完全合格的铁锅，周边稍稍倾斜；底部直立着几块白色巨石——看起来像是爬到这儿参加秘密会议似的——这儿是那么的沉寂无声，上边又悬着如此淡漠而沮丧的天空，我的心紧缩起来了。有一只小野兽在石头中发出一声微弱而哀怨的尖叫。我急忙回到圆丘上。在这之前我还没有失去找到归路的希望；而到了这会儿我才最终认定自己完全迷路了，不想再费劲去辨认几乎全浸没在黑暗中的附近地方了，我只得凭着星星的导引，冒冒失失地直往前走……我艰难地挪动双腿，就这样走了近半个小时。我觉得有生以来还没有到过这样荒僻的地方：哪儿都见不到火光，听不到任何声响。尽是一个又一个的斜坡山冈，无穷地伸展着的一片又一片田野，灌木丛仿佛是从地里蓦然冒起在我的鼻尖前。我走着走着，心里正打算在一处歇宿到天明，突然我走到了一个可怕的峭壁旁边，下边就是一个深渊。

我赶紧挪回已迈出的一只脚，透过朦胧的夜色，看见下面远处有一片大平地。它的周围绕着一条宽宽的河，呈半圆状从我脚下向前延伸；河水的银灰色反光偶尔隐约地一闪一闪，显出河水的流道。我所在的山冈几乎成一道峭壁，突然垂直而下；山冈的巨大轮廓显得黑黝黝的，从淡蓝的夜空里突现出来，在我的下边，在这峭壁与平地形成的角落处，在静止的、墨镜般的这段河水旁边，在山冈的陡坡下，有两堆相互靠近的篝火亮着红红的火焰，烟气腾腾。篝火周围有人影在晃动，有时还清楚地照出一个小小的，带鬈发的脑瓜的前半面来……

我终于认清了我所来到的地方。这是我们附近一带颇有名气的草地，即人称为“别任草地”……但回家是绝对办不到了，尤其是在这夜间；我的两腿已累得直发软了。我决定到篝火旁边去，去跟那些被我当成牲口贩子的人们待在一起，等待天明。我顺利地往下走着，当我的手还没有松开我所抓住的最后一根树枝，突然有两只毛茸茸的大白狗气势汹汹地叫着向我奔来。火堆旁传来了孩子们清脆的话音；两三个孩子从地上敏捷地站了起来。我回答了他们诘问性的喊话。他们向我跑近，立刻把那两只对我的季安卡的出现特别感到惊奇的狗唤了回去，我随之来到他们旁边。

我把那些围坐在火堆旁的人当作牲口贩子显然是错了。他们不过是从近处村庄来看守马群的几个农家孩子。在酷热的夏天，我们这一带的人都在夜间把马赶到草地上放牧，因为白天里的苍蝇、牛虻把马儿叮得无法安生。傍晚时将马群赶出，到天亮时赶回去，这是农家孩子们的一大乐事。他们不戴帽子，穿着旧的短皮袄，骑上最敏捷的马儿飞快地奔跑，一边快乐地叫着喊着，高高地蹦着跳着，纵声地笑着。轻细的尘土如黄柱子似的耸起，一路飞扬；有节奏的马蹄声远远地传播开去，马儿们竖起耳朵奔跑着；跑在最前头的是一匹棕黄的长毛马，它翘着尾巴，不断倒换着腿，乱蓬蓬的鬃毛粘着牛蒡之类的种子。

我对孩子们说我迷路了，就挨着他们旁边坐下来。他们问我从哪儿来；接着沉默了一下，向旁边让了让。我们稍稍聊了一会。我躺到一棵被牲口啃光了叶子的灌木下，便打量起周围。这夜景可奇妙了；火堆的近处映着一个淡红色的光圈，它颤动着，仿佛一碰到黑暗便停下来；火熊熊地燃烧着，有时猛一下向光圈外抛去反光；细巧的火舌不时地舐舐光秃的柳枝，转眼就消失了；又尖又长的黑影有时一下闯了进来，扑到火堆旁，这是黑暗同光明的争斗。有时火焰变弱了，光圈缩小了，从进逼过来的黑暗中突然露出一个长着弯弯的白鼻梁的枣红色马头，或一个纯白色马头，呆呆地凝望着我们，一边迅速地嚼着长长的青草，后又低下了头，一下子不见了。只听到那马在继续咀嚼和打响鼻的声音。从亮处很难看清黑暗处发生的情况，因为近处的一切似乎都被一道近乎黑色的幕布遮上了；不过，在远远的天际却隐隐约约地显出山冈和树林的长长的斑影。黑暗而纯洁的天空显出它整个神秘的壮丽，庄严地、高远无比地笼罩在我们的头顶上。呼吸着这种特殊的醉人的新鲜气息——俄罗斯夏天夜晚的气息，胸中既快乐又有些难为情。周围几乎听不到半点喧闹声……只是近处的河里有时突然响起大鱼的击水声，岸边的芦苇被荡漾过来的水波微微晃动着，发出微弱的沙沙声，只有两堆火轻轻地哔剥作响。

孩子们在火堆旁围坐着；那两只曾想把我吃掉的狗也蹲在旁边。它们老半天还不能容忍我待在这儿，无精打采地眯起眼睛，斜望着火堆、偶尔怀着异常的自尊感呼噜几声；起初是呼噜着，后来便轻声尖叫，似乎对自己的愿望不得实现而感到遗憾。孩子共有五人，即费佳、帕夫卢沙、伊柳沙、科斯佳和瓦尼亚。（我是从他们的谈话里知道他们的名字的，现在我想把他们给读者介绍一下。）

第一个是费佳，他们中年岁最大的，看样子约十四五岁。这孩子身材匀称，相貌俊秀，五官有些小巧，一头淡黄色鬈发，一对明亮的眼睛，常常露出半快乐、半不经心的微笑。从各方面看来，他属于富家子弟，到野外来不是由于生计需要，而是为了消遣。他穿一件黄边的印花衬衫，外披一件不大的新外衣，他那窄小的双肩勉强架着它；浅蓝色的腰带上挂着一把小梳子。他脚上穿的那双低统靴子是他自己的，而不是父亲穿用的。第二个孩子帕夫卢沙有一头蓬乱的乌发，一双灰眼睛，宽宽的颧骨，脸色苍白，带点麻斑，嘴巴大而端正，脑袋特大，如常言说的，像个啤酒锅，身材敦实，不大灵巧。这孩子看来虽很平常——这没有好说的——不过他仍令我喜欢：他显得聪明、直爽，声音中露出刚强。他的衣着不能说好，不过是普通的麻布衬衫和打补丁的裤子。第三个是伊柳沙，他的相貌十分平常：鹰钩鼻子，长脸，近视眼，脸上显出某种呆板的病态的忧虑；那紧闭的双唇一动不动，紧锁的双眉也从不舒展——仿佛因为怕火光而老眯着眼睛。他那黄而近白的头发像尖尖的小辫竖在低低的小毡帽下，他常常用双手把帽子往耳朵上拉。他脚穿新的树皮鞋，裹着新脚布；在腰身缠了三道的粗绳子把那件整洁的黑色长外衫紧紧束住。他和帕夫卢沙看起来都超不过十二岁。第四个是科斯佳，这孩子年约十来岁，他那沉思而忧伤的眼神引起了我的好奇。他的脸不很大，又很瘦，长有雀斑，尖尖的下巴，宛若松鼠；嘴巴小得几乎看不大清；而那双又大又黑的水灵灵的明亮眼睛却给人以奇特的印象；那眼睛似乎要说出舌头（至少他的舌头）所说不出的话。他的个子很小，身体瘦弱，衣着甚为寒碜。最后的一个小鬼是瓦尼亚，起初我没有注意到他：他躺在地上，不声不响地蜷缩在一块凹凸不平的席子下面，只是偶尔从席子下露出他那长着淡褐色鬈发的脑袋。这孩子顶多七八岁。

我就这样躺在旁边的一丛灌木下观察着这几个小家伙。一堆火上挂着一只不大的铁锅，锅里煮着土豆。帕夫卢沙照看着这锅，跪在旁边用一根木片探进滚开的水里。费佳支着胳膊肘俯卧着，敞着外衣的衣襟。伊柳沙同科斯佳并肩而坐，老是那样使劲地眯着眼睛。科斯佳稍低着头，瞧着远方的某处。瓦尼亚在席子下躺着不动。我装作睡着了。小家伙们渐渐地又聊开了。

开头他们聊这聊那，聊明天的农活，聊马；突然费佳转向伊柳沙，像是恢复已中断了的话题似的问他：

“喂，这么说，你真的看见过家神？”

“不，我没有看见过，他是看不见的，”伊柳沙以嘶哑而微弱的声音回答说，他那声音与他的脸上表情再适合不过了，“可我听到过……而且不止我一人。”

“他在你们那边什么地方待着呢？”帕夫卢沙问。

“在老的打浆房[①]那边。”

“怎么，你们常常到造纸厂去？”

“当然啰，常常去。我和阿夫久什卡哥哥是磨纸工[②]嘛。”

“哟，你还是工人呀！……”

“喂，那你是怎样听见的呢？”费佳问。

“是这样的。有一回我和阿夫久什卡哥哥，还有米赫耶夫村的费多尔、斜眼伊万什卡，从红冈来的另一个伊万什卡，还有苏霍鲁科夫家的伊万什卡，还有另外一些伙计都在那儿；我们总共有十来个人，也就是全班的人；那天我们还得在打浆房里过夜，本来用不到在那边过夜，是那个姓纳扎罗夫的监工不许我们回家，他说，‘伙计们，干吗跑回家去呢，明天活儿很多，伙计们，你们就别回家了。’就这样我们都留下来了，大家躺在一起，阿夫久什卡开头说起话来，他说：‘伙计们，家神来了怎么办呢？’……阿夫杰伊[③]话还没有来得及说完，突然就有人在我们上边走动；我们是躺在下边，他就在上边，在那水轮旁边走动。我们听见：他在走来走去，把木板踩得一弯一弯的，还嘎吱嘎吱地直响；他就是从我们头顶上走过去的；突然间水往水轮上哗哗地流，把水轮撞得响呀，响呀，转了起来；那水宫[④]的闸门原是关着的。我们感到很奇怪，是谁把闸门打开，让水流的呢；可是水轮转了几转就停住了。那家伙又走到上面的一扇门边，顺着梯子下来了，下梯子时走得好像不慌不忙；梯板被踩得响着呢……瞧，他来到我们的门口，待了一会，待了一会——突然整

① “打浆房”“纸浆房”都是指造纸厂里的厂房，那里有盛纸浆的大桶，纸浆是从大桶里舀出的。这种厂房一般设在堤坝边上。在水轮下面。——原注

② “磨纸工”是指把纸张磨平、刮光的工人。——原注

③ 阿夫久什卡的异称。

④ 我们那边把水流向水轮所经的地方称之为“水宫”。——原注

扇门就打开了。我们吓了一大跳，一看，什么也没有……突然间看见一只桶里的格子[①]动了起来，升上去，浸浸水，到了空中，在空中摇来摇去，好像有人在涮洗它，后来又回到了原来地方。后来另一桶上的挂钩从钉子上脱了下来，又挂了上去；后来好像有个人向门口走去，忽然大声地咳嗽起来，像一只羊似的，声音可响啦……我们吓得挤成了一团，互相往别人身底下钻……那时候我们真吓得不得了！”

“有这样的事！”帕韦尔[②]说，“他为什么咳嗽呢？”

“不清楚，可能是潮湿的缘故呗。”

大家沉默了片刻。

“怎么样，”费佳问，“土豆煮熟了吗？”

帕夫卢沙尝了一下。

“没有，还没熟呢……听，有鱼在拍水呢。”他说，把脸转过去，朝着河。“没准是梭鱼……瞧，那边有颗小流星滚下去了。”

“喂，哥们，我来给你们讲一件事儿吧，”科斯佳用尖细的嗓音说起来，“你们听听吧，前几天我听见我爹说的。”

“好，说出来我们听听。”费佳带点鼓励的神情说。

“你们都知道镇上的那个木匠格夫里拉吧？”

“你们知不知道他为什么老是这样不开心，老是不哼不哈吗？他不开心的原因是这样的：听我爹说，有一次他到林子里去采胡桃，哥们。他到林里采胡桃迷了路；天知道他走到了什么地方。他走呀，走呀，哥们——这下糟了！他找不到路了；那会儿已经是深更半夜。他就在一棵树下坐下来，准备等到天亮再说——一坐下来后，就打起盹来。他打着盹，冷不防听见有人在

① 指捞纸浆用的网。——原注

② 即帕夫卢沙的正式称呼。

喊他。他瞧了瞧——什么人也没有。他又打起盹来，又有人叫他。他又东瞧西瞧：便看见他前面的树枝上坐着一个人鱼，晃着身子，在唤他过去，那人鱼在笑着，笑得死去活来。月亮亮晃晃地照着，月亮把什么都照得清清楚楚的，哥们。人鱼在喊他，人鱼自己坐在树枝上，全身白白亮亮，活像一条鳊鱼或 鱼什么的，要么就像一条鲫鱼，也是那样白花花的、银光闪闪的……木匠加夫里拉给吓蒙了。可是那人鱼还在那里哈哈大笑，向他招手，要他过去。加夫里拉已经站起来，本想听人鱼的话了，可是哥们，说不定是上帝指点了他：他终于在身上画了十字……然而，他画十字已经很困难了；他说他的手变得简直像石头，动不了啦……唉，真够他呛！……他好不容易画了十字以后，那人鱼就不笑了，猛地哭了起来……她哭着哭着，用头发去擦眼睛，她的头发是绿色的，像大麻似的。加夫里拉对她瞧着、瞧着，就开口问她：‘林妖，你哭什么呀？’人鱼就对他说：‘你这人呀，不该画十字，你本可以跟我一起快快活活地活一辈子：可是由于你画了十字，我哭了，我伤心极了，不光是我独自伤心，你也会伤心一辈子的。’说完这句话，哥们，她就消失了，加夫里拉立即就明白怎样从林子里走出来……不过从那时候起，他就老是不快活了。”

“咳！”沉默了一会儿之后，费佳说，“这个林妖怎么能伤害一个基督徒的灵魂呢？他不是没有听她的话吗？”

“你得了吧！”科斯佳说，“加夫里拉也说了，她的声音那么尖细，那么悲哀，就像癞蛤蟆叫似的。”

“是你爹亲口说的吗？”费佳又问。

“是他亲口说的。我躺在高板床[1]上，全都听见了。”

---

① 指农舍里设在炉子和侧壁之间有一人高的床。

“真怪呀！他为什么不快活呢？……没准，她喜欢他，所以喊他。”

“是呀，喜欢他！”伊柳沙接过话说，“可不是！她想呵他痒痒，她就想这样。那些人鱼就爱干这种事。”

“这儿没准也有人鱼吧。”费佳说。

“不，”科斯佳回答说，“这地方干净、宽广，只不过河离得太近了。”

孩子们全都不言语了。忽然从远处传来长长的、响亮的、几近哀吟的声音，这是一种难以理会的夜声，有时就发生在夜深人静的时候，它往上升起，停在空中，然后慢慢散去，最后似乎静了下来。仔细一听，似乎什么也没有，其实是有响声的。仿佛有人在天边久久地叫喊，另有人似乎在树林里用尖细的笑声回答他，还有一阵微弱的咝咝声飘过河面。孩子们相互交换了眼色，并颤抖起来。

“上帝保佑吧！”伊利亚[①]喃喃地说。

“咳，你们这些胆小鬼！”帕韦尔喊道，“有什么好怕的呀？瞧瞧，土豆煮熟了。”(大家都凑近锅子，吃起热气腾腾的土豆来；唯独瓦尼亚躺着不动。“你怎么啦？”巴韦尔问道。

可是他没有从自己的席子下爬出来。一锅子土豆很快被吃个精光。

“伙计们，”伊柳沙说了起来，“你们听说过前些日子在我们瓦尔纳维齐出的一件怪事吗？”

“是堤坝上出的那件事吧？”费佳问。

“对，对，是在堤坝上，在那个决了口子的堤坝上。那儿是个不干不净的地方，可不干净啦，又那么荒僻。四下尽是些凹

---

① 伊柳沙的正式称呼。

地、峡谷，峡谷里老是有蛇呢。”

“那儿出了什么事？你说呀……”

“是这么一回事。你，费佳，可能不知道我们那边埋着一个淹死的人；他是很久很久以前淹死的，那时候池塘里的水还很深；不过他的小坟还看得见，勉强看得见：只是一个小土堆……前些日子管家叫那个看猎犬的叶尔米尔来，吩咐他说：‘叶尔米尔，去一趟邮局吧。’我们那边的叶尔米尔是常常到邮局去的；他把他的狗全折腾死了：不知怎么搞的，那些狗在他手下都活不长，总是活不长。话说回来，他是个很能干的驯犬手，什么都拿得起来。就这样叶尔米尔骑着马上邮局去了，他在城里耽搁了好半天，回来时他已喝醉了。这天夜里夜色挺亮，有月光照着呢……叶尔米尔骑马经过那堤坝：他走的这条路要经过这儿。驯犬手叶尔米尔骑着马一路走来，就看见那淹死的人的坟堆边上有一只小绵羊在走来走去，那是一只雪白的鬈毛羊，样子挺好看的。叶尔米尔心里想：‘我要去把它抓住，不能让它白白跑了。’他就下了马，把它抱到手里……那只小绵羊倒没什么不高兴。可是叶尔米尔一走到马跟前，那马见了就朝他瞪眼睛，打响鼻，摇脑袋；然而他把马喝住了，抱着小绵羊骑了，上去，继续往前赶路，把小绵羊放在他前边。他瞧着小绵羊，它也直盯着他的眼睛。驯犬手叶尔米尔害怕起来了，心想，‘我没见过羊这样盯着人看的。’不过这也没什么；他就轻轻抚摩起羊的毛，一边说：‘咩咩，咩咩！”那只羊突然龇着牙，也对他喊‘咩咩，咩咩……’”

讲故事的人还没有说完最后一句话，两只狗猛地一下站起来，惊慌地吠叫着，从火堆旁跑了开去，消失在黑暗中。孩子们个个都害怕得要命。瓦尼亚从他的席子下蹦了起来。帕夫卢沙一面喊，一面跟着狗跑去。狗的吠叫声很快远去了……可以听到受惊马群的慌乱的奔跑声。帕夫卢沙大声吆喝着狗："谢雷！茹奇卡！……"过了不多会儿，狗叫声静下来了；帕夫卢沙的声音已经远去了……又过了一会儿；孩子们困惑地面面相觑，似乎在等待什么事的发生。……骤然传来奔跑的马蹄声；一匹马猛然在篝火旁停了下来，帕夫卢沙抓住马鬃，灵巧地跳下马。两只狗也跳进了火光的圈子里，立即坐下了，伸出红红的舌头。

"那儿怎么啦？怎么回事？"孩子们问。

"没什么，"帕韦尔朝马挥了挥手，回答说，"兴许是狗闻到了什么。我想是狼吧。"他以坦然的声调说，整个胸膛急促地喘着气。

我情不自禁地欣赏了一会帕夫卢沙。此刻他显得异常帅气。他那并不漂亮的脸蛋由于骑马奔腾而变得神采焕然，洋溢着勇敢无畏，坚忍不拔的气概。他赤手空拳在深夜里毫不犹豫地孤身前去赶狼……"何等出色的孩子呀！"我望着他，心里这样想。

"你们都见过狼，是吗？"胆小的科斯佳问。

"这地方一向有很多狼，"帕韦尔回答说，"不过狼只在冬天里才来捣乱。"

他又在火堆前坐下来。他坐下的时候，把一只手搁在一头狗的毛茸茸的后脑勺上，这头心中美滋滋的畜生带着感激和骄傲的神情从一旁瞅着他，久久地没有掉过头去。

瓦尼亚又钻到席子下躺着。

"伊柳什卡[①]，你给我们讲的事多么可怕呀！"费佳又说起话来，他是个富裕农民的儿子，所以常常带头说话（他自己说得不多，似乎怕说多了有失身份。）"真见鬼，这两头狗又在那儿叫唤了……真的，我听说你们这地方有鬼怪。"

---

① 伊柳沙的另一种小称或昵称。

“你是指瓦尔纳维齐吗？……那可不！多么奇特的鬼怪呀！听说有人在那儿不止一次地看见过从前的老爷——那已死去的老爷。听说他穿着长襟外套，老是唉声叹气的，老是在地上找什么东西。有一次特罗菲梅奇老爷爷遇到他，就问他：‘伊万·伊万内奇老爷，你在地上找什么呀？’”

“他问他啦？”费佳惊讶地插嘴问。

“可不，问啦。”

“哟，特罗菲梅奇真行呀……哦，那老爷又怎么说呢？”

“他说，‘我在找断锁草[①]。’他说‘断锁草’时声音很轻很轻。‘伊万·伊万内奇老爷，你要断锁草干什么用呀？’他说，‘在坟里闷得不行，很难受，特罗菲梅奇，我想出来，想出来……”

“这算怎么回事呀！”费佳说，“想必他没有活够吧。”

“真怪呀！”科斯佳说，“我原以为只有在追悼亡灵的那个星期六才能看得见死人呢。”

“什么时候都可以看得见死人。”伊柳沙挺自信地接过话说。我已发现，他对农村里的各种迷信传说比别人知道得更清楚……“不过，在追悼亡灵的那个星期六，你可以看见这一年轮到要死的活人。只要在那天夜里坐在教堂门前的台阶上，老盯着大路看，谁从大道上走来，又经过你面前，他就是这一年里要死的人。我们那边的婆娘乌利雅娜去年就到教堂台阶上待过。”

“那她看见什么人了吗？”科斯佳好奇地问。

“当然看见了呀。她在台阶上坐了很久很久，起初什么人也没看见，也没听见……不过，好像有一头狗在什么地方老是汪汪叫着，叫着……忽然她看见有一个单穿衬衫的男孩子在路上走

---

① 传说中一种能断锁的草。

着。她定睛一瞧——原来是费多谢耶夫家的伊万什卡……

“就是春天里死的那一个？”费佳插嘴问。

“就是他。他头也不抬地走着……乌利雅娜还是认出他了……后来她又看见一个婆娘在那边走。她仔细地瞧呀，瞧呀——唉，天哪！原来是她自己在那边走，是乌利雅娜自个儿呀。”

“真的是她自个儿？”费佳问。

“确实是她自个儿。”

“怎么啦，她不是还没有死吗？”

“这一年还没有过完嘛。你瞧瞧她那副模样：灵魂往哪儿搁呀。”

这几个孩子又不作声了。帕韦尔往火里添了一把干树枝。那火爆燃了一下，干树枝突然就变黑了，毕毕剥剥地响开了，冒出烟气，弯曲起来，烧着的一头渐渐翘起来。火光一颤一颤的，向四方映射出去，特别是向上映射。蓦然不知从何处飞来一只白鸽，它直飞到这一火光里，被热烈的火光照得通亮，它惊恐地在一个地方打了几个转，拍拍翅膀就飞得不见了。

“准是迷了路，找不到家了，”帕韦尔说，“现在它还要飞的，飞到哪儿算哪儿，落到哪儿，就在哪儿过夜。”

“喂，帕夫卢沙，”科斯佳说，“这是不是一个真诚的灵魂往天上飞？”

帕韦尔又往火里添了些树枝。

“兴许是吧。”他终于这样回答。

“帕夫卢沙，请说说，”费佳说，“你们沙拉莫沃那边也看得见天兆①吗？”

---

① 我们那里的农人把日食称之为“天兆”。——原注

“你是说太阳一下子消失了，是吗？当然看得见的。”

“你们一定也很害怕吧？”

“不光我们是这样。我们那位老爷虽然早些时候对我们说：‘你们就要看到天兆了。’可是天黑下来时，听说他也吓得要命。在仆人小屋里，那厨娘一看到天黑下来，便抓起炉叉把炉台上的所有盆盆罐罐全敲个粉碎，她说，‘世界末日到了，谁现在还要吃饭呀。’这样一来，烧好的菜汤全流掉了。我们村子里还有这样的传说呢，伙计，说是白狼遍地跑，把人都吃了，猛禽要飞来，特里什卡[①]也要出现了。”

“这特里什卡是什么样的？”科斯佳问。

“这你不知道？”伊柳沙兴头来了，接过话说，“伙计，你是打哪儿来的呀，连特里什卡都不知道？你们村里的人光知道呆坐着，什么也不懂！特里什卡是个不同寻常的人，他要来了，这个人奇怪极了，他来了，谁也抓不住他，对他一点办法也没有，他就这样厉害。比如说，庄稼人想要抓住他，拿着棍子去追他，把他团团围住，可他会使遮眼法——让他们眼睛都看不见，他们便会自己相互乱打一气。又比如，把他关进大牢——他就要求拿一勺水给他喝，等勺拿来了，他就钻到勺里去，一下就无影无踪了。给他套上锁链，他一晃手，锁链就脱掉了。唉，这个特里什卡就要来了，他要走遍乡村和城市。这个特里什卡狡猾着呢，他要迷惑庄稼人……唉，拿他真没治……这家伙可怪啦，可狡猾啦。”

“可不是，”帕韦尔以不慌不忙的声调继续说，“他就是这个样。我们那边的人就等着他来。老人们说了，只要一出现天兆，那特里什卡就要来。这不，天兆真的出现了。所有的人全往外

---

① 关于特里什卡的传说，大概来自反基督的故事。——原注

跑，跑到田野上，等着出什么事。你们知道，我们那地方挺开阔，什么都看得清。大家全在观望着——忽然从小镇那边的山上走下一个人来，样子很古怪，脑袋大得惊人……大家一下惊喊起来：‘哎呀，特里什卡来了！哎呀，特里什卡来了！’接着就往四处纷纷逃跑。村长躲进水沟里；村长老婆卡在门底下出不来，一边拼命地叫喊，把自家的狗吓得贼死，于是那头狗便挣脱了锁链，跳过篱笆，逃进林子里去了；库济卡的爹多罗费伊奇也跳进燕麦地里，蹲下身子，学鹌鹑叫，他说，‘说不定杀人的魔鬼会怜悯鸟儿的。’大家都吓得什么似的！……谁料到来的人竟是我们村的桶匠瓦维拉，他买了个新木桶，把这木桶戴在了头上。”

孩子们都大笑起来，接着又沉默了一会，在大野外谈天说地的人常常会这样的。我瞧了瞧四周：夜色显得庄重而威严；夜半时分干燥的暖气替代了晚间潮乎乎的凉气，暖和的夜气如同柔软的帐子还要久久地罩在沉睡的田野上；离清晨最初的瑟瑟声、沙沙声和簌簌声，离最初的朝露还有相当长的时间。天空上还没有月亮，在这些日子里它很晚才升上来。数不清的金色星星似乎在竞相闪烁，悄悄地沿银河的方向流去。的确，眺望那些星辰，仿佛隐隐感到地球也在不停地飞奔……河面上突然接连两次响起奇怪的、刺耳的、痛苦的喊叫声，过了不多一会儿，那喊叫声已经远些了。

科斯佳哆嗦了一下，问：“这是怎么啦？”

“这是苍鹭在叫唤。”帕韦尔泰然地回答。

“苍鹭。”科斯佳重复了一下。“帕夫卢沙，我昨天晚上听到的是什么呀？”他停了一下，接着说，“你说不定知道……”

“你听见什么啦？”

“我听见这样的声响。我从石岭来，前往沙什基诺；起先我老是在我们的榛树林里走，后来在一片草地上走——你知道，就在那山谷急转弯的地方，有个很深的水潭[①]；你知道那水潭里还长满了芦苇；我就是从这个水潭边上走过，哥们，突然间听到有人在水潭里呜呜、呜呜、呜呜地呻吟，那声音好悲哀、好可怜呀。这可把我吓坏了，哥们：那一会天色已很晚了，声音又是那么凄凄惨惨的。我自己也想哭了。……这到底是怎么回事呢？啊？”

“前年夏天，一伙盗贼把护林人阿基姆淹死在这个水潭里，”帕夫卢沙说，“说不定是他的灵魂在哭诉吧。”

“原来是这样呀，哥们，”科斯佳睁大了那双本来就够大的眼睛，“我还不知道阿基姆就是被淹死在这个水潭的，要不我更会吓得要死。”

“不过，听说有些小蛤蟆，”帕夫卢沙又说，“叫起来声音也那么凄惨。”

“蛤蟆？噢，不，那不是蛤蟆……那怎么是……（苍鹭又在河上叫了几声。）唉，那鬼家伙！”科斯佳不由地说，“好像林妖叫。”

“林妖不会叫，他是哑巴，”伊柳沙接过话说，“他只会拍巴掌。呱唧呱唧的……”

“怎么，你见过林妖，是吗？”费佳用嘲笑口吻打断他的话。

“不，没见过，但愿不要让我看见他；可是别人看见过。前些时候我们那边就有个庄稼人被林妖捉弄过：林妖领着他在林子里走呀，走呀，但老是在一块地方转来转去……直到天亮，才好不容易回到家。”

“这么说，他看见过林妖啰？”

“看见啦。他说那个家伙挺大挺大的个，黑不溜秋的，身子遮得严严的，好像躲在树后边，让人看不大清，好像躲着月亮，

---

① 指一种很深的水坑，春泛过后，那里贮满的春水，到夏天也不会干涸。——原注

那双大眼睛瞧呀，瞧呀，一眨一眨的……”

“哎呀呀！”费佳轻轻地发颤，耸耸肩膀喊了声，“呸！……”

“为什么让这种鬼家伙待在世上？”帕韦尔说，“真是的！”

“别骂，小心，他会听见的。”伊利亚说。

又是一阵沉默。

“你们瞧，你们瞧，伙计们，”蓦然响起瓦尼亚稚嫩的声音，“你们瞧瞧天上的星星，真像蜜蜂那样在挤来挤去！”

他从席子下边探出他那鲜嫩的小脸蛋，支在小拳头上，慢慢地抬起他那双平静的大眼睛。孩子们都举目仰望天空，望了老半天。

“喂，瓦尼亚，”费佳亲切地说，“你姐阿纽特卡的身体好吗？”

“挺好的。”瓦尼亚回答说，发音有点不清。

“你问问她，她为什么不到我们那边去玩？……”

“不知道。”

“你跟她说，请她来玩。”

“好吧。”

“你跟她说，我有礼物送她。”

“也送我吗？”

“也送你。”

瓦尼亚喘了一口气。

“得了，我不要。你还是送给她吧，她是我们的好姑娘。”

瓦尼亚又把头靠到地上。帕韦尔站起来，拿起那个空锅子。

“你去哪儿？”费佳问他。

“到河边打点水。想喝点水。”

两只狗也站了起来，跟着他去。

“小心，别掉进河里！”伊柳沙朝着他喊道。

“他怎么会掉下去？”费佳说，“他很小心的。”

“话是这么说，他很小心。但什么事都可能发生的：他一弯腰舀水的时候，水怪会抓住他的手，拉他下水。过后人家就说，这孩子掉进水里了……怎么会是掉下去的呢？……”他倾听了一下，又说，“看，他钻进芦苇里了。”

芦苇的确在散开着，正像我们这儿常说的，在“嘀嘀咕咕”。

“那傻娘儿们阿库利娜从那回掉进水里之后就变疯了，是真的吗？”科斯佳问。

“就是从那以后……现在变成什么样啦！可是听人说，她以前还是个美人呢。水怪把她给糟蹋了。水怪没料到有人那么快就把她拖上来。他就是在他那水底把她糟蹋了。”

（我不止一次地遇见过这个阿库利娜。她的衣服破烂不堪，人瘦得可怕，脸如煤炭那么黑，目光混混沌沌，老是龇着牙齿，常常一连几个钟头在大路上某一处踏步，那双瘦骨嶙峋的手老是紧紧按在胸前，两只腿慢慢倒换着，活像关在笼子里的野兽。无论对她说什么，她全不明白，只是偶尔抽风似的哈哈大笑。）

“有人说，”科斯佳又说道，“阿库利娜的跳河是因为她的情夫欺骗了她。”

“就是因为这个。”

“你记得瓦夏吗？”科斯佳悲伤地说。

“哪一个瓦夏？”费佳问。

“就是淹死的那一个，”科斯佳回答说，“他就是死在这条河里的。多好的一个孩子呀！咳，多好的一个孩子呀！他娘费克利斯塔多么疼瓦夏他呀！费克利斯塔她好像早有预感，觉得他会死在水里的。夏天里，瓦夏常常跟着我们这群孩子一道去河里洗澡——她就会浑身发抖。别的娘儿们都觉得没什么，只管端着洗衣盆摇来扭去地打旁边过去，可是费克利斯塔就不，她常把盆放到地上，朝着他喊：‘回来吧，回来吧，我的光明！回来呀，我的小鹰！’天知道他是怎么个淹死的。他在岸边玩耍，他的娘也在那儿，她在搂干草；冷不防听到有人好像在水里吐气泡——一瞧，只有瓦夏的一顶帽子飘在水上。打那以后，费克利斯塔就精神失常了：她常常到儿子淹死的地方去，躺在那里；她一面躺着，哥们，一面还唱着歌呢——记得吗，瓦夏老唱一支歌——她唱的就是那支歌，她还哭呀，哭呀，向上帝哭诉……”

“瞧，帕夫卢沙回来了。”费佳说。

帕韦尔手里端着满满的一锅水，回到火堆旁。

“喂，伙计们，”他沉默一会之后开始说，“事情有点不对劲呢。”

“怎么啦？”科斯佳急着问。

“我听到瓦夏的声音。”

孩子们吓得个个发抖。

“你怎么啦，你怎么啦？”科斯佳喃喃地说。

“说的是实话。我刚弯下腰去舀水，就猛然听到瓦夏的声音在唤我，像是从水底下发出来的：‘帕夫卢沙，帕夫卢沙，下到这儿来。’我后退了一步。可是我仍旧舀了水。”

“哎呀，老天爷！哎呀，老天爷！”孩子们画着十字说。

“这是水怪在唤你呀，帕韦尔。”费佳说。“……我们刚刚还在说他和瓦夏呢。”

“唉，这可是个坏兆头呀！”伊柳沙不慌不忙地说。

“哼，没什么，由它去吧！”帕韦尔坚定地说，又坐了下来，“生死由命嘛。”

孩子们都沉默了。显然，帕韦尔的话对他们产生了深深的影响。他们开始在火堆旁躺了下来，似乎都打算睡觉了。

“这是什么呀？”科斯佳稍抬起头，突然问道。

帕韦尔仔细听了听。

“这是小山鹬在飞，在叫。”

“它们往哪儿飞呀？”

“听说，飞到没有冬天的地方。”

“真有这种地方吗？”

“有。”

“远吗？”

“老远，老远，在温暖的海洋的那一边。”

科斯佳叹了口气，闭起了眼睛。

我来到这里与孩子们相伴已经有三个多小时了。月亮终于爬上来了；我并没有立刻发觉它，因为它显得那么小，那么窄。这个没有月色的夜晚似乎仍像以往一样是那么灿烂……但不久前还高高悬在天空的许多星星，就要落到大地黑洞洞的一边去了；周围全是静悄悄的，正如平常黎明前的寂静一样：一切都沉沉地睡着了，一动不动地做着黎明前的梦。空气中的气味已不那么浓烈了，潮气似乎又在扩散开来……夏天的夜是多么的短呵！……孩子们的话声已静下了，篝火也熄灭了……连狗也在那儿打盹；凭着淡淡的微弱的星光，我看见马儿也躺下了，垂下了脑袋……我也有些发困，一发困就睡着了。

一股清新的气息扑面而过。我睁开了眼睛：早晨已经开始。还没有一处照着朝霞的红光，可是东方已经开始发白。周围的一切都看得见了，虽然仍有点模糊。灰白色的天空渐渐变亮、变凉、变蓝了；星星忽而闪着微光，忽而就不见了；大地变得潮湿起来，树叶上洒满了露珠，有的地方传来了热闹的响声和人声，早晨的微风已在大地上四处漫游闲荡。我的身体也因之而欢畅地微微发颤。我猛一下爬了起来，走到孩子们身边。他们围着稍有一点点热气的火堆沉沉地睡着了；只有帕韦尔抬起半个身子，凝神地瞧了瞧我。

我向他点了点头，便沿着烟雾蒙蒙的河边走回家去。我尚未走出两俄里路，在我的周围，在湿漉漉的宽阔的草地上，在前面的草木青葱的山冈上，在一片又一片的树林上，在后面长长的满是尘土的大路上，在一丛丛闪亮的染红了的灌木丛上，在薄雾里羞涩地泛蓝的河面上，都洒满了热烘烘的、生气盎然的光芒，先是鲜红的，然后是大红的、金黄的……一切都动起来了，醒来了，歌唱起来，喧闹起来，说起话来。到处都有大滴大滴的露珠映着红光，宛如亮晶晶的金刚石；迎面飘来了钟声，它是那么纯净和明快，仿佛是经过了早晨朝露的冲洗。霎时间，一群精神焕发的马由我所熟悉的那几个孩子赶着，从我身边奔驰而过……

很遗憾，我得添说一句，就在这一年里，帕韦尔死了。他不是淹死的，而是坠马摔死的。可惜呀，一个多棒的小伙！

美丽的梅恰河畔的卡西扬

在一个多云的夏日里我坐着一辆颠簸的小马车打猎归来，那种闷热天气（大家知道，这样的日头有时热得比大晴天更够人受，尤其在没有风的时候）使我沮丧极了。我打着盹，身子颠得东摇西晃，郁闷地耐着性子，听任那燥裂得嘎嘎直响的车轮下被辗得坎坎坷坷的大路上不断扬起的细白灰尘来侵蚀我的全身——蓦地里我的车夫神色变得异常不安，动作慌张，这引起了我的注意，片刻之前，他本来比我还困得厉害呢。他拽了拽缰绳，在驾驶座上手忙脚乱起来，并吆喝起马儿，不时地朝旁边某处瞧望。我四面环顾了一下。我们这车子正走在宽阔的耕作过的平川上，一些也耕作过的不大高的山冈呈现着平缓的慢坡，波浪形地伸延到这儿；从这儿放眼望去，周围四五俄里的旷野可尽收眼底。远处有一片片不大的桦树林，唯有它们圆圆的锯齿状树梢打破了几乎笔直的地平线。一条条小路在田野上向四处延伸，有的伸到低洼处就不见了，有的绕到小丘上，其中的一条在我们前边约五百步远的地方和我们所走的大路相交，我看见有一队列正走在那条小路上。我的车夫所瞧的就是那个队列。

这是出殡的行列。一辆套着一匹马的马车在缓缓前进，车上坐着一位神父；一个教堂执事坐在他身旁驾着车，跟在车子后面的是四个没戴帽子的汉子，抬着一具罩着白布的棺材；有两个婆娘跟在棺材后边。其中一个婆娘的尖细的悲哭声突然飞进我的耳朵；我细细倾听：她在一边哭一边诉苦。在空荡荡的田野上到处响着这忽高忽低、单调而悲痛的声音。车夫催赶着马儿，他想赶在那个送葬行列的前头。在半道上遇到死人可是个不祥之兆呀。他果然在死人还没有到达大路之前就在大路上飞奔前去了；可是我们还没有走出百来步，我们的马车却猛然一震，车身倾斜了，差点翻了车。车夫勒住了正跑得起劲的马，挥了下手，啐了一口。

“怎么回事？”我问。

我的车夫没有吭声，慢悠悠地爬下了车。

“到底怎么啦？”

“车轴断了……干裂了。”他沉着脸回答说，突然气急败坏地整了整拉梢马身上的皮套子，致使那马歪斜了几下，可是那马挺住了，打了声响鼻，抖了抖身子，若无其事地用牙齿搔起前脚的小腿来。

我走下车，在路上站了一会，茫茫然感到很不愉快，不知如何是好。右边的车轮几乎全歪倒在车子底下了，似乎怀着说不出的绝望，那车毂朝上仰着。

“这一下怎么办？”我终于问。

“就怪那些人！”我的车夫说，用鞭子指了指送葬的行列，它已拐上大路，正向我们走近，“我一向就忌讳这个，”他继续说，“这兆头准着呢——遇到死人会倒霉……一定准。”

他又去找那匹拉梢马的麻烦。那匹马看到他情绪不佳，态度严厉，就决心站着不动，只是偶尔谦卑地甩甩尾巴。我前前后后来回踱了一会，又在车轮边站住了。

这时候死人已经赶上了我们。这个悲哀的行列缓缓地从大路拐到草地上，从我们旁边绕了过去。我和车夫脱下帽，向神父鞠个躬，跟抬棺材的人对望了一眼。他们费劲地走着；他们宽阔的胸膛高高地鼓起。跟在棺材后边的两个婆娘中有一个已经相当老了。脸色苍白；她那发呆的因悲痛而扭曲了的脸仍保持着严肃庄重的神情。她默默地走着。偶尔抬起一只干瘦的手去擦擦那薄薄的瘪进去的嘴唇。另一个婆娘是一个二十五六岁的年轻女人，两眼发红，流着泪水，整张脸都哭肿了。她从我们旁边经过时，停止了哭诉，用袖子掩着面……当死人从我们旁边过去，再回到大路上时，又响起了她那悲悲切切的，令人肠断的哀号。我的车夫默默地目送那有节奏地晃动着的棺材过去后，向我转过头来。

“这是为木匠马尔滕出殡，”他说，“就是里亚博沃的那个。”

“你怎么知道的呢？”

“我一看到那两个婆娘就知道了。那个老的是他娘，年轻的是他老婆。”

“他是病死的吗？”

“是的……得了热病……前天管家派人去请大夫，可是大夫不在家……这木匠是个好人哪；他有点好喝酒，可他是个挺棒的木匠。瞧那婆娘哭得多么伤心……话说回来，大家都知道婆娘的眼泪不值钱。婆娘的眼泪就像水……可不。”

他弯下身，从拉梢马的缰绳下面钻过去，双手抓住马轭。

“可是，”我说，“咱们怎么办？”

我的车夫先是以膝盖顶住辕马的肩部，晃了两下马轭，整了整辕鞍，然后又从拉梢马的缰绳下面钻出来，顺手推一下马嘴，走到车轮旁。他站在那里，一边细细瞧着车轮，一边慢吞吞地从怀里掏出扁形的鼻烟盒，慢吞吞地揪开小系带，打开鼻烟盒，慢吞吞地把两根粗大的手指探进鼻烟盒（两根手指勉强伸得进去），把烟丝揉了又揉，先歪起鼻子，便一下一下地闻起鼻烟来，每闻一下，都呲呲了一会，还难受地眯缝着、眨巴着噙泪的眼睛，陷入深深的沉思。

“喂，怎么样呀？”我终于问。

车夫把鼻烟盒小心地塞进口袋，他没有用手，而只是动了动脑袋，让帽子扣到眉毛上，心事重重地爬上驾驶座。

“你去哪儿呀？”我不无惊讶地问他。

“请上来坐好吧！”他平静地回答，并拿起缰绳。

“咱们这车还能走吗？”

“还能走。”

“那车轴……”

“请上来坐好吧。”

“可是车轴断了呀……”

“车轴断是断了；可还凑合到得了移民村……也就是得慢慢地走。走过前面的林子，再往右拐，那边有个移民村，叫尤金村。”

“你看，咱们这车子到得了吗？”

我的车夫不再回答我的问话了。

“我还是下来走好。”我说。

“那随您……”

他挥了一下鞭子，几匹马就跑动了。

我们的车子居然勉强走到了移民村，虽然右边前轮差点儿掉下来，并且转动得非常之怪。在一个小山丘上它几乎要脱开了：可是我的车夫恶声恶气地吆喝起来，车子终于顺当地跑下了小山丘。

尤金移民村不过只有六座矮小的茅屋而已。这些茅屋已经歪歪斜斜了，虽然盖起来大概没多久，因为有几家院子还没有圈上篱笆。我们进了村后，竟没有遇上一个人；甚至连鸡犬也难得见到；仅有一条短尾巴的黑狗一看见我们便急忙地从一个干透了的洗衣槽里跳了出来（它也许是因为太口渴了，才跑到槽里去的），没叫一声便慌慌张张地从大门底下溜进去了。我走进第一座茅屋，推开穿堂的门，呼唤一声主人——没有人答应。我又唤了一声，便听到另一扇门里有一只猫在饿得直叫。我用脚踢开门：一只瘦猫在黑暗中闪着绿色的眼睛，从我身旁窜了过去。我向房间里探头一看：里边黑洞洞的、烟气腾腾，又空空荡荡。我来到院子里，也不见人影……一只小牛犊在栏里哞哞地叫；一只跛足的灰鹅瘸着腿向一旁稍稍走开。我又走到第二家，这一家也没有人。我到了院子里……

在阳光照耀的院子正中，即阳光晒得最热的地方，躺着一个人，脸朝着地，头上蒙着衣服，我以为那是一个孩子。在离他几步远的草棚下停着一辆破旧的小马车，车旁站着一匹套有破烂马具的瘦马。阳光穿过破草檐上的条条窄缝射下来，给马的蓬松的枣红色鬃毛染上一个个明亮的斑点。在高高的椋鸟巢那里，椋鸟们一面在叽叽喳喳地聊天，一面从它们的空中楼阁里瞧着下边。我走到那个在睡觉的人身旁，唤醒他来……

他抬起头，一看到我便立即蹦了起来……"什么事，要干什么？怎么回事？"他半睡半醒地嘟哝说。

我没有马上回答他，因为他那副模样令我大为吃惊。此人原来是个五十来岁的矮子，一张又小又黑又满是皱纹的脸，尖尖的鼻子，一双褐色的小得几乎看不到的眼睛，他那小脑袋上长着浓密的黑鬈发，宛如蘑菇的伞帽。他的整个身体异常瘦弱，他那眼神是那样的古里古怪，实在难以用言语去形容。

"要干什么？"他又一次问我。

我便把事情对他说了说；他听着，那双慢慢眨巴着的眼睛始终盯着我看。

"能不能给我们搞到一根新的车轴？"最后我说，"我会乐意给钱的。"

“你们是什么人呀？是打猎的不是？”他将我从头到脚打量一番之后问道。

“是打猎的。”

“你们大概是打天上的鸟……打林子里的野兽？……你们残杀上帝的鸟，流无辜的血，不是造孽吗？”

这个奇怪的小老头说起话来曼声曼气，他那嗓音亦令我惊异。从他的嗓音里非但听不出半点衰老气，而且它显得惊人的甜美，带有青春气息，近乎女性的温柔。

“我没有车轴，”他稍稍沉默之后又说，“这个车轴又不合适（他指了指他那辆小马车），你们那辆大概是大马车吧？”

“在村子里能找得到吗？”

“这里算什么村子呀！这里谁也没有车轴。……再说各家都没有人在，全去干活了。请走吧。”他忽然说，又躺到了地上。

我怎么也没料到会是这样。

“听我说，老大爷，”我拍拍他的肩膀说，“劳驾，帮帮忙吧。”

“请快走吧！我累了：我刚进了趟城才回来。”他对我说了这句话后，就把衣服拉到头上。

“劳驾啦，”我继续说，“我……我给钱嘛。”

“我不要你的钱。”

“请帮帮忙嘛，老大爷……”

他抬起上半身，盘起他的两条小细腿坐着。

“那我就领你到迹地[1]去吧，商人在那边买下了我们的一片林子——真造孽，他们砍掉了林子，盖了一个办事处，真造孽。你可以在那里定做一个车轴，或者买个现成的。”

“那太好了！”我高兴地喊道，“太好了！……咱们走吧。”

---

① 林中砍伐了树木的地方。——原注

“橡木做的车轴是很好的。”他继续说，还没有站起身来。

“到那迹地远吗？”

“三俄里。”

“这没什么！咱们可以坐你的车子去。”

“不行呀……”

“那咱们就走去，”我说，“走吧，老大爷！车夫在外边等着咱们呢。”

这老头不很乐意地站了起来，跟着我走到院子外边。我的车夫正在生大气：他想要饮马，可是井里的水太少了，而且水的味道不佳，可是依车夫们所说，饮水是头等大事……然而他一见到这老头，便咧嘴笑了笑，点点头，招呼道：

“嘿，卡西亚努什卡[①]！你好！”

“你好，叶罗费伊，公正的人！”卡西扬闷声闷气地回答说。

我立即把他的建议告诉了车夫；叶罗费伊表示同意，便把车子赶进院子里。在他有条不紊地忙着卸马具的时候，那老头肩靠着大门站着，不高兴地时而瞧瞧他，时而瞧瞧我。他似乎有些困惑：依我看，他不大欢迎我们的突然到来。

“连你也给迁过来啦？”叶罗费伊在卸马轭时突然问他。

“我也被迁过来了。”

“唉！”我的车夫透过牙缝说，“你知道，那木匠马尔滕，你不是认识里亚博沃的马尔滕吗？”

“认识。”

“唉，他死啦。我们刚才遇到他的棺材。”

卡西扬打了一下颤。

“死啦？”他说，低下头去。

---

① 卡西扬的小称或昵称。

“是呀，死啦。你为什么不给他治好病呢，啊？人家都说你会治病，你是医生嘛。”

我的车夫显然是拿这老头寻开心，嘲笑他。

“怎么，这是你的车呀？”他肩膀朝马车耸了耸，接着说。

“是我的。”

“哼，车……车！”他重复了二次，抓住车的辕杆，差点把车翻个底朝天……“车！……您坐什么到迹地去呀？……我们的马套不进这个辕杆：我们的马都高高大大的，而这算个什么呀？”

“我真不知道，”卡西扬回答说，“你们坐什么去；要不就用这一匹牲口。”他叹口气补充说。

“用这一匹？”叶罗费伊接过话说，一边走到卡西扬的这匹驽马跟前，轻蔑地用右手中指戳了戳马的脖子。“瞧，”他带着指责的口吻补了一句，“它睡着了，这懒蛋！”

我要叶罗费伊快些把马套好。我很想亲自同卡西扬一起到迹地去，因为那边常常有松鸡。等到车子全套好了，我同我的狗一起凑凑合合地坐到翘得高低不平的树皮车底上，卡西扬缩成一团。也坐到前边的车杆上，脸上仍是先前那副抑郁的神情。叶罗费伊走到我跟前，带着神秘的样子低声说：

“您同他一道去，老爷，要当心。他可怪着呢，他的绰号叫跳蚤。我不清楚您怎么会了解他的……”

我本想对叶罗费伊说，直到这一会，我都觉得卡西扬是个顶懂道理的人，可是我的车夫立即用同样的语调接着说：

“您可得留点心眼，看他是不是带你到那里去。车轴吗您得自个儿挑选：挑坚实一些的……喂，跳蚤，”他又大声地说，“在你们这儿能搞到点面包吃吗？”

“去找一找，会找到的。”卡西扬答道，扯了扯缰绳，我们的车子就启动了。

令我确实惊异的是，他的马跑得相当不赖。一路上卡西扬不吭一声，问他什么，他都不大乐意回答，或者断断续续地回答。我们很快就到达迹地，又找到了那里的办事处。那是一座高高的木房子，孤零零地耸立在一个不大的山沟上，那山沟被马马虎虎地围了一道堤坝，从而变成了一口池塘。我在办事处里见到两个年轻的伙计，他们的牙齿雪白雪白，眼睛甜蜜蜜的，说话也甜蜜蜜的，又很伶俐，脸上浮着甜蜜蜜的狡猾的微笑。我向他们买了一根车轴后，就回到迹地上。我以为卡西扬会留在马旁边等着我，可是他突然向我走来。

"怎么，去打鸟吗？"他说，"啊？"

"是的。如果找得着的话。"

"我跟你一道去……行吗？"

"行，行。"

我们便前去了。伐去树木的地方约有一俄里。说真的，我打量卡西扬的时间比注视自己的狗的时间要多。给他起"跳蚤"这外号是不无道理的。他那黑黑的没有遮盖的小脑瓜（不过他的头发可顶任何帽子）在灌木丛里一闪一闪。他走起路来格外敏捷，似乎老在蹦蹦跳跳，时不时地弯腰，扯些草塞在怀里，嘴里在嘟嘟哝哝，老是用他好奇而古怪的眼光打量着我和我的狗。在低矮的灌木丛里，在一些"小旮旯"里，在砍过树木的地方，常常有些灰色小鸟从一棵树到另一棵树地飞着，啁啾着，又飞上飞下。卡西扬滑稽地学着小鸟叫，和小鸟们相互呼应。一只小鹌鹑从他的脚边飞起，啾啾地叫着，他也跟着它啾啾地叫；一只云雀飞下来，在他头顶上鼓动翅膀，嘹亮地歌唱着，卡西扬也跟着它一道唱起来。他一直没有跟我说话……

天气晴好，比先前更晴好；但炎热依然如故。明朗的天空上稍稍飘动着高高的稀疏的云朵，白中带点黄，宛如晚来的春雪，有时又像卸下的白帆，平平的，长长的。它们像棉花似的蓬松柔软的花边每一会儿都在慢慢地然而很明显地变化着：这些云朵都在渐渐消融，没有投下阴影来。我和卡西扬在这迹地上逛了很久。不及一俄尺[1]高的嫩枝以光滑的细枝围着那些发黑的矮树墩；这些树墩上长满了带灰边的圆圆的海绵状木瘤，这种木瘤可以熬制成火绒；草莓向它们伸来粉红色的小须；木瘤上还长出密匝匝的蘑菇。讨厌烈日暴晒的长草不断缠绊我的双脚；树上微微发红的嫩叶闪着金属般的强烈的光，使人眼花缭乱；到处有一串串淡蓝色的野豌豆、一朵朵金黄色的毛茛花、半紫半黄的蝴蝶花，异彩纷呈；一些荒无人迹的小径上长满一丛丛红色小草，那是原来的车辙，小径旁边堆着几俄丈[2]见方的一垛垛木柴；由于风吹雨打都变黑了；它们投下了斜方形的淡淡的阴影，其他地方就没什么阴影了。轻风时吹时停，有时一下直接扑面而来，仿佛吹得起劲了，周围的一切都欢快地喧闹起来，摇晃起来，动了起来，蕨类植物柔软的顶端也在翩翩起舞——你正在为风的来临而欢喜……可是它又停下来了，一切又都不动了。唯有螽斯仿佛恼怒了，放声齐鸣着——这种不断的郁闷而枯燥的叫声真令人厌倦死了。这种叫声同正午的固执的酷热倒很匹配；这种叫声仿佛是酷热所生，仿佛是酷热把它从炽热的地里召唤出来的。

我们连一群鸟儿也没有碰上，后来就去到另外的迹地上。这儿一些新伐倒的白杨树可悲地躺在地上，压住了一些青草和小灌木；其中有些树上的叶子还是绿绿的，可它们已经死了，从一动不动的树枝上萎靡地耷拉下来，其他树上的叶子已经干枯了，蜷缩了。一堆堆新鲜的黄白色木片躺在潮湿发亮的树墩旁，散发着

---

① 一俄尺相当于零点七一公尺。
② 一俄丈相当于二点一三四公尺。

特别的沁人心脾的带苦味的气息。在远处靠近树林的地方，斧子发出沉闷的响声，每隔一会儿，就有一棵青葱的树木好像鞠着躬、伸开两臂似的庄重而缓慢地倒下来……老半天都没有找到任何野禽；最后，从那长满苦艾的橡树丛里飞出一只秧鸡。我放了一枪；秧鸡在空中翻了个身便栽下来了。一听到枪声，卡西扬便赶紧用手遮住眼，一动不动，直到我装好枪，捡起那只秧鸡。等我往前走了，他便到那死秧鸡落下的地方，弯下身去，瞧着那溅上几滴血的草地，摇了摇头，惶恐地瞧了我一眼……后来我听见他嘟哝说："造孽！……唉，真造孽呀！"

炎热终于迫使我们躲进树林。我急忙跑到一个高高的榛树树丛下，树丛上边优美地舒展着一棵槭树的轻盈的树枝，那是一棵年轻而挺拔的槭树。卡西扬在一棵砍倒的白桦树粗的一端坐下来。我端详着他。树叶在高处轻轻摇曳，叶子的淡绿色阴影在他那随便用黑色上衣裹着的孱弱的身体上和他那小脸上缓缓地前后滑动。他没有抬头。他老是不吭声，使我感到挺没趣，我便仰面躺下来，欣赏起那些乱纷纷的树叶在明亮的高高的空中平静地嬉戏。在树林里席地仰卧，向上眺望，真是其乐无比呀！你会觉得，你是在观赏深不可测的海洋，觉得它辽阔地伸展在你的"下边"，树木不像是从地上耸起，倒像是大树的根往下伸，垂直地落在明净如镜的波浪中；树叶时而像绿宝石似的透亮，时而浓得成为黄绿色和墨绿色。在远一些的地方，细枝末梢上有一单片叶子纹丝不动地停在透明的蓝空里，旁边的另一片叶子在晃动着，好像池中的鱼儿在戏耍，似乎是自己在动，而不是风吹动的。一团团白云像一座座水下仙岛，悄悄地浮来，又悄悄地离去。忽然，这整片海洋，这光辉的天空，这些洒满阳光的树枝和树叶，全都流动起来，闪烁着流动的光，响起清新的、颤悠悠的沙沙声，宛如突然而来的波浪的无休止的细微拍溅声。你静静待着，瞧着：心中变得多么欢畅、宁静、甜美，这是笔墨所无法形容的。你瞧：那深邃清澈的蓝空会使你的嘴唇泛上跟它一样纯洁无瑕的微笑，一些幸福的回忆，就像天空中的云，也好像与那些云一道，缓缓地飘过你的心头。你老觉得你的目光越投越远，它带着你奔向那平静的、明亮的无底的深处，使你无法脱开这种高处，这种深处……

“老爷，老爷呀！”卡西扬冷不防地用他那洪亮的嗓音说话了。

我惊异地抬起点身来；在这之前，他对我的问话往往爱答不答，可这一下他却自动开口了。

“你有什么事？”我问。

“你为什么射死鸟儿呢？”他直盯着我的脸说。

“什么为什么呀？……秧鸡是种野味，可以吃嘛。”

“你可不是为了吃而打死它的，老爷，你才不去吃它呢！你打死它为的是取乐。”

“你自己可能也吃鹅、吃鸡什么的吧？”

“那些禽类是上帝规定给人吃的，而秧鸡是树林里的自由的鸟儿。也不光光是秧鸡，还有许许多多的生物：所有树林里的、田野里和河里的、沼地里和草地上的、高处的和低处的——打死它们都是罪孽，要让它们在世上活到自己的寿限才是……人有自己的食物；人另有吃的和喝的东西：粮食——上帝的恩赐，和天赐的水，还有老祖宗传下来的家禽家畜。”

我惊奇地瞧了瞧卡西扬。他说起话来可流畅着呢；他没有字斟句酌，说得既平静又兴奋，既温和又严肃，有时还闭起眼睛。

“那么依你看来，捕鱼也是罪过的啰？”

“鱼的血是冷的，”他挺自信地回答说，“鱼是不会作声的生物。鱼没有恐惧，没有快乐；鱼是不会说话的东西。鱼没有感觉，鱼的血也不是活的……”他沉默一下，又接下说，“血是神圣的东西！血不能见天上的太阳，血是避光的……让血见光是大罪过，是大罪过和可怕的事。唉，是大罪过呀！”

他叹了口气，低下头来。我瞧着这位奇怪的老头，说真的，心里感到十分的惊讶。他的话不像是庄稼人说的话，普通的老百姓说不了这样的话，嘴巧的人也说不了这样的话。这种话是经过思索的，是严肃而奇怪的……我没有听说过这类的话。

“请问，卡西扬，”我直盯着他那微微泛红的脸问道，“你是干什么行业的？”

他没有立即回答我的提问。他的目光不安地转了片刻。

“我是依上帝的吩咐过日子，”他终于回答说，“说行业吗，我没有，我什么行业也不干。我打小起就非常不懂事；只干一点能干的事，我干活不大行……我哪儿行呀？身体差，手也笨。不过，春天的时候我就去逮夜莺。”

“逮夜莺？……你不是说，树林里的、田野里的，其他任何地方的生物都不应该碰吗？”

“是这样，杀死它们是不应该的，死应该是自然到来的。就拿木匠马尔滕来说吧，木匠马尔滕本是活着的，可是活得不长便死了；现在他的老婆既为丈夫悲伤，也为不大点儿的孩子发愁……没有一个人，也没有一种生物能混得过死。死不会随便来，可是你也逃脱不了它；不过帮助死是不应该的。我是不会打死夜莺的，决不会的！我逮夜莺不是为了折磨它们，不是害它们的命，而是为了让人高兴，让人开心快乐。”

“你是去库尔斯克[①]逮夜莺吗？”

“库尔斯克我也去，有机会时还去得更远。在泥沼地里或树林旁过夜，独自一人在田野里，在荒僻地方过夜：那里有山鹬啾

① 那边有优良品种的夜莺，歌喉甜美，很珍贵。

啾地啼鸣，有兔子吱吱地呼喊，有野鸭子嘎嘎地叫唤……晚上我留神地观察，早上我细细地倾听，天有点亮时就在灌木丛上撒网……有的夜莺唱得可甜美啦，也很悲伤……真的很悲伤。”

“你卖夜莺？”

“卖给善良的人。”

“那你还做些什么呢？”

“什么做什么？”

“你干什么活呀？”

老头沉默了一会。

“我什么活也不干……我干活很差劲。可是我会识字。”

“你识字？”

“我会识字。这多亏上帝和一些好心人。”

“那么，你有家小吗？”

“没有，没有家小。”

“怎么的呢？……都死了吗？”

“不，就是没有：我这一辈子不走运。这全是上帝的安排，我们都是在上帝的安排下过日子的；做人应当正直——这最要紧！就是说，得让上帝中意。”

“你没有亲戚吗？”

“有……不过……就是……”

老头不大愿意说。

“请说说，”我又说起来，“我听到我的车夫问你为什么不把马尔滕的病治好，这么说你会治病？”

“你的车夫是个正直人，”卡西扬有所考虑地回答说，“可也不是没有罪过。管我叫医生……我算什么医生呢！……谁又会治病呢？一切全得听上帝的。是有一些……有一些草呀、花呀确实有些效用。比如说鬼针草吧，对人就有益处；车前草也是；说说这些草并不丢脸，这都是一些纯洁的草——是上帝赐给的。可是另外有些草就不是这样了：它们是有点用，可也是罪过，连说说它们都有罪过。要不，还得一边做祈祷……当然啰，也有这方面的祷词……谁信谁就得救。”他放低声音补充了一句。

“你没有给马尔滕什么药吗？”我问。

“我知道得晚了，”老头回答说，“有什么说的呢！人的寿命生来就有定数。木匠马尔滕是个短命的人，他在世上活不长久，就是这么回事。可不，凡是注定在世上活不长久的人，太阳就不像对旁人那样给他温暖，粮食对于他也没什么用——好像有什么在召他去……是这样的；愿他的灵魂安息吧！”

“你们被迁到这儿很久了吗？”稍沉默了一会之后，我问。

卡西扬震颤了一下。

“不，不很久，大概有四年吧。老东家在世那会儿，我们都是住在自己原来的地方，后来监护局要我们搬迁。我们那老东家心肠软，脾气温和，愿他进天国！当然，监护局做得也对；看来，也只好这样。”

“你们原先住在什么地方？”

“我们本住在美丽的梅恰河边。”

“那地方离这儿远吗？”

“一百来俄里吧。”

“那边好一些，是吗？”

“好一些……好一些。那边地方宽阔，河流多，那是我们的老家；这儿不开阔，又缺水……我们在这儿很孤单。在我们美丽的梅恰河边，你登上山冈，登上去一看，我的上帝呀，那是什么景致呀，啊？……有河，有草地，有森林；那儿有教堂，再过去又有草地。能看得远远的，远远的。看得多远呵……你瞧呀，瞧呀，实在美极了！而这边的土质确实好一些，是砂质黏土，庄稼人都说，这是上好的砂质黏土；我那些庄稼满处都长得好着呢。”

“喂，老大爷，你说实话，你大概很想回老家走走吧？”

“是呀，很想回去看一看。不过到处都不错。我是个没有拖家带口的人，不愿意老待在一个地方。可不是！老待在家里有什么劲？很想出去走走，出去走走，”他提高嗓门接着说，“那的确会轻松愉快些。太阳照耀着你，上帝更看清你，唱起歌也更带劲。看见有什么好的草，你看出来了，就采一些。那儿有流水，比如说，是泉水，是圣洁的水；你发现了，就喝个够。天上的鸟儿在歌唱……库尔斯克再过去就有草原，那是多好的草原呵，真让人惊奇，让人喜欢！那是多么的宽广，真是上帝的恩赐呀！人家都说，那些草原直通温暖的大海，那儿住着一只叫“加马云”①的鸟儿，它的声音可甜美啦。树上的叶子无论冬天秋天都不掉落，银树上长着金苹果，人人都活得很满意，很公正……我很想到那边去走走……要说，我到过的地方也不算少了！我到过罗姆内，到过辛比尔斯克那座挺有名气的城市，也到过有不少金子做的教堂圆顶的莫斯科；到过‘乳娘奥卡河’，到过‘亲爱的茨娜河’，到过‘母亲伏尔加河’，我见过许许多多的人，许许多多善良的庄稼人，也到过一些体面的城市……所以我很想到那边去……而且……很想……也不光是我这个有罪的人……别的许多庄稼人也都穿着树皮鞋，一路乞讨着，去寻求真理……是呀！……待在家里干什么呢，啊？人间没有公道，就是这么一回事……”

后面这几句话卡西扬说得很快，几乎听不清；后来他又说了些什么，我连听也听不见，他那脸上露出古怪的表情，使我不由得想起了“疯子”这个称号。他低下头，咳嗽了一声，似乎清醒

① 是传说中天堂上的鸟。

过来了。

“多好的太阳呀！”他放低声说，“多好的恩赐呀，上帝！林子里多温暖呀！”

他耸了耸肩膀，沉默了一会，不在意地瞧了瞧，轻声地哼唱起来。我没法听清他柔声唱的歌曲的全部歌词，我只听清下面这两句：

我的名字叫卡西扬，外号是“跳蚤”……

“哎！”我想，“这是他自个编的吧……”他突然战颤了一下，不出声了，凝望着树林的深处。我掉过头，看见了一个农家的小妞，年纪八岁左右，穿着一件无袖的蓝色外衣，头上裹着带格子的头巾，黝黑的光胳膊上挎着一只篮子。她大概怎么也没有料到会遇见我们，真所谓是撞上了我们，她一动不动地站在苍翠的榛树丛的阴凉的草地上，那双乌黑的眼睛惊慌地瞅着我们。我刚看清她，她一下就躲到树后面去了。

“安努什卡！安努什卡！过来，别怕！”老头亲切地唤她。

“我怕。”传来她尖细的声音。

“别怕，别怕，上我这儿来。”

安努什卡不声不响地离开她的躲藏的地方，悄悄地绕了个圈——她那稚嫩的小脚走在浓密的草地上几乎没有一点声响——从老头近旁的树丛里走了出来。她不是八岁左右，像我起初看到她那矮小的个子所估计的那样，她已有十三四岁了。她的整个身体又小又瘦，但很匀称，很灵巧，那张漂亮的小脸酷像卡西扬的脸。虽然卡西扬的长相并不好看。同样尖尖的脸形，同样奇特的眼神，既狡猾又诚挚，带点沉思，又很敏锐，举止也相似……卡西扬扫了她一眼，她站到了他的身旁。

“怎么，采蘑菇呀？”他问。

“是的，采蘑菇。”她带着羞涩的微笑回答说。

“采的多吗？”

“挺多的。”（她迅速瞥了他一眼，又微微一笑。）

“有白的吗？”

“白的也有。”

“让我瞧瞧，让我瞧瞧……（她从胳膊上放下篮子，把遮着蘑菇的宽宽的牛蒡叶子掀开一半。）嘿！”卡西扬朝篮子弯下身，说，“多棒的蘑菇呀！安努什卡真行呀！”

“这是你女儿吗，卡西扬，是吗？”我问。（安努什卡的脸有点红了。）

“不是，是亲戚。”卡西扬装作不在意的样子说。“喂，安努什卡，你走吧，”他马上又添说一句，“好好走，小心点……”

“干吗让她走着回去呀！”我打断他的话说，“让她坐我们的车走吧……”

安努什卡的脸红得像罂粟花，她两手抓住篮子上的绳子，惶惑不安地瞧了瞧老头。

“不，她能走得了，”他仍然用满不在乎的懒洋洋的声调回答说，“这对于她没什么……她能走回去……走吧。”

安努什卡很快就走进树林去了。卡西扬目送着她，然后低下头，微微笑了笑。在这长长的微笑里，在他对安努什卡所说的几句话里，在他同她说话时的那种声调里，有一种难以言表的热烈的疼爱和亲切之情。他朝着她离去的那个方向瞧了瞧，又微微一笑，摸摸自己的脸，点几下头。

“你为什么这样急着打发她走了呢？”我问他。“我本想向她买些蘑菇呢……”

“要是您想买，您到我家里一样可以买嘛！”他回答说，这是他第一次使用“您”这称呼。

“你的这小丫头挺可爱嘛。”

“不……哪儿话……这……”他好像不大愿意地回答说，从这一会儿起他又回到先前的那种沉默中去。

我想了种种法子，试图让他重新打开话匣子，可是我明白我是白费劲的，因此我便往迹地走去了。此时炎热已稍稍消退了些；然而打猎仍不得手，或者如我们常说的，我还是不走运，只好带着一只秧鸡和一根新车轴回到村子里去。车子快进院子了，卡西扬突然向我转过身来。

“老爷，老爷呀，”他开口说，“我对不起你；是我让所有的野禽躲开了你。”

“怎么这样说呢？”

“我懂这种法术。你的狗挺聪明，是只好狗，可是它毫无办法。你以为人很了不起，不是吗？可是就说野物吧，人能拿它们怎么样呢？”

如果我对卡西扬解释，用“咒语”让野禽躲开是不可能的，那是没有用的，所以我就什么都不说了，这时候我们的车子已拐进大门里了。

安努什卡不在屋里；她已经先到家了，把一篮子蘑菇搁在屋里。叶罗费伊先是对这个新车轴横挑鼻子竖挑眼地作了一番不公道的评价之后，就把它安上了。过了一小时我们就要动身，我拿些钱给卡西扬，起先他不肯收，后来想了想，在手心里攥了一会，便揣进怀里了。在这一小时里，他几乎不说一句话；他仍然倚着大门站着，也不搭理我的车夫的责备，跟我告别时也极为冷淡。

我刚一回来，便发现我的叶罗费伊心情抑郁……可也是，他在村子里什么吃的也没有找到，给马饮的水又很差劲。我们出发了。他坐在驾驶座上，连后脑勺都表现出不满，他极想跟我聊一会儿，可是他在等我先开口发问，这时候他只是低声地发发牢骚，对马儿教训几句，有时说得挺刻薄。“村子！”他咕哝说，“还算是个村子呢！想要点克瓦斯——连克瓦斯他妈的也没有……哼，真见鬼！那水呀，简直叫人恶心！（他大声啐了一口。）黄瓜没有，克瓦斯没有——屁都没有。哼，你呀，”他朝着右边的拉梢马大声地说，“我可知道你，大滑头一个！你喜欢偷懒不是……（他抽了它一鞭。）这马现在全变狡猾了，早先这畜生多听话呀……哼，哼，你敢回头瞧！……”

“告诉我，叶罗费伊，”我开口说，“这个卡西扬是个什么样的人？”

叶罗费伊没有立即回答我，他向来是个喜欢思考和从容不迫的人；我一下就猜到了，我的问话使他非常高兴，甚为得意。

“跳蚤吗？”他拽了拽缰绳，终于说开了，“是一个怪人，简直就是个疯子，这样怪的家伙，可不是一时半会能找到第二个的。比如说吧，就跟咱们这匹黄褐马一样德行，很不听话……就是说，不爱干活。不用说，他哪是干活的人呀，那身子骨是很差——不过，总得……他打小就是这副德行。最初他跟着他的叔叔们拉脚——他们都是赶车的——后来他大概干腻了，就甩手不干了。他就在家里窝着，可是连家里也待不住，他就是这样不安分的人——就像个跳蚤。幸亏他遇上了好心肠的东家，没有强求他干这干那。打那时候起，他就像只没人看管的山羊，到处溜达晃游。他真是怪得出奇，鬼知道怎么这样：有时候一声不吭，像个树墩，有时候一下说起话来——天知道他会说些什么。难道这是种做派？这不是一种做派。他这人完全是一个古怪的人。可是唱歌倒唱得不错。唱得蛮像回事，很不赖，很不赖。”

“他真的会治病吗？”

“治什么病呀！……哼，他哪儿会呀！他就是这样好吹。话说回来，我的瘰疬倒是他给治好的……”他沉默了一下，又说，“他哪里会治病呀！是笨蛋一个。”

“你早认识他啦？”

“早认识了。我跟他在瑟乔夫卡村时是邻居，在美丽的梅恰河那边。”

“那么，我们在树林里遇上的那个叫安努什卡的丫头是他家里的人吗？”

叶罗费伊回头瞧了瞧我，龇出整口牙齿笑了笑。

“嘿！……是的，是他家的。她是个孤儿，没有娘，不知道谁是她的娘。咳，可能是他的亲人吧，太像他了……她就住在他家里。是个机灵的丫头，没得说；是一个好丫头，老头可心疼她啦，这丫头确实不错。说来您不一定信，他还想教自己的安努什卡识字呢。他当真会这样做的，他就是这么一种怪人嘛。他这个人可没个准儿，没个分寸的……吁——吁——吁！”我的车夫突然打住了话，勒住了马，向一旁弯过身，闻起气味来。“好像有股煳味？确实！我不喜欢这些新车轴……最好得上点油……我就去弄点水吧，正好这儿有个小池塘。”

叶罗费伊从驾驶座上慢慢地爬下来，解下水桶，就去池塘里打水，回来后，他听到轮毂突然吸足了水而发出一阵吱吱声，有些高兴起来……在十来俄里的路程上，他不得不给发烫的车轴浇了六七回水。我们到家的时候，天色已经完全黑下来了。

总管

在离我的田庄十五六俄里的地方，住着我的一位相识，他是个年轻的地主，曾当过近卫军军官，现在已退伍在家，此人叫阿尔卡季 · 帕夫雷奇 · 佩诺奇金。他家领地有很多很多的野禽。他的住宅是照法国建筑师的设计盖的，仆人们穿的是英国式服装。他非常讲究饮食，待客亲切热情。虽然如此，你仍然不大乐意去登他家的门。他是个通情达理的正派人，照例也受过良好的教育，任过公职，在上流社会曾混过一阵，目前在经管家业，颇有建树。阿尔卡季 · 帕夫雷奇，用他本人的话说，为人严厉，可办事公道，很关心下属的利益，就连惩罚他们，也都是为他们好。“对待他们就得像对娃娃们一样，”发生这种情况时，他常说，“他们太无知呀，mon cher，il faut prendre cela en considération[①]。”凡是出现所谓在所难免的不愉快的事情时，他总是尽力避免过激的暴烈举措，也不喜欢提高嗓门，大都是用手直指着犯过失的人，平心静气地说 ：“我不是对你说过的吗，伙计？ ”或者说，“你怎么啦，我的朋友，好好地想想吧。”这时候他只是轻轻地咬咬牙，撇撇嘴。他的个头不大，体态优雅，相貌

---

① 法语 ：亲爱的，这种情况是必须注意的。——原注

也挺不错，手和指甲都保持得干干净净。那红润的嘴唇和脸颊显露出健康的气色。他的笑声洪亮而爽朗，那双明亮的褐色眼睛和蔼地眯缝着。他的穿着非常讲究，很高雅。他订阅法国的书刊、画册和报纸，不过并不怎么爱读书：那本《永远流浪的犹太人》[1]好不容易才读完。玩牌倒可称好手。概言之，阿尔卡季·帕夫雷奇算得上是我们省最有教养的贵族，也是最令人羡慕的择婿对象之一；女士们为他神魂颠倒，尤其倾慕他的风度。他的言谈举止十分得体，而且谨慎得像猫一样，平生从不招惹是非，虽然有机会时也喜欢让人知道他不好惹，喜欢捉弄和为难胆怯的人。他决不愿跟不三不四的人交往，生怕败坏自己的名声。高兴时便自称是伊壁鸠鲁[2]的崇拜者，虽然他对哲学素来没有好感，认为它是德国哲人们的糊涂食物，有时干脆说哲学是胡言乱语。他也爱好音乐，玩牌时常常轻轻地哼唱，而且还满带感情；他还记得《卢契亚》[3]和《梦行者》[4]中的一些段子，但不知为何总是用高嗓门去唱。每年冬天他都要去彼得堡。他家里收拾得分外整洁；连马车夫们也深受他的影响，非但天天擦马轭、刷上衣，而且还主动洗脸。阿尔卡季·帕夫雷奇家的仆人们看起来确有点愁眉苦脸，可是在我们俄国，你是分不清哪是愁眉苦脸，哪是睡意未消的。阿尔卡季·帕夫雷奇说话的声音既柔和又悦耳，顿挫有致，似乎得意地让每个字从他洒满香水的漂亮的小胡子里蹦出来；他还常常运用一些法国词语，如："Mais c' estimpayable"[5]，"Mais

---

① 法国作家欧仁·苏（1804—1857）的长篇小说。

② 伊壁鸠鲁（公元前341—前270），古希腊哲学家。他主张人应有合理的享乐，以求保持精神的愉快和安适。19世纪的俄国贵族地主们往往利用他的主张为自己的享乐思想找依据。

③ 《卢契亚》是意大利作曲家多尼采蒂（1797—1848）的歌剧作品。

④ 《梦行者》是意大利作曲家贝里尼（1820—1835）的歌剧作品。

⑤ 法语：有意思！——原注

comment donc！”[①] 等等。由于这种种原因，至少我是不大乐意去拜访他的，若不是他那边有松鸡和山鹑的话，我也许根本不同他交往。在他家里，你会有一种奇怪的不安的感觉；即使舒适的生活也不会使你愉快。晚上，每当一个穿着带花纹扣子的浅蓝号衣的鬈发侍仆出现在你面前，低三下四地给你脱靴子的时候，你就会感到，倘若让这个苍白干瘦的人突然换成一个颧骨极宽、鼻子特扁的年轻健壮的小伙子（他刚被主人从田间叫了回来，不久前赐给他的土布衣服已撕破了十来处），那你会有说不出的高兴，即便你那整条小腿可能会同靴子一块被他拽下来，你也会乐意冒这个险……

尽管我对阿尔卡季·帕夫雷奇没有好感，有一回我却不得不在他家过了一夜。第二天一早我就吩咐套好我的马车，可是主人不愿意让我不吃他的英国式早餐就离去，他领我到他的办事室。除了茶以外，还给我们端来肉饼、半生不熟的鸡蛋、奶油、蜂蜜、干酪等等。两个戴着洁净的白手套的侍仆不声不响地揣摩着我们种种细微的心意，勤快利索地伺候着。我们坐在波斯式的长沙发上。阿尔卡季·帕夫雷奇穿着肥大的丝绸灯笼裤，黑色丝绒上衣，头戴有蓝穗子的漂亮的菲斯卡帽，脚登平底的中国式的黄便鞋。他品着茶，脸上笑嘻嘻的，细细察看自己的指甲，吸着烟，把靠垫枕在腰部，总之，一副悠然自得的样子。饱饱地享用了早餐之后，阿尔卡季·帕夫雷奇带着满意的神情给自己斟了杯红酒，把杯端到嘴唇边，突然皱起了眉头。

“为什么没有把酒烫热？”他用相当尖锐的嗓音问一个侍仆。

那个侍仆发窘了，愣在那里，脸色刷白。

“伙计，我在问你呢。”阿尔卡季·帕夫雷奇平和地接着说，

---

① 法语：可不是！——原注

眼睛盯着那个侍仆。

那可怜的侍仆不知所措地站在那里，转悠着餐巾，一声不吭。阿尔卡季·帕夫雷奇低着头，思索着，一边蹙起眉头瞧了瞧他。

“Pardon，mon cher，”[①] 他带着愉快的笑容说，用手友好地拍了拍我的膝头，又盯看起那个侍仆。“好了，去吧，”他稍稍沉默了一会后，又补了一句，随后扬起眉头，按了按铃。

进来了一个人，他又胖又黑，一头乌发，低额门，眼睛鼓鼓的。

“费多尔的事……去处理一下吧。”阿尔卡季·帕夫雷奇带着十分自制的神情低声地说。

“遵命。”那胖子答了一声就出去了。

“Voila，mon cher，les de'sagréments de la campagne[②]，”阿尔卡季·帕夫雷奇乐呵呵地说，“您要去哪儿呀？别忙着走，再坐一会儿吧。”

“不啦，”我回答，“我该走啦。”

“又是打猎！唉，真拿你们这些猎迷没办法！眼下您要去哪儿呢？”

“去四十俄里外的里亚博沃。”

“去里亚博沃？嘿，那巧了，这样一来，我正好可同您一道去。里亚博沃离我的领地希皮洛夫卡村只有五俄里地，而我呢好久没有到希皮洛夫卡去走走了，老是抽不出工夫。这一回蛮凑巧：您今天到里亚博沃打猎，晚上就到我那个村子去。Ce sera charmant[③]。咱们一起吃晚饭——咱们带着厨子去——您就在我那儿过夜。太好了！太好了！”他不待我回答就这样说。“C'est

---

① 法语：对不起，朋友。
② 法语：您看，朋友，这就是乡下生活的不愉快之处。——原注
③ 法语：这妙极了。——原注

arrangé[①]……喂，谁在那儿？吩咐给我们备车，快一点。您没有到过希皮洛夫卡吧？我有点过意不去请您在我的总管家里过一夜，不过我知道，您会不大在乎的，去里亚博沃还可能要在干草棚里过夜呢……咱们去吧，去吧！”

于是阿尔卡季·帕夫雷奇唱起了一首法国的抒情歌曲。

“您大概不清楚，”他微微晃动两腿，继续说，“我那边的庄稼人是交代役租的。宪法规定的嘛——有什么法子？他们给我交租金倒是不含糊的。说实话，我早就想让他们改成劳役租，可是地太少了！就这样我也感到很奇怪，他们是怎么对付过去的。不过，C'est leur affaire[②]。我那边的总管是很能干的，une forte tête[③]，是个治国安邦之才呀。您会见到的……真的，机会难得！”

实在无可奈何。本来早上 9 点钟我就该动身的，可是我们直拖到下午 2 点钟才出发。打猎的人定能体会到我是何等的焦急。阿尔卡季·帕夫雷奇，如他自己所说的，喜欢找机会让自己行行乐，因此带上数不清的内衣、食品、外衣、香水、枕垫以及各种各样的化妆品，这些东西对于一个节俭自律的德国人来说足够用上一年了。每次车子从山坡下驶时，阿尔卡季·帕夫雷奇总是要简短而严厉地叮嘱一句，由此我可以断定，我的这位朋友是个十足的怕死鬼。不过，这一行极为顺利；只是在一座刚修好不久的小桥上，厨子坐的那辆车子翻倒了，后轱辘压住了他的腹部。

阿尔卡季·帕夫雷奇看到自家的卡列姆[④]摔在地上，着实惊慌了，赶紧叫人去问：他的手伤着没有？一听说厨子的手安然无恙，便立刻放下心来。由于这种种事，我们这一路走了很久。我

---

① 法语：一切都会安排好的。——原注
② 法语：这是他们的事。——原注
③ 法语：一个聪明人。——原注
④ 法国巴黎的名厨师，这里代指厨子。

和阿尔卡季·帕夫雷奇同坐一辆马车，旅程快终了的时候，我感到烦闷得要死，而且，在好几小时的旅程中，我的这位同伴已经筋疲力尽，无精打采起来了。我们终于到了，不过不是到了里亚博沃，而是直接到了希皮洛夫卡，不知道怎么会是这样的，这一天我反正是打不成猎了，所以只好听任命运的摆布了。

厨子比我们先到几分钟，看得出来，他已经把一切都安排妥当了，也通知过该通知的人，因此我们一进村口的栅门，村长（总管之子）已在那里迎候我们。他是个彪身大汉，体格结实，长着棕黄色头发，没有戴帽，骑在马上，敞着新外衣。“索夫龙在哪儿？”阿尔卡季·帕夫雷奇问他。村长先是敏捷地跳下马，向主人深深地鞠个躬，说：“您好，阿尔卡季·帕夫雷奇老爷。”然后抬起头，振一下精神，报告说，索夫龙到彼罗夫去了，已派人去叫他。“那好，你跟我们来吧。”阿尔卡季·帕夫雷奇说。村长为了表示礼貌，把马往旁边拉一下，骑上马后，跟在马车后面小跑，把帽子拿在手上。我们的马车往村子里走着。有几个庄稼人坐着空大车迎面而来；他们是从打谷场上来的，一路唱着歌，全身颠簸着，腿悬空地晃动着；一看到我们的马车和村长，猛一下全不作声了，摘下自己的冬帽（这时候正是夏天），欠起身子，像在听候命令。阿尔卡季·帕夫雷奇朝他们慈祥地点点头。村子里扩散着一种惊惶不安的气氛。穿格子裙的农妇们掷劈柴驱赶那些不善解人意的或过分热心的狗；一个大胡子长到眼皮下的瘸腿老汉把一匹还没有喝够水的马从井边拉开，不知所以地朝马肚子上击了一拳，然后才鞠了个躬。有几个穿长衬衫的娃娃哭喊着往屋里跑，趴到高高的门槛上，耷下脑袋，向上跷起腿，就这样挺灵活地滚进门里，滚进黑洞洞的过道里，再没有从那儿露脸了。甚至连母鸡也都慌慌忙忙地急着从门底下钻进去；唯有一只黑胸脯像缎坎肩似的、红尾巴翘到鸡冠上的神气活现的公鸡仍然待在大路上，本来想要啼叫，忽然发了窘，也跑掉了。总管的房子和其他人家不坐落在一起，它处在茂密的绿油油的大麻地中央。我们的马车停到了大门前。佩诺奇金先生站起身，颇帅气地脱下披风，走下车来，亲切地环视一下四周。总管的妻子在那里迎候，向我们深深地鞠躬，并前来吻主人的手。阿尔卡季·帕夫雷奇让她随意吻够了，才登上台阶。在过道的幽暗的角落里站着村长的妻子，她也鞠了躬，可是不敢前来吻手。在过道右边的所谓凉屋里已有两个婆娘在忙着收拾；她们把各种破烂、空罐子、发硬的皮袄、油钵子、放着一堆破布头和一个穿花衣服的小婴孩的摇篮等等通通搬了出去，用浴室的笤帚打扫灰尘。阿尔卡季·帕夫雷奇打发她们出去，在圣像旁的一条凳子上坐下来。车夫们开始把大大小小的箱子以及其他什物往里搬，并尽量让自己笨重的靴子响得轻一些。

这时候阿尔卡季·帕夫雷奇向村长询问了收成、播种以及其他农事的情况。村长的回答还是使人满意的，可不知为什么有点蔫，有点不利落，仿佛是用冻僵的手指去扣衣服的纽扣一般。他站在门边，小心地东张西望，给一个手脚麻利的侍仆让道。我从他那健壮的肩膀后面，看见总管的妻子在过道里悄悄地殴打另一个婆娘。霎时间传来马车的响声，马车停在了台阶前，接着总管进来了。

阿尔卡季·帕夫雷奇所说的这个治国安邦之才，块头不大，宽肩膀，白头发，体格壮实，红鼻子，浅蓝色的小眼睛，扇形的大胡子。捎带说一句；我们发现，自从俄罗斯立国以来，还没有一个发财又发福的人不长又宽又密的大胡子的；有的人长期只蓄有稀稀的尖形胡子，曾几何时，便长出满脸的胡子来，宛如一个光圈，真不知这些须毛是打哪儿来的！这位总管大概在彼罗夫有些喝醉了，脸容浮肿，一身的酒气。

“哎呀，是您哪，我们的好老爷，我们的大恩人呀，”他拖着长声说，脸上显得那么高兴激动，眼看就要掉泪似的，“好不容易盼到您大驾光临呀！……请伸手，老爷，请伸手。”他又说，已提前把嘴唇伸过来了。

阿尔卡季·帕夫雷奇满足了他的愿望。

“喂，索夫龙老兄，你这边的情况怎么样呀？”他以亲切的语调问道。

“哎呀，您哪，我们的好老爷！”索夫龙大声地说，“情况怎能差得了呢！您哪，我们的好老爷，我们的大恩人，您来了，真给我们村子大添光彩，是我们今世的莫大福分。上帝赐您光荣，阿尔卡季·帕夫雷奇，上帝赐您光荣！托您的福，这儿一切都顺顺当当的。”

此时索夫龙沉默了一会，瞅了瞅老爷，似乎又感情冲动起来（同时酒性也发作了），再次要求吻手，说话比先前更拿腔拿调了。

“哎呀，您哪，我们的好老爷，大恩人……哎呀，真是的！我高兴得都发傻了……我看见都不敢相信呵……哎呀，您哪，我们的好老爷！……”

阿尔卡季·帕夫雷奇瞧瞧我，微微一笑，问道：“N'est-ce pas que c'est touchant？”[①]

“啊，老爷，阿尔卡季·帕夫雷奇，”喋喋不休的总管继续说，“您这是怎么啦？您可让我急死了。您要光临，怎么不事先通知我呢。您要在哪儿歇宿呢？瞧这儿多不干净呀，全是灰尘……”

“没关系，索夫龙，没关系，”阿尔卡季·帕夫雷奇微笑着回答，“这儿蛮好。”

---

① 法语：这多么感人，不是吗？——原注

"哎呀，我们的好老爷——哪儿好呢？对于我们庄稼人说来算是好的；可是您哪……哎呀，我的好老爷、大恩人，您哪，我的好老爷！……请原谅我这个傻瓜吧，我简直疯了，全变傻了。"

说话间晚餐备好了；阿尔卡季·帕夫雷奇开始用餐。老头子把他的儿子赶了出去，说是人多气闷。

"怎么样呀，老头子，地界划清了吗？"佩诺奇金先生问，他显然是想模仿庄稼人的说话语气，朝我眨了眨眼睛。

"划清了，老爷，全托您的福。前天在清单上签过字了。赫雷诺夫的那帮人起初闹些别扭……真的，闹些别扭，老爷。他们要求这样，要求那样……鬼知道他们到底要什么，那都是些傻瓜，老爷，都是些蠢驴。而我们呢，老爷，照您的意思表示谢谢，给中间人米科莱·米科拉伊奇一些好处；一切都是照您的吩咐去办的，老爷，您怎么吩咐的，我们就怎么办，而我们做的，叶戈尔·德米特里奇全知道。"

"叶戈尔向我报告过了。"阿尔卡季·帕夫雷奇郑重地说。

"那当然，老爷，叶戈尔·德米特里奇当然会报告的。"

"喂，如今你们大概都满意了吧？"

索夫龙正等着这句话呢。

"哎呀，您哪，我们的好老爷，我们的大恩人！"他又像唱似的说起来，"托您的福啦……我们的好老爷，我们日日夜夜都在为您祈祷上帝呀……要说地吗，当然还少了些……"

佩诺奇金打断他的话，说：

"哦，好了，好了，索夫龙，我知道，你是我忠心耿耿的仆人……那么，收成怎么样呀？"

索夫龙叹了口气。

"唉，我们的好老爷呀，收成可不大好呢。是这样的，阿尔卡季·帕夫雷奇老爷，允许我向您报告，出了一档子事。(这时候他摊开双手走近佩诺奇金先生，弯下身子，眯起一只眼睛。）在我们的地里发现了一具尸体。”

“怎么会呢？”

“我也搞不清，老爷，我们的好老爷，看来，那是仇人搞的鬼。还好，那是在靠近别人地界的地方；不过，说实话，是在我们的地里。我趁还没有别人发现，赶紧叫人把尸体拖到别人的地上，还派人去看守着，我叮嘱过自己的人：不许乱说。为了防备万一，我对警察局长解释过了，告诉他是怎么怎么回事，还请他喝了茶，给他上点贡……老爷，您猜怎么着？这事就推到别人身上了；要不然，为了这具尸体，得花销两百卢布，那就亏了。”

佩诺奇金先生听着总管能耍这样的鬼花招，不住地发笑，几次用头指指他，对我说：“Quel gaillard，ah？”[1]

这时候天色已全黑了；阿尔卡季·帕夫雷奇叫人把餐桌上的东西清理走，把干草拿来。侍仆替我们铺好床，摆好枕头；我们便躺下了。索夫龙听了第二天的活动安排之后就回去了。阿尔卡季·帕夫雷奇临睡前还谈了一会儿关于俄国庄稼人的优秀品质，并且告诉我说，自从索夫龙管事以来，希皮洛夫卡村的农民就没有欠过一分钱的田租……更夫敲起了梆子；一个还没有养成自我克制精神的小娃娃在某间屋里尖声啼哭起来……我们睡着了。

第二天，我们起了个大早。我本准备到里亚博沃去，可是阿尔卡季·帕夫雷奇希望我参观他的田庄，要我留下来。我本人倒很想看一看，那个有治国安邦之才的索夫龙的优秀品质究竟如何，眼见为实嘛。总管来了。他穿一件蓝色外衣，系一条红腰带。他说话比昨天少多了，机灵而专注地瞧着老爷的眼色，回答问题头头是道。我们和他一起去打谷场。索夫龙的儿子，那彪形

① 法语：多么能干的人呀，是吧？——原注

大汉的村长，从各种特征来看，是个十足的笨蛋，他也跟着我们去，还有一个名叫费多谢伊奇的地保也来作陪，他是个退伍士兵，长着浓密的小胡子，脸上带着极古怪的表情，仿佛老早受了什么特殊的惊吓而一直没有恢复正常。我们参观了打谷场、干燥棚、烘禾房、库棚、风磨、牲口院、幼苗、大麻田等等，的确一切都显得井井有条。不过那些庄稼人的忧郁神情却使我产生几分疑惑。索夫龙不仅讲究实用，而且也注意美观：每条水渠边上都栽着爆竹柳，打谷场上各禾堆之间都留出一条条小道，并铺上沙子，磨坊的风车上还装有风向标，样子很像张着嘴巴吐着红舌头的狗熊；在砖砌的牲口院墙上加砌了一道希腊式的三角墙，它的下面有用白粉题写的一行字："此生（牲）口元（院）。一干（千）八白（百）四十年健（建）于希波洛夫卡村。"[1]阿尔卡季·帕夫雷奇心里甚为感动，他用法语向我讲了代役租制的种种好处，可是又指出，劳役租制对于地主好处更多——那就不管它了！……他开始给总管出点子：如何种土豆，如何给牲口储备饲料等等。索夫龙很专心聆听主人的高见，有时也谈点不同的看法，已经不再尊称阿尔卡季·帕夫雷奇为好老爷和大恩人了。而且老是强调耕地太少，不妨再买一些。"这有什么，就去买吧，"阿尔卡季·帕夫雷奇说，"以我的名义，我不反对。"索夫龙听了这话也不说什么，只是捋捋大胡子。"不过这一会儿不妨到林子里去看看。"佩诺奇金说。立即有人把骑的马给我们牵来了；我们便骑着马前往树林，或者如我们那里所说的，前往"禁伐区"去了。在这片"禁伐区"里，我们看到了极其荒僻和原始的景象，阿尔卡季·帕夫雷奇为此夸赞了索夫龙，并拍拍他的肩膀。

① 这行题字中有许多错别字，表示题写者是个文化水平很低的人。译文中亦用了几个错别字来表示。

关于造林方面的事，佩诺奇金先生抱的是俄国人的传统观点，当即他给我讲了一件他认为极其有趣的事，他说，有一个爱开玩笑的地主为了开导他的护林人，就把护林人的胡子拔了近一半，以此来说明树林不是越砍得多便越长得旺的……不过，在其他一些方面，无论索夫龙或是阿尔卡季·帕夫雷奇，两人都不拒绝采用新方法。回到村子后，总管带我们去看看他近期从莫斯科定购来的簸谷机。这台机器确实显得效率高，但是，假如索夫龙知道这最后一段游览中有何等扫兴的事在等待他和老爷，大概他就宁愿和我们一起留在家里了。

出了一件这样的事。我们出了库棚，便看到以下的情景。离门口几步远处，有一肮脏的水洼，三只鸭子正在那里无忧无虑地拍水嬉戏，在水洼边还站着两个庄稼人：一个是年约六十的老头，另一个是二十来岁的小伙，这一老一少穿着打补丁的麻布衫，光脚丫，腰间系着绳子。地保费多谢伊奇在他们身旁使劲地劝阻，倘若我们在库棚里多待上一会，也许就已把他们劝走了，可是一看见我们，他便垂着手，直挺挺地站在原地不动了。村长也张着嘴，困惑地捏着拳头站在那里。阿尔卡季·帕夫雷奇皱起眉头，咬紧嘴唇，走到那两个请愿者的跟前。两个人不吱声向他跪了下来。

“你们要什么？有什么请求？”他用严厉的略带鼻音的声音问道。（两个庄稼人对视了一下，没有吭声，眯起眼睛，像躲避阳光似的，呼吸急促起来。）

“说吧，怎么回事？”阿尔卡季·帕夫雷奇又问了一句，立即转身问索夫龙：“是哪一家的？”

“是托博列叶夫家的。”总管慢悠悠地回答。

“喂，你们怎么啦？”佩诺奇金先生又说，“怎么，你们没有舌头吗？你说说，你要什么？”他朝那老头点下头，继续说，

“不用怕，傻瓜。”

老头伸直他那黑褐色的皱巴巴的脖子，歪撇着发青的嘴唇，声音嘶哑地说：“替我们做主吧，老爷！”又在地上磕了下头。那个年轻的庄稼人也鞠了个躬。阿尔卡季·帕夫雷奇威严地瞧瞧他们的后脑勺，扬着头，双腿稍稍分开。

“怎么回事？你要告谁的状呀？”

“行行好，老爷！让我们喘口气吧……我们被折磨死了。”(老头好不容易才说出来。)

“是谁折磨你呀？”

“是索夫龙·亚科夫利奇，老爷。”

阿尔卡季·帕夫雷奇沉默了一会。

“你叫什么？”

“安季普，老爷。”

“这是什么人？”

“是我小儿子，老爷。”

阿尔卡季·帕夫雷奇又沉默了一会，小胡子动了动。

“他是怎么折磨你的呀？”他问，透过小胡子瞧了瞧老头。

“老爷，他把我家全给毁了。我的两个儿子，老爷，还没轮到就被拉去当兵了，眼下又要拉走我的小三。昨天，老爷，他又牵走我的最后一头母牛，还毒打了我的婆娘——都是他干的好事。”(他指了指村长。)

“哼！”阿尔卡季·帕夫雷奇哼了一声。

“别让他把我家全给毁了呀，恩人。”

佩诺奇金先生皱起了眉头。

“这到底是怎么回事？”他带着不满的神色低声地问总管。

“他是个酒鬼，尊敬的老爷，”总管首次用了这个敬辞回答说，“他尽不干活。租欠了五年啦，尊敬的老爷。”

“索夫龙 · 亚科夫利奇替我把欠租交过了，老爷，”老头继续说，“五年的租都交过了，交过之后，他就把我当奴隶使了，老爷，还有……”

“那你为什么欠租呢？”佩诺奇金先生厉声地问。（老头低下了头。）“大概是你爱喝酒，老在酒馆里胡混吧？（老头张嘴想说话。）你们我可知道，”阿尔卡季 · 帕夫雷奇怒气冲冲地接着说，“你们就知道喝酒，赖在炕上不起，让本分的庄稼人替你们背锅。”

“他还是个无赖呢！”在主人说话时，总管插了一句。

“那不说都知道。情况往往就是这样的，这我见过不止一次了。整年里东游西荡，耍无赖，如今却来跪下求情。”

“老爷，阿尔卡季 · 帕夫雷奇，”老头绝望地说，“请开恩呀，替我做主吧——我哪儿是无赖呢？苍天在上，我们是受不下去了。索夫龙 · 亚科夫利奇看我不顺眼，为什么看不顺眼——让上帝审判他吧！我家全让他给毁了，老爷……就连剩下的这个小儿子……连他也要……（老头那皱起的黄眼睛里闪着泪花。）发发慈悲吧，老爷，替我做主吧……”

“还不止我们一家呢！”那年轻的庄稼人要开口说话……

阿尔卡季 · 帕夫雷奇一下火了，喊道：

“谁问你啦，啊？没问你，你就别说话……这算什么呀？不许你说！闭嘴！……啊，天哪！简直是反啦！不行，伙计，我可不许造反……我可……（阿尔卡季 · 帕夫雷奇向前跨了一步，大概是想起我在旁边，就转过身，把手插进口袋里。）Je vous demande bien pardon，mon cher[1]，”他强装微笑，明显地压低嗓门说。“C’est le mauvais côté de la médaille[2]…… 唉，好啦，好

---

① 法语：请原谅，朋友。——原注

② 法语：这是事情不好的一面。——原注

啦，”他继续说，没有去瞧那两个庄稼人，“我会吩咐处理的……好啦，去吧。（两个庄稼人没有立起身来。）唉，我不是对你们说过了吗……好啦，去吧，我说了，我会吩咐处理的。”

阿尔卡季·帕夫雷奇转身背向着他们。“老是不知足。”他透过牙缝低声说，随之便大步地走回去了。索夫龙跟着他走。地保瞪大了眼睛，似乎要跳到老远的地方去。村长把鸭子轰出了水洼。两个请愿者还在原地站了一会，互相瞧了瞧，便头也不回地拖着脚步走回家去。

过了两个来小时，我已在里亚博沃了，并准备和我所认识的庄稼人安帕季斯特一起去打猎。直到我离开希皮洛夫卡村的时候，佩诺奇金还在生索夫龙的气呢。我跟安帕季斯特谈起了希皮洛夫卡的庄稼人，谈起了佩诺奇金先生，问他认不认识那里的总管。

“您是指索夫龙·亚科夫利奇吗？……那个家伙呀！”

“他这个人怎么样？”

“他是条狗，而不是人；这样的狗，找到库尔斯克都找不到。”

“怎么讲？”

“希皮洛夫卡只是名义上算——那个叫什么来着？——一片金[1]的领地，实际上不是他在掌管，而是索夫龙在掌管。”

“真的？”

“他把那个村子当作自己的家产。周围的庄稼人都借他的债，都像雇农似的替他干活：派这个赶车，派那个干这样那样的活……可把他们折磨死了。”

“他家的地好像不多吧？”

“不多？光在赫雷诺夫就租了八十俄亩地，在我们这儿也租

① 佩诺奇金的讹称。

了一百二十俄亩地；另外还有整片的一百五十俄亩。他不光是经营土地。还买卖马匹、牲口、柏油、奶酪、大麻，贩卖这个那个的……这家伙脑瓜灵，太灵了，所以他发了，这个鬼！更可恨的是，他太霸道了。他是野兽，哪儿是人呢；可以说，是一条狗，一条恶狗，道道地地的恶狗。”

“那他们为什么不去控告他呢？”

“瞎！老爷才不去管呢！只要不欠他的租，他还去管什么？”他沉默了不大一会儿，接着说，“哼，你去试试，告他一下。不行呀，他会把你……”

我想起了安季普的事，我对他讲了讲我所看到的情形。

“哼，”安帕季斯特说，“这一下他就要吃了他；把他整个都吃了。这一会儿村长准把他揍个半死。多倒霉呀，这可怜的人！他干吗受这份罪呀……他在村大会上跟他，跟总管顶过嘴，显然是忍不下去了……这事有什么了不得的！可是他就狠狠地折磨起他，折磨起安季普。现在可就要把他吃啰。他就是这样一条狗，一条恶狗——上帝原谅我这张破嘴吧。他知道什么人容易欺侮。有些老头有点钱，家里人多，他这秃鬼就不敢去碰。可是对安季普这样的就会胡来了。所以安季普的儿子没有轮到就被他送去当兵，这是一个蛮不讲理的混蛋，一条恶狗，上帝原谅我这张破嘴吧。”

我们前去打猎了。

1847 年 7 月于萨尔茨勃伦西列济亚

办事处

那是秋天里遇上的事。我扛着猎枪在野外已逛了好几个小时，若不是下着凄冷的蒙蒙细雨，我也许在傍晚之前也不会回到库尔斯克大路旁有我的马车等着我的那家旅店去的。那细雨从一大早就下开了，像老处女似的无休止地、毫不怜惜地纠缠着我，终于逼得我只好就近找一个哪怕可暂时避避雨的地方。我正在思量朝哪个方向走，我的视野里突然出现一个搭在豌豆田旁边的低矮的窝棚。我就向那窝棚走去，往棚檐下一瞧，看到了一个衰弱不堪的老头，他那模样使我一下想起了鲁宾逊在荒岛的一个洞穴里所看到的那只垂死的山羊。那老头蹲在地上，眯着昏沉沉的小眼睛，像兔子似的慌忙而又小心地（这可怜的老头牙齿全掉光了）咀嚼着又干又硬的豌豆粒，不断地让它在嘴里翻来倒去。他全神贯注地咀嚼着，以至没有发觉我的到来。

“老大爷，喂，老大爷！”我招呼说。

他停止了咀嚼，高高地扬起眉头，使劲睁开眼睛。

“什么事？”他口齿不清地说，声音沙哑。

“这近处哪儿有村子？”我问。

老头又咀嚼起来。他听不清我说的话。我更大声地又问了一遍。

“村子？……你有什么事？”

“想去避避雨。”

“什么？”

“避避雨。”

“哦！（他搔了搔自己的后脑勺。）那你呀，就这样走，”他一下说起话来，胡乱地摆动着手，“这样吧……你就顺着林子边走，走过去以后，那边就有一条路；你别走那条路，要一直往右走，一直往右，一直往右……那边有个阿纳涅沃村。要不然就到西托夫卡村。”

我好不容易才听明白老头的话。他那胡子妨碍他说话，他那舌头也不大听使唤。

“你是哪儿的人？”我问他。

“什么？”

“是哪儿人呀，你？”

“阿纳涅沃村的。”

“你在这儿干什么呀？”

“什么？”

“你干什么呀，在这儿？”

“在这儿看守。”

“你看守什么呀？”

“豌豆。”

我忍不住哈哈笑了。

“得了吧，你多大岁数啦？”

“天知道呢。”

“你眼力大概不好吧？”

“不好。常常什么也听不见。”

“请问，那怎么让你当看守呢？”

“这上头的人才知道。”

“上头的人！”我一边想着，不无怜悯地瞧了瞧可怜的老头。他摸了摸，从怀里掏出一块硬邦邦的干面包，像小孩似的啃了起来，使劲缩起那本来已塌陷的腮帮子。

我便朝着林子那方向走去，以后向右拐，照那老头的指点，一直走，一直走，终于来到了一个大村子。村里有一座新式的，也就是带圆柱的石结构教堂，还有一座宽敞的地主住宅，也带有圆柱。透过密麻麻的雨丝，大老远便可看到一所盖着木板屋顶、耸着两个烟囱的房子，它比旁的房子高，想必是村长的住屋，我就向那个房子走去，希望他家里有茶炊、茶、糖和不很酸的鲜奶油。我的狗哆嗦了一下，陪我登上了台阶，进入穿堂，推开门一看，里面不是摆着一般农家的陈设，而是摆有几张堆着文书的桌子、两个红色柜子、溅满墨水的墨水瓶、笨重的锡制吸水沙盒、长长的羽毛笔等等。其中一张桌子旁坐着一个二十来岁的小伙子，他长着一张浮肿的病态的脸，一双小眼睛，额门肥胖，鬓毛浓密。他整齐地穿着一件灰色土布外套，衣领和衣襟上油光光的。

“您有什么事？”他一下翘起头问我，那样子就像一匹马被人突然抓起头来似的。

“这儿是管家的住处……还是……”

“这儿是主人的总办事处，”他打断我的话说，“我是在这儿值班……难道您没有看见牌子吗？挂着牌子呢。”

“这儿有可烘衣服的地方吗？村子里哪家有茶炊？”

“怎么会没有茶炊呢，”穿灰外套的小伙子神气地回答说，“您到季莫费神父那儿去，或者到下房那边去，要不去找纳扎尔·塔拉瑟奇，找看家禽的阿杉拉费娜也行。”

“你这是在跟谁说话呢，你这笨蛋？你不让人睡怎么的，笨蛋！”有人在隔壁房间里说话了。

“进来了一位先生，问哪儿可以烘烘衣服？”

“什么样的先生？”

“我不认识。他带着狗和猎枪。”

隔壁房间里床咯吱地响了。门开了，进来一个五十来岁的人，矮矮胖胖的，脖子粗得像公牛，眼睛鼓鼓的，腮帮滚圆，满脸油光。

“您有何贵干？”他问我。

“想烘一下衣服。”

“这儿不是烘衣服的地方。”

“我不知道这儿是办事处；不过，我会付钱的……”

“兴许这儿也可以吧，”这胖子回答说，“那么请上这边来。（他带我去另一房间，但不是他刚才从那儿出来的那一间。）您就在这儿，好不好？”

“好的……给点茶和奶油行吗？”

“行，马上给送来。您先把衣服脱了，休息一下，茶过一会儿就得。”

“这是谁的田庄呀？”

“女主人叶列娜·尼古拉耶夫娜·洛斯尼亚科娃的。”

他出去了。我打量了一下四周：我在的这房间与办事室之间隔有一道板壁，挨板壁摆着一张很大的皮面沙发；还有两张也是皮面的椅子，椅子背高高的，摆在朝马路的唯一的窗子两旁。在糊有带粉红花纹的绿壁纸的墙上挂着三大幅油画。其中一幅画的是一条戴蓝脖套的猎狗，并题有几个字：“这是我的欢乐”；在狗的脚边画有一条河，河的对岸有一棵松树，树下蹲着一只大得过分的兔子，竖着一只耳朵。另一幅画上画着两个老头在吃西瓜；西瓜后面远处显出一个希腊式柱廊，上题“娱乐宫”几个字。第三幅画上画有一个躺着的半裸体女人，呈透视缩狭形，有一对红红的膝盖和肥肥的脚后跟。我的狗赶紧拼死劲钻到沙发底下，显然在那里吸了不少灰尘，所以接连大打喷嚏。我走到窗前，看见从地主住宅到办事处的路上斜铺着木板：这种预防措施是顶管用的，因为我们这一带地方都是黑土壤，加上雨水连绵，到处泥泞不堪。这座背向马路的地主宅院附近的情况，也和一般地主宅院周围的情况差不多：穿着褪色花布衫的丫头们在跑前跑后；仆人们在泥泞地里费劲地行走，有时停下步，心思重重地搔搔脊背；甲长的一匹拴着的马懒洋洋地摇着尾巴，高高地抬头去啃栅栏；母鸡咕咕地叫着；患痨病似的火鸡不停地相互呼喊着。有一座大概像澡堂的黑乎乎的破房子，台阶上坐着一个体格坚实的小伙子，手里拿着吉他，颇有激情地唱着一首有名的情歌：

唉，我就要离开这美丽的地方，
前往荒僻的遥远他乡……

胖子走进我在的这间屋子。

"给您送茶来了。"他带着愉快的微笑对我说。

穿灰外套的小伙子，即那个办事室值班员，把茶炊、茶壶、垫着破茶碟的茶杯，一小罐鲜奶油和一串硬如石头的波尔霍夫面包圈摆在一张旧的牌桌上。胖子便走出去了。

"这是什么人，"我问值班的小伙子，"是管家吗？"

"不是，他原先是主任出纳，现在升为办事处主任。"

"难道你们没有管家吗？"

"没有。有总管，米哈拉·维库洛夫，可没有管家。"

"那么有主管人吗？"

"当然有的：一个德国人，卡洛·卡雷奇·林达曼多尔；不过他不做主。"

“那你们这里谁做主呢？”

“女主人自己。”

“原来是这样！……那么你们办事处里的人多吗？”

小伙子想了一下。

“有六个人。”

“有些什么人呀？”

“有这样一些人：首先是瓦西里·尼古拉耶维奇，主任出纳；还有彼得是办事员，彼得的兄弟伊万也是办事员，另外一个伊万也是办事员；科斯肯金·纳尔基佐夫也是办事员，还有我——还没有全都算上。”

“你们女主人家里仆人大概很多吧？”

“不，不算很多……”

“到底有多少呢？”

“总共大约一百五十来个吧。”

我们两人都沉默了一会。

“你的字写得很好，是吗？”我又开口问。

小伙子咧开嘴笑了笑，点点头，到办事室里拿来一张写满了字的纸。

“这就是我写的。”他低声说，不停地微笑着。

我看到一张淡灰色的四开纸上用漂亮而粗大的笔迹写着如下的一些字：

命令

阿纳尼耶夫地主庄园总办事处

命令总管米海拉·维库洛夫（第209号）

接到此令后务必从速查明，何人于昨夜醉酒并唱下流小曲，闯入英国式花园惊扰法籍家庭教师恩热尼夫人？守夜人职责何在？守夜者系何人，竟让出现如此不规之事？命你对上述情况详加侦查，并尽快呈报本处。

办事处主任尼古拉·赫沃斯托夫

命令上盖着一个大印章，印上写的是："阿纳尼耶夫村地主庄园总办事处印。"下方还有一个批示："切实执行。叶列娜·洛斯尼亚科娃。"

"这是女主人亲笔批的吗？"我问。

"当然是的，她总是亲笔批的。否则命令不能生效。"

"怎么，这命令是由你们交给总管吗？"

"不，他自己会来念的，就是说，由旁人念给他听，因为他不识字。（值班的小伙子又沉默了一会。）您认为怎么样，"他微笑着又说，"写得不错吗？"

"挺好。"

"不过不是我起的稿。科斯肯金对这个很拿手。"

"怎么？……你们写命令都要先起稿？"

"怎么能不起稿呢？直接写是写不整洁的。"

"你拿多少钱薪水？"我问。

"三十五卢布，外加五卢布鞋补。"

"你满意吗？"

"当然满意。我们这个办事处不是任何人都进得了的。说实话，我是有路子的，我的叔叔是当领班的。"

"你过得好吗？"

"挺好的。不过说句实话，"他叹了口气继续说，"我们这种人，比如说，要是在商人那里做事，那会过得更好。我们这种人在商人那里会过得更自在。昨天晚上有个从韦尼奥夫来的商人到了我们这儿，他们一名伙计就跟我这么说的……好着呢，没得说，好得很。”

“商人给的薪水多些，是吗？”

“那才不呢！要是你向他讨薪水，他就会拽住你的脖子赶你走。不，在商人那里你得诚实可靠，敢担责任。他供你吃，供你喝，供你穿，供你一切。要是你称他的意，他会给得更多……拿薪水干什么呀！完全用不着……再说啦，商人生活简单，是俄罗斯式的，跟我们的一样：你跟他外出，他喝茶，你也喝茶；他吃什么，你也吃什么。商人……怎么能比呢：商人可不像地主老爷。商人不胡来：比如他生气了，揍你几下就完事了。他不刁难人，不侮辱人……跟着地主老爷可就遭罪了！什么都不称他的心：这样不好，那样不对。你给他一杯水或者一些吃的，他会说，‘哟，水有臭味，哟，吃的东西有臭味！’你拿出去，在门外站一会儿，再送进去，他会说，‘哦，现在好了，哦，现在没有臭味了。’要是侍候女主人呀，对您说吧，女主人就更难对付了！……小姐就更不用提了！……”

“费久什卡！”办事室里传来那胖子的喊声。

值班的小伙子敏捷地走了出去。我喝了一杯茶，躺在沙发上睡着了。我大约睡了两小时。

醒来后，我本想坐起来，然而身子懒得动；我闭上眼睛，可是没有再睡。隔壁的办事室里有人在低声谈话。我不由得倾听起来。

“是呀，是呀，尼古拉·叶列梅伊奇，”有一个声音说，“是这样。这不能不考虑；的确不能不……咳！”（说话的人咳了一声。）

“相信我吧，加夫里拉·安托内奇，”是胖子的声音在说，“我还不知道这里的规矩吗，您想想看。”

“您不知道还有谁知道呀，尼古拉·叶列梅伊奇：您在这儿可以说是头号人物了。可这怎么办才好呢？”我不熟悉的声音继续说，“咱们怎么个决定呢，尼古拉·叶列梅伊奇？想听听您的。”

“拿什么决定呀，加夫里拉·安托内奇？可以说，这件事全在于您呀。看来，您不乐意。”

“得了吧，尼古拉·叶尔梅伊奇，您说的什么呀？我们就是做生意、做买卖的呀；我们就是来买货的嘛。可以说，尼古拉·叶尔梅伊奇，我们就是靠这个的嘛。”

“八卢布。”胖子一字一字地说。

传来了叹息声。

“尼古拉·叶尔梅伊奇，您要价太高了。”

“加夫里拉·安托内奇，不能再让了，苍天在上，不能再让了。”

一阵沉默。

我悄悄地抬起身子，通过壁缝看了看。胖子背朝我坐着。他的对面坐着一个四十来岁的商人。此人有点干瘦，脸色苍白，仿佛抹了一层素油。他不断地摸着胡子，眼睛非常灵活地眨巴着，嘴唇不时地发颤。

“可以说，今年的幼苗长势棒极了，”他又说起来，“我一路都在观赏。打沃龙涅日那边起全长得棒极了，可说是头等的。”

“的确，幼苗长得不赖，”办事处主任回答说，“可是您要知道，加夫里拉·安托内奇，秋天长势好，春天收成未必高。[①]”

“这倒是，尼古拉·叶列梅伊奇：一切都得听上帝的；您说得完全对……你们那位客人或许醒了吧。”

胖子转过身来……听了一下……

---

① 这里是指秋播春收的作物。

“没醒，还在睡。不过，也可能……”

他走到门口来。

“没醒，还在睡。”他重说了一遍，又回到原来的位置上。

“喂，怎么样呀，尼古拉·叶列梅伊奇？”商人又开始说，“这个事总得有个了结吧……那就这样吧，”他继续说，不停地眨着眼睛，“这两张灰的和一张白的[①]奉献大人，那边呢（他用头指一下主人的宅院）六个半卢布。击手为定，怎么样？”

“四张灰的。”胖子回答说。

“唉，三张吧！”

“四张灰的，不要白的。”

“三张，尼古拉·叶列梅伊奇。”

“三张半，一个子儿也不能少了。”

“三张，尼古拉·叶列梅伊奇。”

“别再说了，加夫里拉·安托内奇。”

“您可真不好说话，”商人喃喃地说，“这样我还不如跟女主人去谈呢。”

“那就请便吧，”胖子回答，“早该如此。的确，您干吗找麻烦呢？……那样好得多！”

“唉，得啦，得啦，尼古拉·叶列梅伊奇。怎么一下就火呢！我只是说说嘛。”

“不，实际上……”

“得了吧，我说……说着玩的嘛。好吧，就给三张半，拿你真没办法。”

“本该要四张的，我犯了傻，性太急了。”胖子埋怨地说。

“那么那边，女主人那边，给六个半卢布，尼古拉·叶列梅

① 这里是指钞票的颜色。灰色钞票为五十卢布，白色钞票为五卢布。

伊奇，粮食给六个半卢布行吧？”

“已说定了，六个半。”

“好吧，拍手为定，尼古拉·叶列梅伊奇（商人张开手指拍一下这位主任的手掌）。上帝保佑您！（商人站起身来。）尼古拉·叶列梅伊奇老爷，我这就去见女主人，我就说，尼古拉·叶列梅伊奇已同我谈定六个半卢布这个价了。”

“您就这样说吧，加夫里拉·安托内奇。”

“那就请您收下。”

商人把一小叠票据交给了这位主任，鞠了个躬，摇了摇头，用两个手指夹起帽子，耸了耸肩膀，波浪式地扭动一下腰，颇有礼貌地踩着咯吱作响的靴子走出去了。尼古拉·叶列梅伊奇走到墙边，我看到，他是在点商人交给他的票据。门口探进一个长着棕黄头发和浓密的络腮胡子的脑袋。

“怎么样啊？”那个人问，“全谈妥了吗？”

“全谈妥了。”

“多少？”

胖子生气地摆了摆手，指了指我这房间。

“啊，那好！”那个人说，随即就不见了。

胖子走到桌旁坐下来，摊开账本，取过算盘，拨动起算珠，他不是用右手的食指而是用中指去拨的，这样更显得体。

值班的小伙子进来了。

“你有什么事？”

“西多尔从戈洛普尔卡来了。”

“啊！叫他进来。等一等，等一等……先去看一下，那位先生怎么样了，还在睡或是醒了。”

值班的小伙子走进我这房间。我把头靠在当枕头的猎袋上，闭上眼睛。

“睡着呢。”值班的小伙子回到办事室，低声地说。

胖子从牙缝里嘀咕了几句。

“好，叫西多尔进来吧。”他终于说。

我又欠起身子。进来的是个大块头的庄稼汉，三十岁上下，身体壮健，红红的脸颊，淡褐色的头发，短短的鬈胡子。他向圣像祷告了一下，向办事处主任鞠了个躬，两手拿着帽子，挺直身子。

“你好，西多尔。”胖子说，一边拨着算盘。

“您好，尼古拉·叶尔梅伊奇。”

“路上情况怎么样啊？”

“还好，尼古拉·叶列梅伊奇。有一点泥泞。”（庄稼汉说得很慢、很轻。）

“你老婆身体好吗？”

“她会怎么样啊！”

庄稼汉叹了口气，一只腿向前挪一下。尼古拉·叶列梅伊奇把笔搁在耳朵上，擤了擤鼻涕。

“这回你来干什么呀？”他继续问，一边把方格手巾塞进口袋里。

“听说，尼古拉·叶列梅伊奇，向我们要木匠。”

“怎么，你们没有木匠还是怎么的？”

“我们哪能会没有呢，尼古拉·叶列梅伊奇，我们那儿是林场嘛，谁都知道。眼下是大忙时节，尼古拉·叶列梅伊奇。”

“大忙时节！你们都喜欢替别人干活，不爱给自己的女主人干……全是一样嘛！”

“活嘛的确都是一样，尼古拉·叶列梅伊奇……可是……”

“怎么说？”

“工钱太……那个……”

“那有什么，瞧，你们都惯坏了。你算啦！”

“话得这么说，尼古拉·叶列梅伊奇，总共一个礼拜的活，要拖上一个月。一会儿木料不够，一会儿又派我们上花园里去扫路。”

“那有什么呢！女主人亲自吩咐的，你我有什么好说的呀。”

西多尔不吭声了，两腿倒来倒去。

尼古拉·叶列梅伊奇一边歪着头，一边专心地拨起算珠来。

“我们那边的……庄稼人……尼古拉·叶列梅伊奇，”西多尔终于又开口了，每个字都说得结结巴巴，“要我给大人您表表心意……这儿……一点小意思……”（他把他那只大手伸到上衣怀里，掏出一个红花纹手巾包。）

“你干什么，你干什么，你疯了，还怎么的？”胖子急忙打断他的话。“去吧，上我家去，”他继续说，几乎把这个吃惊的庄稼人往外推去，“去问问我老婆……她会请你喝茶的，我马上就来，去吧。别怕，去就是了。”

西多尔走出去了。

“这个……笨熊！”办事处主任朝他背后嘟哝了一句，摇摇头，又打起算盘来。

突然从外边、从台阶上响起一片喊声：“库普里亚！库普里亚！库普里亚不好惹啦！”过不了一多会儿，一个身材矮小的人走进了办事处，他那样子像有肺病，鼻子特别长，眼睛大而呆滞，神情甚为傲慢。他穿着一件破旧的上衣，领子是棉绒的，纽扣很小。他肩上扛着一捆柴火。有五六个仆人围着他，他们一个劲地喊着：“库普里亚！库普里亚不好惹啦！库普里亚当火头军啦，当火头军啦！”可是这个穿棉绒领上衣的人根本不去理会同伴们的起哄，而且面不改色。他步子均匀地走到炉子旁边，卸下肩上的柴火，抬起身子，从后边口袋里掏出鼻烟盒，瞪起眼睛，把掺着灰的草木樨末塞进鼻子。

这一伙吵吵嚷嚷的人进来时，胖子皱起了眉头，站起身来；但看到是怎么回事后，便微笑了，只是叫他们别嚷嚷，说隔壁房间里有个打猎的人在睡觉。

“什么样的猎人？”有两个人同声问。

“是位地主。”

“啊！”

“让他们闹腾好了，”穿棉绒领外衣的人摊开双手说，“关我什么事！只要不来碰我。我是当火头军了……”

“当火头军了！当火头军了！”那伙人欢欣地跟着喊说。

“是女主人下的令嘛，”他耸耸肩膀继续说，“你们等着吧……还要让你们当猪倌呢。我是个裁缝，还是个好裁缝，是从莫斯科一流师傅那里学的手艺，替一些将军缝过衣服……我的这套本事谁也夺不走。你们有什么好神气的呢？……有什么呢？怎么呢，你们脱开老爷的权势了吗？你们只不过是吃白饭的，是懒虫。要是让我自由，我不会饿死的，我不会完蛋的；要是给了我身份证，我会好好付代役租，会让老爷们满意的。可你们会怎么样？会完蛋，会像苍蝇一样完蛋，一下就得完蛋！”

“你胡扯，”一个头发淡黄的麻脸的小伙子打断了他的话，这小伙子系着红领带，衣服的肘部已破了，“你曾经带着身份证出去闯过，可老爷就没见你交过一个子儿的代役租，你也没有替自己捞回半个子儿：勉勉强强拖着双腿回家来，从那以后只能穿一件破衣衫过日子。”

“那有什么法子呢，孔斯塔京·纳尔基济奇！”库普里扬[①]回答说，“人一旦恋爱上了，这个人也就完了，毁了，待你先活到

① 即库普里亚的正式称呼。

我这把年纪，再来对我评头论足吧。”

“你爱上的是什么人呀！瞧她那副丑模样！”

“不，你可别这样说，孔斯塔京·纳尔基济奇。”

“谁能相信你呢？我是见过她的；去年我在莫斯科亲眼见过的。”

“去年她确实差了点。”库普里扬说。

“听我说，先生们，”一个人用轻蔑而随便的语调说，他是一瘦高个，满脸的粉刺，鬈曲头发抹得油光光的，大概是个侍仆，“让库普里扬·阿法纳西奇给咱们唱唱他那支小曲吧。喂，唱起来吧，库普里扬·阿法纳西奇！”

“对呀，对呀！”其他的人都附和说，“亚历山德拉真行呀！他把库普里亚给抓住了，没得说……唱吧，库普里亚！……好样的，亚历山德拉！（仆人们为了表示更大的亲昵，称呼男人时常常用阴性词尾。）唱呀！”[①]

“这儿不是唱歌的地方，”库普里扬强硬地回答说，“这儿是主人的办事处。”

“这关你什么事？兴许你自个儿想当办事员吧！”孔斯塔京带着粗野的笑声回答说，“准是这样！”

“一切都得听女主人的。”这可怜的人说。

“瞧，瞧，想得多美呀？瞧，多有趣呀！哈！哈！哈！”

大家都哈哈大笑了，有的人还蹦跳起来。笑得最大声的是一个十四五岁的孩子，他大概是一个生活在仆人中的贵族的儿子：穿着一件带青铜扣的坎肩，系着雪青色领带，那肚子已经长得圆鼓鼓的了。

“听我说，库普里亚，你得承认，”尼古拉·叶列梅伊奇显然

① 例如这里把亚历山大称为亚历山德拉，又如把库普里扬称为库普里亚。

也变得高兴了，和气了，扬扬得意地说，“当伙夫不怎么样吧？可能挺没有意思的吧？”

“那有什么，尼古拉·叶列梅伊奇，”库普里扬说，“的确，你如今当上了我们这里的办事处主任，不错，这的确没有什么好说的；但是你曾经也倒运过，也住过庄稼人的小茅屋呀。”

“你给我当心点，别不识相，”胖子气急地打断他的话，“人家是同你这傻瓜开玩笑；你这傻瓜，人家肯理睬你，你得感谢才是。”

“我是随便说说，尼古拉·叶列梅伊奇，对不起……”

“我也随便说说。”

门一下开了，跑进一个小厮来。

“尼古拉·叶列梅伊奇，女主人要你去一下。”

“谁在女主人那里？”他问这小厮。

“阿克西尼娅·尼基季什娜和一个从韦尼奥夫来的商人。”

“我马上就去。你们，伙计们，”他用诚恳的语调接着说，“你们最好同这位新任伙夫一起离开这儿吧，说不定那德国佬跑来了，正好去告状呢。”

胖子整了整自己的头发，用那只几乎被衣袖全遮住的手捂住嘴咳嗽了一声，扣好衣扣，迈着大步上女主人那边去了。过不多会儿，这伙人和库普里亚也跟着出去了。留下来的只有我那个老相识，即那个值班的小伙子。他本来要削羽毛笔，可是坐在那里睡着了。几只苍蝇立刻利用这个大好时机围住他的嘴巴。一只蚊子停在他的脑门上，端端正正地摆开几只小腿，把自己的整个嘴慢慢地扎进他那柔软的肉里。先前那个长着棕黄头发和络腮胡子的脑袋又在门口出现了，它张望了一下，便同自己的十分丑陋的身躯一起走进办事室里来了。

“费久什卡！费久什卡！老睡大觉！”那个人说。

值班的小伙子睁开了眼睛，从椅子上站立起来。

“尼古拉·叶列梅伊奇上女主人那儿去啦？”

“上女主人那儿去了，瓦西利·尼古拉伊奇。”

“啊哈！”我心想，“原来他就是主任出纳。”

主任出纳开始在房里来来去去地走着。然而，与其说他在来回地走，不如说他在来回溜，那样子真像只猫。他穿一件后襟很窄的黑色旧燕尾服，衣服肩部直晃荡；他的一只手搁在胸前，而另一只手不断地去抓那根马毛做的又高又窄的领带，紧张地把头转来转去。他脚上穿的是一双羊皮靴子，走起路来很轻柔，没有咯吱咯吱地发响。

“今天雅古什金的一位地主来找过您。”值班的小伙子补说了一句。

“哦，找过我？他说了些什么？”

“他说，他晚上去秋秋列夫家等您。他说，‘我有件事要跟瓦西利·尼古拉伊奇谈一谈。’到底什么事，他没有说，他说，‘瓦西利·尼古拉伊奇知道的。’”

“哦！”主任出纳应了一声，走到窗口旁。

“喂，尼古拉·叶列梅伊奇在办事处吗？”穿堂里传来一个响亮的声音。一个身材高高的人跨进门来，他看起来怒气冲冲，那张脸不大端正，但表情丰富，显得很大胆，衣着十分整洁。

“他不在这儿？”他迅速地环视一下四周，问道。

“尼古拉·叶列梅伊奇到女主人那里去了。”主任出纳回答说，“您有什么事，跟我说吧，帕韦尔·安德列伊奇，您可以跟我说……您要什么？”

“我要什么？您想知道我要什么吗？（主任出纳很不自然地点点头。）我要教训教训他这个大肚皮的坏蛋，这个挑拨是非的卑鄙家伙……我让他挑拨挑拨看！”

帕韦尔猛地坐到椅子上。

“您怎么啦，您怎么啦，帕韦尔·安德列伊奇？消消气……您怎么不难为情呀？您别忘了您是在说谁呢，帕韦尔·安德列伊奇！”主任出纳喃喃地说。

“在说谁呢？他当上了办事处主任，关我什么事！真是的，怎么选用这种人！简直可以说是把一头羊放进菜园子！”

“得啦，得啦，帕韦尔·安德列伊奇，得啦！别提了……这些小事说它干什么呀？”

“哼，这只狡猾的狐狸，摇尾巴去了！……我要等他回来。”帕韦尔气愤愤地说，拍了一下桌子。“瞧，他的大驾光临了，”他向窗外一瞧，接着说，“说到谁，谁就到。我们恭候着呢！”（他站起身来。）

尼古拉·叶列梅伊奇走进办事处。他喜形于色，但一瞧见帕韦尔，便有点发窘。

“您好，尼古拉·叶列梅伊奇，”帕韦尔向他慢慢地迎上前去，别具用意地说，“您好。”

办事处主任什么也没有回答。门口出现了一个商人的脸。

“你为什么不搭理我呢？”帕韦尔继续说。“不过，不……不。”他又说，“这样不是事儿；吵呀骂呀都没有用处。是呀，你最好对我说说，尼古拉·叶列梅伊奇，你为什么老跟我过不去？为什么老要毁了我？你说说看，说呀。”

“这儿不是跟您说个明白的地方，”办事处主任有些不安地回答说，“而且也不是时候。不过，说实话，有一点我觉得很奇怪：您凭什么说我要毁了您或者老跟您过不去呢？再说啦，我怎么能够让您过不去呢？您又不是这办事处的人。”

“那还用说，”帕韦尔回答说，“要是那样就更糟了。可是您为什么装蒜呢，尼古拉·叶列梅伊奇？……反正您明白我的意思。”

“不，我不明白。”

“不，您明白。”

“不。对上帝发誓，我不明白。”

“还对上帝发誓呢！既然是这样，那您说说，您怕不怕上帝！您为什么不让那位可怜的姑娘有条活路呢？您想让她怎么样？”

“您说的是谁呢，帕韦尔·安德列伊奇？”胖子故作惊讶地问。

“怪啦！不知道，真的吗？我说的是塔季雅娜。您怕上帝吧——为什么要报复呢？您得顾点脸面：您是个有家室的人，您的孩子都长得有我这般高了，我也是个人嘛……我要结婚，我的行为堂堂正正。”

“这事凭什么怪我呢，帕韦尔·安德列伊奇？是女主人不准你们结婚：这是女主人的意思！关我什么事呢？”

“跟您不相关？您不是跟那个老妖精，那个女管家勾搭在一起吗？您没有去拨弄是非吗？嗯？您说说，你们没有无中生有地去诬陷那个无依无靠的姑娘吗？她不是由于你们的慈悲才从洗衣的变成刷盘子的吗？不是由于你们的慈悲她才挨打，才穿粗布衣服的吗？……讲点脸面吧，讲点脸面吧，您这老家伙！没准您会得中风死的……您总得向上帝作交代吧。”

“您骂吧，帕韦尔·安德列伊奇，您骂好了……看您还能骂多久！”

帕韦尔一下火了。

“怎么？想威胁我？”他愤怒地说，“你以为我怕你？不，伙计，你看错人了！我有什么好怕的？……我上哪儿都找得到饭吃。而你呢，可就是另一码事啦！你只能在这儿瞎混混，挑拨是非，偷偷摸摸！”

“瞧你倒神气起来了，”办公室主任也按捺不住了，打断了他的话，“一个庸医，不过是一个庸医，有什么屁本事！听你说话的口气，好像多么了不起！屁！”

“哼，庸医，要是没有这个庸医，您这位大人早在坟墓里烂掉了……我真不该把你这样的人给治好了。”他透过牙缝低声说。

“是你把我治好的？……不，你是想毒死我；你让我吃了芦荟。”办事处主任接过说。

“要是除了芦荟，没有旁的药能治你的病，那怎么办呢？”

“芦荟是医药管理部门禁用的药，”尼古拉继续说，“我还要去控告你呢。你是想害死我，就是这么回事！只是上帝不答应罢了。”

“算了，算了，你们两位……”主任出纳开口说。

“你别管！”办事处主任喊道，“他就是想毒死我！你对这个不明白？”

“我何必呢……听我说，尼古拉·叶列梅伊奇，”帕韦尔绝望地说，“我最后一次请求你……你这样逼我，我没法忍了。你就让我们安生吧，明白吗？要不然，我对你说吧，咱们两人中会有一个人没有好结果。”

胖子勃然大怒。

“我不怕你，”他嚷了起来，“听见没有，你这乳臭小子！我跟你老子都斗过，我制服过他，这可做你的前车之鉴，当心吧！”

“别提我父亲的事，尼古拉·叶列梅伊奇，别提！”

“滚你的吧！你凭什么给我定规矩？”

“你听着，不准提！”

“你也听着，别太放肆……你以为女主人那么需要你。如果她必须从我们两人里挑一个，那你是保不住的，伙计！谁都不许胡闹，小心点吧！（帕韦尔狂怒得直打哆嗦。）那个塔季雅娜丫头是自己活该……等着吧，还有她受的呢！”

帕韦尔举起双手，扑了上来，办事处主任被重重地摔在地上。

“把他铐起来，铐起来！”尼古拉·叶列梅伊奇哼哼起来……

这出戏的终场我就不去描述了；就这样我还担心，我是否已让读者感到难受。

当天我就回家去了。过了一星期左右，我听说女主人洛斯尼亚科娃仍留下帕韦尔和尼古拉两人供自己差使，而把那个塔季雅娜丫头打发走了，显然是不需要她了。

孤狼

傍晚我打完猎，独自驾着一辆赛跑马车回去。距家还有七八俄里路；我的马儿是匹脚力矫健的好母马，它在飞尘滚滚的大路上欢腾地奔驰着，时不时地打着响鼻，晃着耳朵；那只疲累了的狗在车轱辘后边步步紧跟，仿佛有绳子牵着似的。大雷雨就要来了。前面有一大片淡紫色的云从树林后面徐徐地升起；在我的头顶上空，有一条条长长的灰云朝我飞掠过来；爆竹柳惊惶地摇晃着，簌簌作响。闷人的炎热骤然变得又潮又冷；阴影迅速地变浓了。我拿缰绳抽一下马，让车子奔下溪谷，越过一条长满柳丛的干枯的小溪，上了坡，进入了一片树林。在我前面那片已经昏暗下来的密密的榛树丛里有一条曲曲歪歪的路；我的马车费劲地前进着。百年的老橡树和椴树向四处伸出坚硬的老根，横在深深的旧车辙上：我的马车在这些树根上颠颠蹦蹦，我的马也走得跌跌绊绊的。狂风猛地在上空怒号起来，随之树木也开始大肆喧哗，大颗大颗的雨点凶猛地敲打着树叶，电光一闪，雷声响开了。下起了倾盆大雨。车子缓缓而行，没多久便不得不停了下来：我的马儿陷在泥泞里了，四下黑得什么也看不见。我随便地躲到一个宽宽的树丛下。我曲缩起身子，遮着脸，耐着性子等待雨停，突然在电光中瞥见大路上有一个高高的人影。我便朝着那个地方细细凝视——那人影仿佛是从我车旁的地里冒出来的。

“什么人？”一个响亮的声音问。

“你是什么人呀？”

“我是这里的护林人。”

我报了自己的姓名。

“哦，我知道的！您是回家去的吧？”

“是回家。可你瞧，多大的雷雨呀……”

“是呀，大雷雨。”那声音回答说。

一道白晃晃的电光把这个护林人从头到脚照得通亮，紧接着响起急促而暴烈的雷声。雨下得倍加起劲了。

“不会很快就过去的。”护林人又说了一句。

“怎么办呢？”

“要不，我带你到我家去吧！”他若断若续地说。

“那就麻烦你了。”

“请坐上车吧。”

他走到马头旁，抓住马笼头，把马从泥泞里拉了出来。马车启动了。我的车子宛如“大海中一叶扁舟”，摇摇晃晃，我抓住车子的坐垫，一边吆喝着狗。我那可怜的母马费劲地走在烂泥地里，四腿时而打滑，时而磕绊；护林人在车辕前边东摇西晃，像个鬼影。我们走了一大阵子；我的带路人终于停下脚步。“我们到家了，老爷。”他语调平和地说道。篱笆门嘎的一声推开了，几只小狗齐声叫喊起来。我抬起头，借着闪电的亮光，看到围着篱笆的宽敞院落中间有一座小房子。从一扇小窗里透出暗淡的灯光。护林人把马牵到台阶旁，便敲起门来。“马上来，马上来！”响起一个尖细的童声，又听到光脚丫的踩步声，门闩砰一声拨开了，一个穿着小衬衫，腰间束着布带子的十一二岁的小姑娘举着提灯，出现在门口。

“给老爷照路。”他对她说。“我把您的车子推到棚子里。”

小姑娘瞥了我一眼，便往屋里走去。我跟着她走了进去。

护林人住的只有一间屋子，熏得黑黑的，而且很低矮，屋里空荡荡的，没有高板床，也没有隔墙。墙上挂着一件破皮袄。长凳上搁着一支单筒猎枪，屋角里放着一堆破烂；炉子旁摆着两只大瓦罐。桌上燃着松明，悲愁地爆燃一阵，又慢慢地暗下来。房子的正中有一根长竿，一端挂着一个摇篮。小姑娘熄灭了提灯，坐到小板凳上，用右手摇起摇篮，用左手整了整松明。我瞧了瞧周围，心里感到很不好受：夜晚走进农家的屋子真是很不愉快的事。摇篮里的婴儿不安而急促地呼吸着。

“你是一个人在家吗？”我问小姑娘。

“一个人。”她说得几乎听不清楚。

“你是护林人的闺女？”

“是护林人的。”她低声地回答。

门咯吱一声响了，护林人低着头，跨进门来。他从地上拿起提灯，走到桌子旁，把提灯点上了。

“点松明您兴许不习惯吧？”他说，抖了抖鬈发。

我瞅了瞅他。我很少看到有这样帅气的汉子。他身材魁梧，宽肩膀，体形健美。从那淋湿的麻布衬衫里突露出结实的肌肉。黑黑的鬈曲的大胡子把他那严肃而刚毅的脸盘遮住了一半；两道相挨着的阔眉毛下闪动着一对无畏的不很大的褐色眼睛。他的两手轻轻地叉着腰，站在我的面前。

我向他道了谢，并问了他的名字。

“我叫福马，”他回答说，“而外号叫孤狼[1]。”

“你就是孤狼呀？”

---

① 奥廖尔省的人常把孤单而忧郁的人称为孤狼。——原注

我倍感好奇地打量了他。我常常听到我的叶尔莫莱和其他人谈论护林人孤狼的事，附近的庄稼人都像怕火似的怕他。听他们说，世上还不曾有过像他那样尽心尽责的护林人："连一捆枯枝都不让人拿走；要是你拿走林中的东西，无论在什么时候，哪怕在深更半夜，他会像雪一样从天而降，突然出现在你的面前，你休想抗拒，因为他力大无比，又像魔鬼那样灵活……没有任何东西能收买他，无论金钱美酒都不管用；他不受任何诱惑。有些人多次想干掉他，都干不成。"附近的庄稼人就是这样评说孤狼的。

"原来你就是孤狼呀，"我重复了一句，"伙计，我听人说起过你。人家说你是什么人都不放过的。"

"我是尽自己的职责，"他阴郁地回答说，"总不能白吃主人家的饭呀。"

他从腰后取出斧子，蹲在地上削起松明来。

"怎么，你没有内当家的吗？"我问他。

"没有。"他回答说，使劲地挥一下斧子。

"是不是去世了？"

"不，……是的，……去世了。"他说着，一边转开脸去。

我不作声了；他抬起眼睛看了看我。

"跟一个过路的城里人私奔啦。"他带着苦笑说。小姑娘低下了头；婴孩醒来了，哭喊起来；小姑娘走到摇篮旁。"拿着，给他吃吧。"孤狼说，一边把一个脏兮兮的奶瓶塞到小姑娘手里。"把他给丢下啦。"他指指婴孩又低声地说。他走到门口停下步，转过身来。

"老爷，您兴许，"他说，"不要吃我家的这种面包吧，可是我这儿除了面包……"

"我不饿。"

"哦，那算了。我本应给您烧上茶炊，可是我没有茶叶……

我去看看您的马怎么样了。"

他走出去，砰一声带上门。我再次打量了四周。我感到这屋里比原先更显凄凉了。冷却的烟气散发着一股不好闻的苦味，使我呼吸得很难受。小姑娘坐在原地一动不动，也不抬一下眼睛；她有时晃几下摇篮，羞涩地把滑下的衬衫往肩上拉一拉；她那光着的两腿一动不动垂着。

"你叫什么名字？"我问。

"乌莉塔。"她轻声回答，把愁苦的小脸垂得更低了。

护林人进来了，坐在板凳上。

"雷雨快过去了，"沉默了一会儿之后，他说，"要是您想回去，我送您出林子。"

我站起身来。孤狼取过枪，检查了一下火药池。

"拿这枪干什么呀？"我问。

"林子里有人捣乱……在母马山沟那边有人在砍树。"他补充了一句，作为对我的疑问眼光的回答。

"从这儿能听得见？"

"在院子里听得见。"

我们一起走出来。雨已经停了。远处还聚集着一大团一大团的浓云，有时还闪着长长的电光，但在我们的上边有些地方已露出深蓝的天空，星星透过疾飞着的薄云闪烁着。从黑暗中开始呈现出那些沾满雨水、被风刮得东摇西晃的树木的轮廓。我们倾听起来。护林人摘下帽，低下头。"喏……喏，"他突然说，伸手指了指，"瞧，就拣这样的夜晚来偷。"除了树叶的喧哗声外，我什么也听不出来。孤狼把马从棚子下牵了出来。"我这样前去，"他低声说，"也许会让他溜掉的。""我跟你一起走着去……可以吗？""好吧，"他回答，把马牵了回去，"咱们把他一下抓住，然后我送你回去。咱们走吧。"

我们走着：孤狼在前面走，我跟着他。天知道他是怎么认得出路的，他只是偶尔停下脚步，那是为了听一听斧子的砍树声。“瞧，”他低声地说，“听见吗？听见吗？”“哪儿呀？”孤狼耸了耸肩膀。我们下到山沟里，风稍静了片刻，斧子的均匀响声清晰地传人了我的耳朵。孤狼瞧了我一眼，摇摇头。我们踩着湿淋淋的野草和荨麻继续向前。传来一阵低沉的持续的轰响声……

“砍倒了……”孤狼喃喃地说。

这时候天空越来越明净了；林子里也有点亮了。我们终于走出了山沟。“请在这儿等一下。”护林人轻声地对我说，他弯下腰，举起枪，消失在丛林中。我专注地去听。透过喧闹不已的风声，我隐约听到从不远处传来的轻微声响：斧子小心地砍树枝声、车轱辘的轧轧声，马儿的响鼻声……“往哪儿跑？站住！”骤然响起孤狼铁一般的喊声。另外还响起了一种像兔子般的哀叫声……出现了一阵打斗声。“瞎说，瞎说，”孤狼气喘吁吁地嚷着，“你跑不了……”我朝那吵闹的方向奔去，一步一绊地跑到那打斗的地方。护林人在砍倒的树旁地上动来动去；他按住那个偷树的人，用腰带反绑那个人的双手。我走上前去。孤狼站起来，把那个人也拉了起来。我看到的是一个庄稼人，他浑身都湿透了，衣服破破烂烂的，长长的大胡子乱蓬蓬的。那里站着一匹瘦弱的马，一张凹凸不平的草席遮着它的半身，马的旁边还停有一辆小货车。护林人不吱一声，那庄稼人也默默无言，只是摇动着脑袋。

“放了他吧，”我对着孤狼的耳朵轻声地说，“这棵树我来赔。”

孤狼不声不响地用左手抓住马鬃，用右手抓住偷树贼的腰带。“喂，快点，狡猾的家伙！”他厉声说。“斧子在那里，您拿上吧。”庄稼人喃喃地说。“干吗把斧子丢掉呢？”护林人说，一边捡起那把斧子。我们便往回走。我走在最后边……又开始稀稀拉拉地掉起小雨点，不多一会儿便变成瓢泼大雨。我们好不容易才回到那座小屋。孤狼把抓来的那匹马赶进院子中间，把那庄稼人带进屋里，把绑他的腰带结子松开一些，让他坐在屋角里。那小姑娘本来已经在炉边睡着了，此时猛地跳了起来，带着惊惶的神色默默地打量着我们。我在板凳上坐下来。

“咳，好凶的雨呀，”护林人说，“只好再等等了。您要不要躺一会儿？”

“谢谢。”

“因为您在这儿，我本来想把他关到贮藏室里去，”他指了指庄稼人继续说，“可是那门闩……”

“让他待在这儿吧，别折腾他了。”我打断孤狼的话说。

那庄稼人蹙着眉头看了看我。我在心里发誓，无论怎么得想法子放走这个可怜的人。我在板凳上坐着不动。在灯光下我可以看清他那干枯的皱巴巴的脸，倒挂的黄眉毛、惶惶不安的眼睛，瘦骨嶙嶙的肢体……小姑娘躺在他脚边的地板上又睡着了。孤狼在桌子旁坐着，两手托着脑袋。蝈蝈在屋角里叫着……雨还在敲打着房顶，顺着窗子直往下流；我们都没有吭声。

“福马·库济米奇，”庄稼人猝然用低沉而衰弱的声音说，“哎，福马·库济米奇。”

“你要干什么？”

“放了我吧。”

孤狼不回答。

“放了我吧……是饿得没法呀……放我走吧。”

“我可知道你们这种人，”护林人沉着脸回答说，“你们整个村子就是贼窝——尽是贼。”

“放了我吧，”庄稼人一再哀求说，“管家……我家给毁了，行行好……放了我吧！”

“毁了！……不管谁都不该去偷嘛。”

“放了我吧，福马·库济米奇……别毁了我。你知道，你那东家会要我的命的。”

孤狼转过脸去。庄稼人打起颤来，仿佛患了热病。他的头摇晃起来，呼吸也快慢不均了。

“放了我吧，”他又沮丧又绝望地一再哀求说，“放了我吧，求求你，放了我吧！我会赔钱的，真的。实在是饿得没法……你知道，孩子们哭着要吃。真的没法子。”

“那你还是不该去偷嘛。”

“就让那匹马，”庄稼人继续说，“就让那匹马留下作抵押吧……我只剩下这头牲口了……放了我吧！”

“我说了，不行。我也是做不了主的，东家会追究我的。再说也不该放纵你们。”

“放了我吧！是穷得没法呀，福马·库济米奇，实在是穷得没法……放了我吧！”

“我可知道你们这种人！”

“就放了我吧！”

“哼，跟你有什么可讲的，老实地待着吧，要不我就……知道吗？你没看见有位老爷在这儿吗？”

这个可怜的人垂下了头……孤狼打了一个呵欠，把头靠在桌子上。雨仍然下个不停。我等着看事情如何了结。

庄稼人猛然挺起身子。他那双眼睛冒出怒火，脸都涨红了。“那你就吃了我吧，你就掐死我吧，”他眯上眼睛，挂下嘴角，说了起来，“你这该死的凶手，你就喝基督徒的血吧，喝吧……”

护林人转过身去。

“我对你说话呢，你这野蛮的家伙，你这吸血鬼，我说你呢！”

“你喝醉了，还怎么的？怎么骂人呢？”护林人惊诧地说，

"你疯了。是吗？"

"喝醉了！……那是花了你的钱吗，你这该死的凶手，野兽，野兽，野兽！"

"你这家伙……我要治治你！……"

"我有什么好怕的呀？反正都得死；没有了马，我还有什么活路？你打死我，是死，饿死，也是死，反正一样。一切全得完蛋：老婆、孩子，让他们全去死……可你呢，等着吧，会有受报应的时候！"

孤狼站了起来。

"打吧，打吧，"庄稼人以狂怒的声音说，"打吧，来，来，打呀……（小姑娘急忙从地上蹦了起来，盯着他看。）打呀！打呀！"

"闭嘴！"护林人大喊一声，跨前两步。

"算了，算了，福马，"我喊了起来，"放开他……由他说吧。"

"我偏不闭嘴，"这个不幸的人继续说，"反正一样得完蛋。你这凶手，野兽，你怎么不死呀……等着吧，你作威作福长久不了！有人会掐死你，等着吧！"

孤狼抓住他的肩膀……我扑过去救助那庄稼人……

"您别动，老爷！"护林人朝我喊了一声。

我并不怕他威吓，已经伸过手去；然而令我极为惊诧的是，孤狼一下子把绑着庄稼人胳膊肘的腰带扯掉了，抓住他的衣领，把他的帽子扣到他眼睛上，打开门，把他推了出去。

"带着你的马滚蛋吧！"他朝庄稼人的背后喊道，"你当心点，下一次我可……"

他回到屋里，在屋角里翻寻起什么。

"咳，孤狼，"我终于说，"你真让我惊奇呀，我看你是个好人哪。"

"唉，得了，老爷，"他苦恼地打断我的话说，"只求您别说出去。现在最好还是由我送您走吧，”他接着说，“您一时等不到雨停的……”

院子里响起那庄稼人的马车轱辘的响声。

“听，他走了！”他咕哝说，“下回我就不饶他！……”

半个小时之后，他便与我在林边上告了别。

两地主

知音的读者们，我曾荣幸地向你们介绍过我的几位地主乡邻；现在请让我顺便（对于我们这些当作家的人来说，什么都是顺便说的）再向你们介绍两位地主，我常在他们那边行猎，与他们相识，他们都是极可敬、极善良的人，在附近几个县里深受普遍的尊敬。

我先来为你们描述一下退伍陆军少将维亚切斯拉夫·伊拉里奥诺维奇·赫瓦伦斯基吧。论外表吗，他是个高个子，早年时身材非常挺拔，如今皮肤略有些松弛了，但绝没有老态，甚至不能说是年岁已老，还处于成熟的年龄呢，也可以说，正值大好年华呢。的确，从前端庄的，至今依然悦目的脸形已有了些变化，脸皮有点下垂，眼角密布亮闪闪的皱纹，一部分牙齿，正如普希金援引萨迪的话[①]所说的那样，已经不在了；淡褐色的头发，至少那些还保全下来的头发，由于用了一种护发剂而变成淡紫色的了，那种护发剂是在罗姆内马市上从一个装成亚美尼亚人的犹太佬那儿买来的。话说回来，维亚切斯拉夫·伊拉里奥诺维奇步履

① 萨迪系13世纪波斯诗人。普希金在《叶甫盖尼·奥涅金》第八章第五十一节中引用他的诗句说："有的远在天涯，有的已不在人间。"原意是指友人的离去，此处借指牙齿的脱落。

矫健，笑声洪亮，走起路来踢马刺碰得叮儿当啷直响；他常捻着小胡子，还自称为老骑士，可大家都清楚，真正的老年人是决不以老头子自称的。平日里他老穿一件双排扣上衣，纽扣直扣到顶，领带结得老高，衣领浆得挺挺的，下穿带花点的军式灰裤子；帽子直扣到额头，却让后脑勺整个暴露在外。他是个很善良的人，可是有着怪得出奇的见解和习惯。比如说吧，对于贵族中一些既没钱也没有权势的人，他决不肯平等相待。跟他们说话时，总是把脸紧贴在浆硬的白衣领上，斜眼瞪着他们，或者猛然用明亮而呆板的目光扫他们一眼，不言不语，动一动头发下面的整个头皮。连话语的发音也变了，比如，他不说“多谢啦，帕韦尔·瓦西利伊奇”或者“请到这儿来，米海洛·伊万内奇”，而是说成“谢，帕尔·阿西利奇”或者“请过来，米哈尔·瓦内奇”。对待社会地位卑微的人，他那副态度就更怪了：对他们不瞧一眼，在说明自己的意愿或吩咐之前，便带着忧心和思索的神情，接二连三地反复问：“你叫什么呀？……你叫什么呀？”他把“什么”这个词说得特别重，而其他几个词说得溜快，这样一来，他那话音就变得像公鹌鹑的叫唤声了。他整天里忙这忙那，而且吝啬得可怕，但又不是一个好当家：竟起用一个退伍的骑兵司务长，一个愚不可及的小俄罗斯人当管家。不过，在管理家业方面，我们这里还没有什么人能比得上彼得堡的一位达官贵人，他从自己的管家的报告里得知，他庄园里的烤禾房时常失火，粮食损失严重，于是他便下了一道极严厉的禁令：从今以后，在火没有彻底熄灭之前，不准把禾捆搬进烤禾房。那位官老爷还想要让自己的所有田地都种植罂粟，显然，这是出于极简单的算计：说是罂粟比黑麦贵，所以种罂粟上算。他还给自己的农奴婆娘们下了令，命她们戴的头饰要根据彼得堡寄来的样式。果然，他庄园里的婆娘们至今还戴这种头饰……不过已是戴在帽子上边了……现在我再回头说说维亚切斯拉夫·伊拉里奥诺维奇吧。维亚切斯拉夫·伊拉里奥诺维奇是个顶顶出格的好色鬼，他在自己县城的林荫道上一瞧见秀色可餐的女人，便连忙前去跟踪，此时他的步态马上变得一瘸一拐，那光景真是妙极了。他很喜欢玩牌，不过只同一些身份低下的人玩；他们尊称他为“大人”，他可以随意呵斥他们。当他同省长或其他什么当官的玩牌时，他的态度便起翻天覆地的变化：他会面带笑容，连连点头，察看他们的眼色——显出一副甜蜜蜜的样子……即便输了钱，也不埋怨。维亚切斯拉夫·伊拉里奥诺维奇不大读书，一读书，胡子眉毛便会不住地颤动，脸上好像自下而上地滚着波浪。当他偶尔浏览（自然是当着客人的面）《Journal des D é bats》[①]各栏目时，他脸上的这种波浪式动作便特别显眼。他在选举中常扮演相当重要的角色，可是由于舍不得花钱，他不愿接受贵族长这一荣誉称号。“诸位，”他常常对那些捧他的贵族们说，而且是以充满爱护下属和自有主张的口气说，“多谢诸位的美意；可我意已决，我愿安闲自在，享享清福。”说过之后，把头向左右转了几下，随后庄重地把下巴和脸颊紧贴在领带上。他年轻时候曾当过某位要人的副官，他对那位要人只称名字和父名，甚为尊敬。有人说，他似乎不光是担任副官职位，比如说，他似乎曾穿着全套制服，甚至扣好领扣，在澡堂里拿浴帚帮上司洗澡——不过，并非每种传闻都是可信的呀。可是，连赫瓦伦斯基将军本人也不喜欢去谈自己的军人生涯，这的确奇怪得很；他似乎也没有打过仗。赫瓦伦斯基将军住在一座不很大的房子里，单身一人；他平生还没有体验过琴瑟相谐之乐，因此至今仍是个未婚男子，甚至可以说是个顶有出息的择婿对象。不过，他有一位女管家，

① 法语：《评论报》。

三十五六岁，黑黑的眼睛，黑黑的眉毛，体态丰盈，皮肤鲜嫩，长有点髭须，平日里穿着浆得挺挺的衣服，逢礼拜天便戴上薄纱套袖。在地主们招待省长或其他权贵们的盛大酒宴上，维亚切斯拉夫·伊拉里奥诺维奇往往表现非凡，在这样场合他真可谓如鱼得水。在这种宴会上，他若不是坐在省长的右侧，那也是坐得离省长不远；在宴会开始的时候，他显得较为自尊自重，身体后仰一点，但不转头，侧目向下打量着客人们圆滚滚的后脑勺和坚挺的衣领；可到了宴会快散的时候，他便乐开了，开始朝四方投出微笑（朝省长方面从宴会一开始他就微笑了），有时甚至提议为女士们，用他的话说，为“我们星球的装饰”干杯。赫瓦伦斯基将军在各种隆重的和公众的庆典仪式、会考场所、宗教仪式、集会和展览会上也显得相当出色，受祝福时也很得体。这位将军手下的仆人们在岔道口、渡口以及类似的地方都不喧闹、不叫嚷；相反，在请行人让开或请车辆让行的时候，都用悦耳的带喉声的男中音说“劳驾，劳驾，请让赫瓦伦斯基将军过去”，或者说“赫瓦伦斯基将军的马车……”赫瓦伦斯基的马车样式确实陈旧得很；仆人们穿的号衣也相当破旧（不必说，都是些带红镶边的灰色号衣）；几匹马也都垂垂老矣，辛苦一辈子了；而这位将军一向不求奢华，甚至认为追求奢华有辱他的名声。他说话没有什么特殊口才，也许是没有机会表现自己的口才，因为他不仅讨厌争论，而且根本容不得辩论，总是避免作各种冗长的谈话，特别是同年轻人的谈话。这样做确实有其道理，要不然怎么对付得了当今的这些人呢：他们会对他不听从，会对他失敬。在地位高的人面前，赫瓦伦斯基大都是缄口不语，可是对那些地位低，显然被他瞧不起而仅有点交往的人，他说话便显得既短促又尖刻，老是使用如下的词语：“可是，您说的，尽是废话”，或者“阁下，我终于，不得不，警告您”，或者“可是，您终究应该明白，您是在跟谁打交道”，等等。邮政局长、常任陪审员、驿站长们对他怕得要命。他府上从来不招待任何人，正如传闻所说的，他是个吝啬鬼。即便有这种种缺点，他仍算是个出色的地主。邻里们都说他是一个“老军人、无私的人、规矩人、vieux grognad[①]”。在人们谈起赫瓦伦斯基将军的优秀而实在的品质时，只有一位省检察官在一边冷笑——嫉妒使人什么做不出来呢！……

现在还是让我们来谈谈另一位地主吧。

马尔达里·阿波洛内奇·斯捷古诺夫跟赫瓦伦斯基一无相似之处：他大概不曾在什么地方供过职，也从来没有被看作是个美男子。马尔达里·阿波洛内奇是个矮矮胖胖的小老头，谢顶、双重下巴，有一双柔软的手，大腹便便。他很好客，性格诙谐；可以说，日子过得挺滋润；不管寒去暑来，老穿着一件条纹棉长衣。仅有一点他是跟赫瓦伦斯基将军一样的：他也是光棍一条。他有五百个农奴。马尔达里·阿波洛内奇经营自己的田庄很重门面；为了不落伍于时代，他早在十来年前便从莫斯科的布捷诺普公司购来一架脱粒机，把它锁在库房里，心里也就感到踏实了。只有在晴朗的夏日里，他才吩咐套好那赛跑马车到田野里去看看庄稼，采集些矢车菊。马尔达里·阿波洛内奇完全是按老方式过日子的。他的住宅也是老式的建筑：在前室里照旧散发着克瓦斯、脂油蜡烛和皮革的气味；这里右边有一个餐具柜，里面搁着烟王卜和毛巾；餐室里有家族成员的肖像、苍蝇、一大盆天竺葵和一架寒酸的钢琴；客厅里有三张长沙发、三张桌子、两面镜子和一个声音沙哑的自鸣钟，钟上的珐琅已变黑了，钟面上有镂花的青铜指针；书房里有一张堆着纸张的书桌；有一个浅蓝色屏风，上面贴着从上一世纪各种图书中裁下的图画；有几个书

---

① 法语：好唠叨的人。——原注

柜，里面堆着发霉发臭的书籍，还有蜘蛛和黑黑的尘埃；有一把臃肿的安乐椅；还有一扇意大利式窗子和一扇朝花园的钉死了的门……总之，应有尽有。马尔达里·阿波洛内奇家奴仆成群，一律穿着老式服装：高领的蓝色长外套、深暗色的裤子和浅黄色的短坎肩。他们称客人为“老爷”。他家的产业是由一个庄稼人出身的总管替他经营，他的大胡子有整个皮袄那样长；家务事是由一个裹着深棕色头巾的老太婆料理，她一脸皱纹，为人吝啬。马尔达里·阿波洛内奇家的马厩里养着三十四大大小小的马；他外出时常乘坐一辆重达一百五十普特的自制的四轮马车。他待客非常热情，饭菜十分丰盛，也就是说，凭着俄式的厚酒肥肉熏人昏醉的特点，使客人直到晚上除了玩牌外什么也干不了。他自己从来都是无所事事，连一本《释梦》书也没有读下去。像这样的地主在我们俄国还大有人在。有人问：我怎么要谈起他，为了什么？……那么，我就来讲一讲自己对马尔达里·阿波洛内奇的一次访问，权做回答吧。

我是在夏天的一个晚上来到他家的，当时大约7点钟左右。他刚做过晚祷，客厅门口一张椅子的边上坐着一位神父，年纪轻轻的，样子十分腼腆，可能是新出宗教学校校门不久的。马尔达里·阿波洛内奇照例非常亲切地接待我：他对每个来客都是真诚欢迎的，他一般说来是个顶和善的人。神父站起身，拿起帽子。

“等一下，等一下，神父，”马尔达里·阿波洛内奇一边还握着我的手，一边就朝他说，“别走……我已让人给你拿酒了。”

“谢谢，我不会喝酒。”神父局促地嘟哝说，脸红到了耳根。

“瞎说什么呀！你们这样的人哪能不会喝酒呢！”马尔达里·阿波洛内奇回答说，“尤什卡！尤什卡！给神父拿酒来！”

尤什卡是个又高又瘦、年约八十的老头，他端着一个沾满肉色斑点的托盘进来，盘上放着一杯伏特加酒。

神父推三阻四地婉谢。

“喝吧，神父，别扭扭捏捏啦，这不大好。”地主带点责备口气说。

可怜的年轻人只好从命。

“好，神父，现在你可以走了。”

神父鞠躬告辞。

“好的，好的，走吧……一个多好的人哪，”马尔达里·阿波洛内奇目送着他说，“我对他挺满意的；只是有一点：还很嫩。老是守着教规，连酒都不沾。您怎么样啊，我的老弟？……您怎么样，好吗？我们到凉台上去吧——瞧，多美的夜晚。”

我们去到凉台上，坐下来聊了起来。马尔达里·阿波洛内奇朝下边瞧了瞧，顿时陷于极度的不安。

“这是谁家的鸡？这是谁家的鸡？”他大喊起来，“是谁家的鸡在花园里乱窜？……尤什卡！尤什卡！快点跑去看看，是准家的鸡跑到花园里乱窜？……这是哪一家的鸡呀？我禁止过多少遍啦，说过多少回啦！”

尤什卡跑去了。

“简直乱了套！”马尔达里·阿波洛内奇说，“太不像话！”

我现在仍记得，那几只不走运的母鸡，两只花斑鸡和一只白凤头鸡还在苹果树下悠然信步，有时用持续的咯咯声来抒发自己的情怀，骤然间，不戴帽子、手持棍子的尤什卡和另外三个成年仆人协同一致地向它们急奔过来。这一下真热闹开了。三只母鸡叫喊着，拍着翅膀、跳蹦着，咕达咕达地吵闹着；仆人们跑着、磕磕碰碰，摔倒在地；主人发狂了似的从凉台上大喊：“抓住，抓住！抓住，抓住！抓住，抓住，抓住！……这是谁家的鸡，这是谁家的鸡？”一个仆人终于抓住了那只凤头鸡，把它按住在地。正在这时候，一个十一二岁的、蓬头散发的小丫头拿着一根长棍，越过篱笆从外边跳进花园里。

“啊，原来是她家的鸡呀！”地主高兴地喊了起来。“是马车夫叶尔米尔家的鸡！他让他的娜塔尔卡来赶鸡了……怎么不叫帕拉莎来呢？”地主低声地加了一句，一面意味深长地一笑。“喂，尤什卡！别去抓鸡了，把娜塔尔卡给我抓来。”

在气喘吁吁的尤什卡还没有跑近那个吓破胆的小丫头身边之前，不知从哪儿冒出了女管家，她抓住小丫头的胳膊，在她背上啪啪地揍了好几下……

“就得这样，就得这样，”地主接着说，“揍揍揍！揍揍揍！……把鸡扣下来，阿夫多季娅，”他又大声地添了一句，并喜形于色地朝着我说：“老弟，这回打猎打得怎么样呀？您瞧，我都出汗了。”

马尔达里·阿波洛内奇哈哈大笑起来。

我们仍然待在凉台上。这晚间确实非常之好。

仆人给我们上了茶。

“请问，”我开口说，“马尔达里·阿波洛内奇，迁到山谷那边大路旁的那几家是您的佃户吗？”

“是我的……怎么？”

“您这是怎么啦，马尔达里·阿波洛内奇？这可不应当呀。拨给那些庄稼人的房子太差，太小了；周围连棵树也见不到；甚至连个小鱼塘也没有；井只有一口，而且还是不顶用的。难道您就不能找个别的地方吗？……还听说，您把他们以前的大麻田也收走了？”

“地界是这么划的，拿它有什么办法呢？”马尔达里·阿波洛内奇回答我说，“这样划地界我也觉得有些不合适。（他指指自己的后脑勺。）我看不出这种划法有什么好处。至于我收回他们的大麻田，没有在他们那边挖养鱼塘什么的——关于这些事吗，自有我的道理。我是个老实人，按老规矩行事。依我看，老爷终究是老爷，庄稼人终究是庄稼人……就是这么回事。”

对于这样明白的不容置疑的理由，自然是没法与他再说了。

“而且，”他接着说，“那些庄稼人不是东西着呢，很令人头痛。尤其是那边的两家；先父——祝他升天堂——在世时就讨厌他们，挺讨厌他们。对您说吧，我有这样的体会：如果老子是贼，儿子必定也是贼；有什么法子呢。……唉，血统呀血统，这可是个严重的问题！坦白地对您说吧，我把那两户中没有轮到的人都送去当兵了，把他们东一个西一个地拆散开来；可也根除不了，有什么办法？他们能繁殖着呢，这些可恶的家伙。”

此时周围全然寂静下来了。只是有时吹来一阵阵晚风，每当一阵风停息在房子近处时，从马厩那边频频响起的有节奏的鞭打声传到了我们的耳朵。马尔达里·阿波洛内奇刚刚把斟满茶的碟子[①]端到嘴边，而且已经张开了鼻孔——大家都知道，地道的俄罗斯人都是先张开鼻孔才喝茶的——可是他停住没喝，侧耳倾听，点了点头，然后才呷了一口，就把碟子放到桌子上，露出最慈祥的微笑，似乎不由自主地应和起那些鞭打声，喊着：“啪啪啪！啪啪！啪啪！”

“这是怎么回事？”我惊讶地问。

“这是按我的吩咐，在那边惩罚一个调皮鬼……就是那个在餐室里干活的瓦夏，您知道吗？”

“哪个瓦夏？”

“就是头些时候侍候我们用餐的那个，长一脸大胡子的。”

无论怎么愤慨，也抵抗不住马尔达里·阿波洛内奇那明亮而柔和的目光。

---

① 旧时俄国人的喝茶方式是，先把杯里的茶倒入碟子里，然后从碟子里喝茶。

“您怎么啦，年轻人，您怎么啦？”他摇着头说，“您干吗这样盯着我看，难道我是个坏蛋吗？惩罚是出于爱护嘛，您是懂得的。”

过了一刻钟，我便向马尔达里·阿波洛内奇告辞了。我乘车经过村子时，瞧见了那个餐室听差瓦夏。他在马路上走着，一边咬着核桃。我让车夫勒住马，唤他过来。

“喂，伙计，你今天挨惩罚了？”我问他。

“您怎么知道？”瓦夏反问说。

“是你家老爷对我说的。”

“是老爷亲口说的？”

“他为什么让人惩罚你呢？”

“我是该惩罚的，先生，该惩罚的。我们这儿不会平白无故惩罚人的；我们这儿不会这样做的——确实不会。我们的老爷不是那号人；我们的老爷……全省都找不出他这样的好老爷。”

“走吧！”我对车夫说，“这就是旧俄罗斯呀！”在回家的路上我这样琢磨着。

列别江

亲爱的读者们，打猎的主要一种好处，就在于它让你时常坐着马车一处又一处地东奔西跑，这对于一个清闲无事的人说来，确是一种莫大的乐趣。当然，有的时候（特别是在雨天）就不那么愉快了，比如在乡间土路上彷徨，或者在荒野里完全迷了路，这种时候随便遇到一个庄稼人，就只好叫住他问："喂，老乡！去莫尔多夫卡怎么走呀？"而到了莫尔多夫卡后，又得向一个笨头笨脑的婆娘（庄稼汉们都下地干活去了）打听：离大路旁的客店还远不？怎么个走法？车子跑了十来俄里，不见有客店，却来到了一个地主住的破败穷酸的霍多布勃诺夫小村，把一群躺在路中央齐耳朵深黑褐色烂泥里的猪吓得半死，它们万万没有想到竟有人前来打扰。每当驶过那些摇摇欲坠的小桥，奔下山谷，越过满是烂泥的小溪，也不是什么愉快的事；令你不愉快的还有，几天几夜奔波在绿色原野中的大路上，或者——老天保佑，切莫遇上——在一面写着数字二十二，另一面写着数字二十三的五颜六色的里程标前的烂泥地里陷上几个小时；一连几个星期吃的尽是鸡蛋、牛奶和人人夸奖的黑麦面包，也够你受的……然而，所有这些不便和不顺心会换来另一类的好处和满足。不过，现在就来谈谈正题吧。

由于以上已谈了很多，就无须向读者详述我在四五年前是怎样来到列别江，来到那里最杂乱的集市的经过了。我们这号猎人常常在某个早晨乘车离开或多或少属于祖传的领地，打算在第二天傍晚便回家来的，可是这儿停停，那儿停停，没完没了地射猎鹬鸟，结果便来到了伯绍拉河风光秀丽的河畔；再说，凡是爱好猎枪和猎狗的人，也都狂热爱慕世上最高贵的动物——马。所以，我一到列别江，住进一家旅店之后，换套衣服，便前往集市去了。（旅店里有一名年轻伙计，二十来岁，瘦高个，带有甜美的鼻音，他已告诉我。说某某公爵大人，即某某团队的马匹采购员，就住在他们这旅店里；另外还来了许多士绅，天天晚上有茨冈人唱歌，剧院里在演出《特瓦尔多夫斯基老爷》；他还说，马的价码很高，可是都是些好马。）

在集市的广场上停着一排排大车，多不胜数，大车后边站着各种各类的马：跑大步的马、养马场的马、比秋格马、拉货车的马、驿马和普通的农家马。还有一些膘肥毛滑的马，按毛色分类，披着各种颜色的马衣，紧紧拴在高高的架木上，胆怯地向后斜视着马贩子主人手中的为它们所十分熟悉的鞭子；草原贵族们从一二百俄里外送来的家养的马，由一个年老体衰的车夫和两个头脑迟钝的马夫照看着，它们摇晃着长长的脖子，跺着蹄子，百无聊赖地啃着木桩；一些黄褐色的维亚特卡马相互紧靠在一起；一些长有波浪形尾巴、毛茸茸蹄肘、大屁股的跑大步马像狮子似的威严地站立不动，它们中有灰色带圆斑点的，有乌黑色的，也有枣红色的。行家们毕恭毕敬地站在它们的面前。在一排排大车分隔成的走道上，聚集着各种身份、各种年龄和各种模样的人。那些穿蓝外套、戴高帽子的马贩子狡猾地窥视和等待着买主；突眼鬈发的茨冈人不住地奔前跑后，查看马的牙齿、扳看马腿，掀起马尾巴，叫叫嚷嚷、骂骂咧咧，充当掮客，抽签抓阄，或者死乞白赖地缠住一个戴军帽、穿海狸领军大衣的马匹采购员。一个体格壮实的哥萨克挺着身子骑在一匹长着鹿脖子的瘦骟马上，打算把这匹马连同马鞍和笼头“整套”出售。有些庄稼人，穿着胳肢窝处破了的皮袄，拼死劲地挤过人群，一伙一伙地挤到那辆套着“试用”马的大车旁边；或者，在狡猾的茨冈人的协助下，在一旁的某处费尽气力地讨价还价，互相一连击了上百次掌，结果还是各要各的价；这期间，那匹作为他们争吵对象的披着破席子的劣等马，只管在一边眨眼睛，一副事不关己的神气……说来也是，由谁来揍它，对于它不都一样！有几个高额门、染了胡子的地主老爷，脸上带着尊严的神情，头戴波兰式四角帽，身穿厚呢大衣，只套上一只袖子，傲慢地在同几个戴羽绒毛帽子和绿手套的大肚皮商人说着话。各种团队的军官们也在这里挤来挤去凑热闹；一名个子特高的德裔胸甲骑兵神情冷漠地问一个瘸腿的马贩子：“这匹棕黄马要卖什么价？”一个十八九岁的淡黄发的骠骑兵正在为一匹瘦健的溜蹄马物色一匹拉梢马；有两个驿站车夫，戴着有孔雀毛的矮帽子，穿着褐色上衣，一副皮手套塞在窄窄的绿腰带里，他正在寻求一匹辕马。马车夫们有的在替自己的马梳编尾巴，有的在把马鬃弄湿，有的在向老爷们恭敬地提些忠告。做完买卖的人视各自的情况，有的奔大酒店，有的去小酒馆……奔忙、叫嚷、动脑筋、争吵、和解、骂、笑——这一切都是在齐膝深的泥污中进行的。我想替自己的马车选购三匹脚力好的马，因为我原来的几匹马有些不大中用了。我已找到了两匹，而第三匹还没有选好。在吃过我在这里不愿描述的一顿饭之后，(埃涅阿斯[①]早已懂得，回想过去的痛苦是何等的不愉快)，我就到那个所谓的咖啡厅去，那儿天天晚上都云集着马匹采购员、养

① 希腊神话中的人物。

马场场主以及其他的过路人。在烟草的浓烟滚滚的台球室里，已聚有二十来个人。其中有一些放荡不羁的年轻地主，穿着轻骑兵的短上衣和灰裤子，留着长长的鬓发，搽了油的小胡子，带着高傲而放肆的神情环顾着周围；另外有几个穿哥萨克服装、脖子特短、眼睛浮肿的贵族在那儿难受地呼哧呼哧着；商人们在一旁聚坐，即所谓处于“另席”。军官们在无拘无束地交谈。有一位公爵在打台球，他是个二十二三岁的年轻人，脸上带着愉快的但又有点瞧不起人的神情，穿着常礼服，敞着衣襟，里边是红绸衬衫，下面穿的是肥大的丝绒灯笼裤；他正在同退伍的陆军中尉维克托·赫洛帕科夫比试台球。

退伍的陆军中尉维克托·赫洛帕科夫是个三十来岁的小个子，黑黑的皮肤，瘦瘦的身材，乌黑的头发，深棕色的眼睛，塌扁的鼻子。凡有选举和集市，他都热心地参观。他走起路来一蹦一跳，神气活现地甩开滚圆的胳膊，歪戴着帽子，卷着他那灰蓝色棉布衬里的军服袖子。赫洛帕科夫先生很会讨好彼得堡的一些富有的纨绔子弟，跟他们一块儿抽烟、喝酒、玩牌，跟他们称兄道弟。他们为何垂青于他，那很难搞个明白。他并不聪明，甚至也不算滑稽；也不适合于做供人逗乐取笑的小丑。其实，他们只不过是像对待一个善良而空虚的人那样，随便同他交往一阵；与他来往三两个星期之后，以后就不同他来往了，他也不去招呼他们了。赫洛帕科夫中尉有一个特点，他在一年有时两年的时间里经常反复地说着同一句话。不管恰当不恰当；这句话一点也不风趣，可天知道为什么能让大家发笑。七八年以前，他不管到哪儿都说着这样一句话：“向您致敬，感谢之至”，那时候庇护他的人每次都笑得死去活来，并让他一再重复“向您致敬”；后来他开始使用一句相当复杂的话："不，这您就那个了，克斯克塞[①]——结果就是这样嘛"，这句话同样也大获成功；过了两三年，他又想出了一句新的俏皮话："您别急嘛，上帝的人，裹着羊皮"等等。有什么不好呢！您瞧，就是这些毫无意思的话使他有吃、有喝、有衣穿。（他自己的家产早已挥霍殆尽，如今就专靠朋友们过日子了。）要知道，他没有任何旁的能耐。的确，他每天能抽百来烟斗的茹可夫烟，一打起台球，右脚能翘得比脑袋还高，瞄准的时候，发狂地转着手上的台球杆——可是这种种花招也不是人人都赞赏的。他饮酒也很有海量……不过，在俄国凭酒量是难以出风头的……总之，他混得这么成功，对于我完全是个不解之谜……可有一点是清楚的：他很谨慎，不外扬家丑，不揭任何人的短……

"嘿，"我一见到赫洛帕科夫时心里就想，"当前他的口头语是什么呢？"

公爵打中了白球。

"三十比零。"那个长着黑脸，眼皮下有青疤的患肺病的记分员大喊一声。

公爵把一个黄球啪的一声击进边上的球囊里。

"好！"坐在角落一张单条腿摇摇晃晃的小桌旁的一个胖乎乎的商人，用整肚子的气发出赞扬的喊声，他喊了之后觉得有些难为情。幸亏没有人注意他。他喘了一口气，捋了捋胡子。

"三十六比零！"记分员用鼻音喊道。

"怎么样呀，伙计？"公爵问赫洛帕科夫。

"怎么样？当然是勒勒勒拉卡利奥奥翁[②]，的确是勒勒勒拉卡

① 这是法语的译音，意为：这是什么。
② 原文是ррраяалиооон，是ракалия（坏蛋、无赖）的讹音。

利奥奥翁！”

公爵扑哧一笑。

“怎么，怎么？再说一遍！”

“勒勒勒拉卡利奥奥翁！”退伍的陆军中尉得意地重复了一遍。

“这就是他目前的口头语！”我心想。

公爵把一个红球击进了球囊。

“咳！不能这样，公爵，不能这样，”一个眼睛发红、鼻子细小、头发淡黄、脸上显出婴儿般睡相的小军官突然喃喃地说起来，“不要这样打……应该是……不是这样！”

“该怎样呢？”公爵回头问他。

“应该……那样……用双回球的打法。”

“是吗？”公爵透过牙缝低声地说。

“怎么样，公爵，今天晚上到茨冈人那儿去吗？”发窘的年轻人急忙接着说，“斯捷什卡要唱歌呢……还有伊留什卡……”

公爵没有搭理他。

“勒勒勒拉卡利奥奥翁，老弟。”赫洛帕科夫狡猾地眯起左眼说。

公爵哈哈大笑。

“三十九比零。”记分员报告说。

“零就零……瞧我怎样打这个黄球……”

赫洛帕科夫转了几下手里的台球杆，瞄准了一会，可滑了球杆。

“唉，勒拉卡利奥翁！”他气恼地喊了起来。

公爵又大笑起来。

“怎么，怎么，怎么？”

然而赫洛帕科夫不愿再重复他那句口头语了，也要撒点娇嘛。

“您的杆子打滑了，”记分员说，“让我来擦上点白粉……

四十比零！”

“对啦，诸位，”公爵没有专朝着某个人，而是朝着所有在场的人说，“你们听着，今天晚上在剧院里得把韦尔任姆比茨卡娅喊出来。”

“当然啰，当然啰，那一定，”好几位士绅争着喊，他们把附和公爵的话视为莫大的荣幸，“一定把韦尔任姆比茨卡娅喊出来……”

“韦尔任姆比茨卡娅是位出色的演员，比索普尼亚科娃强多了。”一个留小胡子、戴眼镜、可怜巴巴的人在角落里尖声尖气地说。好可怜的人呀！他心里本是非常欣赏索普尼科娃的，他这样奉承也没用，公爵也没有赏他一眼。

“茶房，拿烟斗来！”一个容貌端正、气度轩昂的高个子士绅朝着自己的领带喊了一声。从各种特征看来，他像个赌棍。

茶房忙着去取烟斗，回来时向公爵大人报告说，驿站车夫巴克拉加要见他。

“啊！好，叫他等一下，再拿点酒给他。”

“是，大人。”

正如后来人家告诉我的，这个叫巴克拉加的人是个年轻、漂亮、深受宠幸的驿站车夫；公爵很喜欢他，送过他几匹马，有时还同他赛马，同他一起整夜整夜地去玩乐……这位公爵从前是个放荡鬼，挥霍着呢，如今您可能认不出他来了……瞧他现在身上香水味多浓、衣服多挺括，又多傲气呵！他公务繁忙，而主要的是，他多么明白事理呀！

然而烟草的烟雾熏得我眼睛有些难受了。最末一次听过赫洛帕科夫的喊声和公爵的笑声之后，我便回到自己的房间。房间里有一张带高高的弯靠背的长沙发，它很窄，有些塌陷，垫子是鬃制的，茶房已为我在沙发上铺好了被褥。

第二天我到各家院子去相马，打有名的马贩子西特尼科夫家开始。我走进栅栏门，来到铺着沙子的院落里。在敞开的马厩门前站着的正是老板本人，他已不年轻了，又高又胖，穿着高翻领的兔皮皮袄。一见到我，他便慢慢地迎上来，两手把帽子举在头顶上，拖着长声说：

“啊，您好。大概是来看马的吧？”

“是的，来看看马。”

“请问，要什么样的？”

“请让我看看，您有些什么马？”

“好的。”

我们走进马厩。有几只白色巴儿狗从干草堆上爬起来，摇着尾巴向我们跑来；一只长胡子的老山羊带着不满的神情退到一边去；三个穿着油腻腻的厚实皮袄的马夫默默地向我们鞠躬。左右两边是一些地面垫得高高的马栏，里面站着近三十匹护养良好，皮毛洁净的马。有一些鸽子在横梁上飞来飞去，咕咕地啼叫。

“您要做什么用的马，是做坐骑的，或是繁殖用的？”西特尼科夫问我。

“既做坐骑，也为繁殖。”

“明白了，明白了，明白了。”马贩子抑扬顿挫地说，“彼佳，给这位先生看看那匹银鼠。”

我们来到院子里。

“要不要从屋里搬出个凳子坐坐？……不要？……那随您便。”

马蹄在木板上嗒嗒地响着，一声鞭子，那个四十岁左右、麻脸而黝黑的伙计彼佳牵着一匹体态匀称的灰色公马从马厩里跑了出来，让马用后腿直立了一会，又带着它在院子里跑了两圈，然后灵活地让马停下来供客人细看。银鼠舒展一下身子，打了一声响鼻，翘起尾巴，转过头，瞟了我们一下。

“这家伙训练得真不错！”我心想。

“让它随便动动，让它随便动动。”西特尼科夫说，一边凝视着我。

“您看怎么样？”他终于问道。

“马不赖，可两只前腿靠不大住。”

“腿都棒着呢！”西特尼科夫很有把握地回答说，“还有那屁股……您瞧瞧……宽得像炕似的，简直可以睡人。”

“蹄腕骨长了些。”

“长什么呀，瞧您说的！让它跑跑，彼佳，让它跑跑，让大步跑、大步跑、大步跑……不要让跳。”

彼佳又带着银鼠在院中跑起来。我们都没有说什么。

“好了，牵它进去吧，”西特尼科夫说，“把那匹鹰给我们牵来。”

鹰是匹像甲虫似的乌黑色的荷兰种公马，臀部下垂，躯体瘦而壮，看起来比银鼠强一点。它属于猎人们所说的“可劈、可砍、可控”那一类的马，也就是说，它们跑动起来，前边两腿向左右扭动，前进的步子不大。中年商人们很欣赏这样的马，因为它们跑起来活像机灵的茶房的潇洒步态；饭后出去溜达，让这种马单独拉车倒是很不错的：它们拉起做工粗糙的轻便马车，载着饱得动不了的马车夫、胃里烧得难受的气喘吁吁的商人、穿着淡蓝绸衣、披着紫头巾的虚胖的商人老婆，一路转动着脖子、晃晃悠悠，挺卖力气。我也不要这匹鹰。西特尼科夫又让我看了几匹马……最后我看上一匹伏叶科夫种的带圆斑点的灰马。我忍不住了，高兴地拍了拍它的脖子。西特尼科夫立刻装出不在乎的样子。

“怎么样，它拉车行吗？”我问。（谈到大走马，都不说它跑得怎样。）

“行呀！”马贩子泰然地回答。

"可不可试一试？"

"当然可以。喂，库济亚，把追风马套上车。"

驯马人库济亚是个行家，他驾着车在马路上跑了三四回，每次都经过我们眼前。这马跑得不错，步子不乱，屁股不往上蹶，运脚自如，尾巴翘开，跑起来很稳当。

"这马您要什么价？"

西特尼科夫漫天要价。我们就在马路上讨价还价起来，冷不防有一辆套着搭配得当的三匹马的驿车从拐弯处朝我们辚辚地奔驰过来，挺气派地停在西特尼科夫家大门口。坐在这辆狩猎用的豪华马车上的就是那位公爵，立在他旁边的是赫洛帕科夫。驾车的人就是那个巴克拉加……驾得多帅呀！真像是他驾车连耳环也通得过，好小子！两匹拉梢马小巧灵活，长着乌黑的眼睛、乌黑的腿，跑得那么带劲，那么矫健；只要一声吆喝，就会跑得见不到影！那匹深褐色辕马像天鹅似的仰着脖子，挺着胸膛，四腿像箭一般直，不时地晃晃脑袋，高傲地眯着眼睛……多帅气呀！即使是沙皇伊万·瓦西里耶维奇[①]在复活节出游乘坐的马匹也不过如此呀。

"大驾光临，欢迎欢迎！"西特尼科夫喊了起来。

公爵跳下马车。赫洛帕科夫从另一边慢悠悠地走下车来。

"你好，伙计……有马吗？"

"大人您要马，怎能没有呢！请进来……彼佳，把孔雀牵出来！让他们把那匹大伙夸也准备好。先生，您的事嘛，"他转身又朝我说，"咱们另找时间再商定……福姆卡，给公爵大人拿一张凳子来。"

那匹孔雀是从一个特设的马厩里牵出来的，那马厩我先头没

---

① 即伊万雷帝。

有注意到。这匹强壮的深枣红色马竟能这样四腿腾空。西特尼科夫竟转过头去，眯起了眼睛。

“嘿，勒拉卡利翁！”赫洛帕科夫欢呼起来，“热姆萨（我喜欢它）”。

公爵笑了起来。

费了好大劲才使孔雀停下来；它一直拖着马夫在院子里跑；最后才把它逼到墙边。它打着响鼻，身子哆嗦着，有些畏缩了，而西特尼科夫还逗弄它，朝它挥鞭子。

“朝哪儿瞧？看我整治你！哦！”马贩子亲切地吓唬它说，一面情不自禁地欣赏起自己的马。

“多少钱？”公爵问。

“大人要，就五千吧。”

“三千。”

“不行呀，大人，请原谅……”

“对你说，三千，勒拉卡利翁。”赫洛帕科夫插嘴说。

我没有等谈完交易就走了。在马路一头的拐角处，我看到一座浅灰色小房子的大门上贴着一大张纸。纸的上方有钢笔画的马，尾巴像烟囱似的竖着，脖子老长老长，马蹄下边有古老字体写的几行字：

此处有各种毛色之马匹出售。此处马匹均是从唐波夫地主阿纳斯塔塞·伊万内奇·车尔诺巴依之著名草原养马场运到列别江集市来的。皆属体格优良之马，训练完善，脾性温顺。请买主先生同阿纳斯塔塞·伊万内奇本人商洽；如阿纳斯塔塞·伊万内奇不在，可同马夫纳扎尔·库贝什金商洽。买主先生，请对老汉多多关照！”

我停下脚步。心里想，那就去看一看著名的草原养马场场主车尔诺巴依先生的马吧。

我想从边门进去，可是与平常不一样，这边门是闩着的。我敲了敲门。

“是哪位呀？……是买主吗？”一个女人尖声地问。

“是的。”

“马上来，先生，马上来。”

边门开了。我看见的是一个五十来岁的婆娘，没有披头巾，脚穿靴子，皮袄敞开着。

“请进吧，主顾，我马上就去告诉阿纳斯塔塞·伊万内奇……纳扎尔，喂，纳扎尔！”

“什么事？”一个七十岁老头的含糊声音从马厩里传来。

“把马匹准备好，买主上门了。”

那老妇人向屋里跑去了。

“买主，买主，”纳扎尔埋怨地回答她说，“我洗马尾巴还没有全洗完呢。”

“嘿，好一个清静所在呀！”我心想。

“你好，先生，欢迎光临！”我背后慢慢传来一个响亮而悦耳的声音。我转身一瞧，我跟前站着一个穿蓝色长襟大衣的中等身材的老头，满头白发，脸带亲切的微笑，有一双漂亮的蓝眼睛。

“你要买马？请吧，先生，请吧……要不要先到我屋里喝杯茶？”

我谢绝了。

“好，悉听尊便。请原谅，先生，我是按老规矩办事。（车尔诺巴伊先生说话不慌不忙，突出 ó 音[①]。）你知道，我这儿一切都很简单随便……纳扎尔，喂，纳扎尔。”他又用长声喊了一句，没有提高嗓门。

纳扎尔是个满脸皱纹的老头，长着鹰钩鼻和楔形大胡子，他在马厩门口出现了。

“先生，你要什么样的马呢？”车尔诺巴伊接着问。

“不要太贵的，拉车用。”

“好的，有这种用的马，好的……纳扎尔，纳扎尔，把那匹灰骟马牵来给老爷看看，知道吗，就是站在最边上的那一匹，还有那匹额头有白斑的枣红马，要不，牵美娘所生的那匹枣红马，知道吗？”

纳扎尔转身回到马厩里。

“你就拉着笼头把它们牵出来吧。”车尔诺巴伊朝着他喊。“先生，我这儿，”他用明亮而温和的目光望着我的脸，一边继续说，“可不像旁的马贩子一样，他们尽是骗人！那些人给马喂各种各样的姜，喂酒糟和盐[②]，简直胡来！……在我这儿，你一切都看得明明白白，我们不会骗人。”

牵出了两匹马，我都不喜欢。

“咳，那就把它们牵回去吧。”阿纳斯塔塞·伊万内奇说，“牵别的马来给我们看看。”

给我看了另外几匹马。我终于选定一匹便宜一些的马。我们开始谈价钱。车尔诺巴伊先生不急不躁，说话在理，还一本正经地指天发誓，所以我就不能不对这位老头“多多关照”了：我付了定金。

---

① 此处指他的方言发音：即把非重音 o 的都念成重读的 o。

② 喂酒糟和盐，马会迅速上膘。——原注

"好了，现在，"阿纳斯塔塞·伊万内奇说，"让我按老规矩把马缰绳从我的衣裾里交到你的衣裾里……你会为得到这匹马而感谢我的……多神气的马呀！结实得像胡桃……没受过半点伤……道地的草原马！配什么马具都行。"

他画了个十字，把自己的大衣襟衬在手上，抓住马笼头，把马交给我。

"现在马就是你的了……要喝杯茶吗？"

"不，多谢您了，我该回去了。"

"那请便……现在就让我的马夫跟着你把马送去吗？"

"是的，如果行的话，现在就走吧。"

"好的，先生，好的……瓦西利，喂，瓦西利，跟老爷一道去；把马送去，把钱收来。再见吧，先生，上帝保佑你。"

"再见，阿纳斯塔塞·伊万内奇。"

给我把马送到了住处。第二天一瞧，这马原来是有气肿病的，而且腿又瘸。我本想把它套上车，可是这匹马一个劲儿往后退；用鞭子抽它，它却发起倔来，又踢又踹，而且躺倒不干了。我只好立刻去找车尔诺巴伊先生。我问：

"在家吗？"

"在家。"

"您这是搞的什么呀，"我说，"把一匹患气肿病的马卖给我。"

"患气肿病？……哪会呢！"

"它还瘸腿呢，而且倔得很。"

"瘸腿？我不知道，显然是你的车夫不知怎么把它弄伤了……苍天在上，我不瞎说……"

"按道理，阿纳斯塔塞·伊万内奇，您应该把这匹马收回。"

"不，先生，您别生气：马一出这家门，买卖就算了结啦。事先你该看清楚嘛。"

我明白是怎么回事了，只好自认倒霉，笑了笑，就回来了。幸亏我为这次教训付的代价不算太大。

两三天后我就离开了。过了一星期，我在回家路上又顺便来到列别江。我在咖啡厅里见到的几乎还是那一伙人，又看到那位公爵在打台球。可是赫洛帕科夫先生的命运已发生了如往常一样的变化。那位淡黄发的小军官已取代他享受公爵的恩宠了。可怜的退职陆军中尉当着我的面又把自己的口头语试了试，以为可能如以前那样招人喜欢，可是公爵非但没有笑，反而皱起眉头，耸了耸肩膀。赫洛帕科夫耷拉下脑袋，缩起身子，躲到屋角里，不声不响地替自己装起烟斗……

塔季雅娜·鲍里索夫娜和她的侄儿

亲爱的读者，让我们携着手，一块儿乘车去游玩吧。天气好极了；5月的天空蓝莹莹的；爆竹柳光滑的嫩叶仿佛冲洗过似的，亮亮闪闪；宽阔平坦的大路上长满了带红茎的小草，那是绵羊最可心的食物；在左右两边山冈的长长的缓坡上，轻轻地荡漾着绿葱葱的黑麦；一小片一小片的云影在黑麦上晃动着稀稀落落的斑点。放眼远眺，可看见一片片黑乎乎的树林、一个个闪烁的池塘，一座座黄灿灿的村庄。大群大群的云雀腾空而起，歌唱着，又拼死劲地冲下来，伸长脖子，昂立在一个个小土块上；一只只白嘴鸦停歇在大路上，瞅着我们，身子紧贴着地面，让我们的车子驶过去，然后蹦了几下，不大甘心地飞到一边去；在峡谷对面的山上，有一个庄稼人在耕田；一匹短尾巴、鬃毛蓬松的花斑马驹腿脚不稳地跟在它母亲后边跑，可以听得见它的细声细气的嘶喊。我们的车子驶进一片白桦林；浓烈的清新气息沁人心脾。车子已来到一个村口的栅栏处了。车夫跳下车，马儿们喷着响鼻，拉梢马东张西望，辕马甩着尾巴，把头靠在轭上……栅栏门轧轧地打开了。车夫又坐上车……走吧！前面便是村庄了。跑过了五六户人家，我们便往右拐，下到一处洼地，又跑上一个堤坝。在一个不很大的池塘的另一边，在苹果树和丁香树的圆圆的树梢后边，可看到一座木屋的先前曾是红色的木板屋顶，还有两个烟囱；车夫让车子沿着围墙往左跑，在三只老朽的长毛狗沙哑的尖叫声中，把车子驶进了那敞开着的大门，在宽敞的院落里威风地兜了个圈，经过马厩和库房时，他向一个侧身迈过一道高门槛走进贮藏室敞着的门里去的老管家婆文雅地鞠一下躬，终于把车子停在一个带有明亮的窗子可外表黑乎乎的小屋的台阶前……我们已来到塔季雅娜·鲍里索夫娜家了。瞧，她亲自打开了通风窗，朝我们点头招呼了……您好呀，大娘！

塔季雅娜·鲍里索夫娜是位五十岁上下的女人，有一对又大又突的大眼睛，鼻子有点扁，脸颊红润，双重下巴。脸上露着慈爱可亲的神情。她从前嫁过人，可不久便守寡了。塔季雅娜·鲍里索夫娜是个极不平凡的女人。她住在自家的小田庄上，深居简出，很少和邻里交往，然而挺喜欢一些青年后生。她出身于一个相当贫寒的地主之家，没有受过什么教育，换句话说，她不会讲法语；甚至连莫斯科也没有去过——话说回来，尽管有这种种不足之处，可她为人质朴、善良，思想感情方面也很开放，甚少染有小地主婆们习见的通病，这着实令人惊异不已……一个妇道人家长年蜗居于穷乡僻壤之地，却不搬弄是非，不叽叽喳喳，不低三下四，不冲动，不压抑，不因好奇而急得打哆嗦……真可说是一种奇迹！她平日穿一身塔夫绸连衣裙，戴一顶淡紫色飘带的白色便帽；她很好吃，但不食之过饱；蜜饯、干果、腌菜之类都交托给女管家去制作。那么您会问，她成天做些什么呢？……看书吗？不，她不看书；说真的，书籍不是为她而出版的……如果没有客人来访，我这位塔季雅娜·鲍里索夫娜冬天就坐在窗下织袜子；夏天则到花园里，种种花、浇浇水，一连几小时逗着小猫玩，喂喂鸽子……她家务干得很少。但如果有客人来，有她所喜欢的邻近的年轻人来，那塔季雅娜·鲍里索夫娜的精神头也就来了；招呼客人落座，请他喝茶，听他谈天说地，冲他笑，有时还拍拍他的脸颊，可是她自个儿不大说话；人家有了不幸和痛心的事，她就给以安慰，给以善意的忠告。有多少人向她倾吐自家的隐私、内心的秘密，伏在她手上哭泣！她常常跟客人面对面地坐着，轻轻地支着胳膊，那么关切地瞅着客人的眼睛，那么友爱地微笑着，使客人不由得想："您是个何等真诚的女人呵，塔季雅娜·鲍里索夫娜！让我把心里的话掏出来对你说说吧。"在她的几个小巧而安适的房间里，人们都感到又温馨又舒坦；她家里的天气总是晴朗的，如果可以这样形容的话。塔季雅娜·鲍里索夫娜是个好得令人惊异的女人，可是没有谁对她感到惊异。她的清醒的头脑，她的坚强和豁达，她对旁人的悲欢的热情关怀，总之，她的种种美德似乎是与生俱来的，她没有花费什么气力和辛苦就获得的……不可能把她想象成为另外的样子，所以，也用不到去感谢她。她特别喜欢瞧年轻人在那里嬉戏和玩闹；她把双手交叉在胸前，仰着头，眯着眼睛，坐在那里微笑着，有时忽然叹息一声说："唉，你们呀，我的孩子们，孩子们！……"所以，人们往往很想走到她跟前，拉住她的手说："请听我说，塔季雅娜·鲍里索夫娜，您不知道自己的可贵，虽然您非常单纯，没念过什么书，可您是个很不寻常的人哪！"光是她的名字便带有某种熟悉、亲切的味道，人们都乐于听到她的名字，她的名字会引起人们友善的微笑。比如，我有好几次在途中向遇到的庄稼人问路："老乡，到格拉乔夫卡怎么走呀？"他就会说："先生，您先到维亚佐沃耶，再从那边到塔季雅娜·鲍里索夫娜那儿，塔季雅娜·鲍里索夫娜那边的任何人都会指给您路的。"庄稼人在提到塔季雅娜·鲍里索夫娜这名字的时候，都带点特别意味地点点头。她的家业不大，用的仆人不多。住屋、洗衣房、贮藏室和厨房都交给女管家阿加菲娅去料理。这位女管家曾当过她的保姆，是个非常善良的、爱哭鼻子的、没了牙齿的老婆子。归她调遣的有两个身健力壮的丫头，她们的脸宛如安东诺夫苹果，坚坚实实，又红得发紫。已年届古稀的老仆波利卡尔普担任侍仆、管事，并兼管餐室的事务。这老头古怪得很，挺有学识，是一个退职的小提琴手，很崇拜维奥第①，可对拿破仑很仇恨（称他为波拿巴季什卡②），另外对夜莺十分着迷。他在自己的屋里常养着五六只夜莺；早春时节，他会在鸟笼旁坐上好几天，等候夜莺的第一声“啼啭”，一等到后，便双手掩面，呻吟地说：“唉，可怜呀，可怜呀！”继而放声大哭，泪流如注。波利卡尔普身边有一个帮手，那就是他的孙子瓦夏，这是个十一二岁的孩子，一头鬈发，眼睛水灵灵的；波利卡尔普对这孙子疼爱至极，从早到晚跟他叨咕个没完。他还要管孙子的教育。“瓦夏，”他说，“你说：波拿巴季什卡是强盗。”“那你给我什么呀，爷爷？”“给你什么？……什么也不给……要知道你是什么人？你是不是俄国人？”“我是阿姆琴人，爷爷，是在阿姆琴斯克③生的。”“哦，笨蛋！阿姆琴斯克又是在哪儿呢？”“那我怎么知道呀？”“阿姆琴斯克是在俄国嘛，笨蛋。”“在俄国又怎么样呀？”“怎么样？已经故世的斯摩棱斯克公爵大人米海洛·伊拉里奥诺维奇·戈列尼谢夫－库图佐夫在上帝的帮助下，把波拿巴季什卡从俄国国土上赶了出去。关于这件事还编了一首歌呢：‘波拿巴跳不了舞了，他把吊袜带走丢了……’你要懂得，是公爵解救了你的祖国。”“这关我什么事呢？”“唉，你这笨孩子，真笨！假如不是米海洛·伊拉里奥诺维奇公爵把波拿巴季什卡赶了出去，如

---

① 维奥第（1753—1824），意大利小提琴家。

② 拿破仑的名字叫波拿巴，波拿巴季什卡是其卑称。

③ 当地称姆岑斯克为阿姆琴斯克，称当地居民为阿姆琴人。阿姆琴人生性勇猛，所以我们那里的人常警告仇人说：“阿姆琴人要登门了。”——原注

今就会有法国佬拿着棍子来敲你的脑瓜了。他会走到你跟前说：‘科曼·武·波尔捷·武？[①]’接着就会啪啪地揍你一顿。”“那我用拳头揍他的肚子。”“他会对你说：‘彭茹，彭茹，维涅·伊西[②]’——就会揪住你的头发，揪得紧紧的。”“那我就踢他的腿，狠狠地踢，踢他那疙里疙瘩的腿。”“这说对了，他们的腿都是疙里疙瘩的……可是他要把你的手捆起来，那怎么办呢？”“我才不让他捆呢，我会叫马车夫米海依来帮我。”“可是要知道，瓦夏，你和米海依对付不了法国佬，那怎么办？”“哪会对付不了？米海依力气大着呢！”“那你们要拿法国佬怎么样呢？”“我们就敲他的脊梁，狠狠地敲。”“那他就要喊：‘帕东，帕东，塞武普莱！[③]’”“那我们就对他说：‘就不对你塞武普莱，你这个法国佬！……”“好样的，瓦夏！……那你就喊：‘波拿巴季什卡是强盗！’”“那你就给我糖吧！”“瞧这小子！……”

塔季雅娜·鲍里索夫娜同女地主们很少往来；她们不高兴上她家做客，她也不善于与她们应酬，听着她们叽叽喳喳地瞎聊，她就要打瞌睡，振作一下，使劲睁开眼睛，可又打起瞌睡来。一般说来，塔季雅娜·鲍里索夫娜不喜欢女人。她有一位朋友，是个很老实很不错的年轻人，他有一位姐姐是个三十八岁半的老姑娘，心眼非常好，可是有点心理变态，有些矫揉造作，容易冲动。她弟弟常向她谈起这位女乡亲的事。有一天早晨，这位老姑娘半句话也没说，便叫人给她备马，骑上马就奔塔季雅娜·鲍里索夫娜家来了。她穿一身长长的连衣裙，戴着帽子，蒙着绿色面纱，披散着鬈发，进入前室，经过把她当作人鱼而吓蒙了的瓦夏身旁，直入客厅。塔季雅娜·鲍里索夫娜吓得够呛，本想站起身

---

① 法语的俄译音：你好吗？

② 法语的俄译音：你好，你好，到这儿来。

③ 法语的俄译音：请您饶了我，饶了我吧！

来。可两腿已发软了。“塔季雅娜·鲍里索夫娜，”这位女客用恳求的声调说起来，“请恕我冒昧；我是您的朋友阿列克塞·尼古拉耶维奇·克××× 的姐姐，我从他那里听说了许多关于您的事，所以决定前来拜识您。”“非常欢迎。”受惊的女主人喃喃地说。客人摘下了帽子，甩了甩鬈发，便挨着塔季雅娜·鲍里索夫娜坐下来，握住她的手……“看来，这就是她，”她用深思的、感动的声音说了起来，“这就是那个善良、开朗、高尚、神圣的人！这就是那个单纯而又深沉的女人！我多么高兴，我多么高兴呵！我们以后会互相敬爱的！我终于放下心了……我想象中的她正是这样，”她盯看着塔季雅娜·鲍里索夫娜的眼睛，低声地补充说，“您真的不生我的气吗，我的善心人，我的好人？”“哪儿的话呀，我很高兴……您要不要喝点茶？”客人谦逊地微微一笑。“Wiewahr，wie unreflectirt[①].”她轻声地说，仿佛是自言自语。“请允许我拥抱您，我亲爱的朋友！”

这位老姑娘在塔季雅娜·鲍里索夫娜家坐了三个小时，嘴巴半刻不停地叨叨着。她竭力向这位新相识讲解她本人的价值。这位不速之客走后，晦气的女主人立即去洗了澡，喝了不少椴树花茶，便上床躺着了。到了第二天，这位老姑娘又来了，一坐就是四个小时，临走时还说，以后天天都要前来拜访塔季雅娜·鲍里索夫娜。要知道，她是想让这个如她所说的具有丰富天性的女人得到充分的发展，想弥补其教育上的不足。倘若真的这样下去，那非把这位女主人折磨死不可，幸亏情况起了变化：首先，过了两三个星期，这位老姑娘对自己弟弟的女朋友“完全”失望了；第二，她爱上了一个过路的年轻大学生，立即跟他殷勤而热烈地通起信来；她在信中一般都祝愿他过神圣而美好的生活，表示要

① 德语：多么真诚，多么直爽。

牺牲“整个自己”，只要求他称她为姐姐；她很投入地去描写大自然，并大谈歌德、席勒、培堤那和德国哲学——终于使这个可怜的年轻人陷于悲观失望之中。可是青春的力量还是胜利了：一天早晨，他怀着对这个“姐姐和好朋友”的极大气愤和憎恨醒来了，由于心里有火，他差一点儿把自己的侍仆痛揍一顿；后来在很长的时间里，只要听到人家稍稍谈到崇高而无私的爱情，他便气得几乎要把那人吃了……打那以后，塔季雅娜·鲍里索夫娜就比以前更加不愿意跟自己的女邻里们交往了。

唉！世上哪有永恒不变的事呀。我对诸位所讲的这位善良女地主的日常生活情况都是过去的事了；她家中过去的那一派宁静气氛已永远被打破了。如今她家里住着一个侄儿，是从彼得堡来的一个美术家，他在这里已住了一年多了。事情是这样的。

七八年以前，塔季雅娜·鲍里索夫娜家里寄养着一个失去了双亲的十一二岁的孤儿，这是她亡兄的儿子，名叫安德留沙。安德留沙长有一双明亮的水灵的大眼睛、小小的嘴巴、端正的鼻子，漂亮的高高的额门。他说话的嗓音轻柔而甜美，外表整洁，举止得体，待客亲切而殷勤，常怀着孤儿的敏感去吻姑母的手。常常是客人刚刚进门，他已把椅子给客人端过来了。他从不调皮捣蛋，总是文文静静；他坐在角落里读书写字，显得那么谦恭、安分，甚至不把身子靠在椅背上。有客人进来，安德留沙就站起身来，有礼貌地笑笑，脸泛红晕；客人离去了，他又坐下来，从衣兜里掏出带小镜子的刷子，梳梳自己的头发。他打小便爱画画。他只要得到一小片纸，便立即向女管家阿格菲娅要来剪刀，把纸细心地剪成正四方形，给四周画上边，就画起画来：画一只带大瞳孔的眼睛，或画一个又高又直的鼻子，或画一座有烟囱的、还冒出缕缕炊烟的房子，或画一只像长凳似的“en face"[1]的狗，画一棵停着两只鸽子的小树，在下边题上字："安德列[2]·别洛夫佐罗夫画，某年某月某日，于小布雷基村。"在塔季雅娜·鲍里索夫娜的命名日到来之前，他特别用心地画了两三个星期的画。到了那一天，他第一个前去祝贺，并呈上一束扎着玫瑰色带子的小画卷。塔季雅娜·鲍里索夫娜亲了侄儿的前额，解开了带子：小画卷展开了，呈现在姑母的好奇目光前的是一座圆形的、笔墨生动的殿堂，带有一排廊柱，中央是祭坛，祭坛上燃烧着一颗心，还有一个花冠；在上边，在弯弯曲曲的封带上，用工整的字体写着："献给姑妈和恩人塔季雅娜·鲍里索夫娜·鲍格达诺娃，以表最深切的挚爱之情。尊敬和热爱您的侄儿赠。"塔季雅娜·鲍里索夫娜又吻了吻他，并赠他一个银卢布。然而她对这个侄儿并没有多大的挚爱：她不很喜欢安德留沙的这种阿谀奉承的表现。这时候安德留沙渐渐长大了；塔季雅娜·鲍里索夫娜开始为他的前程操心了。一个意外的机会使她摆脱了困境……

情况是这样的：大约七八年前，她家有一天来了一位贵客，他就是六品文官和勋章获得者彼得·米海雷奇·别涅沃连斯基先生。别涅沃连斯基先生从前曾在附近的县城里任职，那时他常来看望塔季雅娜·鲍里索夫娜；后来他迁往彼得堡，并入了内阁，谋得了要职。他常常因公出差，有一回在出差途中他想起了这位旧相识，就顺便前来她家，想在"乡村幽静生活的怀抱"里休息两天，消除一下公务的烦心。塔季雅娜·鲍里索夫娜以她平素的好客热情招待了他，于是别涅沃连斯基先生……不过，在继续讲这故事之前，亲爱的读者，让我先向诸位介绍一下这位新的人物吧。

---

① 法语：正面的。

② 安德烈是他的正式名字，安德留沙是安德烈的小称或爱称。

别涅沃连斯基先生是个胖胖的中等身材的人，面相温和，两腿短短的，两手肥肥的；他穿一件非常整洁的宽松的燕尾服，高高地系着一条宽领带，衬衫雪白，绸坎肩上挂着一根金链，食指上戴着一个宝石戒指，头上罩着浅黄色假发；言谈恳切而温和，走路没有声响，开心地微笑，开心地转动眼睛，开心地把下巴垂到领带上，总之，是个很开心的人。上天也给了他一副极慈善的心肠：他易于掉泪，也易于狂喜；此外，他对艺术也燃烧着一腔无私的热情，确实是无私的热情，因为，如果照实说，别涅沃连斯基先生对于艺术恰恰是一窍不通的。令人惊奇的是，他的这种热情是从哪儿来的呢？是由于哪些神秘莫解的法则所使然的吗？看起来他也是个讲实际的，甚至很普通的人……话说回来，在我们俄国，这样的人多着呢。

对美术和美术家的喜爱使这些人带有一种说不出的甜腻劲；同他们往来，同他们交谈，那可够人受的：他们简直是一种涂了蜜的木棍。比如说吧，他们从来不把拉斐尔[①]叫拉斐尔，不把科累佐[②]叫科累佐，他们总是说“神圣的桑齐奥，无与伦比的德·阿莱格里斯”，而且必定把所有的 o 都发成 ó 音。那些不很高明、自命不凡、滑头滑脑、平平庸庸的画家往往被他们捧为天才，或者更确切说，被捧为“铁（天）才”；他们的嘴老离不开什么“意大利的蓝天”“南国的柠檬”“布伦塔河畔的芳香”等等。“唉，瓦尼亚，瓦尼亚”，或“唉，萨沙，萨沙”，他们常相互深情地说，“咱们应该到南国去，到南国去……咱们在心灵上都是希腊人，古希腊人！”可以看一看他们在展览会上，在某些俄国画家的某些作品前面的那副神情。（应该指出，这些先生大

① 拉斐尔·桑齐奥（1483—1520），意大利文艺复兴时期画家。

② 科累佐·德·阿莱格里斯（1494—1534），意大利文艺复兴时期的画家。

都是热烈的爱国者。）有时他们退后一两步，仰着头，有时又走近画面；他们的眼睛老显得油亮亮、湿乎乎的……“啊，我的天哪，”他们终于用激动得发颤的声音说，“有灵魂，有灵魂呀！啊，心灵呀，心灵呀！充满灵气！多么有灵气呀！……多好的构思！构思真巧呀！”而且他们自家的客厅里挂的又是些什么样的画呀！每天晚上去他们家里喝茶、听他们海聊的又是些什么样的美术家呀！而他们拿给这些美术家看的自己房间的透视图景又是什么呀：右边是一个刷子，锃亮的地板上有一堆垃圾，窗边桌子上摆着一个黄色的茶炊，还有主人自己，他穿着便服，头戴小帽，脸颊上还映出明亮的光点！那些来拜访他们的头发长长、面带轻狂笑容的缪斯后裔们又是些什么人呵！在他们的钢琴旁边尖声怪叫的脸色苍白铁青的小姐们又是些什么人呀！由于在我们俄国已经形成这样的风气：一个人不能只沉迷于一种艺术，什么都得享受。所以毫不奇怪这些痴迷艺术的先生们对于俄国文学，尤其对于戏剧都给予大力支持……《贾科贝·萨纳扎尔》一类的作品就是为这些先生们而写的：得不到认可的天才跟世人和整个世俗的那种被描写过千百次的斗争深深触动他们的灵魂……

别涅沃连斯基先生到来的第二天，在饮茶的时候，塔季雅娜·鲍里索夫娜叫侄儿拿他的画来给客人看看。“他在您这儿画画？”别涅沃连斯基先生不免惊讶地问道，并带着关切的神情朝安德留沙转过身。“可不是，他在画画，”塔季雅娜·鲍里索夫娜说，“他可喜欢画画啦！他自己画，没有老师教。”“啊，给我看看，给我看看。”别涅沃连斯基先生接着说。安德留沙脸红了，微笑着，把自己的小画册递给客人。别涅沃连斯基装作很内行的样子翻看着画册。“很好嘛，年轻人，”最后他说，“很好，非常之好。”他抚摸了一下安德留沙的头。安德留沙赶紧吻了吻他的手。“您瞧，多有才气呀！……恭喜您，塔季雅娜·鲍里索夫娜娜，恭喜您。”“可是，彼得·米海雷奇，这儿给他请不到老师。到城里请又太贵。邻近的阿尔塔莫夫家倒是有一位画家，听说挺棒的，可是那家女主人不准他给别人教课，说是会败坏自己的趣味。”“哦。”别涅沃连斯基先生应了一声，沉思起来，皱起眉头瞧了瞧安德留沙。“好，这事咱们等会儿商量商量。”他忽然补充了一句，并搓了搓手。就在当天，他请塔季雅娜·鲍里索夫娜跟他单独谈一谈。他们关起门来。半小时之后，他们招呼安德留沙前来。安德留沙进来了。别涅沃连斯基先生站在窗前，脸上微微泛红，眼睛闪亮。塔季雅娜·鲍里索夫娜坐在角落里，抹着眼泪。“啊，安德留沙，”她终于开口说话，“你要谢谢彼得·米海雷奇：他要培养你，带你去彼得堡。”安德留沙站在原地发愣了。“您对我坦率地说说，”别涅沃连斯基先生开始以充满尊严和垂怜的口吻说，“你想不想当艺术家，年轻人，你有没有感到对艺术负有神圣的使命？”“我很想成为艺术家，彼得·米海雷奇。”安德留沙胆怯地回答说。“你这样想我很高兴。当然啰，”别涅沃连斯基先生继续说，“你离开你尊敬的姑妈是会很难过的；你一定对她怀有深切的感激之情。”“我十分热爱我的姑妈。”安德留沙打断他的话说，并眨巴起眼睛。“那当然，那当然，这是很可理解的嘛，对你也应大加称赞；不过，将来你有了成就……那将会多么高兴……”“拥抱我吧，安德留沙。”这位慈善的女地主喃喃地说。安德留沙扑过去搂住她的脖子。“好啦，现在去谢谢你的恩人吧……”安德留沙搂住别涅沃连斯基先生的肚子，踮起脚尖，才勉强够着他的手，恩人确实把手缩回去，可没有过急地缩回……总该让孩子高兴点，让他满意点，也可以让自己开心。过了两三天，别涅沃连斯基先生便带着自己新收养的孩子离去了。

在别离后的头三年里，安德留沙频频地写信回来，有时还在信里附一些画。别涅沃连斯基先生偶尔也在信上附上几句话，大都是赞扬性的话；后来信写得少了，越来越少了，最后干脆就没有了。整整一年里侄儿的音信杳然；塔季雅娜·鲍里索夫娜已经放不下心，突然她收到一封短信，内容如下：

亲爱的姑妈！

我的保护人彼得·米海洛维奇①已于三天前病故了。残酷的中风使我失去了这位最后的靠山。当然，我今年已快二十岁了；在过去的七年里我做出了一些出色的成绩；我深信自己具有才华，并可借此为生；我没有灰心，不过，如果可能的话，请您尽快汇给我二百五十卢布。吻您的手，其他待以后再叙。

塔季雅娜·鲍里索夫娜就给侄儿汇去了二百五十卢布。过了两个月，他又来信要钱；她把手头仅有的钱凑足数，又给他汇去了。第二次汇出款之后，还不到六个星期，他又第三次来信要钱，说是要买颜料，替捷尔捷列舍涅娃公爵夫人画一幅预定的肖像画。塔季雅娜·鲍里索夫娜这次没有给钱。“要是这样的话，”他又给她来信说，“我想到您的村子里养一养身子。”就在这一年的5月，安德留沙真的回到了小布雷基村。

塔季雅娜·鲍里索夫娜起初认不出他来了。从他的来信推想，她以为他是个瘦弱有病的人，但看到的却是一个肩宽体胖的小伙子，长着一张红润的宽脸庞，一头油亮亮的鬈发。瘦小苍白的安德留沙已变成了一个壮健的安德烈·伊万诺夫②·别洛夫佐罗夫。他不光是外表上变了。从前那种本分、腼腆、谨慎、整洁

---

① 即米海雷奇的正式称呼。

② 原文如此，可能是笔误，应该是伊万诺维奇。

不见了，换成了马虎、蛮横和令人受不了的邋遢；他走起路来大摇大摆，往安乐椅里一靠，往桌子上一趴，伸开四肢懒洋洋地躺着，大声地打呵欠；对姑妈、对仆人都很粗鲁。他说，我是艺术家，是自由的哥萨克！要知道我们是与众不同的！常常一连几天不动一笔；一旦所谓灵感来了，便装腔作势，像是喝醉了酒似的，又难过，又笨拙，又吵闹；两颊烧得红通通，两眼蒙蒙眬眬；大吹自己的才华、自己的成就，吹自己如何发展，如何前进……其实，论能力，他只配勉强画画一般的肖像画。他十分的无知，什么书也不去读，艺术家还读书干吗呀？大自然、自由、诗歌——就是他的灵感之源。只要晃晃鬈发，学学夜莺叫，吸吸茹可夫烟就行了！俄罗斯人的豪放固然是好，但它只适合于很少的人；而二把刀的缺乏才气的波列扎耶夫[①]之流是叫人受不了的。这位安德烈·伊万内奇就赖在姑妈家了，白吃的面包显然很对他的胃口。他往往使客人感到无聊得要命。他常常坐在钢琴前（塔季雅娜·鲍里索夫娜家里也有钢琴），用一根指头摸索着弹起《勇敢的三套马车》；敲着琴键，配奏和音；一连几小时痛苦地哼唱瓦尔拉莫夫的情歌《孤独的松树》或《不，医生，你不要来》，眼睛下边肥得流油，脸颊如鼓一般油光光的……或者，猛的一声狂喊：“平息吧，激情的浪涛！”……塔季雅娜·鲍里索夫娜听了直发抖。

“事情真怪啦，”她有一次对我说，“当今编的歌怎么都是丧里丧气的，我们那个时候编的歌就不一样，悲伤的歌也有，可听起来总是很舒服的……比如：

来呀，到草地上找我来，

---

① 波列扎耶夫（1804—1838），俄国诗人。

我在这儿把你徒然盼待；
来呀，到草地上找我来，
我整天在这儿流泪……
唉，待你真到草地上找我来，
我的朋友，恐怕我人已不在！

塔季雅娜·鲍里索夫娜调皮地微笑了一下。

"我痛——苦，我痛——苦呀。"侄儿在隔壁房间大喊起来。

"你得啦，安德留沙。"

"别离之时心悲怆。"不肯安静的歌手继续唱道。

塔季雅娜·鲍里索夫娜摇摇头。

"唉，这种艺术家真够我受的！……"

打那时候起已过去一年了。别洛夫佐罗夫至今还住在姑妈家里，并一直打算上彼得堡去。他在乡下更加发胖了。谁能想到呢，姑妈对他疼爱极了，邻近一带的丫头们都对他着了迷……

昔日的许多朋友已不再来登塔季雅娜·鲍里索夫娜家的门了。

死

我有一个邻里，是一个年轻的地主，也是一个喜好打猎的年轻人。在7月里的一个晴朗的早晨，我骑着马去找他，约他一同去猎松鸡。他答应了。“不过，”他说，“咱们就顺着我家那片小树林去到祖沙；我要顺便去瞧一瞧恰普雷吉诺；您知道我的那个橡树林吧？我正让人在那边伐树呢。”“那就去吧。”他便吩咐备马。他穿上一件带野猪头像的铜纽扣的绿外衣，带上一个粗毛线猎袋和一个银水壶，扛上一只崭新的法国猎枪，得意地照了一通镜子，唤了一声自己的猎狗埃斯佩兰斯，这只狗是他的表姐——一个有好心肠而没有头发的老姑娘赠给他的。我们一启动身了。我这位邻里还带上两个跟班的，一个是甲长阿尔希普，是个矮矮胖胖的庄稼人，长着一张四方脸，颧骨特高；另一个是前不久从波罗的海沿岸省份雇来的管家戈特利勃·丰－德尔－科克先生，他是个近二十岁的青年人，身材瘦削，浅黄头发，高度近视眼，溜肩、长脖。这位邻里是新近才掌管这块领地的。这是他的一位伯母留给他的遗产。那伯母就是五品文官夫人卡尔东·卡塔耶娃，是个胖得出奇的女人，即使躺在床上，也难受得哎哟哎哟个没完。我们骑着马进入了小树林。“你们在这里空地上等我一会。”我的邻里阿尔达利翁·米海雷奇对自己的两个同伴说。那德国人鞠下躬，就下了马，从衣袋里掏出一本小书，似乎是约翰·叔本华的小说，在一丛灌木旁坐了下来；阿尔希普仍待在太阳光下，木然不动地待了一个小时。我们在灌木丛里转来转去，连一窝野禽也没有找到。阿尔达利翁·米海雷奇表示想到大树林去。那一天我自己都不相信会有什么好收获，也就勉强跟着他去了。我们回到了那块空地上。德国人标了一下书页，站起身来，把书放回衣袋，费劲地骑上了他那匹淘汰下来的短尾巴母马，这匹马只要稍稍一碰就要乱叫乱踢的；阿尔希普振了振精神，一下拽动两根缰绳，夹了夹两腿，终于使他那匹受惊的、被压得够呛的小马跑动起来。我们又动身了。

阿尔达利翁·米海雷奇的这片林子我从小便很熟悉。那时候我和我的那位极为善良的法国家庭教师德齐雷·弗勒利先生（可他每天晚上老让我喝列鲁阿药水，差点儿永远毁了我的健康）经常到恰普雷吉诺树林里游玩。这整片林子大约有两三百棵粗大的橡树和　树。它们挺拔而粗壮的树干在榛树和花楸树的金灿灿、亮晶晶的绿叶中黑乎乎地屹立着，非常之美；树干高高地耸起，齐整地呈现在明朗的蓝空中，展开如帐篷般的宽阔而多节的枝丫；鹞鹰、青鹰、红隼在静止不动的树梢下飞来飞去，鸣声不绝，五颜六色的啄木鸟使劲地啄着厚实的树皮；随着黄鹂的婉转的鸣声，突然在茂密的枝叶中响起了黑鸫的嘹亮鸣声；在下面的灌木丛里，知更鸟、黄雀和柳莺啾啾地啼唱着；燕雀在小径上敏捷地跑来跑去；雪兔小心地“一拐一拐地走着”，顺着林边悄悄前进；红褐色的松鼠淘气地从一棵树跳到另一棵上，突然坐了下来，把尾巴翘到头顶上。在草丛里，在高高的蚁蛭旁，在蕨类植物美丽如雕的叶子的淡影下，紫罗兰和铃兰在竞芳争妍，还长着红菇、乳菇、卷边乳菇、橡菇和红色蛤蟆菇；在草地里，在宽阔的灌木丛里，长着红艳艳的草莓……在林子里阴凉处何等舒坦呀！在最热的时候，在大中午，这儿就像夜间一般：寂静、芳香、清爽……我曾在恰普雷吉诺度过一段快乐的时光，所以，说真的，如今进到这片十分熟悉的树林，不免有些伤感。1840 年那个毁灭性的无雪的冬天，竟没有饶过我的老朋友——橡树和树；它们干枯了、光秃了，只有几处披着病弱的绿叶，它们悲哀地耸立在小树木的上空，那些小树木是来“接替它们的，可还接替不了”[1]……还有一些下边长满叶子的树木，似乎带着责备和绝望的神情向上挺起自己缺乏生气的、折断了的树枝；另有一些树的叶子虽然不及昔日那么繁茂，却还相当浓密，从这些树叶中伸出一根根粗大、干枯的死枝；还有一些树的树皮已经脱落了；还有一些树完全倒下了，像死尸似的在地上腐烂着。谁能料到呢，在恰普雷吉诺树林里竟找不到一处阴凉的地方！我望着那些即将死去的树，心里想，你们也许感到羞愧和痛心吧？……我想起了柯尔卓夫[2]的诗：

何处去了呀，
那高雅的谈吐，
那傲慢的劲头，
那皇家的气度？
如今安在呢，
你的绿色的势头？……

---

① 1840 年严寒凛冽，到 12 月底却没有下过雪；树苗全冻死了，许多美丽的橡树林都毁于这个无情的冬天。很难恢复起来，因为土地的生产能力显然减退了；在“禁伐区”（曾举着圣像绕行过的）空地上，已没有了先前那样的高大树木，只是自然地长出白桦和白杨；换句话说，我们还不会造林。——原注

② 柯尔卓夫（1809—1842），俄国诗人。

“怎么搞的呀，阿尔达利翁 · 米海雷奇，”我开口问，“为什么在去年不把这些树砍掉呢？如今它们已卖不了以前十分之一的价钱了。”

他只是耸了耸肩膀。

“这得问我那位伯母了；一些商人揣着钱，找上门来，缠着要买呢。”

“Mein Gott！ Mein Gott！”[①] 丰－德尔－科克一步一叹。“多么淘气[②]！多么淘气！”

“怎么淘气？”我这位邻里笑着问。

“我是想梭（说），多么可希（惜）。”（我们知道，德国人在学会我们的字母“л”的发音后，就把这字母读得特别重[③]。）

特别使他感到可惜的是那些倒在地上的一棵棵橡树——确实如此，要不然磨坊主就会出大价钱买它们的。可是甲长阿尔希普却无动于衷，毫不痛心；相反，他甚至在这些倒地的树木上挺开心地跳过来蹦过去的，还用鞭子抽打着玩。

我们向那伐树的地方慢慢走去，冷不防轰的一声倒下一棵树来，随着响起了呼喊声和说话声，过不多会儿，一个脸色苍白、头发蓬乱的年轻庄稼人从树林深处向我们跑来。

“怎么啦？你往哪儿跑？”阿尔达利翁 · 米海雷奇问他。

他立即停下脚步。

“哎呀，阿尔达利翁 · 米海雷奇老爷，大事不好了！”

“怎么回事？”

“老爷，马克西姆被树砸坏了。”

“怎么砸的？……是那个承包人马克西姆吗？”

---

① 德语：我的天哪！我的天哪！

② 这德国人把 жалость（可惜）误说成 щалость（淘气），使人听来可笑。

③ 在上面这句话中，那德国人就有这样发音上的毛病，如把 хотел 读成 хотели，等等。

“就是他，老爷。我们在砍一棵 树，他站在一旁看……站着，站着，就到井边打水去，大概是想喝水。突然间 树轧轧地响起来，直对着他倒下来。我们朝他大声喊：快躲开、快躲开、快躲开……要是他从旁边一闪就好了，可是他直着往前跑……准是吓慌了。 树树梢就压住了他。天知道为什么这棵树倒得这么急……兴许是树心已烂透了。”

“你是说把马克西姆砸坏了？”

“砸坏了，老爷。”

“死了吗？”

“没有，老爷，还活着呢——可是他的腿和胳膊都砸断了呀。我就是跑去请谢利韦斯特奇大夫的。”

阿尔达利翁·米海雷奇吩咐甲长骑马到村里请谢利韦斯特奇，自己则快马加鞭地奔向伐木地点……我也跟着他去。

我们看见可怜的马克西姆躺在地上。十来个庄稼人围在他的身旁。我们下了马。他几乎没有痛苦地哼哼，偶尔还把眼睛睁得老大，好像很惊异地瞧瞧周围，咬咬铁青的嘴唇……他的下巴在颤抖，头发粘在额头上，胸部忽快忽慢地起伏着：他快要死了。一棵年轻椴树的淡影在他的脸上轻轻地晃动着。

我们弯下腰看他。他认出了阿达尔利翁·米海雷奇。

“老爷，”他以听不大清的声音说起话来，“您派人……去请……牧师吧……上帝……惩罚我……腿、胳膊都砸断了……今天……是礼拜天……可是我……可是我……却没有让弟兄们歇着。”

他沉默了一会。他憋得喘不上气。

“请把我的钱……交给我老婆……我老婆……扣掉欠的……奥尼西姆清楚……我欠了……谁的钱……”

“我们已派人去请大夫了，马克西姆，”我那邻里说，“也许你还不会死的。”

他想要睁开眼睛，使劲地扬了扬眉毛和眼睑。

“不，我就会死的。瞧……死神来了，她来了，瞧……弟兄们，如有对不住的地方，请大伙原谅吧……”

“上帝会原谅你的，马克西姆·安德列伊奇，”在场的庄稼人以低沉的声音一起说，并脱下帽子，“请你原谅我们。”

他猛然绝望地摇了摇头，愁苦地鼓起了胸，又瘪了下去。

“总不能让他死在这儿吧，”阿尔达利翁·米海雷奇大声地说，“弟兄们，把那边大车上的席子拿过来，咱们把它抬到医院去。”

有两三个人向大车跑过去。

“昨天……我在瑟乔夫村的……叶菲姆那里……”这个就要死去的人口齿不清地说，“买下一匹马……已付了定钱……那马算是我的了……也把它……交给我老婆……”

几个庄稼人把他抬放到席子上……他全身痉挛起来，像一只中了弹的鸟儿，随之便僵直了……

“死了。”庄稼人们低沉地说。

我们默默地上了马，就离去了。

可怜的马克西姆的死使我陷入了沉思。俄罗斯庄稼人死得好奇怪呀！他们临死前的心情既不能说是坦然的，也不能说是无动于衷；他们的死像是执行一种仪式：又冷静又简单。

几年前，我的另一个邻近村子里，有一个庄稼人在烘禾房里被火严重烧伤了。（他本来就会死在烘禾房里了，恰好有个城里人路过，把这个烧得半死的人拖了出来：是那个人先让自己在一桶水里浸一身水，然后跑去打开那烧着的屋檐下的门。）我到他家里去看他。屋子里又黑又闷，烟气腾腾。我问，烧伤病人在哪儿。“那边，老爷，在炕上。”一个极悲伤的婆娘拖着腔回答我。我走过去，看见那庄稼人躺着，盖着一件皮袄，费劲地喘着气。“你感觉怎么样？”烧伤病人在炕上挣扎着想起来，可遍体是伤，命在旦夕。“你躺着、躺着、躺着……怎么样？好些不？”“当然不妙呀！”他说。“很疼吗？”他没有作声。“不需要什么吗？”又没有回答。“要不要喝点茶？”“不要。”我走开一点，坐在凳子上。我坐了一刻钟，坐了半小时——屋子里死一般沉寂。在屋角里，在神像下边的桌子旁，躲着一个五六岁的小丫头，她在啃面包。母亲有时朝她吓唬一下。过道里有人走动、发出响声，还有人在说话；弟媳妇在切白菜“啊，阿克西尼娅！”病人终于说话了。“要什么？”“给点克瓦斯。”阿克西尼娅端来克瓦斯给他。又是一阵沉默。我低声问：“给他进过圣餐了吗？”“进过了。”看来是，一切都安排妥了：只是在等他咽气。我受不住了，便出来了……

我又想起了一件事，有一次我顺便到红山村医院去看望一位熟人，他是那里的医士，名叫卡皮东，也是个猎迷。

这所医院原先是地主家厢房；它是女地主亲自创办的，或者说，是她叫人在门上方钉了块蓝色牌子，牌上写着“红山医院”几个白色的字，又亲手交给卡皮东一个精美的本子，让他作为登记病人的名字之用。在这本子的头一页上，这位慈善女地主手下一个谄媚者和仆从题上了以下的诗句：

Dans ces beaux lieux,où règnel'alléresse,
Ce temple futourert par la Beauté;
De vos seigneurs admirez la tendresse,
Bons habitants de Krasnogorié![1]

---

① 法语：在欢喜无比的美好之乡，美人亲自创建了这座殿堂；赞叹你们主人的慷慨好施吧我们善良的红山村人！

另有一位士绅又在下边附上一句：

Et moi aussi j'aime la nature!

Jean Kobyliatnikoff[①]

医士自掏腰包买了六张床铺，举行过祝福仪式之后，便着手替上帝的子民们治病了。除他之外，医院里还有两个人：患有疯病的雕刻匠帕韦尔和当过厨娘的一只手麻痹的梅利基特里莎。他们两人从事药剂的配制，烘晒或浸泡草药；他们还负责一些患热病的人。患疯病的雕刻匠神情忧郁，寡言少语；天天夜里都要唱《美丽的维纳斯》那首歌，一见到过路的人，便前去请求人家许他跟一个早已死去的姑娘马拉尼娅缔结良缘。一只手麻痹的女人常常揍他，还让他去照看火鸡。有一次我在卡皮东医士那儿闲坐。我们刚刚聊起我们新近一次打猎的事，突然有一辆大车驶进院子里来，拉车的是一匹异常肥壮的浅紫灰色马，像这样的马一般只有磨坊主才会有。车上坐着一个身穿新外套、长着花斑大胡子的壮实的汉子。“嗨，瓦西里·德米特里奇，”卡皮东朝窗外喊道，“欢迎光临……”他朝我低声说：“这是雷博夫希诺的磨坊主。”那汉子呼哧着下了车，走进医士的房间，用眼睛找一下神像，并画了十字。“怎么样呀，瓦西里·德米特里奇，有何新闻？……您也许有点病吧，看您的气色不佳呀。”“是呀，卡皮东·季莫费伊奇，有点不对劲。”“您感觉怎么啦？”“是这样的，卡皮东·季莫费伊奇。前些日子我在城里买了几个磨盘，运回了家，我从车上卸磨盘的时候，也许用力过猛了，肚子里咯噔地响了一下，像是有什么东西断了似的……从那一会儿起就老是

① 法语：我同样热爱大自然！——伊万·科贝利亚特尼科夫。

感到不舒服。今天特别地不对劲。”“唉，”卡皮东嘟哝一声，嗅了嗅鼻烟，“大概是疝气吧。您得这病多久啦？”“已经是第十天了。”“第十天了？（医士从牙缝里吸了口气，并摇了摇头。）我给您检查一下……唉，瓦西里·德米特里奇，”他最后说道，“你的情况不对头呀；你的病可不是闹着玩的；留在我这儿吧；从我这方面说，我会尽心尽力的，可是我没法打保票。”“真的这样糟吗？”磨坊主吃惊了，便低声地问。“是的，瓦西里·德米特里奇，很糟；若是您早两三天来我这儿，那就会没事，一下就可以治好；可是现在您体内已经发炎了，这就不好办，眼看就要变成坏疽了。”“不会吧，卡皮东·季莫费伊奇。”“我已对您说了嘛。”“这怎么会呢！（医士耸了耸肩膀。）因为这一点小病，我就会死吗？”“我没有说会死……只不过请您留在这儿。”这位汉子琢磨来琢磨去，瞧了瞧地板，然后又瞧了我们一眼，摸了摸后脑勺，便拿起帽子。“您去哪儿呀，瓦西里·德米特里伊奇？”“去哪儿？还会去哪儿呀，回家呗，既然病得这么糟，既然这样，就得去好好安排了。”“那您就是糟蹋自己身体了，瓦西里·德米特里奇，得了吧；就现在这样我都奇怪，您怎么到得了这儿的？请留下吧。”“不，卡皮东·季莫费伊奇兄弟，要死，就死在家里吧；我在这儿死算什么呢——我家里天知道会出什么事呢。”“病情会怎么发展，瓦西里·德米特里奇，还不清楚……当然，病是危险的，很危险，这毫无疑问……所以您应该留下来。”（那汉子摇摇头。）“不，卡皮东·季莫费伊奇，我不留下……您给开一点药倒行。”“光有药还不行呀。”“我说了，不留下。”“那就听便吧……以后可别怨我！”

医士从本子上撕下一小页纸，开了药方，并告诉他还该做些什么。那汉子拿了药方，给了卡皮东半个卢布，便离开房间，坐上车子。“再见了，卡皮东·季莫费伊奇，有对不起您的地方，请多原谅。万一有了什么，请关照我的孩子们！”“唉，留下吧，瓦西里！”那汉子只是摇摇头，用缰绳抽了一下马，就驾车出了院子。我走到外边大路上，瞧一会他的背影。道路泥泞，而且坑坑洼洼；磨坊主很自如地驾驭着马，小心翼翼地、从容不迫地赶着车，跟相遇的人点头招呼……到第四天他就呜呼哀哉了。

俄罗斯人往往都死得莫名其妙呀。此时此刻我回想起许许多多死去的人。我也想起了你呀，我的老友，没有读完大学的阿韦尼尔·索罗科乌莫夫，卓越的、极为高尚的人！我又看到你那患肺病的发青的脸，你那稀疏的淡褐色头发，你那和蔼可亲的微笑，你那热烈兴奋的目光，你那修长的四肢；又听到你那细弱而亲切的声音。那时候你住在一个大俄罗斯地主古尔·克鲁皮亚尼科夫家里，教他的两个孩子福法和焦济亚学俄文、地理和历史，耐着性子去忍受主人古尔那些令人难堪的玩笑、管家粗鲁的恭维、恶劣的男孩子们的恶作剧；你带着苦笑并不怨不怒地去满足无聊女主人的刁钻无理的要求；不过，每天晚饭过后，你终于忙完了各种各样的事，完成了各种各样的职责，坐到了窗前，抽起烟斗而沉思了起来，或者饶有兴味地翻阅起那个如你一样无家可归、命运不济的土地测量员从城里带来的残缺油污的厚本杂志，那时候你便会休息过来，感到轻松舒坦！当时你多么喜欢形形色色的诗、形形色色的小说呵，你的眼睛多么易于流泪，你笑得多么的开心，你那孩子般纯洁的心灵对人们充满多么真挚的爱，对一切善和美充满多么高尚的同情！应该说句实话，你不是一个非常聪明机灵的人；你既没有天生的好脑力，又不生性勤勉，在大学里你被认为是学习最差的学生之一；上课时你睡觉，考试时你目瞪口呆，可是，看到同学成绩好、进步快，是谁的眼睛会高兴得闪光，是谁会激动得喘不过气？——是阿韦尼尔……是谁盲目地相信自己朋友们的高禀赋，是谁为他们骄傲、吹捧，并极力加以袒护？是谁没有嫉妒，不讲虚荣，是谁无私牺牲自己，是谁乐意去服从那些不配替他解鞋带的人？……都是你，都是你，我们善良的阿韦尼尔！我记得：你为了“应聘”，怀着多么悲伤的心情和同学们告别；不祥的预感使你深受折磨……果然，你在乡下过得很不舒心，在乡下，没有你可向之恭敬请教的人，没有你可惊叹的人，没有你可爱慕的人……乡下人和一些受过教育的地主都把你当作教书匠来对待：有的对你粗鲁，有的对你不恭。再说，你的长相不大出色，胆子又小，容易脸红、冒汗，口齿又不麻利……连乡间的空气也未能使你恢复健康：你却像蜡烛似的熔化着，可怜的人呀！不错，你的房间朝向花园；稠李树、苹果树、椴树常把自己轻盈的花瓣撒在你的书桌上、墨水瓶上、书本上；墙壁上挂着蓝绸的时钟垫子，它是那位善良多情的德国女郎——一个金发碧眼的家庭女教师——临别时赠给你的；有时有些老朋友从莫斯科来探望你，朗读别人的甚至自己的诗引得你欣喜若狂；然而孤独、难以忍受的奴仆般的教书匠身份、不能获得的自由，还有无穷尽的秋天和冬天、缠人的病患……多么可怜的阿韦尼尔呀！

我在阿韦尼尔死去之前不久曾看望过他。他那时几乎已走不动路了。地主古尔·克鲁皮亚尼科夫没有把他撵出家门，但停发了他的薪金，给焦济亚另聘了一位教师……让福法进了武备中学。阿韦尼尔坐在窗边一张旧的伏尔泰式安乐椅里。天气出奇地好。明朗的秋日天空在一排掉了叶子的深褐色椴树上方欢快地泛蓝；树上还有最后一批金灿灿的叶子在微微颤动，簌簌作响。冷冻的大地在阳光下冒着水汽，渐渐化冻；太阳红红的斜光照着枯衰的草地；空中仿佛有轻微的响声；从花园里传来园丁们清晰可闻的话声。阿韦尼尔穿着一件破旧的布哈拉长袍；绿色的围巾在他那瘦得可怕的脸上投下死沉沉的色调。他见到我高兴极了，伸出手来，打开话匣子，接着咳嗽起来。我让他缓缓气，并挨着他坐下来……阿韦尼尔的膝上放着一本抄得工工整整的柯尔卓夫诗集；他微笑着用手拍拍这本诗集。“这才叫诗人呢！”他使劲压下咳嗽，嘟哝着说，继而用难以听清的声音吟诵起来：

鹰的翅膀
难道被捆住了？
它的道路
难道全被堵了？

我不让他往下念了，因为大夫不准他多说话。我知道什么合他的心意。可以说，索罗科乌莫夫从来没有去“追求”科学，但是，他对当今伟大思想家们已取得些什么成就这样问题则是很感兴趣的。他常在某个角落里抓住一位同学，向他细细询问起来，他倾听着，惊异着，别人说的他都相信，然后便人云亦云地去说。他对德国哲学特别感兴趣。我给他讲起黑格尔（要知道，这是陈年旧事了）。阿韦尼尔便信以为是地点着头，扬起眉，微笑着，轻声地说：“我懂，我懂……啊，真好，真好……”这个死之将至的、无依无靠、被人抛弃的穷苦青年那种孩子般的求知欲使我感动得掉泪。应当指出，跟一切肺病患者大为不同的是，阿韦尼尔对自己的病情心中很有数，他不去骗自己……可是又怎样呢？——他不悲不叹，对自己的境况竟一次也不提……

他鼓起气力，开始谈莫斯科、谈同窗学友、谈普希金、谈戏剧、谈俄国文学；他还回忆起我们的宴饮、我们小组里的热烈辩论，痛惜地提到两三位亡友的名字……

“你记得达莎吗？”最后他又说，“那是颗金子一般的灵魂呀！多真挚的心呀！她多么爱我……她现在怎么样啦？也许消瘦了？憔悴了？这可怜的姑娘呀！”

我不忍让病人失望——又何必让他知道，实际上他的达莎如今胖得滚圆，正跟商人孔达奇科夫兄弟打得火热呢，她涂脂抹粉，说话嗲声嗲气，还会骂街。

然而，我瞅着他那张憔悴不堪的脸，心想，能不能让他搬出这儿呢？也许还有可能让他治好病……可是阿韦尼尔没有让我把话说完。

“不，老同学，谢谢啦，”他说，“在哪儿死都是一样。反正我是活不到冬天了……干吗白白打扰别人呢？我在这一家已经习惯了。说真的，这儿的主人们……”

“很差劲，是吗？”我插嘴问。

“不，不是差劲！像是些木头疙瘩。可是我不能怨他们。这儿有些邻居：地主卡萨特金有一个闺女，蛮有教养的，是个很可爱的，极善良的姑娘……不骄傲……”

索罗科乌莫夫又咳嗽起来。

“一切都无所谓了，”他歇了歇，又接着说，“要是准许我抽烟就好了……我不能就这样死去，我要把烟抽够！”他狡猾地眨眨眼睛，添上一句：“感谢上帝，我活够了，认识了一些好人……”

“你起码该给亲戚们写封信嘛。”我插话说。

“给亲戚写信干什么呢？求帮助吗，他们是不会帮助我的；我死了，他们自会知道的。唉，谈这个干什么呀……你最好给我说说，你在国外见到些什么？”

我谈了起来。他聚精会神地听着我说。傍晚时我离去了，过了十来天，我收到了克鲁皮亚尼科夫先生如下的来信：

阁下：

请允许我告知您一个不幸的消息，您的友人阿韦尼尔·索罗科乌莫夫先生，即住在我家的大学生，已于三日前午后2时病故，今日我出资将他安葬于本区一教堂内。他嘱我转交一些书籍和本子，今随函寄奉。他遗下二十二个半卢布，还有其他一些物件，均已交其有关亲戚。您的友人临终时神志清明，心绪可谓泰然，我全家与之诀别时，他亦无任何遗憾之表示。内人克列奥帕特拉·亚历山大罗夫娜向您致意。您的友人之死，使她深为感伤；至于我，托上帝的福，身体尚佳。

顺致敬意。

古尔·克鲁皮亚尼科夫

我还想起了许多其他的例子，这里无法一一细述。只再说一件吧。

一位年老的女地主就要死了，当时我正在她身边。神父已为她念起送终祈祷。他忽然发现病人真的要咽气了，赶紧把十字架给她。女地主不满地挪开一点身子。“你急什么呀，神父，”她用僵硬的舌头说，“你来得及的……”她吻了吻十字架，正要把手伸进枕头底下，气便断了。那枕头下放着一块银卢布：这是她为给自己做送终祈祷的神父准备的劳务费……

唉，俄罗斯人死得好奇怪呀！

歌手

科洛托夫卡是一个面积不大的村庄，早先属于一个女地主(她由于性子又凶又泼而被邻近的老乡取了外号叫“刁婆”，她的真名倒无人知晓了)，而如今已归彼得堡的一个德国人所有了。这个小村庄坐落在一个寸草不长的小山山坡上，那小山被一道可怕的山沟从上到下割开了，这道山沟是急流猛冲猛刷而成的，它像深渊似的张着口子，蜿蜒在马路当中，它比河流更狠地——河流上至少可以架桥——把这个穷山村一劈为二。几棵瘦巴巴的爆竹柳怯生生地顺着两侧的砂土坡往下排列；在干枯的黄铜色的沟底上躺着一些黏土质大石板。没有说的，这景观确令人不愉快，可是附近各处的老乡却都熟悉到科洛托夫卡的路：他们经常乐于奔这儿来。

在山沟的顶头，离它的像狭缝似的开头处几步远的地方，有一座四方形的小木屋，它独处一方，同其他的房子不相接邻。屋顶是麦秸铺的，并有一个烟囱；一扇窗子宛如敏锐的眼睛，盯着山沟，冬日夜晚，屋里亮着灯，老远就能在朦胧的雾色中看得见它，它闪烁着，似乎成了每个过路的农人的指路明星。小房子的门上方钉着一块蓝色牌子；这小木屋就是一家小酒馆，号称“颐和居”①。这家酒馆里的酒价不见得比规定的价格便宜，可是上门的顾客却比附近其他各个同类店铺的顾客多得多，其原因就同这酒馆的掌柜尼古拉·伊万内奇有关了。

尼古拉·伊万内奇早年曾是一个身材挺拔、脸色红润、一头鬈发的帅小伙，可是如今已变成一个过于发福的人了，头发也白了，一脸的肥肉，眼睛显得狡猾而和善，油光光的脑门上布满了一道道的皱纹——他在这科洛托夫卡已待了二十余载了。正像大多数酒馆的掌柜一样，尼古拉·伊万内奇也是个挺有心计的机灵人。他并不特别奉迎人，也不那么能说会道，但自有一套吸引顾客、留住顾客的招数。在这位恬淡的店主的虽然有点锐利但很安详亲切的目光下，顾客们在他的柜台前一坐便感到愉快舒心。他有很多明智的见解；他对地主、农民和市商的生活都熟悉得很。在别人遇到难处的时候，他能给人出点好主意，不过，他为人谨慎，私字当头，宁肯置身于事外，至多是略微地，似乎毫无用意地做点暗示，以此帮助他的顾客——而且是他所喜欢的顾客——明辨事理，好自为之。凡是俄国人所看重的或感兴趣的各种事，比如对牛马和牲畜，对森林、对砖瓦、对器皿、对毛布皮革、对歌曲舞蹈等等，他都样样在行。在没有顾客的时候，他常常盘起两只细腿，像麻袋似的坐在自家门前的地上，跟一切过往行人打招呼，亲切寒暄。他一生见多识广，目睹过几十个常来他这儿买酒的小贵族的相继去世，他对方圆一百俄里内发生的事都一清二楚，可是他从来不乱说，不显摆自己，从来不自炫；连眼光极锐利的警察局长都未加怀疑的事他都知底细。他总是寡言少语，爱笑笑，动动酒杯。乡亲们都很敬重他：县里身份最高的地主、高级文官谢列彼坚科每次路过他家门口，都要谦逊地向他点头致

① 所谓“颐和居”，乃是人们乐于来聚集的地方，是指提供休息娱乐的地方。——原注

意。尼古拉·伊万内奇是个很有影响的人物：一个有名的盗马贼偷了他的一个朋友家的马，他能让那个贼把马还回来；领近一个村子的庄稼人不愿接纳新的主管人，他也能说服他们，还有不少诸如此类的事。不过，不要以为他做这些善事是出于正义感，出于对朋友邻里的古道热肠，非也！他只不过是尽力防止出什么乱子，免得破坏他的宁静。尼古拉·伊万内奇已经成家，并有了娃娃。他的妻子是个鼻尖眼快、做事麻利、小市民出身的女子，近一个时期来，也像她丈夫一样有些发福了。他把一切都托付给妻子，钱也交她保管。那些爱发酒疯的人都很怕她；她不喜欢这种人，因为从他们那里赚不到多少钱，却吵得要命；比较合她心意的倒是那些沉默寡言、郁郁不乐的人。尼古拉·伊万内奇的娃娃们都还小；先头生的几个都夭折了，而活下来的几个长得都很像爹娘：看着这几个健康的孩子的小脸，是很令人愉快的。

那是一个酷热不堪的七月天，我慢慢地挪着脚步，带着我的狗，顺着科罗托夫卡山沟往上走，朝着“颐和居”酒馆走去。赤日当空，像发了狂似的，不住地蒸着、烤着；空气中弥漫着令人窒息的尘土。羽毛亮泽的白嘴鸦和乌鸦张着嘴，苦相地瞅着过路的行人，似乎在求人们的同情。唯有麻雀们不觉愁苦，张开羽毛，叽叽喳喳地叫得比先前更凶，忽而在篱笆上打架，忽而从尘土飞扬的大路上一齐起飞，如阴云一般在绿油油的大麻地上空飞来飞去。我渴得难受极了。近处无水可饮：在科洛托夫卡，就像在许多其他僻远村庄一样，由于没有泉水和井水，庄稼人们喝的都是池塘里的浑水……可是谁能把这种令人恶心的池水称作饮水呢？我就想到尼古拉·伊万内奇那儿要一杯啤酒或克瓦斯喝喝。

老实说，一年四季里，科洛托夫卡都没有令人赏心悦目的风光；这里特别令人感到郁闷的是热不可耐的7月的耀眼阳光烘烤下的景象：破旧的褐色屋顶，这个深深的山谷，焦枯的、尘土滚滚的牧场，在牧场上失望地游荡着的长腿瘦母鸡；原先地主住宅剩下的灰色白杨木屋架和变成一个个洞穴的窗子；周围长满荨麻、苦艾和杂草、飘满鹅毛、晒得滚烫的黑乎乎的池塘；池塘边半干的污泥和坍向一边的堤坝；堤坝旁被踩成灰末状的土地上那些热得难以喘气、直打喷嚏的绵羊；还有它们悲愁地互相拥挤，尽量把头低低垂下，似乎觉得这场难堪的酷热不知何时才会最后过去的那种沮丧的忍耐神情。我拖着疲惫的脚步走到尼古拉·伊万内奇的酒馆门前，照旧引起了孩子们的惊奇，惊得他们睁大眼睛无所用意地观望着；我的到来也引起狗的狂叫，它们以此来表示愤怒，它们叫得那样声嘶力竭、气势汹汹，仿佛内脏都要喊破了似的，以至于后来它们自己都咳了起来，喘了起来——这时候，酒馆门口出现一个个子高高的汉子，没有戴帽，穿着一件厚呢大衣，低低地束着一条浅蓝色腰带。从样子看他像一个仆役；浓密的灰发竖在他那张又干又皱的脸孔上边。他在唤一个什么人，急忙忙地挥动着双手，他那双手挥动得明显超过他自己所希望的程度。看得出来，他已经喝醉了。

“来呀，来呀！”他使劲扬起眉毛，嘟哝地说起话来，“来呀，眨巴眼，来呀！瞧你那个样，老弟，老磨磨蹭蹭，真是的。这可不好，老弟。人家都在那儿等你呢，可你这么磨蹭……来呀。”

“哦，来了，来了。”响起一个发颤的声音，从房子的右边出来一个矮矮胖胖的瘸子。他穿着一件相当整洁的呢外衣，只套上一个衣袖；高高的尖顶帽直扣到眉毛上，使他那圆圆的胖脸平添了调皮和嘲笑的表情。他那双小小的黄眼睛滴溜溜地直转，那薄薄的嘴唇上老是浮着拘谨的不自然的微笑，那又尖又长的鼻子难看地突向前面，像个船舵。“来了，伙计，”他接着说，一瘸一拐地向酒馆走去，“你喊我干什么呀？……谁在等我？”

“我喊你干什么？”穿厚呢大衣的人带点责备的口吻说。“你这个人哪，眨巴眼，真是怪呀，老弟，喊你到酒馆里去，你还要问干什么！大伙都好心地等着你呢：土耳其人雅什卡，还有怪老爷，还有从日兹德拉来的包工头。雅什卡跟包工头打赌：赌一大瓶啤酒——看看谁胜过谁，也就是说，看谁唱得更好……明白吗？”

“雅什卡要唱歌？”外号眨巴眼的人兴致勃勃地说，“你没瞎说吧，笨瓜？”

“我不瞎说，”笨瓜郑重地回答，“你才爱胡扯呢。既然打了赌，当然就要唱，你这笨牛，你这滑头，眨巴眼！”

“那好，咱们走吧，糊涂蛋。”眨巴眼说。

“嘿，至少你来吻一下我嘛，我的心肝。”笨瓜张开双臂，嘟哝说。

“瞧你这个娇里娇气的伊索[1]。”眨巴眼轻蔑地说，一边用胳膊肘推开他，接着两人都躬点身，走进那扇低矮的门里。

我听到他们的这番对话，强烈地勾起了我的好奇心。我曾不止一次听说，土耳其人雅什卡是附近一带最出色的歌手，这一次我偶然遇到机会可以听一听他跟另一名歌手的比赛。于是我便加快脚步走进酒馆。

在我的读者中，有机会光顾过乡村酒馆的人恐怕不会很多；可是我们这些打猎的人哪儿不去呢。乡村酒馆的建筑都是非常简单的。一般都是由一间幽暗的前室和带烟囱的正屋组成。正屋由一道板壁隔成里外间，里间是任何顾客都不可以进的。在板壁上，在一张宽宽的橡木桌子上方，开有一个长方形的大壁洞。这种桌子，或者说柜台，就是用来卖酒的。正对着这大壁洞有一排货架，货架上并排摆着大大小小封着口的酒瓶。正屋的前半部分

---

① 伊索是古希腊寓言作家。在旧俄国常把这名字用作讽刺语，指的是言语费解的人。

是接待顾客用的，放着几条长板凳，两三个空酒桶，拐角处摆着一张桌子。大部分乡村酒馆里光线都很差，在它们的圆木结构的墙壁上，几乎看不到那些为一般农舍所不可缺的花花绿绿的通俗版画。

当我踏进这个名为颐和居的酒馆时，里面已经聚集了很多人了。

柜台的后边照例站着尼古拉·伊万内奇，他那身躯几乎与壁洞一般宽。他穿着一件印花布衬衫，肉嘟嘟的脸颊上泛着慵懒的微笑，正在用白白胖胖的手给刚刚进来的朋友眨巴眼和笨瓜倒两杯酒。在他后边靠窗的屋角处，可看到他那位眼睛很尖的妻子。房中央站着土耳其人雅什卡，约二十三四岁，身材瘦削而挺拔，穿一件长襟土布蓝外衫。他看起来像是个豪爽的工厂工人，可那身体似乎很难说是多么壮健。他的两颊有些瘪，有一双显得不安的灰色大眼睛，一个端正的鼻子，那小鼻孔老是在动，白皙的额门稍有点斜，淡黄色鬈发梳向后面，嘴唇很大，可很漂亮，富于表情——这脸上的一切都显示他是个敏感而有激情的人。他很激动：眨巴着眼睛，呼吸时粗时细，两手发颤，像患热病似的——他的确在发一种热病，一种突如其来的惶惶不安的热病，凡是要面对众人讲话或唱歌的人，常常都会这样。他的身旁站着一个四十来岁的汉子，宽肩膀、宽颧骨、低额门，有一双鞑靼人式的小眼睛，鼻子短而扁平，下巴方方的，头发乌黑亮泽，硬如鬃毛。他那黑不溜秋的带铅色的脸。特别是他那苍白嘴唇的表情，如果不是在这样平静沉思的话，几乎可以说是凶狠的。他几乎待着不动，不过在慢慢地打量着四周，活像套在轭下的公牛。他穿一件带有光滑铜纽扣的旧外衣；粗大的脖子上围着一条旧的黑色绸围巾。人称怪老爷。在他正对面，在圣像下边长凳上坐着的是雅什卡的比赛对手——从日兹德拉来的包工头。他是一个三十岁上下的汉子，个头不高，可很坚实，麻脸、鬈发、扁扁的狮子鼻，滴溜溜的褐眼睛，稀稀的下巴胡。他神气地打量着周围，把双手掖在屁股下，穿着绲边的漂亮靴子的双脚悠然自得地摇晃着，发出啪啪的响声。他穿一件带棉绒领的崭新的灰呢薄上衣，在这个领子的映衬下，那件紧包住喉头的红衬衫便显得格外的醒目。在对面的角落里，在门的右边的一张桌子旁边坐着一个庄稼人，穿着一件又窄又旧的长袍，肩部有一处大洞。阳光滚着稀稀的黄色光波，透过两扇小窗的沾着灰尘的玻璃射了进来，似乎也战胜不了房间里常驻的昏暗：各种用具什物上只亮出淡淡的光斑。然而屋子内相当凉爽，我刚一进入屋里，闷热之感便一下消去了，真是如释重负。

我的到来，我看得出来，起初使尼古拉·伊万内奇的顾客们略感不安；但他们看到他像对一位熟人那样跟我招呼问候，便安心下来，不再把注意力集中在我身上了。我要了啤酒，坐到房角里那个穿破长袍的庄稼汉旁边。

“嘿，怎么啦！”笨瓜一口气喝干了一杯酒，忽然大喊起来，并且怪模怪样地挥动双手，用以配合自己的叫喊，显然，不带这种动作他是说不出话来的。“还等什么呀？开始就开始嘛。对吗？雅沙[①]？……”

“开始吧，开始吧。”尼古拉·伊万内奇表示赞成地说。

“那咱们就开始吧。”包工头带着自信的微笑冷静地说，“我准备好了。”

“我也准备好了。”雅科夫激动地说。

“喂，开始吧，伙计们，开始吧。”眨巴眼尖声尖气地喊道。

可是，尽管都一致表示要开始，却没有人起头开唱；包工头

---

① 雅沙、雅什卡，都是下面所称的雅可夫的小称或昵称。

甚至没有从凳上站起来——大家似乎在等待着什么。

“开始！”怪老爷阴沉而断然地说了一声。

雅科夫战颤了一下。包工头站了出来，把腰带紧了紧，清清嗓子。

“那由谁先来呢？”他用略为改变的声音问怪老爷。怪老爷仍然一动不动地站在房间正中，宽宽地叉开两条肥腿，把两只强劲的手插在灯笼裤的裤兜里，几乎直插到胳膊肘。

“你，你先来，包工头。”笨瓜嘟哝说，“你先来，伙计。”

怪老爷皱皱眉头扫了他一眼。笨瓜无力地吱了一声，发起窘来，望望天花板，耸耸肩膀，不吭声了。

“抓阄吧，”怪老爷一字一顿地说，“把酒放在柜台上。”

尼古拉·伊万内奇弯下腰，气喘吁吁地从地板上拿起一瓶酒，放在柜台上。

怪老爷瞧了瞧雅可夫，说了声：“来！”

雅科夫把手伸进衣袋里掏，掏出一个铜子，用牙咬出一个印记。包工头从怀里掏出一个新的皮钱包，不慌不忙地解开带子，把许多小硬币倒在手心里，选出一个崭新的铜子。笨瓜脱下他那顶破掉了帽檐的旧帽子拿上来，雅科夫把他那铜子扔进帽里，包工头也把铜子丢了进去。

“你抓一个吧。”怪老爷朝眨巴眼说。

眨巴眼得意地笑了笑，两手捧着帽子，摇晃起来。

室内顿时变得鸦雀无声，两个铜币相互碰撞，发出轻轻的叮当声。我留意地朝周围扫了一眼：每张脸上都显出紧张等待的神情；怪老爷本人也眯起眼睛；坐在我旁边的那个穿破长袍的庄稼人也好奇地伸长脖子。眨巴眼把手伸进帽子，掏出的是包工头的铜子：大家都松了一口气。雅科夫的脸红了一下，包工头用手绺了绺头发。

“我说过的嘛，你先唱，”笨瓜叫起来，“我说过的嘛。”

“行了，行了，别嚷嚷了。”怪老爷轻蔑地说。“开始吧。”他向包工头点点头说。

“那我唱什么歌呢？”包工头兴奋地问。

“随你唱什么，”眨巴眼回答说，“想唱什么就唱什么呗。”

“当然，唱什么要随你便，”尼古拉·伊万内奇把手缓缓地叉在胸前，附和着说，“这事不好给你指定。唱你想唱的吧；不过得好好地唱；然后我们会公正地评判的。”

“不用说，会公正的。”笨瓜接过话说，并舔了舔空酒杯的边。

“伙计们，让我稍稍清一下嗓子。”包工头说，用手指摸摸上衣领子。

“好啦，好啦，别拖了，开始吧！”怪老爷断然说，并低下头去。

包工头略微思索一下，晃了晃头，站了出来。雅科夫盯着他看……不过，在描述这场比赛之前，先来把这故事中的每个出场人物略作几句介绍，我想，这不是多余的吧。他们之中有几个人的生平，我在这颐和居酒馆里遇到他们的时候就已经有所闻了；另外几个人的情况是我后来才打听到的。

先来说说笨瓜吧。此人的真名是叶夫格拉夫·伊万诺夫，可是周围一带谁都管他叫笨瓜，他本人也常用这个外号来称呼自己，所以这个外号就叫开了。的确，对于他那很不起眼的、老是焦急不安的相貌，这外号是最适当不过了。他本来就是一个吊儿郎当的放荡惯了的独身家仆，原先的几个主人早就不要他了，由于没有了任何差使可干，也就拿不到一个铜子的薪水，但他有办法每天慷他人之慨去吃吃喝喝。他有一批愿供他喝酒饮茶的相识，那些人自己也搞不清图的是什么，因为他不仅不会替大家逗闷助兴，相反，他那无聊的贫嘴、令人讨厌的赖皮、狂热的举动、不断发出的不自然的笑声，都令大家厌烦。他既不会唱歌，又不会跳舞，平生从来没有说过一句聪明的话，没有说过一句有用的话，老是瞎说八道，胡诌一气，是个十足的笨瓜。可是在方圆四十俄里之内，没有一次酒会上没有他那瘦长的身影在客人们中间晃来晃去，大家都对他习惯了，把他作为势所难免的坏现象而加以容忍。说实话，大家都瞧不起他，但唯一能使他老实下来，不敢胡作非为的人，就是那位怪老爷。

眨巴眼跟这个笨瓜可截然不同。眨巴眼这外号对于他也很合适，虽然他那双眼睛眨得并不比别人的多；大家都知道，俄罗斯人对于起外号都很拿手。尽管我曾费了大力去打听此人的更详细的经历，可是对于我，或许也对于别的许多人来说，他一生经历中还留下一些模糊不清之点，用读书人的话说，被不可知的漆黑所掩盖了。我只听说，他早先曾在一个无儿无女的老太太家里当马车夫，他带着交他照管的三匹马溜之夭夭，失踪了整整一年，后来他大概遭了不少苦难，深知过流浪生活是没有好处的，所以便自动跑回来了，这时他已经成了瘸子，他跪在女主人脚下求饶，在后来的几年里他卖力地干活，将功补过，渐渐博得了女主人的喜欢，终于得到她的完全信任，当上了管家；女主人过世后，他不知怎么地获得了自由，变成了小商人，开头向乡亲们租些地种瓜，后来就发了，如今日子过得挺滋润。这个人阅历深，有脑子，为人既不恶也不善，比较会打算；他深懂人情世故，善于拉关系。他小心谨慎，同时又如狐狸一般机灵；他像老太婆似的爱叨叨，却从来不会说漏嘴，倒是能让别人掏出心里话；不过，他不会像其他一些狡猾家伙那样装糊涂，他是很难装傻的：我从来没有见过比他那双狡黠的小眼睛更锐利更聪明的眼睛。这双眼睛从来不是简单地在看，总是在细细观察或悄悄窥视。眨巴眼有时会一连几个星期去思量一件似乎很简单的事，可有时会突然下决心去干一件铤而走险的事，看样子他这一下非倒霉不行了……可你瞧，他全办成了，一切顺利。他是很走运的，他相信自己的运气，相信征兆。总的说来他很迷信。大家都不喜欢他，因为他对人漠不关心，可是他很受大家尊敬。他的家里只有一根独苗，他对这儿子可疼爱极了。这孩子有这样的父亲来培养，想必会鹏程万里呢。"这小眨巴眼长得真像他老子。"现在有些老头子在夏日晚间聚坐在墙根土台上聊天的时候，已经悄悄地这样议论他了，大家心里都明白这话里的意思，也就不多说什么了。

关于土耳其人雅科夫和包工头，没法加以细叙。雅科夫的外号叫土耳其人，因为他确实是一个被俘的土耳其女人所生。就心灵而论，他是个道道地地的艺术家，可按身份他则是一个商人办的造纸厂里的汲水工。至于包工头吗，说实话，他的经历我仍不得而知，我只觉得他是一个很有心眼很机灵的城市小市民。但是关于怪老爷，倒值得较详细地表一表。

此人的外表给人的最初印象就是觉得他有些粗鲁、沉闷，可又具有不可抗拒的魅力。他长得很粗笨，像我们所常说的，是个"铁汉子"，他身上带着坚不可摧的壮健劲。而且说来也怪，他那狗熊般的形体也不乏某种特有的风雅，它可能来自对自身强壮的十分冷静的自信。初次见到他的风采，很难断定这位赫剌克勒斯[①]是属于哪一阶层的人；他不像家仆，不像小市民，不像退职的穷文书，也不像家道败落、地产不多的贵族——那都是些好养狗、爱打架的家伙，而他的确是别具一格的人。无人知晓他是打何处流落到我们县里的。有人说，他出身于独院地主，从前似乎在某处供过职，但有关这方面的确切情况大家都不知道，也没有人可以打听——从他本人嘴里更是探听不出来的，因为没有比他更嘴严、更阴沉的人了。也没有人确切知道他是何以为生的。他

---

① 古希腊神话中的大力士。

不干任何手艺活，也不去谁家走走，几乎不跟任何人交往，然而他有钱花；的确，钱虽然不多，但是有得花的。他为人并不谦虚——他压根没什么可谦虚的——但他很平和；他自在地活着，似乎毫不关注周围的人，也绝对用不着某个人的帮助。怪老爷（这是他的外号，他的真名是彼列夫列索夫）在附近一带是挺有威望的；虽然他不光无权对任何人发号施令，而且连他本人也丝毫没有让那些与之偶然打交道的人听从于他的意图，可是许多人都立刻乐意服从于他。他一说话，别人都服，他的影响力总是起作用的。他几乎滴酒不沾，也不跟女人拉拉扯扯，他所酷爱的是唱歌。这个人身上有许多不解之谜；似乎他那身上可怕的潜藏着某种巨大的力量，这种力量仿佛知道自己一旦升起，一旦爆发，就会毁掉自己，毁掉所碰到的一切；如果这个人一生中不曾有过这一类的爆发，如果他不是因有了经验而幸免于毁灭，时刻严格地管束自己，那样想就大错特错了。特别令我惊讶的是，他身上有着某种天生的狂暴气质和同样天生的高雅气质的混合——这样的混合我在其他人身上从未见到过。

现在言归正传，包工头站了起来，半闭起眼睛，以极高亢的假嗓唱了起来。他那嗓音相当甜润动听，虽然略显沙哑。他的声音像陀螺似的旋转着，变化着，不断地由高转低，又不断地回到他所保持的高音，特别使劲地拉长一会，再慢慢停息下来，随后又猛一下以雄壮豪迈的气势接续前面的曲调。他的声调变化有时大胆得很，有时又很可笑，这种变化会让行家听得过瘾，若是让德国人听了，大概就会大为生气的[①]。这是俄罗斯的 tenore di grazia，ténor léger[②]。他唱的是一首欢快的舞曲。我透过那没完没

① 德国人一般喜爱典雅的音乐，不欣赏这种花哨的唱法。

② 意大利文和法文：抒情男高音。——原注

了的装饰音、附加的和音和扬声，只听清下面几句歌词：

我这年轻轻的小伙，
要把这小块地耕作，
我这年轻轻的小伙，
让它开满红花朵朵。

他唱着，大家聚精会神地倾听着。他显然感到这是唱给行家们听的，所以如俗话说的，使出了浑身解数。的确，我们这一带的人对于唱歌都很懂行，难怪这奥廖尔大道上的谢尔盖耶夫村以其十分和谐悦耳的歌声而闻名于全俄国。包工头唱了很久，可是没有引起听众的强烈共鸣；他缺乏合唱的协助；末了，唱到一个特别成功的转折处，连怪老爷也笑了，笨瓜憋不住了，高兴得大声喝彩。大家都精神一振。笨瓜和眨巴眼低声地和唱起来，并大声地喊："棒极了……加油，好小子……加油，加把劲，鬼家伙！再加把劲！再鼓鼓气，你这狗东西，狗崽子……鬼勾你的魂！"等等。尼古拉·伊万内奇在柜台后边赞赏地来去晃着脑袋。笨瓜终于跺起脚，踏起小步，扭起肩膀，而雅可夫的眼睛如炭火似的燃烧起来，全身像树叶一般颤动着，胡乱地微笑着。唯有那怪老爷神色不变，依然在原地不动；不过他那凝视包工头的目光有些柔和了，虽然嘴边仍留着轻蔑的表情。包工头看到大家都表现出满意的样子，更来劲了，完全飘飘然起来，猛加装饰音，舌头如鸟儿般啼啭，如鼓似的敲响，猛烈地扯着嗓门，他终于累坏了，脸色发白，热汗淋淋，让全身朝后一仰，吐出最后的渐趋微弱的高音，这时候听众向他报以一片狂烈的喝彩声。笨瓜扑上去搂住他的脖子，他那骨瘦如柴的长胳膊搂得包工头喘不过气来；尼古拉·伊万内奇肥肥的脸上泛出一片红晕，他似乎变年轻了；雅科夫疯了似的喊道："棒极了，棒极了！"——连坐在我旁边的那个穿破长袍的庄稼人也按捺不住了，用拳捶一下桌子，喊了起来："啊哈！真好呀，他妈的真好呀！"并使劲往旁边啐了一口唾沫。

"哎呀，伙计，真让人过瘾呀！"笨瓜喊道，一边搂着疲惫不堪的包工头不放，"真让人过瘾呀！没说的！你赢了，伙计，你赢了！恭喜你——酒归你啦！雅什卡比你差远啦……我对你说，他差远啦……你相信我的话吧！"（他又把包工头往怀里搂。）

"快放开他，放开吧，别老缠着……"眨巴眼生气地说，"让他坐在凳子上吧，瞧，他很累了……你这笨蛋，伙计，真是笨蛋！干吗缠个没完？"

"好吧，就让他坐下，我来为他的健康干一杯。"笨瓜说着，就去到柜台前，"记你的账上，伙计。"他朝包工头添说一句。

包工头点点头，便在板凳上坐下来，从帽子里掏出毛巾，擦起脸来；笨瓜又急又贪地喝干了一杯酒，照酒鬼的习惯，喉咙里咯咯地响着，一面装出一副忧心忡忡的样子。

"唱得好呀，伙计，唱得好，"尼古拉·伊万内奇亲切地说，"现在该是你唱了，雅沙：要小心，别怯场。我们瞧一瞧谁胜过谁，我们瞧瞧……包工头唱得很好，真的很好。"

"非常好！"尼古拉·伊万内奇的妻子说，一边微笑着，瞧了瞧雅科夫。

"好得很呀！"坐在我旁边的庄稼人低声重复了一次。

"啊，迟疑鬼[①]波列哈！"笨瓜冷不防地喊了起来，走到衣服肩部有破洞的庄稼人跟前，用手指戳戳他，蹦跳起来，并笑得直

---

① 波列谢南部，即起自博格霍夫县和日兹德拉县交界处的长形林带的居民称为波列哈。他们的生活方式、性格、语言方面具有许多特点。他们由于性格多疑和不爽快而被称为迟疑鬼。——原注

打战。“波列哈！波列哈！格，巴杰[①]，滚出去，迟疑鬼！你来干什么呀，迟疑鬼？”他边笑边喊。

这可怜的庄稼人发窘了，本已打算站起来，赶忙离开，蓦然响起怪老爷铜钟般的声音：

“这讨厌的畜生要闹腾什么呀？”他咬牙切齿地说。

“我没什么，”笨瓜嘟嘟哝哝说，“我没什么……我只是……”

“那好，闭上你的嘴吧！”怪老爷说。“雅科夫，开始吧！”

雅科夫用手摸摸喉咙。

“怎么回事，伙计，有点那个……唉……不知道怎么回事，真的，有点那个……”

“嘿，得啦，别怯场呀。多羞人呀！……干吗扭扭捏捏的？……唱吧，好好地唱。”

怪老爷低下头，等待着。

雅科夫静默了一下，朝周围瞧了瞧，一只手捂着脸。大家都把眼睛盯着他，尤其是那个包工头，在他的脸上，透过平常的自信和受到喝彩后的得意神情，露出了不由自主的轻微的不安。他靠在墙壁上，又把双手掖在屁股下，可两腿已不再晃悠了。雅科夫终于露出自己的脸——它像死人的脸一样苍白，眼睛透过垂下的睫毛微微闪亮。他深深地吐了一口气，就唱了起来……他最初的声音很轻，也不平稳，仿佛不是出自他的胸腔，而是从某个远处飘来，似乎是偶然飞进这房子里来。这颤悠的，如金属般的音响对我们每个人都产生了奇妙的作用。我们互相地你看我，我看你，尼古拉·伊万内奇的妻子把身子挺得笔直。继这第一声之后是一个较为坚定的悠长的声音，但它显然还是发颤的，好像一根弦被手指用劲一拨而猛地发响之后，仍会颤动几下，才最后迅速

---

① 波列哈说话时，几乎每句话都添上一种惊叹声“格！巴杰”。——原注

停下来。在第二声之后是第三声，之后那郁闷的歌声才渐渐激昂起来，向四处荡漾开来。他唱道：“田野上的小路一条又一条。”我们都感到甜美而可怕。说实话，我很少听到这样的声音：它稍稍带点碎裂声，也有点发颤；开头甚至还带点苦痛的韵味，但其中却蕴有真挚深沉的激情、青春的气息、力量、甘甜味，还有一种淡淡的迷人的哀愁。这歌声里鸣响着、喘息着一颗俄罗斯的正义的炽热灵魂，它紧紧抓住你的心，直接扣动俄罗斯人的心弦。歌声激荡着、飘扬着。显然，雅科夫也陶醉了：他已不显胆怯了，他全然沉浸于幸福之中；他的声音已不再战栗了——它在颤动，但这是激情的隐约的内在颤动，这样的激情正像箭似的刺穿着听众的灵魂。他的歌声越发坚强有力，越发嘹亮了。记得有一天傍晚，那正是海水退潮的时候，大海在远处汹涌澎湃，我看到平坦的沙滩上停着一只大白鸥，它一动不动地歇着，那丝绸似的胸脯染着晚霞的红光，只是偶尔朝着熟悉的大海、朝着低沉的通红的夕阳慢慢地舒展着它那长长的翅膀。我听着雅可夫的歌声，就想起了那只大白鸥。他唱着，全然忘记了自己的竞赛对手，忘记了我们所有的人，但他显然受到我们无声的、热情的关切的鼓舞，犹如游泳者受到水浪的激荡而大感兴奋一样。他唱着，那一声声都给人以亲切的和无比舒展的感觉，仿佛是熟悉的草原无边无际地展现在你的眼前。我感到，我的泪水在心中沸腾，涌上眼睛。蓦然间一阵低沉的、压抑的哭声使我吃了一惊……我向周围瞧了瞧——看见掌柜的妻子趴在窗台上哭泣。雅科夫向她迅速瞅了一眼，唱得比先前更嘹亮，更甜美了。尼古拉·伊万内奇垂下了头；眨巴眼转过身去；笨瓜也深深动情了，笨相地张着嘴巴，呆站着；那个穿灰长袍的庄稼人在角落里低声抽泣，一面摇着脑袋，嘴里嘟嘟哝哝；怪老爷的紧锁的眉毛下也涌出大颗的泪珠，沿着他那钢铁般的脸慢慢地滚动着；包工头把握起的拳头按在额头，木然不动……若不是雅科夫在一个很高的异常尖细的音上戛然而止，仿佛他的声音是断了一样，真不知大家的这种悲凄的感受将如何收场呀。没有人叫喊，甚至没有人动一动；大家似乎都在等待，看他是否还要再唱；可他睁大了眼睛，似乎对我们的沉默感到惊异，以疑问的目光环顾了一下大家，他才明白，他获胜了……

“雅沙。”怪老爷喊了一声，把一只手搭在他的肩上，就不说话了。

我们全都愣站着。包工头缓缓地站起来，走到雅科夫跟前。“你……是你……你赢了。”他好不容易终于说了这样一句，便从屋子里跑出去了……

他这一迅速而决然的动作似乎打破了眼前的痴迷状态，大家猛地一下兴高采烈地谈论起来。笨瓜往上一蹦，叽里咕噜地说起来，两手如风车车翼一般地挥动着；眨巴眼拐着腿走近雅科夫，跟他亲吻起来；尼古拉·伊万内奇欠起身来，郑重地宣布，他个人添赠一瓶啤酒；怪老爷笑得那样慈祥可亲，我怎样也想不到在他的脸上会看到这般的笑容；穿灰长袍的庄稼人两手抹着眼睛、脸颊、鼻子和胡子，在屋角里叨咕着：“好呀，好极了，即使我是狗娘养的，我也说好呀！”尼古拉·伊万内奇的妻子满脸通红，赶紧站起来走了开去。雅科夫如孩子似的享受着自己胜利的喜悦；他的脸全变了样，尤其是他那眼睛闪耀着幸福的光彩。他被拥到柜台前；他把那个不住地哭泣的穿灰长袍的庄稼人也喊过来，又叫掌柜的儿子去找包工头，然而没有找到他，于是大家就喝起酒来。“你再给我们唱吧，你就给我们直唱到晚上吧！”笨瓜高举双手，反复地叨叨着。

我再次瞧了雅科夫一眼就出来了。我不愿留下来——我怕损坏了自己的印象。可是天气依然热不可当。它仿佛形成浓重的一层罩在大地之上；透过极细微的几乎发黑的灰尘，似乎可看到一些又小又亮的火花在深蓝色的天空中旋转回荡。一切都默默无声；在疲惫乏力的大自然的深深沉默中藏着某种绝望的、备受压抑的东西。我慢慢地来到干草棚里，躺在刚刚割下但已几乎干透了的草上。我久久不能入睡；我耳朵里仍好一阵子响着雅科夫那迷人的歌声……然而，炎热和疲乏终于占了上风，我死死地睡了过去。当我醒来时，四处都已黑下来了；散堆在周围的草散发出强烈的香气，而且有点潮乎乎的了；透过破棚顶的细细木条，可看到苍白的星星在有气无力地闪烁着。我走出了棚子。晚霞早已消失了，它的余晖还在天边微微泛白；而在不久前还热烘烘的空气里，排开夜晚的清凉，仍扑来一阵阵的热气，胸中仍渴望着凉风的吹拂。没有风，也没有乌云；整个天空是那么的纯净、清澈而又昏暗，那里静悄悄地闪烁着无数的不很明亮的星星。村子里闪着点点灯火；从不远处亮光光的酒馆里传来乱哄哄的喧闹声，我似乎从中听出了雅科夫的声音。那里不时地爆发出哄堂大笑声。我走到窗前，把脸贴在玻璃上：我看到了一种虽很热闹活跃但令人很不愉快的场景：大家都喝得醉醺醺的——从雅科夫起，全喝醉了。雅科夫袒露着胸膛，坐在凳子上，用沙哑的嗓音唱着一首庸俗下流的舞曲，一边懒洋洋地弹拨着吉他的琴弦。一绺绺被汗水湿透的头发低垂在他那苍白得可怕的脸上。在酒馆的中央，变得肆无忌惮的笨瓜脱去了上衣，在那个穿灰长袍的庄稼人跟前跳跳蹦蹦，狂舞一气；庄稼人也用自己发软的双脚在那里费劲地跺着、蹭着，乱蓬蓬的胡子里露出毫无意义的微笑，偶尔挥一挥手，似乎想说：“真带劲！”他那脸显得可笑极了；尽管他使劲地扬起眉毛，可是那发沉的眼皮却不肯抬起来，老是遮着那双几乎看不见的、无精打采可又甜滋滋的眼睛。他正处于酩酊大醉的人的那种有趣的状态，任何一个过路人看到他那张脸，必定会说："真逗，老兄，真逗！"眨巴眼整张脸红得像只虾，他张大鼻孔，在角落里带嘲弄地笑着；唯有尼古拉·伊万内奇真不愧是酒馆掌柜，仍然保持着一向的冷静。屋子里聚集了许多新来的顾客；可是我没有看见怪老爷在那里。

我转身离去，快步地走下科洛托夫卡所处的小山冈。这小山冈脚边伸展着广阔的平原；沉没在漫漫夜雾中的平原显得更加无边无际，似乎与暗下来的天空融为一体。我沿着山沟旁的路大步地往下走，蓦然从平原的远处传来一个男孩子的响亮声音。"安特罗普卡！安特罗普卡！……"他一个劲地用失望的哭声喊着，并把最后一个音拉得长长的。

他稍停了一会，又叫喊起来。他那声音在静止不动的、睡意蒙眬的空气中响亮地荡漾开来。他把安特罗普卡这名字至少喊了三十来遍，突然从平地的另一端，仿佛从另一世界传来隐约可闻的回音：

"什么事……？"

那男孩子立即以又喜又怒的声音喊道：

"上这儿，你这鬼家伙……！"

"干……什……么……呀？"过了好一会儿另一声音才回答。

"因为阿爸要……揍……你……呢！"第一个声音急忙地喊道。

第二个声音没有再回答了，那个男孩子又呼喊起安特罗普卡这名字来。当天色全黑了下来，我已经绕着离科洛托夫卡四俄里、围着我的村子的那片树林边走过来的时候，我还听得到他那越来越稀、越来越弱的喊声……

"安托罗普卡！"这声音似乎依然飘荡在夜色沉沉的空中。

彼得·彼得罗维奇·卡拉塔叶夫

大约是五年前的秋天，我在从莫斯科去图拉的途中，由于搞不到马，只得在驿站的房子里瞎待了几乎一整天。我是打猎回来的，我太粗心了，竟然事先就把自己的三匹马打发走了。驿站长是个有大把年纪的人，脸色阴沉沉的，头发耷拉到鼻子上，有一对昏昏欲睡的眼睛。我向他左诉苦右请求，而他只是断断续续地拿气话来回答，愤愤然地把门关得砰砰响，似乎在怨恨自己干的这份差使，并且还到台阶上去斥责手下的车夫，那些车夫有的手里端着笨重的马轭在烂泥地里慢慢地挪步，有的坐在板凳上打呵欠、搔痒痒，不大理睬自己顶头上司的愤怒叫嚷。我已喝过三四回茶，几次想睡都没有睡着，把窗子上和墙壁上的题字全念遍了：我无聊得要死。我怀着冷漠而绝望的心情瞧着自己马车翘起的车杆，蓦然响起了叮当的铃声，随即看到一辆套着三匹疲惫不堪的马的小马车到了台阶上停住了。来人跳下车开口就喊“快给换马”，接着便进屋来。就在他听到驿站长回答说没有马而露出通常的惊异表情时，我已经怀着一个百无聊赖的人所具的贪婪的好奇心把这个新同伴从头到脚打量了一番。从外表看他年近三十。他的脸上有天花留下的消除不掉的麻斑，那张脸又干又黄，还带有很不悦目的铜色；黑里泛青的长发在脑后一圈圈地披在衣领上，前边的卷成洒脱的鬓发；一双发肿的小眼睛愣神地瞧着，上嘴唇上翘着几根小胡子。他穿得像个去赶马市的随随便便的地主：一件油污斑斑的花上衣，一条退了色的淡紫色绸领带，一件带铜扣子的马甲，一件带大喇叭口的灰裤子，裤脚下露出一点没擦净的皮靴的靴尖。他身上冒出冲鼻的烟味和酒气；他那几乎被上衣袖口遮住的红润肥胖的手指上戴着几枚银戒指和图拉戒指。这样的人物在俄国何止是几十个，可以遇到成百上千的。跟他们这种人结交，应该照实说，是没有任何乐趣可言的。可是，尽管我带着这种成见去观察这位来人，却不能不注意到他脸上那种由衷的和善和热忱的神情。

“您瞧，这位先生也在这儿等了一个多钟头了。”驿站长指着我说。

“一个多钟头！”我心想这坏老头真会拿我开玩笑。

“也许他不是那么急需吧。”来者回答说。

“这我们就不清楚了。”驿站长沉着脸说。

“难道就没有办法可想了？确实没有马吗？”

“没有办法。一匹马也没有。”

“好吧，那就叫人给我拿茶炊来。那就等吧，没法子。”

来者在凳子上坐下来，把帽子甩在桌子上，用手捋了捋头发。

“您用过茶吗？”他问我。

“用过了。”

“跟我一起再喝几杯好吗？”

我同意了。那把棕色大茶炊第四次出现在桌子上。我拿出一瓶罗姆酒。我把这位交谈者看作一个稍有地产的贵族，并没有看错。他的姓名是彼得·彼得罗维奇·卡拉塔叶夫。

我们聊了起来。他到来还不过半个钟头，已经推襟送抱地对我讲述自己的生平。

“如今我是要去莫斯科，”他在喝第四杯的时候对我说，“目前我在乡下已经没事可干了。”

“怎么会没事可干呢？”

“的确没事可干。家业都搞垮了，说实话，我害得庄稼人也破产了；这些年年景不佳，没有收成，再加上种种灾祸……”他垂头丧气地向一旁瞧了瞧，“再说，我算个什么当家的呀！”

“到底为什么呢？”

“不成器呀，”他打断我的话说，“天下哪有我这样的当家人呢！”他把头扭向一边，接连地抽着烟，又接着说：“您看着我，也许以为我是个……可是我，对您说实话，只受过中等教育呀；又没有多少家产。请原谅，我这个人心直口快，而到头来……”

他没有把话说完，便甩了一下手。我就劝他不要这样想，让他相信我很高兴与他相识，等等，后来我还说，管理家业似乎不需要受过分高深的教育。

“我同意，”他回答说，“我同意您的看法。不过总得要有一种特殊的办法……有的人把庄稼人掠夺一空，反倒没事！可是我……请问，您是从彼得堡来的或是从莫斯科来的？”

“我从彼得堡来。”

他从鼻孔里喷出一缕长长的烟气。

“我是去莫斯科谋点差事干干。”

“您打算谋什么差事呢？”

“还说不好，到那边再看吧。不瞒您说，我很怕当差：那是得负责任的。我一向住在乡下，您知道，我习惯了……可是没有法子……穷呀！唉，我可穷怕了！”

“可是今后您就要住在京城里了。”

“在京城里……唉，我不知道京城里有什么好的。瞧瞧看，也许那里不错……我觉得不可能比乡下好。”

“难道您就不可能再待在乡下了吗？”

他叹了一口气。

“不可能了。村子现在可以说不是我的了。”

“怎么回事？”

“那里有一个好人——一个乡亲在经管……一张票据……”

可怜的彼得·彼得罗维奇用手摸了摸脸，想了一下，摇摇头。

“唉，有什么法子……”他稍沉默了一会，接着说，“可是说实话，我怨不得谁，全怪自己。我喜欢瞎折腾……真见鬼，喜欢瞎折腾！”

“您在乡下过得愉快吗？”我问他。

“先生，”他直盯着我的眼睛，一字一顿地说，“我曾养了十二对猎狗，对您说吧，那样的猎狗是不可多得的呀。（后面的词他是拉长声说的。）逮野兔本事大着呢，猎起珍奇野兽来像蛇一样灵，简直厉害得不得了。那些猎狗是值得我夸赞的。现在事情都成为过去了，用不着瞎说。我常扛着枪去打猎。我有一头叫孔捷斯卡的狗，它捕猎时的姿势好看着呢，嗅觉灵敏极了。有时我走近沼泽地，喊一声：快找！要是它不去找，哪怕您带十几条狗前去，也是白搭，什么也不会找到！要是它去找——那就非找到不行……而且在家里它也很懂礼貌。用左手拿给它面包，并且说：犹太佬吃的，它就不要，若是用右手给它，说：小姐吃的，它立刻就抓过去吃。我还有一条它下的狗崽，也棒着呢，我本来想带到莫斯科去，可是有位朋友把那狗崽连同猎枪向我要去了；他说，老兄，你在莫斯科用不到这些玩意儿；老兄，那边完全是另一种天地。我就把这狗崽，还有枪都给了他；这样，全都留在那里了。”

“您在莫斯科也可以打猎嘛。”

“不打了，打什么呀？从前不会克制，如今就得忍着点。正想请教您，在莫斯科生活开销怎么样，很高吗？”

“不，不太高。”

“不太高？……请问，莫斯科有茨冈人吗？”

“什么样的茨冈人？”

“就是在集市上跑来跑去的那种人。”

“有的，在莫斯科……”

“啊，这就好。我喜欢茨冈人，他妈的，我就喜欢……”

彼得·彼得罗维奇闪现出豪爽快乐的眼神。可顷刻间他又在凳子上不安地转动起来，随之便陷入沉思，垂下头，并把空杯子举到我面前。

“给我一点儿您的罗姆酒。”他说。

“可是茶已喝光了。”

“无所谓，就这样喝，不用茶……唉！”

卡拉塔叶夫双手托着头，胳膊支在桌子上。我默默地瞅着他，已等着醉酒的人所特喜欢发出的那种感叹，甚至洒下的眼泪，可是待到他一抬起头，他脸上那种深沉的忧郁表情确实让我大为吃惊。

“您怎么啦？”

“没什么……想起点旧事。一件难忘的事……很想给您说说，不过我不大好意思打扰您……”

“别客气啦！”

“好吧，”他叹口气接着说，“常有一些巧事……比如说，我就遇上过。如果您要听，我就讲给您听听。不过，我不知道……”

“请您讲讲吧，亲爱的彼得·彼得罗维奇。”

“这事说来有点那个……是这样的，”他开始说了，“可是我真不知道……”

“得啦，就讲吧，亲爱的彼得·彼得罗维奇。”

“好，我来讲。这可以说是我的一次巧遇。我是在乡下住的……有一次我突然看到了一个姑娘，啊，一个多么出色的姑娘呀……她长得又漂亮又聪明，而且非常善良！她名叫马特廖娜。可她只是一个普通的丫头，您明白吗，就是一个农奴丫头，简单说就是一名女奴。而且她又不是我家里的，而是属于别人家的——糟就糟在这里。我真的是爱上了她——这样的事确是很有趣吧——而她也爱上了我。于是马特廖娜便一再请求我，要我把她从女主人那里赎出身来；我自己也考虑过这件事……而她的女主人是一个很富有又很可怕的老太婆，住在离我家十五六俄里的一个村子里。后来有一天，我吩咐给我备好一辆三套马车——由我的那头溜蹄马驾辕，这是一匹特种的亚细亚马，取名叫拉姆普尔多斯——我穿得漂漂亮亮的，就驱车前去拜访马特廖娜的女主人。到了那边一看：房子很大，有厢房，有花园……马特廖娜已在大路拐弯处等我，本想同我说几句话，可只是吻了吻我的手便走开了。后来我走进前室，问：‘在家吗？……’一个高个子听差问我：‘您贵姓，怎样通报？’我说：‘伙计，你去说：地主卡拉塔叶夫前来有事商谈。’听差进去了；我等候着，心里老在想：会是怎么样呢？也许那老巫婆会漫天要价，别看她很有钱。没准会要五六百卢布。那听差终于转回来了，说声：‘有请。’我跟着他走进客厅。安乐椅上坐着一个身材瘦小、脸色发黄的老太婆，眨巴着眼睛。‘您有何贵干？’您知道，开头我认为需要客气几句，比如说，‘能拜识您，深感荣幸’。她说：‘您搞错了，我不是这儿的女主人，我是她的亲戚……您有何贵干？’我立即对她说，我需要同女主人谈件事。‘马丽娅·伊利尼奇娜今天不会客：她身体不舒服……您有何贵干？’我心想，没有办法，就对她说说我的事吧。老太婆听完了我的话，就问：‘马特廖娜？哪一个马特廖娜？’‘马特廖娜·费多罗娃，库利克的女儿。’‘费多尔·库利克的女儿……您怎么认识她的？’‘偶然认识的。’‘她知道您的意愿吗？’‘知道的。’老太婆沉默了一会，突然说：‘我要给她点厉害瞧瞧，这小贱人……’说实话，我听了大吃一惊。‘干吗这样呢，得了吧……我准备出钱替她赎身，您就说个数吧。’这老家伙低声地发狠起来。‘您想拿钱来哄人呀，我们才不稀罕您的钱呢……我要给她点厉害瞧瞧，我要把她……我要打掉她的蠢念头。’老太婆气得咳嗽起来。‘怎么，她嫌我们这儿不好？……哼，这个死丫头，上帝原谅我的罪过！’说实在的，我火了。‘您干吗要恐吓这个可怜的姑娘呢？她有什么错？’老太婆画了一下十字。‘哎呀，我的上帝，耶稣基督！难道我不能教训自己的奴仆吗？’‘她不是您的人呀！’‘哼，马丽娅·伊利尼奇娜会管这件事的；先生，这与您无关；我要让马特廖娜瞧明白，她是谁家的奴仆。’说实话，我差点儿向这可恶的老太婆扑过去，可一想到马特廖娜，手才放了下来。我胆怯起来，怕得不可言状；我一再央求这老太婆说，‘您要多少钱都行呀。’‘您要她干什么呀？’‘我喜欢她，好大娘；请设身处地替我想想吧……请让我吻吻你的手。’我真的吻了这恶婆娘的手！‘好吧，’这妖婆嘟嘟哝哝说，‘我会对马丽娅·伊利尼奇娜说的；看她怎么吩咐，您过两三天再来。’我惶惶然地回了家。我开始意识到，这件事我办得不妥，本不该让她们知道我的心意，可等我想到了这一点已经晚了。过了两三天，我又去见那女地主。我被领到办事室里。室内摆了很多很多鲜花，陈设讲究，女主人坐在一把极精致的安乐椅里，头靠在一个枕垫上；上次见到的那个女亲戚也在座，还有一个长着淡黄头发、穿绿色连衣裙、歪嘴的小姐，大概是个女伴当吧。老太婆用鼻音说：‘请坐吧。’我坐了下来。她问起我多大年纪，在哪儿做事，来这里想干什么，她显得高高在上，神气活现。我一一做了回答。老太婆从桌子上拿起一块手绢，朝自己扇了又扇……她说：‘卡捷林娜·卡尔波夫娜已经把您的来意报告过我了，报告过了，可是我立有一条家规：不放奴仆出去侍候别人。这样的事不得体，这对于体面人家很不合适，这不成体统。我已经处理过了，您就不必再费心了。’‘得了吧，什么费心……也许是您很需要马特廖娜·费多罗娃吧？’‘不，’她说，‘不需要她。’‘那么您为什么不肯把她让给我呢？’‘因为我不愿意；不愿意就是不愿意。我已经做了处理：把她遣送到草原村庄去。’我似乎受到雷轰一般。老太婆用法语对那位穿绿衣服的小姐说了两三句话，那小姐便出去了。老太婆又说了：‘我是个严讲规矩的妇人，再说我的身体又不好，经不起打扰。您还是个年轻人，而我已经上了年纪，所以我有资格给您提点忠告。您去谋份差事干干，找个门当户对的女子结亲不是更好吗；有钱的未婚女子不多，但贫寒而品性好的姑娘是可以找得到的。’我瞧着这个老太婆，一点也不明白她在那里胡扯些什么，听倒是听见她说什么结亲，可我耳朵里老是回响着草原村庄这几个字。还结亲呢！……见鬼去吧……”

讲故事的人突然在这里停住了，瞧了瞧我。

“您还没有结婚吧？”

“没有。”

“当然，这事不说也明白了。我忍无可忍，就说：‘得了，大娘，你胡扯什么呀？结什么亲呀？我只是要您明白说句话，您肯不肯让出您的马特廖娜姑娘？’老太婆唉声叹气起来，‘哎呀，他烦死我了！哎呀，叫他走吧！哎呀……’那个女亲戚立刻跑到她身边，朝着我斥骂起来。老太婆还在哼哼着：‘我干吗受这份气？……难道我在自己家里做不了主吗？哎呀，哎呀！’我抓起帽子，疯了似的跑了出来。”

“也许，”讲故事的人接下说，“您会觉得我这样迷恋一个出身寒微的姑娘不怎么像话。我并不想为自己辩解……反正事情已经这样了……您信不信，我白天黑夜都坐立不安……痛苦死了！我老在想，为什么我害了这个不幸的姑娘！我一想到她穿着粗布衣服去放鹅，照主人的命令受着虐待，忍受那个穿柏油靴子的庄稼汉村长的百般辱骂——我便冷汗淋漓。我忍不下去了，打听到她被放逐的村子，便骑马前去。第二天傍晚才赶到那里。显然她们没有料到我会到那边去救她，所以没有下令如何防备我。我装作是邻村的人，直接去找村长。走进院子里一看：马特廖娜正在台阶上坐着，用手托着头。她本要叫喊，我急忙用手势让她别出声，并指了指后院，指了指田野。我走进屋里，跟村长聊了一阵，对他胡诌了一通，便找个机会出来找马特廖娜。这可怜的姑娘紧紧搂住我的脖子。我亲爱的人儿消瘦了，苍白了。我就对她说：‘没关系，马特廖娜，没关系，别哭。’可是我自己却潸潸泪下……我终于感到不好意思了，就对她说：‘马特廖娜，眼泪是消除不了痛苦的，要行动，就是说，要坚决行动，你必须跟我逃跑，必须这样做。’马特廖娜吓呆了……‘那怎么行呀！我会毁掉的，她们会把我整个吃掉！’‘傻瓜，谁找得到你？’‘找得到的，一定会被找到的。谢谢您了，彼得·彼得罗维奇，我一辈子忘不了您的情爱，可眼下您就别管我了：看来，我就是这样的命。’‘唉，马特廖娜，马特廖娜，我一直认为你是个坚强的姑娘呢。’的确，她的性格是很坚强的……还有一颗金子般的心！‘你干吗留在这儿呢！反正是一样，不会更糟的。你说说，你尝过村长的拳头了吗，啊？’马特廖娜的脸唰一下红了，嘴唇哆嗦起来。‘因为我，我一家的人会活不成的。’‘怎么，会把你家里的人……都流放吗？’‘会被流放的；我那哥哥准会被流放。’‘而父亲呢？’‘父亲倒不会被流放，他在我们那里是唯一的好裁缝。'‘那还算好；你哥哥即使这样也不会毁掉的。'您可知道，我横说竖说才说通了她；她还想起问我将来会不会为这事担责任……我说，‘这你就别管了……'我终于把她带走了……不是这一次，而是另一次：一天夜里我坐马车来把她带走了。"

"带走了？"

"带走了……就这样，她在我家里住了下来。我家的房子不大，仆人也少。说真的，我的仆人都很尊敬我；他们不会为任何好处而出卖我的。我开始过起快快活活的日子。马特列努什卡[1]经过一段时间休息，恢复了健康；我对她眷恋极了……她是个多么出色的姑娘呀！不知从哪儿学会的呀，她竟会唱歌、跳舞、弹吉他……我不让她给乡亲们看见，免得有人多嘴说出去！可我有一位朋友，是我的至交，叫戈尔诺斯塔叶夫·潘捷莱，您不认识吧？他对她简直倾慕极了；像对一位太太似的去吻她的手，真的。对您说吧，戈尔诺斯塔叶夫跟我可不一样：他是一个有学识的人，普希金的书他全读过；有时他跟马特廖娜和我聊天，我们听得可有味啦。他教会了她写字，多怪的人呀！我让她穿得简直比省长夫人还讲究；我给她缝了件毛皮镶边的深红色丝绒外套……这件外套她穿起来多气派呀！这件外套是一位莫斯科的时装店女老板按新潮款式缝制的，是带卡腰的。而且这个马特廖娜是多么的怪呵！有时候她沉思起来，一连几个钟头坐在那里，瞅着地板，眉毛一动不动；于是我也坐在那里瞅着她，怎么也瞅个没够，仿佛从来没有见过似的……她微微一笑，我的心就打战，如同有人呵我的痒痒。有时她会突然笑起来，开起玩笑，手舞足蹈起来；她那么火热地、紧紧地拥抱我，使我乐昏了头。我常常从早到晚只想着一件事：怎样能让她快快乐乐？您信不信，我送

---

① 即马特廖娜的昵称或爱称。

给她东西就是为了要瞧瞧她，我的心肝，是怎样地高兴，高兴得脸蛋通红，瞧瞧她怎样试穿我送她的新衣服，怎样换上新装前来亲吻我。不知道她父亲库利克是怎样打听到这事的；老爷子前来看望我们，并且一个劲地哭……这是出于高兴而哭的，您怎么想呢？我们给了他好多东西。她，我的小鸽子，最后亲自拿给他一张五卢布钞票——他竟扑通一声向她下跪——一个多么怪的老头呀！我们就这样过了五个来月，我真希望跟她这样过一辈子，可是我的命运太可悲了！”

彼得·彼得罗维奇把话停住了。

“出了什么事啦？”我关切地问她。

他摆了摆手。

“全都完蛋了。我把她也给毁了。我的马特列诺什卡特别喜欢坐雪橇，而且常常由自己驾驶；她穿上自己的外套，戴上托尔若克式手套，一路只管叫呀喊呀。我们总是晚间出去，为的是不碰到什么人。有一回我们选了一个大好的天；天气寒冷、明朗、没有风……我们乘雪橇出去。马特廖娜握着马缰绳。我看着，看她把雪橇驾到哪儿去？难道要驾到库库叶夫卡去，驾到她那女主人的村子里去？可不，正是奔向库库叶夫卡去。我对她说：‘你疯了，你要上哪儿去呀？’她回头瞧了瞧我，笑了笑。她说：‘让我去闹一下。’我心想，‘唉，不管那么多啦……’从主人的宅院旁边驶过去是好玩的吗？您说说看，是好玩的吗？我们就这样前去了。我的溜蹄马平平稳稳地奔跑着，两匹拉梢的马简直如旋风般地飞奔——不多一会就看见库库叶夫卡村的教堂；再一看，有一辆旧的绿色雪地轿车在大路上缓缓地行驶，一个仆人站在车后脚镫上……是女主人。是女主人乘车来了！我本来就害怕的，可是马特廖娜用缰绳使劲地抽着马，向那轿车直冲过去！那轿车的车夫看到有辆雪橇迎面飞奔过来，便想避向一旁，可是车子转得太急了，便翻倒在雪堆上。车窗的玻璃碰碎了，女主人喊了起来：‘哎呀，哎呀，哎呀！哎呀，哎呀，哎呀！’女伴当也尖声叫喊：‘停下，停下！’而我们急忙从旁边溜过去了。我们的雪橇飞奔着，我心里在想：‘这下可糟了，我不该让她到库库叶夫卡来。’您猜怎么着？原来那女主人已认出了马特廖娜，也认出了我，过后这老太婆就去告我，说，‘我的逃亡女仆就住在贵族卡拉塔叶夫家。’她还花了大笔钱去贿赂有关当局。不出我所料，县警察局长找上我门来了；这位局长原是我的相识，叫斯捷潘·谢尔盖伊奇·库佐夫金，他表面上是个好人，可实质上是个坏人。他来了，如此这般说了一套，然后说：‘彼得·彼得罗维奇，您怎么干出这种事呢？……责任可严重呢，这方面法律有明文规定。’我对他说：‘当然，这事咱们要好好谈一谈，不过您路上辛苦了，要不要先吃点什么？’吃么他是同意的，不过他说：‘事情是要秉公处理的，彼得·彼得罗维奇，您自己想一想吧。’我说：‘那当然，事情要秉公处理，事情当然要……哦，我听说您有一匹黑毛马驹，要不要和我的那匹拉姆普尔多斯换一换？……至于那个马特廖娜·费多罗娃丫头吗，我这里可没有。’他说：‘唉，彼得·彼得罗维奇，那丫头就在您这儿，要知道我们不是住在瑞士嘛……至于用我的马驹换您的拉姆普尔多斯倒是可以的；或者，就把这匹马带走也行。’这一次我好歹把他打发走了。可是那个老太婆比先头闹得更凶了；她说，花费万把块钱也不在乎。您知道不，当初她一见到我，便突然心血来潮，想让我娶她的那个穿绿衣服的女伴当——这是我后来才知道的，所以她才那样气恼。这种地主婆们什么鬼主意想不出来呀！……也许是由于无聊的关系吧。我得倒霉了：花些钱我倒不可惜，我把马特廖娜藏了起来——还是不行呀！她们老揪住我不放，可把我折腾死了。我负了债，身体也垮下来了……有一天夜里，我躺在床上，想来想去：‘我的天哪，我为什么受这番折磨？既然我不能抛弃她，那我该如何是好？……唉，我不能，绝对不能呀！’马特廖娜突然走进我的房间。那时候我已把她藏在离我家两三俄里的一个村子里。我吓坏了。‘怎么回事？你在那边被发现了？’‘不，彼得·彼得罗维奇，’她说，‘在布勃诺沃没有人来惊扰我，可是能长久这样下去吗？我的心都碎了，彼得·彼得罗维奇；我可怜您，我亲爱的；我一辈子忘不了您的情爱，彼得·彼得罗维奇，可是，现在我是来向您告别的。’‘你怎么啦，你怎么啦，疯啦？……怎么说告别？告什么别？’‘是这样……我要去自首。’‘你疯了，那我就把你锁在阁楼里……你是想把我毁了？要让我送命。是吗？’她没有吭声，眼瞧着地板。‘喂，你说话呀，说话呀！’‘我不愿再给您添麻烦了，彼得·彼得罗维奇。’唉，对她还能讲什么呢……‘可你知道吗，傻瓜，你知道吗，疯……疯丫头……’”

彼得·彼得罗维奇痛哭起来。

“您猜怎么着？”他在桌子上击了一拳，又继续说，一边紧蹙起眉头，然而眼泪仍是从他那火辣辣的两颊往下直淌，“这姑娘真的自首了，真的去自首了……”

“先生，马匹准备好了！”驿站长走进屋里，庄严地喊了一声。

我们两人都站了起来。

“后来马特廖娜怎么样了？”我问。

卡拉塔叶夫摆了摆手。

我跟卡拉塔叶夫那次萍水相逢之后，又过了一年，我因事到了莫斯科。有一回我在午饭前来到猎人市场后面的一家咖啡馆——那是莫斯科独具一格的咖啡馆。台球房里烟雾腾腾，烟雾中闪现着一些红通通的脸庞、小胡子、蓬松的头发、旧式的匈牙利外衣和最新潮的斯拉夫外衣。一伙穿着朴素常礼服的瘦老头在那里阅读俄罗斯报纸。那些跑堂的端着托盘，轻轻地踩着绿色的地毯，敏捷地东跑西跑。商人们面露苦恼紧张的神色在饮茶。蓦地里从台球房里走出一个头发有点散乱、步履不大稳健的人。他的两手插在口袋里，茫然地瞧了瞧周围。

“哎呀，哎呀，哎呀！彼得·彼得罗维奇！……别来无恙？”

彼得·彼得罗维奇差点扑上来搂我的脖子，他微微晃着身子，拉着我走进一个小单间去。

“就在这儿坐，”他说，热情地拉我到一张安乐椅上坐下，“这儿坐得舒服些。茶房，上啤酒！不，拿香槟！哎呀，说实话，真没料到，真没料到……来好久了？要待很久吗？真可谓是有缘分哪……”

“是呀，记得吗……”

“怎么不记得呢，怎么不记得呢，”他急忙打断我的话说，“过去的事……过去的事呀……”

“那您在这儿现在干些什么呢，亲爱的彼得·彼得罗维奇？”

“您瞧，就这么活着。在这儿日子过得很好，这儿的人都很热情。我在这儿挺安心的。”

他叹了口气，抬眼望着天。

“在任职吗？”

“没有，还没有任职，可我想会很快有事干的。任职有什么呢？……人——是最重要的。我在这儿结识了一些很好的人呢……”

一名小厮用黑托盘端进来一瓶香槟酒。

“瞧，这就是个好人……是不是，瓦夏，你是个好人？为你的健康干杯！”

这小厮站了一会，礼貌地摇了摇头，笑了笑，就出去了。

“是的，这儿的人都很好，”彼得·彼得罗维奇接下说，“有感情，有灵魂……要不要我给您介绍介绍？都是些很体面的朋友……他们认识您会很高兴的。我告诉您……博布罗夫死了，真不幸。”

“哪一个博布罗夫？”

“谢尔盖·博布罗夫。是个很好的人；他照顾过我这个没知识的乡下人。戈尔诺斯塔叶夫·潘捷莱也死了。都死了，都死了！”

“您一直在莫斯科住？没有到乡下去？”

“到乡下去……我的村子被卖掉了。”

“被卖了？”

“是拍卖的……可惜您没有买！”

“那以后您靠什么过日子呢，彼得·彼得罗维奇？”

“我不会饿死的，老天爷会保佑！钱没有，而朋友会有。钱算得了什么？是堆尘土而已！黄金也是尘土！”

他眯起眼睛，把手伸进衣袋里摸了摸，掏出两个十五戈比和一个十戈比钱币放在手心上给我看。

“这是什么？这就是尘土！（钱币飞落在地上。）您还是告诉我吧，您读过波列扎耶夫①的诗没有？”

“读过。”

“看过莫恰洛夫②扮演汉姆莱特吗？”

“没有，没有看过。”

“没有看过，没有看过……（卡拉塔叶夫脸色发白了，眼珠不安地转来转去；他扭过脸去；嘴唇微微地痉挛着。）唉，莫恰洛夫，莫恰洛夫！‘把生命结束了——睡去了’。”他用低沉的嗓音说。

---

① 阿·伊·波列扎耶夫（1804—1838），俄罗斯诗人。
② 帕·斯·莫恰洛夫（1800—1848），俄罗斯演员。

什么都完了；要是在这一种睡眠之中，
我们心头的创痛，以及其他无数血肉之躯
所不能避免的打击，都可以从此消失，

那正是我们求之不得的结局。死了，睡去了……[1]

“睡去了，睡去了！”他低声地重复了好几遍。

“请您说说看——”我正要问他，可他又满怀热情地接下念道：

谁愿意忍受人世的鞭挞和讥嘲，
压迫者的凌辱，
傲慢者的冷眼，
被轻蔑的爱情的惨痛，
法律的迁延，
官吏的横暴，
和微贱者费尽辛勤所换来的鄙视。
要是他只要用一柄小小的刀子，
就可以清算他自己的一生？……
在你的祈祷之中，
不要忘记替我忏悔我的罪孽。[2]

他把头埋在桌子上。他结结巴巴地随便胡诌起来。“又过了

① 请见《汉姆莱特》（朱生豪译，下同）第三幕第一场。
② 请见《汉姆莱特》第三幕第一场。

一个月！”他重新鼓起劲来念道：

短短的一个月以前
她哭得像个泪人儿似的，
送我那可怜的父亲下葬：
她在送葬时穿的那双鞋子还没有穿旧，
她就，她就……
上帝啊！一头没有理性的畜生
也要悲伤得长久一些……[①]

他把一杯香槟酒端到嘴边，但没有去喝，而是继续念道：

为了赫丘琶！
赫丘琶对他有什么相干，他对赫丘琶又有什么相干，
他却要为她流泪？……
可是我，一个糊涂颟顸的家伙……
我是一个懦夫吗？谁骂我恶人？……
谁当面指斥我胡说？……
我应该忍受这样的侮辱，
因为我是一个没有心肝、
逆来顺受的怯汉……[②]

卡拉塔叶夫手上的酒杯掉下地了，他抓着自己的头。我似乎觉得我了解他了。

---

① 请见《汉姆莱特》第一幕第二场。
② 请见《汉姆莱特》第二幕第二场。

“唉，得了，”最后他说，“不要再去提旧事了……对吗？（他笑了起来。）为您的健康干杯！”

“您要在莫斯科待下去？”我问他。

“我要死在莫斯科！”

“卡拉塔叶夫！”隔壁房间里传来呼唤声。“卡拉塔叶夫，您在哪儿？到这儿来，亲爱的朋友！”

“他们喊我了，”他说着，笨重地从座位站了起来，“再见吧！如果有空，请上我那儿去聊聊，我住在 ×××。”

可到了第二天，由于一些意外情况，我得离开莫斯科，就没有再跟彼得·彼得罗维奇·卡拉塔叶夫见面了。

幽会

秋天，9 月中光景，我在一个小白桦林里歇息。从一早便下起蒙蒙细雨，不时地交替出现暖烘烘的阳光；这是一种变幻莫测的天气。有时天空布满一层散淡的白云，有时几处豁然清朗，从散开的云层后面呈现出一片蓝空，明亮而亲切，宛如一只迷人的眼睛。我坐着，观赏着周围，倾听着。树叶在我头上低声喧闹；从它们的喧闹声里便可知道眼前属于什么季节。这不是春天欢快、战颤的笑语，不是夏天轻柔的沙沙声和绵绵絮语声，也不是深秋羞涩而冷峻的嘟哝声，这是一种难得听清的、催人欲睡的闲聊声。树梢上微风轻拂。被雨淋湿的林子里面在不断地变化着，时而阳光灿烂，时而云遮雾罩；有时整个通亮，仿佛万物都突露微笑：不很稠密的白桦细干顿时洒满白丝绸似的柔光，掉在地上的小树叶即刻变得色彩斑斓，闪烁着赤金般的光泽，高挑而蓬松的羊齿植物已染上像熟透的葡萄似的秋色，它们的优美茎秆在你眼前无尽头地、杂乱地相互交错在一起；有时四周蓦然微微泛蓝：艳丽的色彩顷刻间消失了，白桦树依然是白色的，可失去了亮泽，白得像未经冬天寒冷阳光照射过的新雪；那细雨又开始悄悄地、调皮地洒向树林，淅淅沥沥。白桦树上的叶子几乎还一片翠绿，虽然已显出几分苍白；独有一处长着一棵小白桦，全身是红色的或金色的，可以看到，当阳光五彩缤纷地滑翔着，突然穿过刚由亮晶晶的雨水冲洗过的茂密树枝，这棵小白桦在阳光中显得何等的光彩夺目呵。听不到鸟儿的啁啾：它们到各处歇息了，静默下来了；唯有偶尔响起山雀的嘲笑声，宛如铜铃。我在这片小白桦林歇息之前，曾带着我的狗穿过一片高高的白杨树林。说实话，我不大喜欢这种白杨树以及它淡紫色的树干和灰绿色的金属般的叶子，这种叶子被树高高地向上托起，像颤动的扇子一般在空中展开；我不喜欢它那些不适当地挂在长长茎秆上的零乱的圆叶不停地摇晃的样子。这种树只有在某些夏日夜晚才显得可爱，那时候它独自耸立在低低的灌木丛中，染着夕阳的红光，闪闪烁烁，从根部到梢头染遍同样的红黄色；或者是在明朗有风的日子，它整个儿在蓝空中喧闹摇荡，或者窃窃私语，它的每片叶子似乎都要挣脱树枝，奔向远方，这种光景也很令人喜欢。不过总的说来我不喜欢这种树，所以我没有停留在白杨林里休息，而是跑到小白桦林里，找到一棵树枝低垂、可以避雨的树来藏身，我在欣赏一番周围的景色之后，便安稳地、舒坦地睡了一觉，这样的觉只有猎人才会领略得到。

我说不清自己睡了多大一会，当我睁开眼睛时，树林里到处洒满阳光，透过那欢腾喧闹的树叶，看得见浅蓝色的天空，它仿佛在闪闪发亮；云被风儿驱散了，消失了；天气格外清朗，你可感到空气中弥漫着一种特殊的干爽的新鲜气息，令你心旷神怡，精神焕发，它在向人们预告，在这整天的阴雨之后，将是一个平静清明的夜晚。我已准备起身，想再去碰碰运气，忽然我的眼睛看到一个呆然不动的人体。我细细一瞧，那是一个年轻轻的农家少女。她坐在离我二十步远的地方，正在埋头沉思，两只手搁在膝上；在一只半伸开的手掌上放着一束密匝匝的野花，随着她的一呼一吸，这束野花轻轻地滑落在方格裙上，那扣着领口和袖口的洁白衬衫，形成短短的柔和的皱褶，围在她的身躯上；大粒的黄色珠串盘成两行，从脖上挂到胸前。她颇有姿色。带点漂亮浅灰色的浓密金发在鲜红的狭发带下精心地梳成两个半圆形，那发带几乎移到白如象牙的额门上；她的脸庞的其他部分几乎被晒成古铜色，只有细嫩的肌肤才会有这样的颜色。我看不清她的眼睛，因为她没有抬起眼睛来：可是我清楚地看见她那副高高细细的眉毛和长长的睫毛，那睫毛是湿润的；在她的一边脸颊上还有干了的泪痕，它落在略微苍白的嘴唇上，在阳光下闪着亮。她的整个头部都显得挺可爱；虽然鼻子稍稍胖圆了一点，也无伤大雅。我特别喜欢她的脸部表情：它是那样的单纯而温柔，那样的忧伤，对于自己的忧伤又是那样充满稚气的疑惑。她显然是在等候一个人；林子里出现某种轻微的响动：她立即四下张望；在明净的阴影里，她那双像扁角鹿一样畏怯的明亮的大眼睛在我面前迅速地一闪。她倾听了片刻，睁大眼睛盯着发出轻微声响的地方，叹了口气，轻轻地扭过头，她的身子弯得更低了，开始慢慢地采摘花朵。她的眼睑红红的，嘴唇痛苦地颤动着，从那浓密的睫毛里又滚出了泪珠，沾在脸颊上，一闪一闪。就这样过了好一阵子；这可怜的姑娘木然不动，只是偶尔愁闷地动一动手，她在倾听，一直在倾听……林子里又有什么响了，她战颤了一下。响声没有停息下来，反而变得更清晰了，越来越近了，终于变成了坚定而急促的脚步声。她挺直了身子，似乎胆怯起来。她那凝视的目光颤抖起来，由于期待而闪亮。透过密密的树木，迅速地闪现出一个男子的身影。她细细一瞧，顿时满脸绯红，欢喜而幸福地微笑了，她本想站起身来，又立刻埋下头去，脸色泛白，有些腼腆，直到那个前来的人在她身旁停下步来，她才抬起颤抖的、几近祈求的目光望着他。

我从自己的隐蔽处好奇地观望他。说实话，他没有带给我愉快的印象。从他的种种神情举止来看，他是一个富有的年轻地主所惯坏了的侍仆。从他那身打扮可看出他很讲时尚，炫示漂亮洒脱：他穿着一件古铜色短大衣，可能是主人穿旧了给他的，扣子直扣到领口，系着一条两端雪青色的粉红领带，头戴镶金边的黑丝绒便帽，直压到眉毛。他那白衬衫的圆领过分地撑着他的耳朵，硬顶着他的脸颊，浆硬的袖口遮住了他的整只手，直遮到红润而弯曲的手指，手指上戴着金银戒指，戒指上镶有毋忘侬花形的绿宝石。他脸色红润、鲜嫩，又有点无赖相，据我所知，这类脸孔几乎总是让男人们气恼，遗憾的是，女人们见了往往挺喜欢。他显然竭力让自己的有点粗鲁的相貌露出一副轻蔑而无聊的表情。他不断地眯起那双本来就过小的乳灰色眼睛，皱着眉头，撇下嘴唇的两角，不自然地打着呵欠，装出一种满不在乎、然而又不很巧妙的洒脱模样。时而用手整一整鬈曲得挺帅气的棕黄色鬓发，时而揪一揪竖起在肥厚上唇上的黄色小胡子——总之，他装腔作势得令人受不了。他一看见那位正在等候他的年轻的农家姑娘后，就开始装腔作势；他慢悠悠地、大摇大摆地走到她的跟前，站了一会，耸耸肩膀，把两手插在大衣口袋里，稍稍向这位可怜的姑娘投去匆匆而淡然的一瞥，便坐下来了。

“怎么，”他开始说，仍然向一旁瞧着别处，晃动一只腿，打着呵欠，“你在这儿等很久了吗？”

姑娘没能立即回答他。

“等很久啦，维克托·亚历山大雷奇。”她终于以很低的声音回答说。

“唉！（他摘下帽子，派头地用手捋捋那几乎从眉边长起的紧紧鬈曲着的浓发，威严地瞧瞧周围，又小心地把帽子盖在自己的宝贵脑袋上。）我把这件事全给忘了。再说，天又下雨！（他又打了一下呵欠。）事情太多了：哪能件件都顾得上，老爷还要骂人呢。我们明天就要动身了……”

“明天？”姑娘问，向他投去惊讶的目光。

“明天……行了，行了，别难过啦，”他看到她浑身哆嗦起来，慢慢垂下头去，他气恼地急忙说，“阿库利娜，请别哭啦。你知道我受不了这个。（他皱起自己的扁鼻子。）要不，我马上就走……哭哭啼啼，多蠢哪！”

“好吧，我不哭，我不哭。”阿库利娜赶紧说，一边尽力咽下眼泪。“这么说您明天就走？”她沉默了一会后说，“什么时候能和您再见面呢，维克托·亚历山大雷奇？”

“会见面的，会见面的。不是明年，就是以后。老爷看来想在彼得堡谋份差使干干，”他慢不经心地带点鼻音说，“说不定还要到外国去。”

“您会忘记我的，维克托·亚历山大雷奇。”阿库利娜悲伤地说。

“不，怎么会呢？我不会忘记你，不过你要变得聪明些，别犯傻，听你爹的话……我不会忘记你的，不会的。”（他坦然地伸了一下腰，又打一下呵欠。）

“别忘了我，维克托·亚历山大雷奇。”她用哀求的声音继续说，“我真的非常爱您，真是一切都为了您……您刚刚说，要我听我爹的话，维克托·亚历山大雷奇……可我怎能听我爹的话呢？……”

“怎么呢？”他仰躺着，把两手垫在脑袋下，他仿佛是从胃里掏出这句话。

“怎能听呢，维克托·亚历山大雷奇，您是知道的……”

她没有说下去。维克托玩弄着他的钢表链。

“你，阿库利娜，不是个笨丫头，”他终于说起话来，“所以就别说胡话了。我希望你好，你懂我的意思吗？当然，你不笨，可以说，不完全像个乡下姑娘；你娘也不一向是个乡下的婆娘。不过，你毕竟没受过教育，所以人家对你说话，你就该听。”

“多可怕呀，维克托·亚历山大雷奇。”

“胡说什么呀，亲爱的，有什么可怕的！你这是什么？”他向她挪近一些，继续说，“是花？”

“是花。”阿库利娜愁苦地回答。“这是我采的艾菊，”她稍显活跃地继续说，“牛犊挺爱吃的。这是能治瘰疬病的鬼针草。您瞧瞧，好奇怪的花呀；这么奇怪的花，我打小起一直没见过。这是毋忘侬，这是香堇菜……这是我为您采的，”她继续说，一边从黄艾菊下拿出一小束用细草扎好的浅蓝色矢车菊，“您要吗？”

维克托懒洋洋地伸手拿过花，不经意地嗅了嗅，把它放在手指里转来转去，带着沉思的庄严表情向天仰望着。阿库利娜瞧着他……在她忧郁目光里洋溢着温柔的忠诚、敬仰的顺从和爱心。她有些怕他，不敢哭泣，又要和他告别，又要最后一次欣赏他。他像土耳其皇帝似的伸开手脚躺在那里，带着大度的耐心和体谅忍受她的爱慕。说真的，我很气愤地打量着他的红红的脸蛋：在这张脸蛋上，透过那种伪装轻蔑的冷淡，显出一种自满和讨厌的自负。在这片刻间阿库利娜显得可爱极了：她的整个心灵信任而热烈地显露在他的眼前，追求他，向他表示亲热，而他……他把矢车菊扔在草地上，从大衣的一侧口袋里掏出一个镶着铜镜框的圆镜片，把它按在一只眼睛上；可是不管他怎样使劲皱起眉头，抬起脸皮甚至鼻子来托住它，镜片仍然掉了下来，落在他的手上。

“这是什么？”惊讶的阿库利娜终于问道。

“单眼镜。”他神气地回答。

“做什么用的？”

“戴上它可以看得更清楚。”

“给我看看。”

维克托皱了皱眉头，但还是把镜片递给了她。

“小心，别打碎了。”

“别担心，不会打碎的。(她怯生生地把镜片按到一只眼睛上。) 我什么也看不见呀！” 她天真地说。

“你要把一只眼睛眯起来才是。” 他以不满的指导者口气说。(她眯起了那只对着镜片的眼睛。)“不是这一只，不是这一只，笨蛋！眯另一只眼！” 维克托喊道，不等她矫正自己的错误，便把单眼镜从她手里夺了回去。

阿库利娜脸红了，微微地笑着，转过脸去。

“看来我们用不了。” 她说。

“当然啰！”

这位可怜的姑娘沉默了一会，深深地叹了口气。

“唉，维克托·亚历山大雷奇，您走了，我将怎么过呀？” 她突然说。

维克托用衣襟擦了擦镜片，把它放回口袋里。

“那是，那是，” 他终于说话了，“你起初的确会感到难过的。(他体谅地拍了拍她的肩膀；她轻轻地从肩上拉过他的手，羞涩地吻了吻它。) 是啊，是啊，你的确是个好姑娘，” 他得意地微笑一下，继续说，“可是有什么法子呢？你自己说说看！我和老爷是不可能留在这里的；现在冬天快到了，乡下的冬天——你是知道的——简直糟透了。在彼得堡可就大不一样了！在那里简直美妙得很，像你这样的笨丫头连做梦也梦不到的。多漂亮的房子、街道，还有社交、教育——简直令人吃惊……(阿库利娜像小孩似的微张着嘴，贪婪地、专注地听着他讲。) 不过，” 他在地上翻滚着身子，补充说道，“我把这一切说给你听干什么呢？反正你对这些也搞不明白。”

“为什么呢，维克托·亚历山大雷奇？我明白，我全明白。”

“瞧你什么样！”

阿库利娜低下了头。

“早先您不是这样同我说话的，维克托·亚历山大雷奇。”她说。没有抬起眼睛。

“早先？……早先！瞧你！……早先！”他似乎恼怒地说。

他俩都不吭声了。

“我该走了。”维克托说，已经用胳膊肘支起身子……

“再等一会吧！”阿库利娜用恳求的语气说。

“等什么呢？……我反正同你告别过了。”

“等一会吧！”阿库利娜重说了一遍。

维克托又躺下来，一边吹起口哨。阿库利娜一直盯着他看。我看得出，她渐渐地激动起来：她的双唇颤动着，她的苍白的脸颊微微地泛红……

“维克托·亚历山大雷奇，”她终于用断断续续的声音说起话来，“您好狠心哪……您好狠心哪，维克托·亚历山大雷奇，真的！”

“怎么狠心？”他皱起眉头问，稍稍抬起头，并转向她。

“好狠心呀，维克托·亚历山大雷奇。分别的时候哪怕对我说一句好话，哪怕说一句也好，对我这个孤苦不幸的人……”

“让我对你说什么呢？”

“我不知道；这您知道得更清楚，维克托·亚历山大雷奇。眼看您就要走了，哪怕说一句也好……凭什么我要受这样对待？”

“你这个人多怪呀！我能做什么呢？”

“哪怕说一句也好……”

“哼，说的老是这一套。”他气恼地说，一边站起身来。

“不要生气嘛，维克托·亚历山大雷奇！”她赶紧接着说，勉强忍住眼泪。

“我没有生气，只是你那笨样……你想要什么呢？我总不能跟你结婚吧？总不能吧？既然这样，你还想要什么呢？想要什么呢？”（他伸过脸，似乎在等待回答，五指大大张开着。）

“我什么……什么也不要，”她结结巴巴地回答，勉强壮着胆子向他伸出发颤的双手，“在分别的时候，哪怕说一句话……”

她的眼泪如小溪似的流淌。

“哼，又哭啦，真是的！”维克托冷冰冰地说，把帽子从后面拉到眼睛上。

“我什么也不要，”她继续说，一边抽噎着，两手遮住脸，“可是我以后在家里怎么办呢？我怎么办呢？我会遭到什么呢，我这苦命人会怎么样呢？他们会把我这个孤苦无依的人嫁给我不喜欢的人……我太可怜了！”

“老是这样，老是这样。”维克托在原地倒换着两只脚，低声喃喃地说。

“你哪怕说一句，哪怕说一句……就说，阿库利娜，我……”

突如其来的撕肝裂肺的号哭没有让她把话说完——她扑倒在草地上，悲悲切切地大哭起来……她全身抽搐地起伏着，后脑勺忽高忽低。……长期压抑着的悲伤终于像洪流似的奔涌出来。维克托在她旁边站了一会，耸耸肩膀，转过身，大步地扬长而去。

过了不多一会儿……她平静下来，抬起头，跳起身来，向四周瞧了瞧，惊异地拍了拍手；她本想前去追他，可是她两腿发软，跪倒在地上……我忍不住了，急忙向她奔去；她刚一看见我，不知从哪儿得来一股气力——轻轻喊了一声，站起身来，消失在树林里，让散乱的花留在地上。

我站了一会，捡起那一小束矢车菊，走出林子，来到田野。太阳低悬在亮白的天空，它的光线似乎也变淡了，变冷了：它们没有辉耀，只是洒下平静的、几近无色的光。离黄昏不过半个来小时，而晚霞才刚刚出现。一阵阵的风穿过枯黄的麦茬向我飞扑而来；在这些麦茬前，蜷曲的小树叶急匆匆地飞腾起来，从旁边穿过道路，沿着林边空地飞卷而去；树林朝向田野的浓密一面都在颤动着，微微闪烁着，清晰而不耀眼；在稍稍发红的草上，在草茎上，在麦秆上，到处闪耀着、晃动着秋蜘蛛的无数丝线。我停下脚步……我忧伤起来：凋萎中的大自然露出虽还清新但不欢快的微笑，在这种微笑背后，不久将至的冬天的凄凉可怕景象似乎已在悄然逼近了。一只谨慎的乌鸦以双翼沉重而急剧地划着空气，高高地飞过我的上空，它回过头向我斜视一眼，又向上腾飞，时断时续地啼喊着，消失在林子的后面；一大群鸽子从打谷场急速地飞来，突然盘旋成柱形。接着匆忙地散降在田野上——这是秋天的标志！在寸草不长的小山冈后面有人在驾车赶路，传来一阵空马车的响声……

我回到了家；而那个可怜的阿库利娜的身影久久地没有离开我的脑海，她那束早已枯萎了的矢车菊，至今仍留在我的家里……

希格雷县的哈姆莱特

我在外地的一次打猎和游玩时，一位富有而又爱好打猎的地主亚历山大·米海雷奇·格×××邀请我前去他家赴宴。他住的村子距我当时所在的小村约有五六俄里地。我穿上燕尾服(凡是外出，即便是出去行猎，最好都穿上它)，便前往亚历山大·米海雷奇的府第。宴会原定于6点钟开始；我于5点钟到达，那里已经来了好多穿礼服的、穿便服的以及穿其他难以定名的服装的贵族。东道主盛情地迎接了我，可是他即刻就跑到餐室管理员的房间里去了。他在等候一位显要的官员，显得有几分激动，这与他在社会上所享有的不依赖人的社会地位和财富太不相称了。亚历山大·米海雷奇一直打光棍，他不爱女色；与他交往的也都是些单身汉。他的日子过得相当阔气，把祖传的大宅大加扩建，装饰一新，年年从莫斯科定购价值约一万五千卢布的美酒，总而言之，他是极受尊敬的人。亚历山大·米海雷奇老早就退职了，未曾得过什么光荣称号……那么，是什么原因促使他死活要请那位显赫的贵宾前来赏光，并且在盛宴之日一大早起便那样激动呢？这就如我所认识的一位司法检察官，当别人问他收不收自愿赠送的贿赂时所回答的那样——不得而知。

主人走开去之后，我便到各个房间里随便走走。几乎所有的宾客都与我素昧平生；有二十来个人已经坐在牌桌旁了。在这些普列费兰斯牌的牌迷中，有两位气度不凡而略显衰老的军人；有几位文官，领带打得又紧又高，蓄着下垂的染色的小胡子，像这样的小胡子只有那些果断而善心的人才会有的。（这些善心的人在郑重其事地理牌，也不转头，只是用眼睛斜视一下走近的人）；有五六位县里的官员，肚子圆滚滚的，肥肥的手汗津津的，腿脚安分地摆着不动（这些先生声音柔和，朝四方亲切地微笑，把纸牌拿得靠近胸衣，出王牌的时候也不敲响桌子，相反，他们以波浪形动作把牌扔在绿呢桌毯上，在吃牌的时候，也只弄出极为谦逊有礼的轻微声响）。其他的贵族有些坐在沙发上，有些三五成群地挤在门边或窗旁；有一位已不很年轻而外表像女人的地主站在角落里，打着哆嗦，红着脸，局促不安地玩弄着腰间表坠上的小印章，虽然没有人去注意他；还有几位绅士，他们穿的是莫斯科裁缝——高级缝纫师菲尔斯·克柳欣——缝制的圆形燕尾服和格子纹裤子，肥胖而光溜的后脑勺随便地转动着，在一边无拘无束地、热情奔放地大发议论：还有一个二十来岁的年轻人，高度近视，一头淡黄发，上下穿的是一套黑色衣裤，貌似腼腆，然而在一边尖酸地微笑着……我开始感到有些无聊，突然有一个叫沃伊尼岑的人过来同我做伴了。他是一个没有完成学业的年轻人，寄居在亚历山大·米海雷奇家里，算是一个……到底算是什么身份，很不好说。他的枪法异常高明，又善于驯狗。我早在莫斯科的时候就认识他了。他属于那样一类的青年人，他们每逢考试往往就“装木头人”，就是说，教授无论问他什么问题，都只字不答。为了听起来悦耳，就把这些学生称之为“蓄连鬓胡子的”（诸位都明白，这是很久以前的事了[①]。）常常出现这样的事：比如，考试

① 沙皇尼古拉一世于1837年下令，不准文官留胡子。这自然影响到大学生。到作者写这篇作品时，大学生一般都不留胡子了。

时在考场里等待应试，沃伊尼岑在没有叫到他的名字之前挺直身子一动不动地坐在自己的位置上，从头到脚全身冒着热汗，眼睛缓缓地但心不在焉地东张西望，一听到叫他的名字，就站了起来，急急忙忙地把制服扣子全扣好，侧着身子慢吞吞地走到考试席前。“请抽一张考签。”教授和和气气地对他说。沃伊尼岑伸过手去，哆哆嗦嗦地用手指去摸一大堆的考签。一个由外系来的参加监考的教授，一个爱生气的小老头，突然对这个倒霉的蓄连鬓胡子的学生生气了，用气得发颤的嗓音说：“请不要挑挑拣拣！”沃伊尼岑只好听天由命地抽了一张，给主考老师看了考签的号码后，便走到窗前坐下来，等待前边的考生答完考题。沃伊尼岑坐在窗前，眼睛直瞪着考题，至多只像刚才那样缓缓地东张西望一下，不过身体仍保持一动不动。前面的考生考完试后，老师们对他说“好，你去吧”，或者说“好，很好”，这要看他们的考试成绩而定。轮到叫沃伊尼岑前去答题了；沃伊尼芩站起来，迈着坚定的步子走到考席前。“请念一下考题。”老师们对他说。沃伊尼岑双手把考题捧到鼻子边，慢慢地念着，手也慢慢地垂下去。“好，请答题吧。”那位教授懒洋洋地说，身子往后一仰，两手交叉在胸前。接下是一阵坟墓般的沉默。“您怎么啦？”沃伊尼岑默不作声。外系来的那小老头有些恼火了。“总得答一点吧！’这位沃伊尼岑仍不吭声，好像呆了。他那剃光了的后脑勺迎着所有同学的好奇眼光木然不动地直挺挺地戳着。那外系来的小老头的眼睛差点蹦了出来，他对沃伊尼岑气得要命。“这真是奇怪，”另一位监考老师说，“您怎么像个哑巴呀？您回答不了是吗？那就谈嘛。”“请允许我另拿一张考签吧！”这个倒霉蛋低沉地说。教授们互相交换了一下眼色。“好，您拿吧。”主考人挥一下手，说。沃伊尼岑重新拿了一张考签，重新走到窗前，重新回到考席前，又是像死人一般不吭声。外系来的小老头恨不能把他活活地吃了。最后赶了他出去，给他打个零分。您以为这时候至少他会走了吧？才不这样呢！他又回到自己的座位上，仍然一动不动地坐着，直到考试结束；走的时候还喊道："真可气！题太难了！"过后这一整天就在莫斯科街上东遛西逛，有时抱着头，痛心地咒骂自己的不走运。用不到说，书本他是不会去啃的，到第二天早晨又是故技重演。

就是这个沃伊尼岑活宝来和我做伴了。我跟他聊一会莫斯科，聊一会打猎。

"要不要我来给您介绍一下这里的一个最会逗趣的人？"他突然悄悄地对我说。

"好呀，请吧。"

沃伊尼岑把我领到一位小个子跟前，此人长着高高的额发，蓄着小胡子，穿深棕色燕尾服，系花领带。他那急躁的机灵的外貌的确流露出聪明和刻毒劲。那飘忽的讥刺的微笑不断扭曲着他的嘴唇；那眯缝着的黑色小眼睛在长短不齐的睫毛下显出果敢的神色。他的身旁站着一个身躯宽阔的地主，有一股软绵绵甜滋滋的劲儿，真可谓是块蜜糖，而且还是个单只眼。他没等这位小个子说俏皮话就先笑着，好像高兴得要化了。沃伊尼岑把我介绍给这个爱逗趣的人，他的大名是彼得·彼得罗维奇·卢皮欣。我们认识了，初次见面，互相客气了几句。

"请允许我给您介绍一下我的这位好朋友。"卢皮欣抓住这个甜蜜蜜的地主的手，突然用刺耳的嗓音说。"别躲躲闪闪嘛，基里拉·谢利法内奇，"他又说，"人家不会吃掉您的，来吧。"他继续说着话，这时候一副窘态的基里拉·谢利法内奇拘束地鞠着躬，仿佛他的肚子老往里缩似的。"来，我来介绍，这是一位了不起的贵族。他在五十岁以前身体一直很棒，可突然心血来潮，要治一治自己的眼睛，结果便变成了独眼龙。从那以后他替自己的农人医治也获得同样的成功……当然啰，那些农人也具有同样的真诚……”

“瞧您这张嘴呀！”基里拉·谢利法内奇喃喃地说，并笑了起来。

“往下说呀，我的朋友，唉，往下说呀！”卢皮欣接过话说，“您哪，可能会被选做法官，一定会选上的，瞧着吧。当然啰，到时候会有人，比如说陪审官，替您动脑筋的；可不管怎样，总得要说话嘛，哪怕会说出别人的见解也好嘛。说不定省长来了，问道：‘为什么这个法官说话结结巴巴的？’别人会回答说：‘他得了麻痹症。’省长会说：‘给他放放血吧。’在您的地位上这就不体面了，您自己也明白。”

甜蜜蜜的地主放声大笑。

“瞧他那个笑！”卢皮欣刻毒地瞅着基里拉·谢利法内奇的颤悠的肚子，继续说道。“他怎么能不笑呢？”他又转身对我说，“他吃得饱，身体好，又没有孩子，也没有把佃户抵押给别人——他还替他们治病呢——他那位夫人又傻头傻脑的。（基里拉·谢利法内奇稍稍扭过身去，装作没有听见，继续哈哈地笑着。）我也笑嘛，我老婆跟一个土地测量员私奔了。（他龇了龇牙。）您不知道这件事吧？可不是！她就这样一下跑了，还给留下一封信，信上说：‘亲爱的彼得·彼得罗维奇，请原谅吧；我被爱情迷住了，就跟我的心上人走了……’这个土地测量员之所以得手，就是因为他不剪指甲，又穿紧身裤。您觉得奇怪吗？您会说，这个人真坦率。我的天哪！我们这些乡巴佬说的就是大实话。不过，咱们还是到一边去吧……咱们干吗老在未来的法官身边站着呢？……”

他拉起我的手，我们走到窗前。

“这儿的人都认为我爱说俏皮话，”他在谈话中对我这样说，

“您别信这个。我这个人只不过怨气盛，常出声骂人，所以我显得很放肆。说实在的，我干吗要斯斯文文呢？无论什么人的意见我都看得半文不值，我也不求什么；我是恶人，这有什么呢？恶人至少不需要费脑筋。做恶人挺痛快的，您大概不信吧……喏，比如，您就瞧瞧咱们这位东道主吧！他何必这般东跑西跑，时不时地看表、微笑、冒汗、装出正经八百的样子，而让我们饿着肚皮呢？一个达官贵人——有什么稀罕！您瞧，瞧，他又在跑了，还一瘸一拐的，瞧瞧呀。”

卢皮欣尖声地大笑起来。

“只是有一个缺憾，没有太太们在场，”他深深叹口气，接下说，“一个光棍的宴会——不然的话，我们这伙人就热闹了。您瞧，您瞧，”他猛然喊了一声，“科泽利斯基公爵来了——就是那个个子高高的汉子，留大胡子、戴黄手套的。一眼就可看出，他是出过国的……他一贯姗姗来迟。我对您说吧，他是一个很笨的家伙，一个人能抵两匹商人的马。您可能会看到的，他对我们这些人说话可傲气了，但面对我们的太太小姐们的亲热殷勤，他会露出大度的微笑……他有时也说俏皮话，虽然他只是顺路到这儿住几天的；他是怎样说俏皮话的呀！简直像钝刀割纤绳。他很不喜欢我……我去向他打个招呼。”

于是卢皮欣就跑去迎接公爵了。

“我的一个冤家对头来了，”他突然回到我跟前说，“您看见那个褐色脸皮，头发硬如鬃毛的胖子了吗？也就是那个手里抓着帽子、贴着墙走路，像狼一样东张西望的家伙。我卖给他一匹值一千卢布的马，他只付我四百卢布，这个不哼不哈的家伙如今倒满有理由瞧不起我了；其实，他非常缺乏理解力，尤其是在早晨，在喝茶之前，或者刚吃过饭之后，如果对他说‘您好’，他就反问：‘什么呀？’……瞧，有个文官来了，”卢皮欣继续说，

“一个退职的大文官，破了产的大文官。他有一个甜菜糖的女儿，有一座生瘰疬病的工厂……对不起，我说反了……不过您会明白的。啊！那建筑师也来了！是个德国佬，留着小胡子，业务上一窍不通，真不可思议……话说回来，他干吗非得懂行呢？只要有贿赂可拿，替我们的柱子贵族[①]多竖些柱子不就得了！”

卢皮欣又哈哈大笑起来……蓦然间整个房子里弥漫着一种激动不安的气氛。那位显贵人物光临了。东道主急急忙忙奔到前厅。跟着他跑去的还有几个忠实的家人和热心的宾客……喧闹的谈话声变成了轻柔欢快的絮语，仿佛春天里的蜜蜂在自己的蜂房里嗡嗡欢鸣。唯有一只喧闹不休的黄蜂——卢皮欣和一只神气活现的雄蜂——科泽利斯基没有降低嗓门……终于蜂王进来了——显贵进来了。一颗颗心都飞过去欢迎他，坐着的人都站了起来；就连那个以廉价买下卢皮欣的马的地主也把下巴贴到了胸前。那位显贵威风十足，频频向后晃着脑袋，仿佛在点头致意，他说了几句赞许的话，每句话前头都带一个“啊”字，而且是以拖长的鼻音发出的；他带着极其生气的神色瞥了一下科泽利斯基公爵的大胡子，并向那个有工厂和女儿的破了产的大文官伸出左手的食指。在接下来的几分钟里，他把自己因没有来迟而深感高兴的话说了两遍，然后大家都朝着餐厅走去，要人们走在前头。

有些细节就不必向读者赘述了，比如，如何请这位显贵坐在大文官和省贵族长之间的那个首席上（这位省贵族长是个带有洒脱而尊严的表情的人，跟他那浆得很挺括的胸衣、肥大的坎肩和装着法国烟丝的圆形烟盒相称之极）；主人如何张罗、奔忙、敬客、在经过显贵身边时如何朝他的脊背微笑，如何像小学生似的

---

① 意即世袭贵族，因原文“世袭”一词中的词根为“柱子”，所以这样称呼，是一种俏皮话。

站在角落里，匆匆地喝点汤或吃块牛肉；仆役头如何端上一条嘴里插花的一俄尺半长的鱼，穿着号衣的仆役们如何神情严肃，板着脸把酒端给每个贵族，有时端上马拉加酒，有时端上马德拉酒；几乎所有的贵族，尤其那些上了岁数的贵族如何像尽义务似的一杯一杯地喝；如何砰砰地打开一瓶瓶香槟，如何举杯为健康祝酒——这一切读者大概都非常熟悉。不过依我看，那位显贵在全场欢快的肃静中讲的一段趣话倒特别值得提一提。有一个人，似乎是那个破产的大文官吧，他对新文学知道得不少，他谈起了妇女的普遍影响，尤其是对青年人的影响。“是呀，是呀，”那显贵接过话说，“的确如此；对青年人得严加管束才是，要不然他们一见女人的裙子就会发疯的。”（全体宾客的脸上掠过孩子般的快乐的微笑；有一个地主的目光里甚至露出感激的神色。）“因为青年人很蠢。”（这位显贵可能是为了表示庄重吧，有时就改变一些词的重音[①]。）“就拿我的儿子伊万来说吧，”他继续说，“这傻小子刚到二十岁，有一次就突然对我说：‘爸，让我结婚吧。’我对他说：‘傻瓜，先去服役……’于是他就垂头丧气，哭鼻子……可是我……就不理那个……”（显贵说“就不理那个”这话时，似乎不是用嘴说的，而是用肚子说的；他沉默了一下，神气地瞥一下邻座的大文官，而且把眉毛扬得老高，高得出人意料。那文官愉快地把脑袋稍稍向旁边侧了侧，把对着显贵的那只眼睛异常迅速地眨巴起来。）“结果怎么样呢，”显贵又说了起来，“如今他自个儿给我写信说：‘爸，谢谢你教育了我这傻瓜……’这种事就得这样处理。”不用说，全体宾客完全赞同这位显贵的高见，而且似乎由于获得快乐和教益而兴奋活跃起来了……宴席散后，大家站起身来，带着更大的、但仍然合乎礼貌的，仿佛是

---

① 例如，这里他把ибо（因为）念成ибó。

这种场合所允许的喧闹声涌向客厅……接着坐下来玩牌。

我好不容易挨到了晚上，吩咐自己的马车夫在第二天早上5点钟给我套好车，就去安歇了。可是就在这一天里我注定还要认识一个与众不同的人。

由于来的宾客甚多，谁都没法单独睡一个房间。亚历山大·米海雷奇的仆役头领我到一个潮乎乎的绿色小房间里，这儿已经睡进一位客人，衣服都脱了。他一看见我就急忙地钻进被窝里，把被子一直盖到鼻子，在松软的羽绒褥子上翻腾了一会就静下来了，从他那布睡帽的圆边下以敏锐的目光打量着我。我走到另一张床铺（房间里共有两张床铺）前，脱了衣服，躺在发潮的床单上。那位客人在他的铺位上辗转反侧起来……我向他道了晚安。

过了半个小时。不管我怎样设法入睡，可怎么也睡不着：一些无用的模糊的念头，排成见不到头的长列，固执而单调地，一个接一个地移动过来，宛如水车上的一个个水斗。

“您看样子没有睡着吧？”与我住同室的客人说。

“可不是，”我回答说，“您也没有睡着？”

“我一向都不想睡。”

“怎么会这样？”

“就是这样的。我自己也不知道为什么，躺着、躺着，然后才睡着。”

“既然还不想睡，为什么就上床了呢？”

“那让我干什么呢？”

我没有回答他的问话。

“我觉得很奇怪，”他沉默了片刻之后继续说，“为什么这儿没有跳蚤？那么，跳蚤会在哪儿呢？”

“您似乎对跳蚤挺怜惜呀。”我说。

“不，不是怜惜；不过我喜欢一切都合乎情理。”

“瞧瞧，”我心想，“他怎么会用这样的字眼？”

他又沉默了一会。

“您愿意跟我打个赌吗？”他突然用很响的声音说了起来。

“为什么事打赌呢？”

这位老兄开始让我感到挺有趣。

“哼……为什么事吗？就为这个：我敢断定，您把我当作傻瓜。”

“哪能呢。”我惊异地喃喃说。

“把我当作乡巴佬，当作大老粗……请您说实话……”

“我还没有结识您的荣幸呢，”我回答说，“您凭什么可以断定……”

“凭什么？单凭您说话的声音就可明白；因为您是这样随随便便地回答我的……可我完全不是您所想的那样……”

“请听我说……”

“不，请您听我说。第一，我的法语讲得不会比您差，德语讲得甚至更好；第二，我在国外待了三年：单在柏林就住了八个月。我研究过黑格尔的著作，先生，我会背歌德的作品；除此之外，我曾长时间地钟情于一位德国教授的女儿，回国后娶了一位生肺病的小姐，她的头发都掉光了，可人品顶好。所以说，我和您是同一档次的人；我不是您所想的那种乡巴佬……我也常进行反思，我身上毫无直率可言。”

我抬起头，倍加细心地端详着这位怪人。在幽暗的灯光下，我勉强看清他的面容。

“您这会儿在打量我，”他整了整自己的睡帽，继续说，“大概您在自问：‘今天我怎么就没有注意到他呢？’我就告诉您为什么您没有注意到我吧，因为我躲在别人的背后，站在门外边，没有跟任何人交谈；因为那个仆役头端着盘子经过我身边的时候，早就把胳膊肘抬得跟我的胸一般高了……这一切都是因为什么呢？原因有两个：一是我穷，二是我安于冷落……请说实话，您没有注意到我吧？”

“我的确未曾有幸……”

“就是呀，就是呀，”他打断我的话说，“我知道是这样。”

他坐了起来，交叉起两只胳膊；他那睡帽的长长影子从墙上弯折到天花板上。

“请照实说，”他忽然瞟了我一眼，继续往下说，“您一定觉得我是一个大怪人，是一个所谓的独特的人，或者也许是一个更差劲的什么东西，也许您以为我是装作怪人的吧？”

“我应该对您再说明一遍，我还不认识您呀……”

他低了一会儿头。

“为什么我同您，同一个素昧平生的人这样唐突地聊起话来——那只有天知道！（他叹了一口气。）不是由于咱们的心灵相通吧！您和我，咱俩都是正派人，也就是自我主义者，无论您跟我，我跟您都互不相干，不是吗？不过咱俩都睡不着……为什么不可以聊聊呢？我这会儿来了精神，这在我是很少有的。您看出了没有，我很胆怯，我胆怯并不因为我是外省人，没有一官半职的人，穷光蛋，而是因为我是一个自尊心强得要命的人。可是有的时候，在我的一些既无法确定也无法预见的良好情况或偶然机会的影响下，我的胆怯会消失得无影无踪，譬如眼前就是这样子。这一会儿哪怕让我跟达赖喇嘛面对面——我也敢向他要点鼻烟闻闻。不过，您也许想睡了吧？”

“恰好相反，”我急忙回答说，“我很高兴跟您聊聊。”

“您是想说，我让您开心……那更好了……这样吧，我先对您说明一下，这儿的人都管我叫古怪的人，就是说，有些人在闲扯旁的无聊事中偶然提到我的名字时，就这样称呼我。‘我的命运太没有人关心。’[①] 他们无非是想刺痛我……我的天！他们若能知道……我之所以潦倒，就是因为我一无古怪之处，除了有时有点冒失，像我眼下跟您这样聊天，可是这种冒失根本算不了什么。这是最廉价最低级的一种古怪。”

他转过脸对着我，并摆了摆双手。

“先生！”他喊了一声。“我认为总的说来只有古怪的人才能活在世上；只有他们才有生活的权利。有人说：Mon verre n'est pas grand, mais je bois dans mon verre[②]。瞧见吗，”他低声插了一句，“我的法语讲得多地道。我觉得，即便你的脑袋大，装的东西多，你知识渊博，无所不知，紧跟时代——然而没有一点你自己的、独特的、个人的东西，那你就是一无所有！只不过是世上多了一个储藏普通物品的地方而已——谁又能从这里得到什么满足呢？这可不行，哪怕你蠢，也得有自己的蠢法！要有自己的味儿，自己的原味儿，这样才行。您别以为我对这种味儿要求很高……绝不是的！这样的人多得很：无论你朝哪儿瞧——都有古怪的人；任何一个活人都是古怪的人，可我不在其内！”

“其实，”他稍稍沉默了一会后继续说，“我在年轻的时候曾是壮志凌云呀！我在出国之前以及回国之初，自己曾经多么的自负呀！在国外时我非常谨慎，总是独往独来，我们这种人应该如此，可是我们这种人总是在钻研、钻研，而到头来什么也没弄明白！”

“古怪的人，古怪的人！”他带着责备的神情摇摇头，又接下说……“都管我叫古怪的人……可实际上这世上没有比我更不

---

① 莱蒙托夫的《遗嘱》一诗中诗句。

② 法语：我的杯子不大，可是我用的是自己的杯子。——原注。（引自法国诗人缪塞的诗剧《杯和嘴》）

古怪的人了。我大概生来就是要模仿别人的……真是！我在生活中似乎也是在模仿我读过其作品的各种各样的作家，我活得累极了；我过去学习、恋爱，后来结婚，似乎都不是出于自己的意愿，似乎是在履行一种义务，或者像在学功课——谁分得清呢！”

他摘下头上的睡帽，扔在床上。

“要不要我把我的一生讲给您听听？”他用若断若续的声音问我，“或者就讲讲我一生中几件有特色的事岂不更好？”

“请讲讲吧。”

“要不，我还是对您讲讲我是怎样结婚的事吧。结婚么本来是件大事，是一个人的试金石，婚姻就像一面镜子，可反映出……可是这种比喻太陈腐了……对不起，我得闻一下鼻烟了。”

他从枕头下摸出鼻烟盒，打了开来，又说起话来，一边摇晃着打开了的鼻烟盒。

“先生，您就设身处地去想想我的情况……您判断判断，我能从黑格尔的百科全书中得到什么样的，喏，什么样的，您说说，什么样的好处呢？您说说，这种百科全书与俄罗斯生活之间有什么共同之处呢？让我怎样能把它运用到我们的生活上来呢？而且不光是这种百科全书，还有整个德国哲学，甚至说，整个德国科学，怎样能运用过来呢？”

他在床上蹦了起来，气得直咬牙，并低声嘟哝说：

“唉，本来嘛，本来嘛……那么，你干吗要跑到外国去学呢？干吗不坐在家里就地研究你周围的生活呢？这样，你倒可能认清生活的要求，认清未来，也可能认清自己的所谓使命了……可是得了吧，”他又换了一种语调继续说，似乎在替自己辩护，而且有些胆怯，“还没有一位智者写进书里的东西，让我们这种人上哪儿去研究呀！我倒是很乐意向它——向俄罗斯生活——学习的，可是它，我的宝贝，却不吭声。那样子是说，你就这样来理解我吧；可我哪有这样的能力呀：你们就给我一个结论，给我提供一个断语吧……一个断语？——他们说，这就是提供的断语：你听听我们莫斯科人的说话吧——像不像夜莺？而糟就糟在他们说得像库尔斯克夜莺一般动听，可是说得不像人话……于是我一想再想——似乎觉得科学到处是一样的，真理也是一样的，所以我决定前往异国，到异教徒那边去……有什么办法！——年轻气盛嘛。要知道我不愿过早地发起福来，虽然有人说肥胖意味着健康。不过天生不长肉的人，怎么也胖不起来！”

“可是，”他稍加思索，接着说，“我似乎说过要给您讲讲我是怎样结的婚。您就听听吧。一，我告诉您，我的妻子已经不在人世了，二，这二么，我觉得需要把我青年时代的情况对您说说，不然您会什么也搞不明白……您还不想睡吧？”

“不想，不想睡。”

“那好极了。您就听听吧……隔壁房间里的坎塔格留欣先生呼噜打得真够呛！我是不很富裕的双亲所生的——我说双亲，是因为，据说，除了母亲之外，我也曾有个父亲。我记不得他了；据说，他是个不大有出息的人，大鼻子，一脸的雀斑，红头发，用一个鼻孔吸鼻烟；在我母亲卧室里挂着他的肖像，穿一身红色制服，黑黑的衣领贴到耳朵，仪表很不雅观。我常常被拉过他的肖像旁去挨鞭子，在这种情形下母亲总是指着他的肖像说：‘要是你爹还活着，还要把你揍得更厉害呢。’您想想看，这对我是多大的鞭策呀。我既无兄弟，也无姐妹；或者说确切点，我有过一个身体很差的弟弟，生有软骨病，不久就痛苦地夭折了……这样的英国病为什么会传入库尔斯克省希格雷县呢？但问题不在这里。作为一个乡村女地主的母亲满怀急切的热情培养我，从我初临人世的头一天她就开始对我进行教育了，直至我满十六岁……您是在听我讲吗？……”

“当然，请往下讲吧。”

“那好吧。当我年满十六岁时，我母亲便毫不犹豫地辞退了我的法裔家庭教师——从涅仁的希腊人住区来的一个德国人，名叫菲利波维奇；母亲把我带到莫斯科，给我在大学里注了册，就把灵魂交给万能的上帝了，而把我留给我的亲叔叔照管。这位叔叔名叫科尔通－巴布拉，是一个司法检察官，不单是名闻希格雷县。我的亲叔叔，司法检察官科尔通一巴布拉照例把我的财产掠夺一空……但问题也不在这里。我进大学时——应该为我母亲说句公道话——已经具备良好的素养；但是那个时候在我身上已显得缺乏特性。我的童年跟其他青年人的童年一无不同之处：我也像是在羽毛褥子下傻乎乎地、蔫不唧唧地长大的，从很小就开始死背诗书，同时也渐渐变得萎靡不振，说是喜欢幻想……幻想些什么呢？——咳，幻想美……等等。我在大学里也没有另辟蹊径：我很快就加入了小组。那个时候跟现在很不一样……可是您也许不清楚小组是怎么回事？记得席勒在某首诗里说道：

Gefährlich ist's den Leu Zu Wecken
Und schrecklich ist des Tigers Zahn
Doch das schrecklichste der Schreken-
Das ist der Mensch in seinem Wahn!①

我对您敢肯定说，席勒他要说的不是这个，他想说的是 Dasistein‘小组’……in der stadt Moskau！②

“您认为小组有什么可怕之处呢？”我问道。

---

① 德语：唤醒狮子是危险的，老虎的牙齿也很可怕：但最最可怕的是——精神错乱了的人。

② 德语：莫斯科城里的小组。

我的邻人抓过睡帽一戴，把它往鼻子上拉了拉。

“我认为有什么可怕之处吗？”他喊了起来。“我认为是这样：小组就是对各种独立发展的毁灭；小组就是对社交、女性、生活的无耻的替代；小组……哦，慢着，我来告诉您吧，小组是什么玩意儿！小组就是把懒惰和颓废合在一起的生活，而这种生活却被赋予合理事业的意义和形式；小组用议论取代交谈，使人习惯于毫无意义的空谈，使人脱离独立的有益的工作，使人染上文学的疥疮；最终使人丧失朝气和纯真坚强的灵魂。小组就是借团结友爱之名，行庸俗无聊之实，以真诚和关心为由而搞倾轧和野心的结合；在小组里每个成员都有权在任何时刻把自己肮脏的手指直捅进同伴的心窝，没有一个人的灵魂保持有一处纯洁和没有创伤的地方；在小组里所崇拜的是夸夸其谈的空谈家、爱面子的机灵鬼、未老先衰的小老头，所吹捧的是平庸无才而徒具‘隐秘’思想的诗人；在小组里，十六七岁的年轻小伙就会风雅而玄奥地大谈女人和爱情，可是到了女人面前却说不出话，或者跟她们谈话如同跟书本谈话一样，再说谈的又是什么呀！在小组里吃香的是诡辩和花言巧语；小组里互相监视不亚于警官……哦，小组！你不是小组，你是个怪圈，在你那里毁掉了多少正派的人呀！”

“唉，请允许我说一句，您这是太夸张了。”我打断他的话说。

他默默地瞅了我一眼。

“也许是的，天知道，也许是的。可是要知道，我们这类人只剩下一种乐趣了，那就是夸张。我就是这样在莫斯科度过了四个春秋。先生，我的确难向您形容这段时光过得多么之快，真是太快了：一想起来便感到伤心、懊恼。早上一起来往往就像坐雪橇滑下山似的……睁眼一瞧，已经滑到山脚了；已经到黄昏了；一个昏昏欲睡的仆人来给你套上常礼服——你穿好了衣服，便慢慢地去到朋友那里，抽着烟，一杯杯地喝着淡茶，海聊德国哲学、爱情、永恒的精神之光等等，真是海阔天空。不过我在那里也遇到过一些颇有特性和独立个性的人：有些人不管怎样糟蹋自己、扭曲自己，仍然不改其本性；唯独我这个倒霉蛋像捏一块软蜡似的把自己捏来捏去，我那可悲的本性却不作半点的反抗！这时候我已年满二十一了。我接管了留给我的遗产，或更正确地说，接管了该我继承的家产中我的保护人认为有必要留给我的那一部分，随之就把全部领地交托给一个已经赎了身的家仆瓦西里·库德里亚舍夫去经管，以后便出国了，去到柏林。我在国外，正如我有幸对您说过的，待了三年。又怎么样呢？在那里，在国外，我依然是一个无独特可言的人。首先，不必说，我对欧洲本身、对欧洲的生活毫不理解，我不过是在德国本土听德国教授的讲课，读德国的书而已……也就是有这个差异。我像修道士似的过着孤独的生活；我与几个退伍中尉倒很投缘，他们也像我一样渴望知识，并为此而苦恼，不过他们的脑子却迟钝极了，又缺乏口才；我还结交了从平扎省以及其他产粮省份来的几户人家，他们也都是些笨脑瓜；有时我上咖啡馆坐坐，有时看看杂志，晚上去剧院看看戏。我和当地的人很少来往，跟他们交谈似乎有些紧张，他们也没有人来看望我，除了两三个挺缠人的犹太裔的坏家伙，他们常跑来向我借钱，他们觉得der Russe[①]容易骗。终于有一个奇异的机会把我带到了我的一位教授家里。事情是这样的：我上他那里报名听一门课，他忽然兴之所至邀请我去参加他家的晚会。这位教授有两个闺女，都二十七八岁了，天知道怎么都长得那样矮壮，鼻子可好看了，都有一头鬈发，浅蓝色的眼睛，红润的双手，白白的指甲，一个叫林亨，另一个叫

① 德语：这俄国佬。

明亨。我开始常到这位教授家里去。应该说，这位教授并不算笨，可似乎受过点精神创伤：讲起课来有条有理，但在家里说话发音不清，而且老把眼镜架在额门上；不过他是一个顶有学问的人……后来怎么样呢？我忽然觉得我爱上了林亨，整整六个月里我都有这样的感觉。我跟她说话的确很少，主要是凝神瞧着她；可是我常常给她朗读各种动人的作品，偷偷地握她的手，晚间与她在一起幻想、凝望着月亮，或者只是抬头仰望。她煮咖啡可拿手啦……还有什么不满足的呢？可有一点让我发窘：就在这种所谓难以形容的幸福时刻，我不知道为什么老是心口发疼，胃里掠过一阵阵又闷又冷的颤抖。我终于受不了这样的幸福而逃跑了。这以后我还在国外待了整整两年：我到过意大利，在罗马观赏过《基督变容》，又在佛罗伦萨欣赏过维纳斯雕像；我突然感到欣喜若狂，像中了邪似的；每天晚上我就写诗，记起日记；总之，我做得跟大家一样。可您瞧，就这么容易地成了古怪的人了。比如，我对绘画和雕塑一窍不通……我对这一点是会直言不讳的……不，怎么可以呢！得找个导游，去看看壁画……”

他又垂下头，又摘下睡帽。

“终于我回国了，”他以疲惫的声音继续说，“我来到了莫斯科。在莫斯科我发生了惊人的变化。在国外时我多半是沉默寡言的，可是在这里我突然变得口齿伶俐，能说会道了，同时，不知为什么觉得飘飘然，自以为了不起。有一些谦卑的人几乎把我看成天才，女士们兴趣盎然地听我高谈阔论；可是我不善于高高地保持自己的声望。有一天早晨，传出了一种中伤我的流言蜚语（是哪个家伙瞎编的，我无从知道，也许是某个男性的老处女干的，这样的老处女在莫斯科可多了），流言一出，就像草莓似的分蘖抽须。我被缠进去了，我想跳出来，扯断这些缠在身上的线——可谈何容易呀……我只好一走了之。您看，我在这种事情上就显得糊涂；我本应该泰然地等待这种攻击过去，就像得了荨麻疹一样，忍一阵就会过去的，那些谦卑的人就会张开怀抱重新欢迎我的，那些女士们又会笑吟吟地倾听我的高论……可糟糕的是，我不是个独特古怪的人。要知道，我的良心忽然苏醒了：我不好意思再胡说八道，没完没了地胡说八道，昨天在阿尔巴特街，今天在特鲁巴街。明天在西夫采夫－弗拉日街，说来道去老是这一套……要是有人就要听这一套呢？那您就瞧瞧这一场面上的那些真正的斗士吧：他们对这个满不在乎；相反，他们需要的就是这个；有的人就靠那不烂之舌混了二十年，而且总是说的老一套……这就表明他们有自信心和自尊心！我也有过自尊心，直到现在还没有完全失掉……我又要说，坏就坏在我不是一个独特古怪的人，我老处在不好也不坏的中间状态。造化应该要么给予我更强的自尊心，要么半点不给。但在开头那些日子里，我的确一筹莫展；再说旅居国外时把财产已耗个精光，要我跟一个年轻而身子骨已软得像果子冻的商人女子成亲我又不愿意，于是我便远远地躲到自己的村子里去了。”他又瞟了我一眼，补充说，“至于对乡村生活的初期感受、大自然的美、孤独生活中清幽的魅力等等，我可以略而不谈了吧……”

“好的，好的。”我回答说。

“况且，”他继续说，“这些全是瞎说，至少我的感触是这样。我在乡下感到很无聊，像一只被关起来的小狗，虽然，说实话，春天里我在回家路上头一次经过那片熟悉的白桦树林的时候，我的脑袋都晕了，心里由于产生模模糊糊的甜蜜蜜的希望而怦怦地跳。但是您知道，这种模模糊糊的希望是永远实现不了的，相反，你所不希望出现的事却都来了，比如，兽疫啦、欠租啦、拍卖啦，等等等等。我依靠总管雅科夫的协助一天天地凑合着混日子；雅科夫是接替原先的管家的，到后来他也大捞起油水，如果说他捞得不比前任的多，那至少也是一样，再说他那双涂柏油的长筒靴的气味还毒害我的健康呢。有一次我想起了邻村的一户相识的人家——一个退伍上校的夫人和她两个闺女，于是便吩咐备车，前去拜访。这一天应该是值得我永远纪念的日子，因为六个月过后，我就同上校夫人的第二个女儿结婚了……

讲述者低下了头，把两手往上一举。

“不过，”他很激动地往下说，“我不愿让您对这位已故世的女人有不好的看法。不愿这样！她是一个顶高尚顶善良的人，一个懂得爱的、能做出任何牺牲的人；不过我您之间应当说实话，假如我不是不幸地失去了她，我今天大概就不能在这里跟您聊天了，因为我家库棚里的木梁至今还在，我好几次想在那里悬梁自尽呢！”

“有些梨子，”他稍微沉默了一会又说起来，“要在地窖里放上一段时间，所谓真正的味道才出得来；我的亡妻看来也是属于这一类的造物吧。只有到现在我才为她说句完全公道的话。只有到现在，比如说，我回想起结婚之前与她一起度过的那些黄昏，不仅不会引起我丝毫的痛苦，相反，会使我感动得几乎掉泪。她们的家境不算富裕；她们的房子也旧得很，是木结构的，但很舒适，它是建筑在一座山上，坐落在荒芜了的花园和杂草丛生的院子之间。山下有一条河，透过茂密的树叶，可隐约看见河水。一个大凉台从房子通向花园，凉台前有一椭圆形花坛，开满了蔷薇，艳丽夺目。花坛的两端各有两棵金合欢，已故的主人在它们还稚嫩的时候就将其盘成螺旋状。稍远处，在无人照管的野生马林果树丛里有一个亭子，亭子里边已精心装饰过了，可外部已经破旧不堪，瞧起来都感到可怕。凉台上有一扇玻璃门通往客厅；客厅里好奇的人可以看到的是：各个屋角都砌有瓷砖炉子，右面有一架寒酸的钢琴，上边堆放着手抄的乐谱；一张长沙发，罩着带白色花纹的褪了色的浅蓝色花缎；一张圆桌；两个摆着叶卡捷琳娜时代的瓷器玩具和琉璃球玩具的陈列架；墙上挂有一幅著名的肖像画，画着一个浅黄发少女，胸前抱着一只鸽子，举目仰望；桌上摆有一个插着鲜蔷薇花的花瓶……您看，我描述得多么细致。我的爱情的整个悲喜剧就是在这个客厅里，在这个凉台上演出的。这位上校夫人是个厉害的婆娘，说话时喉头老发出凶狠的嘶哑声，显得蛮横，爱挑眼；两个女儿中有一个叫薇拉，跟普通的县城小姐没什么不一样，另一个叫索菲娅，我爱上的就是索菲娅。姐妹俩另有一个房间，那是她们的共同卧室，室内有两张单人木床，有淡黄色的纪念册，有木犀草，有用铅笔画得很差的男女朋友的肖像画（其中一位先生显得神采奕奕，很引人注目，其签名更显刚劲有力，他年轻时曾被寄予厚望，可到头来跟我们大家一样——一事无成），有歌德和席勒的胸像、德文书、干枯了的花冠以及其他一些纪念品。而这个房间我很少进去，也不喜欢进去，因为在那里我不知为什么感到闷气。而且，真是奇怪！当我背对索菲娅坐的时候，或者，当我在凉台上，特别是在黄昏时分，想着或者幻想着她的时候，就觉得她可爱极了。这时候我望着晚霞，望着树木，望着那些已经发暗，但在玫瑰色天空下仍显得截然分明的一片片小绿叶；在客厅里，在钢琴旁，坐着索菲娅，她在不停地弹着她所喜爱的贝多芬作品中一个充满热情沉思的乐句；那一副凶相的老太婆坐在沙发上泰然地打着呼噜；在洒满夕阳红光的餐室里，薇拉正忙着煮茶；茶炊奇妙地咝咝响着，好像有什么高兴事儿；掰脆饼时发出的欢快的断裂声，勺子碰着茶杯叮当作响；金丝雀拼死劲地啼叫了一整天，忽然静了下来，只是偶尔又啾啾地叫几声，仿佛要问什么；清澈而轻柔的云层里有时掉下稀稀的雨点……我坐着，坐着，听着，听着，瞧着，我的心渐渐开朗了，似乎又觉得我是爱她的。就是在这样的黄昏气氛的影响下，我有一次向老太婆请求娶她的女儿，大约过了两个月，我就结婚了。我似乎觉得我是爱她的……而且现在总该知道了，但到现在我也不知道自己究竟爱不爱索菲娅。她是一个善良、聪明、寡言少语的人，她有一颗暖人的心；然而天知道因为什么，是不是因为长期住在乡下，或者有别的什么原因，在她的心底（假如有心底的话）隐伏着创伤，或者不如说，有伤口在淌血，这种伤口是无药可治的，无论她或者我都不知道这种伤叫什么。当然，我是在婚后才猜想到这种创伤的存在。不管我怎样尽心尽力去医治它，全无济于事！小时候我养过一只黄雀，它有一次被猫抓住了；它被救了出来，给它治好了伤，可是我那可怜的黄雀再也没有以前的生气了；它郁郁不乐，提不起精神，也不唱歌了……后来，有一天夜里，一只大老鼠钻进那开着的笼子，咬掉了它的头，因此它终于彻底死去了。我不知道，是什么样的猫也抓住过我的妻子，所以她也是郁郁不乐，提不起精神，像我那只不幸的黄雀一般。有的时候她本人显然也想振作起来，在新鲜空气里，在阳光下，在自由天地里雀跃一番；她试了试，又蜷成一团了。要知道她是爱我的，她曾好几次对我说，她已知足了，无有它求——真见鬼！她那双眼睛依然是那么暗淡无光。我想，她在过去是不是出过什么事？我经过调查，什么也没有发现。唉，现在您来说说：如果是一个古怪独特的人，可能会耸耸肩膀，叹两口气，便照旧去过自己的日子；可是我不是一个古怪独特的人，所以就想要悬梁自尽。我妻子的骨髓里已经浸透老处女的种种习惯，比如喜欢贝多芬乐曲、夜间漫步、木犀草、和朋友们书信往来、纪念册等等，因此她对于任何其他生活方式，尤其对于家庭主妇的生活怎么也习惯不了；可是对于一个已经出嫁的女子来说，整天沉在无名的烦恼里，天天晚上唱着‘你不要在黎明时唤醒她’，岂不可笑。

“就这样，我们共同幸福地生活了三年；到了第四年，索菲娅因头产就难产死了，而且说来奇怪，我似乎早有预感，她是不可能替我生个女儿或儿子的，不可能给大地添一个新居民的。现在我还记得她殡葬时的情景。那是在春天。我们那教区的教堂不大，又很旧，圣像壁发黑了，墙灰都脱光了，有几处地砖也缺损了；每个唱诗班席位上都有一个古老的大圣像。棺材抬进来了，放在圣幛正门前的正当中，蒙上褪色了的罩单，周围摆着三个蜡烛台。葬礼开始了。一个脑后扎着小辫、低低地系着一条绿腰带的衰老的教堂执事，在读经台前悲痛地读着经文；神父也是个老头，面相慈善，视力不佳，穿着黄花纹紫色法衣，既作司祭又兼助祭。在敞开着的窗子外边，白桦垂枝上的新鲜嫩叶在摇曳着，簌簌发响；从院子里飘来阵阵草香；蜡烛的红红火焰在欢乐的春光里显得淡然失色；整个教堂里响彻着麻雀的啁啾声。一只飞进来的燕子不时地从圆屋顶下发出响亮的喊声。不多几个农人那淡褐色的脑袋灵活地一起一伏，热心地为死者祈祷；香炉的孔眼里冒出一缕缕青烟。我望着妻子那僵死的脸……我的天哪！死亡，就连死亡也没有使她获得解脱，也没有治愈她的创伤：依然是那副痛苦、胆怯、沉默的表情——仿佛她躺在棺材里也还不自在……我的心痛苦得淌血。她是一个多好的人呀，可是对于她自己来说，还是死了好！”

讲述者的两颊通红了，眼睛黯然无光。

“终于，”他又往下说，“我摆脱了因丧妻而陷入的深深悲痛的情绪，又想去干一番所谓事业了。我在省城里谋了份差事；可是在官府机关的大办公室里我老感到脑袋发疼，眼睛也不好使唤；正好又出现了其他理由……我就辞职不干了。本来想到莫斯科去，可是一来钱不够，二来……我已经对您说到过，我变得淡漠了。我这种淡漠情绪既来得突然，又不突然。我在精神上早已淡漠了，可是我的头还不肯低下。我认为我思想感情上的谦卑情绪是受乡村生活和不幸经历的影响……从另一方面说，我早就发现，我的几乎所有的乡亲，不论年轻的年老的，起初都被我的学问，出过国，以及我的教养方面的其他优越处吓住了，后来不仅对我完全看惯了，而且开始对我有些粗鲁，有些怠慢，没兴趣听我发议论，跟我说话时也不再用敬重的词语了。我还忘了告诉您，在我婚后头一年里，我由于无聊而尝试过写作，还给杂志社寄去过一篇作品，如果我没有记错的话，那是一个中篇小说；但过不多久，就收到一位编辑的很客气的信，而那信里说，无可否认我很聪明，但是缺乏才气，而搞文学需要的就是才气。此外，我还听说，有一个过路的莫斯科人，是个顶善良的青年，他在省长家的晚会上顺便提到我，说我是个腹内空空、没有出息的人。可是我仍然不很自愿地继续装糊涂：您知道，我不想“自打耳光”；终于在一天早晨我睁开了眼睛。事情是这样的：县警察局长来到我家，是要让我注意到我领地上的一座塌坏了的桥，而这座桥我是根本修不起的。这位宽宏大度的秩序维护者一边用鲟鱼干就酒，一边以长者口吻责备我的疏忽，同时也体谅我的境况，劝我吩咐农人填些粪土上去就行了；接着他抽起烟来，谈起即将举行的选举。那时候有个名叫奥尔巴萨诺夫的人正在谋求省贵族长的荣誉头衔，他是一个空谈家，还加上会贪污。再说，他也不是特别有钱，特别有名望。我说了说自己对他的看法，说得甚至很不客气。说实话，我很瞧不起这位奥尔巴萨诺夫先生。县警察局长瞧了瞧我，亲热地拍了拍我的肩膀，和善地说：‘唉，瓦西利·瓦西利叶维奇这样的人可不是您我可以议论的——咱们算老几？……得知道自己的身份嘛！’‘得了吧，’我气恼地顶他一句，‘我跟奥尔萨巴诺夫先生有什么差别呀？’警察局长从嘴里拔出烟斗，睁大眼睛，扑哧大笑。‘哈，您真逗，’最后他带着笑出的眼泪说，‘竟开这样的玩笑……啊，你怎么啦？’他在离去之前，一直在嘲讽我，有时还用胳膊捅捅我的腰侧，说话时也改用‘你’来称呼我了。他终于离开了。就差这一下，我心里翻腾开了。我在房间里踱了好几个来回，站在镜子前，久久地望着自己发窘的脸，慢慢地伸出舌头，带着苦笑摇了摇头。幕布从我眼睛上掉落了：我清楚地看到，比看镜子中的脸更清楚地看到，我是个多么空虚、微不足道、百无一用的人，毫无独特可言的人！”

讲述者沉默了一会。

“在伏尔泰的一出悲剧里，”他沮丧地继续说，“有一位贵族为倒霉之极而高兴。虽然我的命运中没什么悲剧性的东西，不过我老实说体验过这类心境。我领略过心灰意冷时出现的狠心和狂喜；我曾经从容不迫地躺在床上，整个早晨都在诅咒自己的生不逢时，心里感到非常痛快——我不可能一下子对什么都淡漠。其实，您想想看；我由于钱袋空空而被困在我所痛恨的乡下；无论财产、官职、文学都跟我无缘；我讨厌那些地主老爷，也讨厌去啃书本；那些晃着鬈发、狂热地叨咕‘人生’二字、身体臃肿而又多愁善感的太太小姐们，自从我不再胡诌乱扯、不再夸赞她们以来，她们对我就毫不感兴趣了；我不善于也不可能完全冷冷清清地过日子……我就开始，您猜怎么着？我就开始常到邻居们那里去闲逛。我似乎很醉心于自轻自贱，故意招来各种无谓的侮辱。斟酒添菜时落下我，接待我时又冷淡又傲慢，到后来根本不理我了；大家谈话时甚至不让我插嘴，我就常常故意躲在角落里对随便一个愚蠢透顶的饶舌鬼唯唯称是，像这样的家伙当年在莫斯科能舔到我脚上的尘土或者我的大衣边都会欣喜若狂的……我甚至不让自己去想，我怎样沉醉于讽刺带来的苦涩的满足……算了吧，孤孤独独的，还谈什么讽刺！我就这样过了好几年，而且至今还是这样过……”

“这太不像话了，”坎塔格留欣先生在隔壁房间里用刚睡醒的声音叽叽咕咕说，“哪个傻瓜三更半夜还聊大天？”

讲故事者一出溜就钻进了被窝，胆怯地朝外瞧着，用一个手指警告我。

“嘘……嘘……”他小声地说，而且像是朝着坎塔格留欣话音来的方向赔礼道歉似的，谦恭地说，“知道了，知道了，对不起……”接着又低声对我说，“该让他睡觉，他需要好好地睡，他需要养精蓄锐，至少为了明天有好胃口去大饱口福。我们没有权利打扰他。再说，我要讲的似乎对您都讲了；您大概也想睡了。祝您晚安。”

讲故事者猛一下转过身去，把头埋进枕头里

“至少请您告诉我您贵姓……”我说。

他敏捷地抬起头来。

“不，看上帝的份上，”他打断我的话说，“请别问我的姓名，也别去问别人。让我成为您永远不知根知底的人，受命运伤害的瓦西利·瓦西利叶维奇吧。何况我又是一个不足为奇的人，我不配有独特的名字……要是您一定要给我一个称呼，那您就管我叫……管我叫希格雷县的哈姆莱特吧。这样的哈姆莱特在每个县里都多的是，不过，您也许没有碰到过其他的哈姆莱特……请原谅。”

他又钻进羽绒被子里去了，第二天早晨有人来唤醒我的时候。他已经不在房间里了。天没亮他就离开了。

切尔托普哈诺夫和涅多皮尤斯金

有一次我打过猎坐马车回来，那是一个炎热的夏日。叶尔莫莱坐在我身边，昏昏然地打着盹儿。两只狗躺在我的脚边死死地睡去，随着车子而颠颠晃晃。车夫不时地用鞭子驱赶马儿身上的马蝇。车子后面扬起一阵阵白蒙蒙的尘土，飘若浮云。我们的车子进了灌木丛。道路更加坎坎坷坷了，车轱辘常常蹭着树枝。叶尔莫莱振了振精神，朝四下扫了一眼……“嘿！”他喊了起来，“这一带准有松鸡。咱们下车吧。”我们就下了车，走进一片灌木丛。我的狗发现了一窝鸟。我放了一枪，正要重新装弹药，在我后边突然响起重重的沙沙声，一个骑马的汉子用手拨开树枝，向我走来。“请问，”他口气傲慢地问，“您有什么权利在这儿打猎，先生？”这位陌生人说话溜快，若断若续，还带点鼻音。我仔细打量了他：我平生还未曾见过此等模样的人。亲爱的读者诸君：出现在我面前的是一个矮小的人，淡黄色头发，红红的狮子鼻，长长的红胡子。头戴深红呢顶子的尖头波斯帽，帽子直压到眉毛，把额门全遮上了。身穿一件破旧的黄色短上衣，胸前挂着黑丝绒弹药袋，衣缝上镶着褪了色的银色绦带；他肩上挂着一个号角，腰带上插着一把短剑。一匹瘦弱的、凸鼻子的枣红马在他屁股下拼死劲地扭动着；两只干巴瘦的弯爪子猎狗在马腿旁边转来转去。这个陌生人的面相、目光、声音、一举一动以及他整个的人都流露出疯狂大胆的劲头和难得一见的出格的傲气；他那双失神的淡蓝色眼睛如同醉鬼眼睛似的不停地转悠着、斜视着；他的头向后仰，腮帮子鼓鼓的，鼻子呼哧呼哧地响，全身颤动，像是气盛得不得了——活像一只公火鸡。他又把自己的问话重复了一遍。

“我不知道这儿不让打猎。”我回答说。

“先生，”他继续说，“您是在我的地盘上。”

“对不起，我这就走。”

“不过请问，”他说，“您是贵族吧？”

我通报了自己的姓名。

“既然是这样，您就打您的猎吧。我自己也是贵族，我很高兴为贵族效劳……我叫潘捷莱·切尔托普哈诺夫。”

他弯下身，吆喝一声，用鞭子抽一下马脖子；马晃了几下头，竖起前蹄，冲向一边，踩着了一只狗的爪子。那只狗尖叫起来。切尔托普哈诺夫火了，嘴里嘟哝起来，照着马的两耳朵中间击了一拳，比闪电还快地跳到地上，查看起狗的爪子，往伤口上吐了唾液，在狗的侧身踹了一脚，让它别再乱嚷，随后他抓住马鬃，把一只脚插进马镫里。那马扬起头，竖起尾巴，侧着身往丛林里奔去：他一只腿随着马蹦了几下，终于跨上了马鞍，猛舞鞭子，吹响号角，便跑开了。由于切尔托普哈诺夫的意外出现，我尚未镇静下来，突然从丛林里又不声不响地冒出一个骑着小黑马的四十岁上下的胖子。他勒住马，从头上摘下绿皮帽，用尖细而柔和的声音问我：“有没有看见一个骑枣红马的人？”我回答说：“看见过。”

“这位先生是朝哪个方向走的呢？”他还是用刚才那样的声音问，没有戴上帽子。

“往那边去了。”

“谢谢您。”

他巴哒一下嘴唇，两腿夹了夹马肚子，让马朝着我指的方向嗒嗒地小跑着前去。我瞧着他的背影，直到他的角形帽子隐没在树枝丛中。这个新来的陌生人的外表跟前面那个人一无相似之处。他那像球似的肥胖而滚圆的脸显得腼腆、和善、温顺；鼻子也显得胖胖圆圆的，露出一道道青筋，表明他是个好色之徒。他那脑瓜前边连一根头发也没剩下，后边翘着几绺稀稀落落的淡褐色发卷；一双如同用芦苇叶子切开的小眼睛亲切地眨巴着；红润的小嘴唇甜滋滋微笑着。他穿的是一件硬领的带铜纽扣的外衣，衣服已经破旧不堪了，可很干净；他的呢裤子扯得老高；长筒靴的黄镶边上露出肥肥的小腿肚。

“这人是谁？”我问叶尔莫莱。

“这个人吗？是季洪·伊万内奇·涅多皮尤斯金。住在切尔托普哈诺夫家里的。”

“怎么，他很穷？”

“是不富，连那个切尔托普哈诺夫也没有铜子儿呀。”

“那他为什么要住在他家里呢？”

“您不知道，他们要好着呢。两人谁都不离谁……真的像是穿连裆裤似的……”

我们走出了灌木丛；突然那两只猎狗在我们旁边尖叫起来，一只大雪兔跑进已长得老高的燕麦田里。几只贡恰亚猎狗和博尔扎亚猎狗紧跟着从丛林中跳了出来，切尔托普哈诺夫也跟着狗冲了出来。他没有叫喊，没有喝令猎狗前去追捕，因为他已经气喘吁吁、上气不接下气了；他那张着的嘴有时发出断断续续的、毫无意义的声音；他瞪着眼睛骑在马上飞奔着，用鞭子狂抽那匹可怜的马。博尔扎亚猎狗追上了……雪兔一蹲，迅速向后一转，从叶尔莫莱身旁跑过，钻进灌木丛里……几只猎狗扑空了。“快——追，快——追！”发愣的猎人好像口齿不清地使劲嘟哝说，“朋友，帮下忙！”叶尔莫莱开了一枪……雪兔被打伤了，像陀螺似的在平坦而干枯的草地打了几个滚，往上一蹦，被一只扑上来的猎狗咬住了，惨叫起来。另几只狗也都扑了过来。

切尔托普哈诺夫翻筋斗似的跳下马，拔出短剑，叉开两腿跑到狗跟前，气冲冲地咒骂着，从几只狗那里夺下被撕烂的兔子，他的脸整个抽搐着，把短剑刺进兔子的喉咙，直刺到剑柄……刺进后便哈哈大笑起来。季洪·伊万内奇在树林边上出现了。“哈哈哈哈哈哈！”切尔托普哈诺夫又狂笑起来……“哈哈哈哈”，他的朋友也跟着他平和地笑着。

“照理说，夏天是不应该打猎的。”我指着被踩坏的燕麦对切尔托普哈诺夫说。

“这是我的地。”切尔托普哈诺夫仍带点喘气回答说。

他割下兔爪子，分给猎狗吃了，把兔子拴在鞍后的皮带上。

“朋友，谢谢你帮了一枪。”他按猎人的规矩向叶尔莫莱道了谢。“还有您，先生，”他还用断断续续的刺耳的声音对我说，“也谢谢了。”

他骑上马。

“请问……我忘了……尊姓大名？”

我又报了自己的姓名。

“认识您很高兴。如有便，欢迎来我家坐坐……”然后他又生气地说，“福姆卡这家伙上哪儿去了，季洪·伊万内奇？追捕雪兔的时候他就不在。”

“他骑的那匹马死了。”季洪·伊万内奇微笑着回答。

“怎么死的？奥尔巴桑死啦？真倒霉！……他在哪儿，在哪儿？”

“在那边，林子后边。”

切尔托普哈诺夫照马脸抽了一鞭，那马便拼命地跑起来。季洪·伊万内奇向我鞠了两个躬——一个是为他自己，一个是代表他的同伴，然后又让马不慌不忙地进入丛林里。

这两位先生强烈地引起了我的好奇心……是什么能使这两个截然不同的人结成如此形影不离的朋友呢？我开始做了些调查。下面就是我打听到的情况。

潘捷列·叶列梅伊奇·切尔托普哈诺夫是附近一带有名的令人生畏的狂人，头等傲慢和爱吵架的人。他在部队里待过极短的时间，由于发生一起“不愉快事件”而退了伍，退伍时他按当时流行的说法，还只是个“算不上鸟的母鸡”[①]。他出身于一个曾经很富有的世家；他们先辈们生活得十分阔气，按乡下的习俗来说，就是待客大方，不管是邀请来的或不请自来的客人，都一律让他们吃得饱饱的、喝得足足的，还发给每位客人的车夫一俄石[②]燕麦喂马；家里养着一批乐师、歌手、小丑和狗，在节庆日子里请大家喝葡萄酒和麦酒，每到冬天便坐自家的马拉的笨重马车前往莫斯科，可有的时候一连几个月身无分文，靠吃家禽度日。潘捷莱·叶列梅伊奇的父亲所继承的已经是一份破败的家业；他当家时又大肆“挥霍”一通。到死的时候，留给他唯一的继承人潘捷莱的就只有被抵押出去的别索诺沃村，以及三十五名男农奴和七十六名女农奴，还有科洛布罗多瓦荒地上的十四又八分之一俄亩不适于耕种的土地，再说，在死者遗留的文书中也没有找到这块地的任何地契。这位死者的确是由于那些古怪的做法而破了产的，是所谓的“经济核算”害了他。依他之见，贵族不

① 当时有“母鸡不是鸟，准尉不是军官”的说法；这里指他只是个准尉。

② 旧俄的容量单位，相当于一千二百零九点九一升。

应该依靠商人、市民以及诸如此类的所谓的“强盗”；他在自己的田庄上兴办了各种各样的作坊和工场。“又体面，又合算，”他常常说，“这就是经济核算！”他至死都没有放弃这种要命的想法；正是这种想法使他落到倾家荡产。不过他倒是开心了一大阵子！不管想起什么怪念头，他都要试一试。他老生出一些怪念头，有一次他按自己的设想造了一辆特大的家用马车，尽管把全村所有的农家马连同马的主人都召集来，一齐使劲地拉这辆车，可是车子到了第一个斜坡处就翻倒了，并且散了架。叶列梅·卢基奇（潘捷列的父亲叫叶列梅·卢基奇）下令在这个斜坡上建一个纪念碑，而他一点也不觉得难为情。他还想造一座教堂，当然由自己来设计，不要建筑师协助，他砍去整片林子用来烧砖瓦，地基打得老大，够建一个省城的大教堂，砌好墙，就开始架圆屋顶，可是圆屋顶掉了下来，再架上去，又塌下来，再架第三次，第三次又垮下来。这位叶列梅·卢基奇便寻思起来：事情这么不顺……准是有人兴妖作怪……于是立即下令把村子里的所有老太婆通通鞭打一遍。老太婆都被鞭打过了，可是圆屋顶照样盖不成。后来他又按新想出的计划着手为农家改造住房，一切都根据经济核算；让每三户的房子组成三角形，中央竖一根竿子，竿上挂一个油漆的椋鸟笼和一面旗子。他几乎天天都要想出个花点子：或用牛蒡作汤，或剪下马尾给仆人制帽子，或用荨麻代替亚麻，或用蘑菇喂猪……然而，他不单单搞一些经营方面的花样，也很关心农人们的福利。有一次他在《莫斯科导报》上读到哈尔科夫的地主赫里亚克－赫鲁皮奥尔斯基的一篇论述道德在农民生活中的效用问题的文章。第二天他就下令：所有的农人都必须背熟哈尔科夫地主的这篇文章。农人们都把这篇文章背熟了；老爷问他们是否懂得文章里写的意思，管家回答说：“怎么不懂呢！”就在那时候前后，他为了维持秩序和经济核算，吩咐把手下所有的人都编上号，让每个人在衣领上缝上自己的号码。任何人遇到主人时，都要喊“某某号到”，主人便和蔼地回答说：“好，你去吧！”

可是，尽管他很关心秩序和经济核算，叶列梅·卢基奇还是渐渐陷入极困难的境地：起初把自己的几个村子抵押出去，后来便一个个地卖掉了；而最后的祖传老窝，即那个有一座没有建成的教堂的村子，是由官府拍卖的，幸亏不是在叶列梅·卢基奇生前拍卖的——如果是那样，他一定经不起这种打击的——而是在他故世后两星期。他总算来得及死在自己的家里，自己的床上，周围有自己的人，有自己的医生在照料；然而可怜的潘捷莱到手的就只有一个别索诺沃村了。

潘捷莱得知父亲生病消息的时候，还在部队里任职，正牵扯在上面提到的“不愉快事件”里。那时他刚满十九岁。他打小就没有离开过父母的家，在自己的极其善良但又十分愚蠢的母亲的培养下，成了一个娇生惯养的小少爷。她一人操持他的教育；叶列梅·卢基奇一头埋在他的经济设想上，顾不上儿子的教育。诚然，有一次他亲手惩罚过儿子，原因是儿子把字母“尔齐”念成了“阿尔齐”，不过这一天叶列梅·卢基奇心里深有隐痛，因为他的一只最好的狗撞在树上身亡了。再说，瓦西利萨·瓦西利叶夫娜对潘秋沙[①]的教育也只做过一次煞费苦心的努力：她费了老大劲为儿子请到一位家庭教师，此人是个退伍士兵，阿尔萨斯人，名叫比尔科普夫，她直到死在这位教师面前总像树叶似的发颤。她想：“要是他不干了，我就完了！我可怎么办？我上哪儿另找老师呀？这一个我还是费了牛劲才从女邻居家挖过来的！”比尔科普夫是个机灵鬼，立刻利用了自己的特殊地位：整天喝得

① 潘捷莱的昵称。

烂醉，躺着睡大觉。潘捷莱学完各门课程后就去服役了。瓦西利萨·瓦西利叶夫娜已经不在人世了。她是在这件大事发生之前半年受惊而死的：她梦见一个穿白衣服的人骑着一头熊，胸前标着“反基督者”字样。叶列梅·卢基奇不久也跟着他的老伴去了。

潘捷莱一听到父亲患病的消息后，便马不停蹄地赶回来，可是已经来不及见父亲最后一面了。这个孝子全然没有料到，他已从一个富有的继承人变成了穷光蛋，这使他多么吃惊呀！能有几人受得了如此剧烈的人世沧桑呢。潘捷莱变得粗野了、冷酷了。他原先虽然有点任性、急躁，可是为人正直、慷慨、善良，如今却变得又傲慢又鲁莽，不再与乡邻们往来——他羞于与富人攀交，又不屑于与穷人为伍——不管对什么人他都粗暴极了，甚至对当权人士也是如此，因为他常觉得自己是世袭贵族。有一次警察局长没有脱帽走进他的房间，差一点被他开枪打死。当然，当权人士也不放任他，一有机会就让他明白，他们也是不好惹的；可是大家还是有点怕他，因为他的脾气暴躁，一两句话不投机，就要动刀子。切尔托普哈诺夫便会两眼直转，话音也变得断断续续……“啊哇……哇……哇……哇，”他叽里咕噜地说，“我这脑袋不要了！”……简直要玩命！虽然如此，他却为人清白，从不做任何亏心事。当然，也没有人去登他家的门……可是他的心地是善良的，甚至有其伟大之处：遇到不公平的事、仗势欺人的事，他就不能容忍；他常给自己的农人当靠山。“怎么？”他狂怒地敲着自己的脑袋说，“想欺侮我的人，我的人？只要有我切尔托普哈诺夫在，休想！……”

季洪·伊万内奇·涅多皮尤斯金就没法像潘捷莱·叶列梅伊奇那样以自己的出身自诩了。他的父亲出身于独院地主，当了四十年的差，才捞到个贵族称号。老涅多皮尤斯金先生也是一个时乖命蹇的人，灾难如冤家似的紧追着他。这个可怜的人从生到死的整整六十年里，一直同小人物所必遭的种种贫困、疾病和灾祸奋力拼搏；他如鱼撞冰似的拼命挣扎着，吃不饱，睡不好，低头哈腰，操劳、忧心、疲惫，为每个铜板而战战兢兢，工作确实任劳任怨，可是既没有为自己也没有为孩子挣得温饱，最后就不知死在阁楼上或是死在地窖里。命运就像猎犬追兔子似的把他折腾得筋疲力尽。他是一个善良而正直的人，只按"职位"收点贿赂——从十戈比到两卢布。老涅多皮尤斯金有过一位生肺病的瘦弱的妻子；养过几个孩子，幸亏不久大都夭折了，只剩下儿子季洪和女儿米特罗多拉；这个女儿有个外号叫"俏妞"，经过一连串既可悲又可笑的事件之后，嫁给了一个退职的司法检察官。老涅多皮尤斯金先生总算在生前给季洪谋到一个编外办事员的职务；但父亲去世后，季洪便立即辞职不干了。长期的忧心焦急、与饥寒的苦挣苦扎，母亲的悲愁丧气，父亲的拼死奔忙，房东和店主的粗暴欺压——季洪天天受到所有这些痛苦的不断折磨，便养成了一种莫名其妙的胆怯：一见到上司，就会浑身哆嗦，吓得要死，像一只被抓住的小鸟。他放弃了职位，漫不经心的、也许爱开玩笑的老天爷赋予人以各种各样的能力和爱好，但一点也不考虑人的社会地位和财产；老天爷凭着自己特有的关怀和爱心把穷官吏的儿子季洪塑造成一个多愁善感、懒散、柔弱、窝囊的人——一个特别贪图享受，并具有极灵敏的嗅觉和味觉的人……老天爷把这个作品塑造好了，又给以精心的加工之后，就让它靠酸白菜和臭鱼生长了。这件作品长大了，便开始了所谓"生活"。好戏就开场了。曾对老涅多皮尤斯金折磨不休的命运又来折磨这个儿子了：显然，它折磨出瘾来了。不过它折磨季洪的方式大为不同：不是让他受苦，而是拿他逗乐。命运从来不使他陷于绝境，也不让他体验饥饿的羞辱辛酸，但迫使他浪迹全国，从魏里基－乌斯秋格到察列沃－科克沙依斯克，去干一种又一种卑贱可笑的差事：有时关照他，让他到一个脾气暴躁而又爱唠叨的贵族女善人家里去当“大管家”，有时安排他到一个富有而吝啬的商人家充食客；有时派他给一个突眼睛、留英国发式的老爷当家庭秘书长，有时又支使他到一个爱犬者家里充当半家仆半小丑的角色……总之，命运驱使可怜的季洪一滴一滴地喝干尽人摆布的生活的苦涩毒酒。他一辈子都是为那些百无聊赖的贵族老爷效劳，满足他们刁钻古怪的要求，调节他们空虚无聊的生活……有多少回，客人们拿他取笑逗乐个够，才放了他，他独自回到房间里，心里羞惭如焚，眼里涌上绝望的冷泪，他发誓第二天要偷偷跑掉，到城里去碰碰运气，哪怕当一个小小抄写员也好，要不然干脆饿死在街头算了。可是，一，上帝没有赐予他意志力；二，他胆小怕事；三，最后不知如何去谋职，不知去求谁。“人家不会要我的，”这倒霉蛋常常在床上灰心丧气地辗转反侧，自言自语地说，“人家不会要我的呀！”于是到了第二天，还是老着脸皮去干原来的差使。可是那瞎操心的天老爷却没有赋予他一丁点儿干滑稽小丑这一行所必不可缺的能力和才华，所以他显得格外难堪。比如说，他不善于反穿着熊皮大衣跳舞跳到累倒在地的程度，也不善于在乱舞鞭子的人旁边插科打诨献殷勤；在零下二十度时要他脱光衣服，有时就会伤风；他的胃既耐不住掺进墨水和其他脏东西的酒，也耐不住泡了醋的蛤蟆菌和红菇。要不是他的最后的恩人，一个发了财的专卖商，因一时高兴而想起在遗嘱中添了一笔，那季洪的前途真不知道会是怎样的呢。那商人在遗嘱中写了这样的话：“将我自己购置的别谢连杰夫卡村连同所属土地分给焦贾（即季洪）· 涅多皮尤斯金，作为他永久的世袭产业。”过了没几天，这位恩人在喝鲟鱼汤时突然中风身亡了。一时间吵翻了天；法院派人来了，把财产暂加封存。亲戚们也都前来；打开遗嘱并宣读了，就派人去叫涅多皮尤斯金来。涅多皮尤斯金来了。大部分到场的人都知道季洪·伊万内奇在恩人这里是干什么的，因此都以震耳的喊声和嘲笑的恭喜话去迎接他。“地主来了，他就是那位新地主呀！”另一些继承人这样叫嚷道。“可不是吗，”一个有名的爱说俏皮话和笑话的家伙接过话说，“可以说一点也不错……确确实实……就是那个……所谓的……继承人。”大家哄堂大笑。涅多皮尤斯金久久不肯相信自己有这份福气。人家把遗嘱给他看——他脸红了，眯起眼睛，挥动双手，放声大哭。众人的哈哈笑声汇成一片浓重的喧哗声。别谢连杰叶夫卡村一共只有二十二个农奴；没有人为它而大感可惜，为什么就不趁此机会寻点开心呢？有一个来自彼得堡的继承人，一个长着希腊人鼻子、带着高贵的脸部表情、显得神气活现的汉子罗斯季斯拉夫·阿达梅奇·什托佩利忍不住了，侧着身子走到涅多皮尤斯金跟前，扭过头傲慢地瞅了他一眼。“先生，据我所知，”此人带着轻蔑而随便的神情说起话来，“您在尊敬的费多尔·费多罗维奇家里是一个所谓逗乐解闷的仆人吧？”这位从彼得堡来的先生把话说得干净利落、正确无误。惶惶不安的涅多皮尤斯金没有听清这位不认识的先生的话，而其他的人立刻都不作声了，那个爱说俏皮话的人傲慢地笑了笑。什托佩利先生搓了搓手，把自己说的话重复了一遍。涅多皮尤斯金惊讶地抬起眼睛，张着嘴巴。什托佩利先生鄙薄地眯起眼睛。

“恭喜您呀，先生，恭喜，”他接下说，“真的，可以说不是每个人都愿意用这种方式给自己挣饭吃的；不过，de gustibus non est dis putandum——也就是说，各有各的口味嘛……对不对？”

后边有一个人由于又惊又喜，迅速而不失礼貌地尖叫了一声。

“请您说说，”什托佩利先生受到众人的笑声的巨大鼓舞，又接下去说，“您主要是靠什么才能获得您的这份福气呢？别难为情，说说吧；我们这里可以说都是自家人，en famille[①]。诸位，我们这里都是 en famille，对吗？”

什托佩利先生拿这话随便问了问一个继承人，可惜那个人不懂法语，所以只能带着赞同的神情轻轻地支吾一声。然而另外一个额门上有些黄斑的年轻继承人连忙接话说：“维，维[②]，当然啰。”

“也许，”什托佩利又说道，“您会两脚朝天用两手走路吧？”

涅多皮尤斯金愁苦地瞧了瞧周围：每张脸孔都恶意地笑着，所有的眼睛都笑出了泪水。

“或许，您会学公鸡叫？”

爆发出一阵哄堂大笑，随即又静了下来，等着看下面的热闹。

“或许，您能在鼻子上……”

“住嘴！”一个尖锐而响亮的声音猛然打断了什托佩利的话。“你们欺侮一个穷人，多不害臊！”

大家转过头瞧了瞧。门口站着切尔托普哈诺夫。他是故世的专卖商的远房侄儿，所以也接到请帖前来参加亲属集会。在宣读遗嘱的整段时间里，他像平日一样矜持地站得离别人远远的。

“住嘴！”他骄傲地昂着头，重复了一下。

什托佩利先生一下转过身去，看见一个衣着寒酸、外表很不起眼的人，便低声问身旁的一个人（总是小心为好嘛）：

“他是什么人？”

“切尔托普哈诺夫，不是什么了不起的人物。”那个人在他耳边回答说。

什托佩利装出一副盛气凌人的样子。

“您算老几，竟敢发号施令？”他眯起眼睛，用鼻音说，“请

---

① 法语：自家人。

② 法语“是的，是的”的译音。

问，您是什么了不起的人物？”

切尔托普哈诺夫像火药碰到火星似的立即就炸了，他愤怒得喘不过气来。

“哧……哧……哧……哧，”他好像被扼住脖子似的哧哧地喊了起来，突然又如雷鸣般喊道，“我是什么人？我是什么人？我是潘捷莱·切尔托普哈诺夫，世袭贵族，我的祖先是替皇上效过力的，而你算什么人？”

什托佩利的脸一下刷白了，后退了一步。他没料到会受到这样的回击。

“我是……我是……”

切尔托普哈诺夫一个箭步冲上前去；什托佩利惊慌万状，急忙后退，客人们向这个怒不可遏的地主涌上来。

“决斗，决斗，马上隔着手绢射击！”气得发狂的潘捷莱大喊大嚷，“否则要向我道歉，也要向他道歉……”

“道歉吧，道歉吧，”在什托佩利周围的那些惊慌不已的继承人们低声说，“他可是个十足狂人，会动刀子的。”

“请原谅，请原谅，我不知道，”什托佩利喃喃地说，“我是有眼不识……”

“也向他道歉！”不肯罢休的潘捷莱吼道。

“也请您原谅。”什托佩利又朝涅多皮尤斯金说，而涅多皮尤斯金此时却像患热病似的在打哆嗦。

切尔托普哈诺夫气消了，走到涅多皮尤斯金跟前，拉住他的手，神气地向周围扫了一眼，毫不理睬任何目光，在一片肃静中带着死者自购的别谢连杰叶夫卡村的这位新主人堂而皇之地从房子里走了出去。

他俩打那一天起就形影不离了。（别谢连杰叶夫卡村和别索诺沃村仅隔八俄里地。）涅多皮尤斯金的无限感激之情立即变成俯首帖耳的敬仰。懦弱温顺而非十分单纯的季洪便拜倒在大胆无畏而又公正无私的潘捷莱的脚下了。“那真是不容易呀！”他有时暗自地想，“他跟省长谈话，敢直盯着对方的眼睛呢……确实是直盯着看的呀！”

他对他惊奇得不得了，简直惊奇得不可思议，认为他既聪明又博学，不是寻常之辈。倒也是，切尔托普哈诺夫所受的教育不管怎样差，而同季洪所受的教育一比，那就显得多得多了。的确，切尔托普哈诺夫俄文书读得甚少，法文学得很差，差到这样的程度，以至于有一次有一位瑞士籍家庭教师问他：“Vous parlez francais，monsieur？”[①] 他回答说：“热不会。”又稍想了一下，补说了一个字“帕”[②]。不过他总算记得世界上有一个非常机智的作家伏尔泰，也记得普鲁士国王腓特烈一世，知道他在军事方面也赫赫有名。在俄罗斯作家中，他尊崇杰尔查文[③]，又喜欢马尔林斯基[④]，并把一只最出色的狗取名为阿马拉特·别克[⑤]……

同这两位朋友初次见面之后过了几天，我便去别索诺沃村拜访潘捷莱·叶列梅伊奇。老远就瞧见他那不大的住屋；它矗立在离村庄半俄里的一片光秃秃的地方，真可谓“茕茕孑立”，宛若停在耕地上的一只老鹰。切尔托普哈诺夫的整个宅院共有四座大小不一的破旧房子，即厢房、马厩、棚屋和浴室。各座房子都是互相分开的，

自成一体，没有围墙，也不见大门。我的车夫迟疑地把车停在一个井栏烂了一半、井身已淤塞了的旧水井旁边。在棚屋旁边

① 法语：先生，您会讲法语吗？——原注

② “热”“帕”是法语 Je 和 Pas 的发音。他把法语和俄语混杂着说。

③ 杰尔查文（1743—1816），俄国诗人。

④ 马尔林斯基（1797—1837），俄国作家。

⑤ 马尔林斯基的作品《阿马拉特·别克》中的主人公。

有几只瘦巴巴的、毛蓬蓬的小猎狗在啃食一匹死马，大概就是那匹叫奥尔巴桑的马吧；一只小狗抬起沾满血的嘴，匆忙地叫了几声，又啃起那露出来的肋部。马的旁边站着一个十六七岁的小厮，长着一张浮肿的黄脸，穿着仆人服，光着脚丫；他正经八百地看着那些交他照管的狗，有时用鞭子抽几下最嘴馋的狗。

“老爷在家吗？”我问。

“谁知道呢！”那小厮回答说，“您去敲敲门看。”

我跳下马车，走到厢房的台阶前。

切尔托普哈诺夫先生的住屋的外观是极为寒碜的：圆木都变黑了，向前突着“肚子”，烟囱倒塌了，屋角有些霉烂，又倾斜了，灰蓝色的小窗在耷拉下来的乱糟糟的屋檐下显得说不出的萎靡，宛如一些老荡妇的眼睛。我敲了敲门，无人回应。然而我听到里面有刺耳的声音：

“а，б，в；跟着念，笨蛋，”一个嘶哑的声音说，“а，б，в，г……不对！г，д，е！е！…跟着念，笨蛋！”

我又敲了敲门。

刚才那声音喊道：

“进来吧，是谁呀？”

我走进空荡荡的小前室，从敞开的门里看见了切尔托普哈诺夫。他穿的是油迹斑斑的布哈拉长袍和肥大的灯笼裤，头戴红色小圆帽，坐在椅子上，一只手抓住一只小狮子狗的头，另一只手拿着一块面包，伸在狗的鼻子上边。

“啊！”他庄重地说，仍坐着不动，“大驾光临，非常欢迎。请坐。我在训练这只文佐尔呢……”他又提高嗓门喊道：“季洪·伊万内奇，上这儿来。客人来了。”

“马上来，马上来。”季洪·伊万内奇在隔壁房间里回答说。“玛莎，把领带拿给我。”

切尔托普哈诺夫又转向文佐尔，把一小块面包搁到它鼻子上。我打量了一下周围。在这房间里，除了一张有十三条长短不齐的腿的、歪歪扭扭的活动桌子和四把坐瘪了的草垫椅子之外，就没有其他家具了；很久以前粉刷过的墙上布满星形的蓝斑，多处已经掉了白灰；两扇窗子之间挂着一面镶有很大红木框的镜子，镜面已经裂了，显得模糊不清。角落里搁着几根长烟管和猎枪；天花板上挂下一条条又粗又黑的蜘蛛丝。

“а，б，в，г，д，”切尔托普哈诺夫慢条斯理地念着，突然气恼地大喊，“е！ е！ е……多笨的畜生！……е……”

而这只倒霉的狮子狗只是哆哆嗦嗦着，不想张开嘴巴；它仍然坐着，难过地蜷着尾巴，歪着头，灰溜溜地眨巴着眼睛，又把眼睛眯起来，仿佛心里在说：随您便吧！

“吃吧，来！抓住！”不肯罢休的地主叨咕着说。

“您把它吓着了。”我说。

“那就让它滚吧！”

他踹了狗一脚。这只怪可怜的畜生慢慢地站起来，鼻子上的面包掉了下来，仿佛踮着脚尖似的朝前室走去，一副深受委屈的样子。的确是的：生客头一次来，主人竟这样不顾它的面子。

另一房间的门小心地开了，涅多皮尤斯金先生进来了，他面带微笑，愉快地向我打招呼。

我站起来，鞠一下躬。

“别客气，别客气。”他低声地说。

我们坐了下来。切尔托普哈诺夫到隔壁房间去了。

“您来我们这地方很久了吗？”涅多皮尤斯金以柔和的声音说起话来，用手遮住嘴咳了一下，为了表示礼貌，把手指在唇前遮了一会。

“有一个多月了。”

"哦，是这样。"

我们沉默了一会。

"这几天天气真好，"涅多皮尤斯金接下说，并带着感谢的神情看了看我，似乎天气好是由于我的关系，"庄稼长得可以说好极了。"

我点点头表示同意。我们又沉默了一会。

"潘捷莱·叶列梅伊奇昨天抓到了两只灰兔，"涅多皮尤斯金使劲地找点话说，显然是想让谈话变得活跃一些，"真的，那两只灰兔可大啦。"

"切尔托普哈诺夫先生的狗很好吧？"

"他的狗都棒着呢！"涅多皮尤斯金高兴地回答说，"可以说，全省第一流。（他向我挪近一点。）没得说！潘捷莱·叶列梅伊奇这个人很了不起！他只要希望什么，只要想到什么，你就瞧吧，准会办到，什么都搞得挺热火的。我对您说，潘捷莱·叶列梅伊奇他……"

切尔托普哈诺夫走了进来。涅多皮尤斯金笑了笑，把话打住了，使眼神让我好好看一看他，似乎想说：您自己看看就信了。我们开始聊起打猎的事来。

"要不要给您看看我的猎狗？"切尔托普哈诺夫问我，不等我回答，就喊卡尔普来。

进来一个很壮实的小伙子，他穿一件绿色土布外套，缝有浅蓝色衣领和仆人服的纽扣。

"吩咐福姆卡，"切尔托普哈诺夫断断续续地说，"叫他把阿马拉特和萨伊加带过来，要弄得整整齐齐的，懂吗？"

卡尔普咧开嘴笑了笑，回了一句含糊不清的话，便出去了。福姆卡来了。他头梳得亮亮的，衣服穿得笔挺，脚登长筒靴，带着几只狗。我出于礼貌，只好对这些蠢畜生赞赏几句（这些博尔扎亚猎狗都蠢得很)。切尔托普哈诺夫向阿马拉特的鼻孔里吐几口唾沫，可是这显然没有给这只狗带来一点点儿的快感。我们又聊了起来。切尔托普哈诺夫渐渐变得十分和气，不再气鼓鼓的了；他脸上的表情也变了。他瞧瞧我，又瞧瞧涅多皮尤斯金……

“嘿！”他忽然喊道，“她干吗一个人待在那里呀？玛莎！喂，玛莎！上这儿来。”

隔壁房间里开始有人走动，但没有回答声。

“玛——莎，”切尔托普哈诺夫又亲切地唤了一声，“上这儿来，没有关系的，不用怕。”

门轻轻地开了，我看见一个二十来岁的女人，身材修长而匀称，一张茨冈人的黝黑的脸，一双黄褐色的眼睛，一条漆黑的辫子；又大又白的牙齿在丰满红润的嘴唇里闪闪发亮。她穿一件白色连衣裙，披一条浅蓝色的披肩，在靠近喉头处用金别针别住，这披肩把她健美的细手臂遮住了一半。她带着村野女子的羞涩神情挪前两步就站住了，低下了头。

“好，我来做一下介绍，”潘捷莱·叶列梅伊奇说，“说妻子又不是妻子，就算妻子吧。”

玛莎稍稍红了一下脸，窘惑地微微一笑。我向她深深地鞠了个躬。她很令我喜欢。细巧的鹰鼻和张开的半透明的鼻孔、大胆扬着的高高的眉毛、苍白而微微凹进的脸颊——她的整个面相显露出任性的激情和无所顾忌的胆量。在盘好的辫子下有两绺发亮的短发垂在宽宽的脖子上——这是血性和坚强的特征。

她走到窗前坐下来。我不愿加重她的窘迫感，便与切尔托普哈诺夫交谈起来。玛莎微微转过头，皱起眉头，悄悄地、腼腆地、迅速地打量了我一下。她那目光像蛇芯子一般闪耀着。涅多皮尤斯金坐到她身旁，在她耳边嘀咕了几句。她又笑了笑。她笑的时候稍稍蹙起点鼻子，翘起上唇，使她的脸平添了既像猫又像狮子的表情……

“哦，你真是棵含羞草呀。”我心里想，同时也偷偷地瞧了瞧她那柔软的身躯、平平的胸部和有点生硬的、敏捷的动作。

“啊，玛莎，”切尔托普哈诺夫说，“该拿点什么款待客人，是吧？”

“咱们有果酱。”她回答。

“好，就拿果酱来，顺便再拿点酒来，还有，听我说，玛莎，”他在她背后又喊了一句，“把吉他也拿来。”

“拿吉他干什么？我不唱歌。”

“为什么？”

“不想唱。”

“哎，瞎说，你会想唱的，只要……”

“只要什么？”玛莎一下皱起眉头问。

“只要请你唱。”切尔托普哈诺夫有点难为情地说。

“哼！”

她出去了，一会儿就拿着果酱和酒回来，又坐到窗前。她的额头还露出一道皱纹；两道眉毛一扬一落的，宛如黄蜂的触须……读者，您可曾注意到黄蜂的凶相是什么样的？我心想。大雷雨要来了。谈话也不顺畅了。涅多皮尤斯金一声不吭，强装微笑；切尔托普哈诺夫气喘吁吁，面红耳赤，瞪着眼睛；我已准备走了……玛莎忽然站起来，猛一下打开了窗子，探出头去，气冲冲地呼喊一个过路的村妇：“阿克西尼娅！”那村妇吓了一跳，本想转过身来，不料脚底下一滑，砰的一声摔倒在地。玛莎身子向后一仰，哈哈大笑起来；切尔托普哈诺夫也笑了，涅多皮尤斯金高兴得尖喊起来。我们都为之精神一振。只打了一下闪电，大雷雨就过去了……天空又晴朗了。

半小时之后没有人认得我们了：我们全像孩子似的瞎聊着、

玩闹着。玛莎玩得比谁都起劲——切尔托普哈诺夫用眼睛馋相地盯着她看。她的脸色泛白，鼻孔张大着，在同一时间里眼睛亮一下又暗下去。这村野女子玩得可来劲了。涅多皮尤斯金迈着他那粗短的腿跟在她后面一晃一摆，活像公鸡追赶母鸡。连文佐尔也从前室里的凳子下爬了出来，在门口站了一会，瞧了瞧我，也突然跳起来，叫起来。玛莎飞奔到另一房间，拿来吉他，扯下肩上的披巾，敏捷地坐下来，昂起头，唱起了茨冈歌曲。她的声音嘹亮，带点颤音，像一个有裂纹的玻璃铃，时扬时抑……使人心里觉得既亲切又恐惧。“啊，烧吧，说吧……”切尔托普哈诺夫跳起舞来。涅多皮尤斯金跺起脚，用碎步跳了起来。玛莎整个人扭来扭去，好像桦树皮在火中燃烧；纤细的手指在琴弦上灵活地滑动着，黝黑的喉头在两道琥珀项链下缓缓起伏。有时她猛一下不唱了，疲惫地坐下来，仿佛不大情愿地拨着琴弦，切尔托普哈诺夫也停下舞步，只耸动肩膀，在原地倒换着两脚；涅多皮尤斯金像中国的瓷器人一样摇着脑袋；有时玛莎又像疯了似的唱了起来，直起腰身，挺起胸脯，切尔托普哈诺夫又蹲下来跳，常常跳得老高，几乎碰到天花板，又像陀螺似的旋转着，高声喊着：“快！”……

“快、快、快、快！”涅多皮尤斯金也急速地跟着叫喊。

那天很晚很晚我才离开别索诺沃村。

切尔托普哈诺夫的末路

一

我那次访问切尔托普哈诺夫之后约过了两年，这位仁兄便开始多灾多难了，确确实实地多灾多难了。在此之前他曾遇上过一些不称心、不顺遂、甚至倒霉的事，可是他对这些事全没在意，依然如“帝王”似的过他的日子。最先令他大为震惊又令他大为伤心的灾难乃是玛莎跟他分道扬镳。

玛莎在他家里似乎已过得非常习惯了，究竟是什么原因使她要离开这个家，那就很难道个明白了。切尔托普哈诺夫至死都认定，玛莎之所以背弃他，全要怪邻村的一个年轻人，此人是一个退伍的枪骑兵大尉，外号叫亚夫。按切尔托普哈诺夫的说法，这小子之所以能勾引女人，仅仅是因为他能不停地捻弄胡子，肯费大力气化妆打扮，并会用心良苦地哼哼哈哈；不过话说回来，应该认为这方面起主要作用的乃是玛莎血管里流着流浪的茨冈人的血液。且不管什么原因，反正在一个夏天的傍晚，玛莎把一些衣服什么的打了个包袱，就离开了切尔托普哈诺夫的家门。

在出走之前头两三天里，她老待在角落里，缩着身子靠在墙壁上，宛如一只受了伤的狐狸，对谁都不吭一声，只是老在转悠着眼睛，在一边沉思默想，时而扬扬眉头，微微龇着牙，时而缓缓地移动两手，仿佛要把身子裹得严严的。以前她也闹过这样的“情绪”，不过从来没有持续多久。切尔托普哈诺夫知道这种情况，所以并不担心，也不去打扰她。有一天，他的管猎狗的仆人向他报告，说家里所剩的两只猎狗都完蛋了，他便前去查看一下，当他从狗舍回来的时候，碰上一个女仆，她用哆哆嗦嗦的声音报告说，玛丽娅·阿金菲叶夫娜①叫她向他问候，祝愿他万事如意，可是玛丽娅她再不回到他这个家了。切尔托普哈诺夫在原地转了两个圈，声嘶力竭地狂叫了一声，急忙就去追赶这个私奔的女人，顺手还捎上了手枪。

他在离家两俄里的一片白桦树林边上，在那条通往县城的大道上追上了她。太阳已低低地西垂了，周围的一切，树木、花草和大地顿时染得一片通红。

“要找亚夫去呀！要找亚夫去呀！”切尔托普哈诺夫一看见玛莎便痛心地哼哼说，“要找亚夫去呀！”他叨咕着，几乎一步一绊地向她跑过去。

玛莎停下步，转过脸朝着他。她背对阳光站着，所以全身黑乎乎的，如同用乌木雕成一样。唯有眼白像银色扁桃仁似的看得特清，而瞳仁却显得更黑了。

她把包袱扔到一边，交叉起双臂。

“您想到亚夫那里去，真不要脸！”切尔托普哈诺夫又说了一遍，本想抓住她的肩膀，可是一碰上她那目光，便慌了神，在原地犹豫起来。

“我不是上亚夫先生那儿去，潘捷莱·叶列梅伊奇，”玛莎坦然地低声回答，“可是我不能再同您一起过了。”

“怎么不能一起过啦？这是为什么？难道我有什么地方得罪

---

① 玛莎的正式名字和父名。

了你？”

玛莎摇摇头。

“您没有任何得罪我的地方，潘捷莱·叶列梅伊奇，只是我在您家里待腻了……您过去对我好，我谢谢了，可是我不能再留下来——不能了！”

切尔托普哈诺夫大吃一惊，他甚至用两手在大腿上狠拍一下，蹦了起来。

“怎么能这样呢？你过得好好的，快快活活，平平安安，可突然觉得腻了！一说腻了就抛开他！包上头巾就走人。你受的各种尊敬不比一个当夫人的差呀……”

“这些对于我无所谓。”玛莎打断他的话说。

“怎么无所谓？从一个茨冈女骗子变成了一位夫人，能说无所谓吗？怎么个无所谓呀，你这天生的贱货！这种人能让人信得过吗？必定会背弃，背弃！”

他又低声地发狠。

“我没有想过什么背弃，也没有背弃过，”玛莎用她歌唱似的清晰声音说道，“我已经对你说过，我感到厌烦了。”

“玛莎！”切尔托普哈诺夫大喊一声，用拳捶一下胸，“别这样了，得了，你让我够难受的了！喂，算了！你只要想一想，季沙[1]会说什么；你至少要可怜可怜他嘛！”

“请您代我向季洪·伊万内奇问好，对他说……”

切尔托普哈诺夫两手一摆。

“不行，别胡扯了，你走不了！你的亚夫是等不到你的！”

“亚夫先生——”玛沙正要说下去……

“什么亚夫先生，”切尔托普哈诺夫滑稽地模仿她的口气说，

---

① 季洪的昵称。

“他是个十足的骗子、大滑头，他那副嘴脸就像个猴子！”

切尔托普哈诺夫同玛莎足足磨蹭了半个钟头。他时而靠近她，时而退开去，时而举手想揍她，时而向她低头哈腰，又哭，又骂……

“我受不了，”玛莎断然地说，“我苦闷极了……烦得要死。”她那脸上渐渐显出十分冷漠的、几乎昏沉沉的神情，致使切尔托普哈诺夫问她，是否有人给她吃了麻醉药？”

“是烦闷。”她说第十次了。

“那我就打死你，怎么样？”他猛然喊道，从口袋里掏出了手枪。

玛莎莞尔一笑；她的脸显出光彩。

“这有什么？打死我好了，潘捷莱·叶列梅伊奇，随您的便；回去？我是不回去的。”

“不回去？”切尔托普哈诺夫扳起了扳机。

“不回去，亲爱的。永远不回去了。我的话说定了。”

切尔托普哈诺夫突然把枪塞到她手里，蹲在了地上。

“好，那你就打死我吧！没有你，我也不想活了。我让你厌烦——世上的一切也让我厌烦了。”

玛莎弯下腰，捡起自己的包袱，把手枪放在草地上，让枪口背向切尔托普哈诺夫，就挨着他坐下来。

“唉，亲爱的，你难过什么呢？难道你不了解我们茨冈女人吗？我们生性就是这样的嘛，习惯了。只要那个催人分手的‘厌烦’一出现。就会把魂召到老远老远的地方去，哪能留得下来呢？你就记住你的玛莎吧，这样的女友你是找不到第二个的；我也不会忘记你的，我的鹰；可是咱们的共同生活已经到头了！”

“我一向是爱你的呀，玛莎！”切尔托普哈诺夫用手蒙着脸，透过手指缝说……

“我也是爱过您的呀，我的朋友潘捷莱·叶列梅伊奇！”

“我过去爱你，现在还爱你，爱得发疯，爱得不知所以，现在我只要一想到，你过得好好的，却一下子无缘无故地抛开我；去四处流浪，我就会觉得，如果我不是一个倒霉的穷光蛋，那你就不会抛开我的！”

玛莎听了这番话只是笑了笑。

“你还曾经把我叫作不贪钱财的女人呢！”她说着，并抡起拳头在切尔托普哈诺夫的肩上打了一下。

他跳了起来。

“那么你至少拿我一点钱带上嘛——一个子儿没有怎么行呢？不过你最好还是打死我吧！我对你说真格的：你一枪打死我算了！”

玛莎又摇摇头。

“打死你？亲爱的，为什么要让人家把我流放到西伯利亚去呢？”

切尔托普哈诺夫颤抖了一下。

“原来你只是因为这个，因为怕服苦役……”

他又倒在草地上。

玛莎在他旁边默默地站了一会。“我为你遗憾，潘捷莱·叶尔梅伊奇，”她叹了口气说，“你是个好人……可是没有法子：再见吧！”

她转过身，走了几步。夜色已经降临，四处黑影幢幢。切尔托普哈诺夫腾一下站了起来，从后边抓住玛莎的两只胳膊。

“你就这样走了，毒蛇？想去找亚夫！”

“再见吧！”玛莎深情而又坚决地重说了一遍，便挣开手走了。

切尔托普哈诺夫望了望她的背影，便跑到放手枪的地方，拿起枪朝她瞄准，开了一枪……但是在扣动扳机之前把手向上一翘，让子弹从玛莎头上嗖地过去。她边走边回头瞧了瞧他，继续摇摇摆摆地向前走，似乎在逗弄他。

他掩着脸，急忙跑开……

可是他还没跑上五十来步，便猛然站住了，好像被拴住了似的。一个熟悉的、非常熟悉的声音向他飞来。是玛莎的歌声。她在唱“美好的青春年华”，句句歌声都在夜晚的空气里飘荡开来，哀怨而热情。切尔托普哈诺夫侧耳倾听。歌声渐渐地远去；一会低下去，一会又隐约可闻，可是仍像股热流……

“她这是有意刺激我呢，”切尔托普哈诺夫心里想，可他立刻又叹息说，“哦，不是的，这是她向我表示永别呢。”他泪如泉涌。

他于第二天便来到亚夫先生的家。亚夫先生是一个真正的社交界人物，不甘心于乡下的寂寞，而住到县城里去，正如他自己说的，为的是“离小姐们近些”。切尔托普哈诺夫没有遇上亚夫。据他的侍仆说，他头一天去了莫斯科。

“果然不出所料！”切尔托普哈诺夫怒气冲冲地喊道，“他们串通好了：她跟他私奔了……但等着瞧吧！”

他不顾侍仆的阻拦，冲进青年枪骑兵大尉的办事室。房间里的沙发上方挂着穿枪骑兵制服的油画肖像。“啊，你在这儿呀，你这没有尾巴的猴子！”切尔托普哈诺夫吼叫着，并跳上沙发，一拳打在紧绷着的画布上，打出了一个大洞。

“告诉你的混蛋主子，”他对那个侍仆说，“因为他自己的卑鄙嘴脸不在，所以贵族切尔托普哈诺夫就砸毁他的画像；如果他要我赔。他知道在哪儿可找得到贵族切尔托普哈诺夫！要不然我自己来找他！哪怕跑到海底，也要找到这个卑鄙下流的猴子！”

说了这几句话之后，切尔托普哈诺夫跳下沙发，便大摇大摆地离去了。

可那枪骑兵大尉亚夫却没有向他要求任何赔偿——他甚至没

有在任何地方遇到过他——切尔托普哈诺夫也不想再去找这个情敌，他们两人之间也就没有任何故事好说了。关于玛莎的下落从那以后也音信杳然。切尔托普哈诺夫曾一度借酒浇愁，后来“醒悟”过来了。可这时候第二个灾难又找上他了。

二

那就是他的至交季洪·伊万内奇·涅多皮尤斯金的去世。在他去世前的约两年时间里，他那身体已经渐渐不行了：光是气喘，老是昏睡，醒来后，也不能立刻缓过神来。县城里的大夫说他患了“轻度中风”。在玛莎离去之前的三天里，也就是她感到“厌烦”的三天里，涅多皮尤斯金正躺在自己的别谢连杰夫卡村的家里，他得了重感冒。玛莎的出走更使他受到意外的打击。这件事对于他的打击也许比对切尔托普哈诺夫的更要严重。由于他生性柔弱和胆怯，因此除了对好友表示深切的同情，和自己的病态的困惑之外，就没有任何其他的表露……然而他的一切都垮了，一切皆空了。“她掏走了我的心”他坐在自己喜爱的漆布沙发上摆弄着手指，低声地自言自语。甚至在切尔托普哈诺夫的情绪恢复正常之后，涅多皮尤斯金也还没有恢复正常，他仍然感到“心里全空了”。“就是这儿。”他指着胸中央高于胃的地方。他就这样直拖到冬天。严寒初临的时候，他的气喘病减轻些了，可是随之而来已不是轻度中风，而是真正的中风了。他不是一下子失去记忆的，他还能认出切尔托普哈诺夫，听到这位好友的绝望呼喊：“你这是怎么啦，季洪，你怎么不经我允许就要丢下我，像玛莎一样？”他还能用发僵的舌头回答：“我，潘……莱·叶……奇，我……总是……听您……的话……”然而，就在这一天，不等县城的大夫赶到，他就离开人世了。那大夫一看见他刚刚冷却的躯体，不免发出人生若梦的感叹，要一点“酒和鲟鱼干”消消愁。可以料得到，季洪·伊万内奇把自己的产业遗赠给了自己最尊敬的恩人和宽宏大量的保护人“潘捷莱·叶列梅伊奇·切尔托普哈诺夫”，然而这份产业并没有给最尊敬的恩人带来多大的好处，因为它很快就被拍卖了——其中一部分钱用来支付墓碑、雕像的费用。切尔托普哈诺夫想要给亡友的墓上立一座雕像，（在他身上显然表现出他父亲的秉性！）他是从莫斯科定制雕像的，它本该是一个在祈祷的天使；可人家介绍给他的那个经纪人认为外省对雕塑懂行的人很少，就没有给天使像，而是送来了一座福洛拉女神[1]像，它本是多年来装饰在莫斯科近郊一个荒芜了的叶卡捷琳娜时代的花园里的雕像，那经纪人没花钱就把它弄来了。不过这雕像倒很优美，具有洛可可风格：丰腴的手臂，蓬松的鬈发，袒露的胸前有一串玫瑰花，稍稍弯下点身子。这个神话中的女神至今仍风雅地抬着一只腿，屹立在季洪·伊万内奇的墓上，带着真正蓬帕杜[2]式的娇姿观赏着在她周围游玩的牛羊，它们是常来参观我们乡村墓地的游客。

三

切尔托普哈诺夫失去了自己的挚友之后，又是借酒浇愁，这一次的情况可比以前严重多了。他的家境已彻底走向衰败。没有钱去享受打猎的乐趣了，所剩无几的钱都花光了，最后几个仆人也被打发走了。潘捷莱·叶列梅伊奇已完全陷于孤独凄清了：连与之说句话的人都没有，哪还有什么人可与之谈谈心呢。唯独他

---

① 罗马神话中的花神。
② 法国路易十五的一位宠妃。

身上的那股傲气仍不减当年。相反，他的境况越是不妙，他就变得越益傲慢，越益自负，越益难以接近。最终他变得十分粗野了。他只剩下一点安慰，一点乐趣，那就是他的那匹令人惊叹的坐骑了，它是一匹顿河种的灰毛马，被他取名为马列克－阿杰尔，确实是匹挺出色的牲口。

他得到这匹马的经历是这样的：

有一次切尔托普哈诺夫骑着马经过附近一个村子，听到一个酒馆旁边有一群庄稼人在吵吵嚷嚷。在那一群人中间，有几只强壮的手在同一处不停地上下起落。

“那边出了什么事？”他以自己特有的官腔问一个站在自家门口的老婆娘。

那婆娘倚在门框上，仿佛打盹似的朝着酒馆那边看热闹。一个浅色头发的小孩穿着印花布衬衫，袒露的胸前挂着一个柏木十字架，叉开两条小腿，捏着小拳头，坐在她的两只树皮鞋中间：一只小鸡就在近旁啄食一块硬如木头的黑麦面包皮。

“谁知道呢，老爷，”那老婆娘回答说，她向前弯下身子，把她的一只又皱又黑的手按在小孩的脑瓜上，“听说是我们这儿的一伙人在揍一个犹太佬呢。”

“怎么揍犹太佬？什么样的犹太佬？”

“谁知道呢，老爷。我们这儿来了个犹太佬；他是打哪儿来的——谁知道呢？瓦夏，宝贝，到娘这儿来；喔嘘，喔嘘，这只臭小鸡。”

那婆娘轰开了小鸡，瓦夏拉住了她的方格裙子。

“他们就是在揍他呀，我的老爷。”

“怎么揍他呢？为什么呀？”

“不清楚，老爷。总是有事呗。再说，怎么不揍呢？就是他。老爷，把耶稣钉在十字架上的呀。”

切尔托普哈诺夫吆喝一声，照马脖子抽了一鞭，就向人群直冲过去——闯进人群后，就用鞭子不分青红皂白地朝左右两边的庄稼人乱抽起来，一边以断断续续的声音说："你们无法……无天！无法……无天！该由法律去管嘛，哪能私自……胡来！有法律！法律！！法……律！！！"

没过两分钟，这整群人纷纷四下散开了——在酒馆门前被打翻在地的原来是一个瘦小的黑不溜秋的人，身穿一件土布外衫，蓬头散发，伤痕累累……脸色惨白，翻着白眼，张着嘴……这是怎么回事？是吓晕了或是真的死了？

"你们为什么打死这个犹太人？"切尔托普哈诺夫威严地挥舞着鞭子，厉声喊道。

人群只答以低低的呜呜声。有的庄稼人捂着肩膀，有的捂着腰，有的捂着鼻子。

"揍得好凶呀！"后面有人说。

"用鞭子抽的呀！谁受得了！"另一个声音说。

"为什么打死这个犹太人呀？我问你们呢，你们这帮疯狂的野蛮人！"切尔托普哈诺夫又问一遍。

可是就在这时候，那个躺在地上的人腾地一下爬了起来，跑到切尔托普哈诺夫后边，哆哆嗦嗦地抓住他的马鞍边。

人群里爆出一阵哄笑。

"才打不死呢！"后面又有人说，"真像一只猫！"

"旦（大）[①]人，请替我说句好话，救救我！"这时候那不幸的犹太人把整个胸脯贴在切尔托普哈诺夫的腿上，"要不然他们会打死我的，打死我的，旦（大）人！"

---

① 这犹太人说俄语发音不正，常出现讹音。译文中我们也用一些别字来表示，并在括号中标出其正确读音。下同。

“他们为什么打你？”切尔托普哈诺夫问。

“我系（实）在说不上来！他们有些牲畜死了……他们就怀疑……可系（是）我……”

“唔，这事我们以后会搞清楚的！”切尔托普哈诺夫打断他的话说，“现在你抓住马鞍跟我走吧。喂，你们呀！”他又转身向众人说，“你们认得我吗？我是地主潘捷莱·切尔托普哈诺夫，住在别索诺沃村。要是你们想告我，那就去告吧，也可以连带告这个犹太人！”

“为什么要告呀？”一个老成持重的白胡子庄稼人深深鞠躬说，他那模样酷像古代的族长。（可是刚才打犹太人时，他不比别人少使劲。）“潘捷莱·叶列梅伊奇老爷，我们对您很熟悉；您教训了我们，我们非常感谢！”

“为什么要告呀？”别的一些人也接话说，“那个反基督的家伙吗，我们自有办法收拾他！他躲不过我们的！我们对付他，就像对付田野里的兔子一样……”

切尔托普哈诺夫耸了耸小胡子，哼了一声，就骑着马带上犹太人缓缓地向自己的村子走去，他就像从前解救季洪·涅多皮尤斯金那样，从迫害者手里救下了这个犹太人。

四

没过几天，切尔托普哈诺夫家留下的唯一小厮向他报告说，有个骑马的人来求见，想和他谈谈。切尔托普哈诺夫来到台阶上，看见那个他认识的犹太人骑着一匹非常漂亮的顿河良马，那匹马傲然地、一动不动地站在院落当中。那犹太人已脱下帽子掖在腋下。他的脚没有伸在马镫里，而是伸进马镫的皮带里；他那长外衫的破衣襟耷拉在马鞍的两边。他一看见切尔托普哈诺夫，他的嘴唇便吧嗒起来，两肘抽搐着，双腿也晃动起来。可是切尔托普哈诺夫不仅没有答之以礼，反倒发怒了，一下全身冒火：一个讨厌的犹太人竟敢骑这样漂亮的马……太不像样了！

“喂，你这丑八怪！”他喊道，“立刻滚下来，要是你不想把你摔在烂泥里！”

犹太人当即俯首听命，像个麻袋似的从马鞍上滚了下来，一手牵着缰绳，边微笑边鞠躬地走到切尔托普哈诺夫跟前。

“你有什么事？”潘捷莱·叶尔梅伊奇威严地问。

“旦（大）人，请您瞧瞧，这匹马怎么样？”犹太人不断鞠着躬说。

“嗯……确实……是匹好马。你是从哪儿搞来的？说不定是偷来的吧？”

“怎么会呢，旦（大）人！我系（是）个情（诚）实的犹太人，我系（是）为大人您搞到的，真的！我费了好大力气、好大力气！这确系（是）匹极难得的好马呀！这样的好马在整个顿河地区绝对找不出第二匹来！请瞧瞧，这马有多棒呀！请到这边来！（他对马吆喝：‘吁……吁……转过头，侧过身！’）咱们卸下马鞍吧。您看怎么样呀，旦（大）人？”

“马倒是好马。”切尔托普哈诺夫装作不在乎的样子重说了一遍，实际上胸内那颗心已兴奋得直跳。他是个狂热的马迷，对马非常懂行。

“旦（大）人，您摸摸它看！摸摸它的波（脖）子，嘿嘿嘿！对啦。”

切尔托普哈诺夫似乎不乐意地把手搁到马的脖子上，拍了两下，然后用手指从脖上隆起的部位起顺着脊背摸过去，直摸到肾脏上方的部位，像内行人那样在这个地方轻轻按了按。这马立刻拱起脊背，用一只傲慢的黑眼睛瞟了一下切尔托普哈诺夫，喷了口气，倒换了几下前腿。

犹太人笑了起来，轻轻地拍着手。

“它在认主人了，旦（大）人，认主人了！”

“嘿，别瞎说，”切尔托普哈诺夫懊恼地打断他的话说，“让我买你这匹马吗……我没有钱，要是说送给我，我不但没有接受过犹太人的赠物，就连上帝的赠物也没有接受过！”

“我怎么敢向您赠送东西呢，哪能呢！”犹太人大声说。“您就买下吧，旦（大）人，……浅（钱）吗我以后来拿。”

切尔托普哈诺夫沉思起来。

“你要多少钱？”他终于含糊地问。

犹太人耸耸肩膀。

“就按我买进的价吧。两百卢布。”

这匹马实际值这个数的两倍，也许值这个数的三倍。

切尔托普哈诺夫向一旁转过身，兴奋地打了个呵欠。

“那什么时候……付你钱呢？”他问，一边故意皱起眉头，不去瞧犹太人。

“那随旦（大）人的便好啦。”

切尔托普哈诺夫把头往后一仰，但没有抬起眼睛。

“这哪是回答呀。你得说准啰，希律[1]的后代！要我欠你的情还怎么的？”

“那就这样说定，”犹太人赶忙说，“过半年……行吗？”

切尔托普哈诺夫没有回答什么。

犹太人细瞅他的眼神。“行不行？能不能让我把马牵到马厩里去？”

“鞍子我不要，”切尔托普哈诺夫断断续续地说，“把鞍子拿

---

① 公元前40年至公元4年的犹太国王。

走。听见吗？”

“好的，好的，我拿走，我拿走。”深感高兴的犹太人嘟哝说。就卸下马鞍，扛到肩上。

“至于钱吗，”切尔托普哈诺夫继续说，“过半年后给你。不是两百，而是两百五十。你别说了！两百五十，说定了！到时候来找我。”

切尔托普哈诺夫仍不好意思抬起眼睛。他那自尊心从未受过如此严重的损伤。“这明明是赠送嘛，”他心里想，“他这是为了报恩，这鬼家伙！”他真想拥抱一下这犹太人，又想揍他一顿……

“旦（大）人，”犹太人鼓起勇气，咧着嘴笑道，“得按俄罗斯风俗办，把缰绳从我怀里递到您怀里……”

“你还想出什么花样？犹太人……竟讲起俄罗斯风俗！喂，谁在那儿？把马牵到马厩里去。给它喂些燕麦。过一会儿我就去看看。这样吧，给它起个名，叫马列克－阿杰尔！”

切尔托普哈诺夫刚迈上台阶，突然猛一转身，跑到犹太人身边，紧紧地握了握他的手。犹太人弯下身子，已经伸出嘴唇想吻他手，可是切尔托普哈诺夫往后一闪，小声地说了一句：“不要对任何人说！”就走进屋里去了。

五

从这一天起，马列克－阿杰尔便成了切尔托普哈诺夫生活中首要的大事，最为关心的对象，它也是他的主要欢乐所在。他爱这匹马胜过当初对玛莎的爱；他对这匹马的依恋甚于以前对涅多皮涅斯金的依恋。这匹马确实好极了！它像团火，真是一团火，简直是火药，可又有贵族的庄重派头！它能吃苦耐劳，要它奔哪儿，它就奔哪儿，听话得很；饲养起来又不费什么：如果没有什么饲料可喂，它便啃点脚下的泥巴吃就行。它慢步走的时候，就像用手抱着你，小跑的时候，仿佛让你坐摇篮，可一飞奔起来，连风也休想追得上！它从不气喘吁吁，因为它有的是通气的孔。它的四条腿坚如钢铁，跌跌绊绊的事，从未有过！跳沟、跳栏，对于它都不在话下；更不用说它多么聪明了！一听到你的声音，它会昂起头跑过来；你叫它站着，而自己离开，它会动都不动地待在那里；你只要一往回走，它便轻声嘶叫，像是要说："我在这儿呢。"它什么也不怕：在漆黑的夜里，在迷漫的风雪中，它能认得出路；它决不让生人靠近：它会用牙齿咬生人！连狗也休想靠近它，只要一靠近，它立即用前蹄照狗的脑门一踢，那狗就别想活了。这匹马自尊心可强了：你拿鞭子只能装装样子在它头上晃几下，可不能真抽它！干吗要啰唆老半天呢，一句话：它是个宝物，而非寻常之牲口！

切尔托普哈诺夫一谈起自己的马列克－阿杰尔，不知从哪儿来的这么多话！他对这匹马那真是关怀备至。这马的皮毛泛着银色，那银色不显旧，而显得很新，乌光亮泽；用手去摸摸，简直像天鹅绒一般！马鞍、鞍垫、笼头——整套马具配得那么适当、整齐、利索，真值得为之画画！切尔托普哈诺夫对它的照料真没得说，亲手给这匹爱马编额鬃，拿啤酒给它洗鬃毛和尾巴，甚至多次给马蹄抹油……

他常常骑着马列克－阿杰尔出去遛遛，但不是到乡邻家去（他跟乡邻们仍不相往来），而是到他们的土地上、到他们的宅院附近溜达……意思是说：傻瓜们，欣赏欣赏我的马吧！有时他听说某处有人打猎——是有钱的老爷准备到远处的田野上去打猎——他立刻也奔到那里，在远远的一边纵横驰骋，大显雄风，让所有的观者都惊赏他的爱马的美姿和神速，可是不让任何人向他靠近。有一次有一个猎人竟带着所有手下的人马去追赶他；那个人看到切尔托普哈诺夫要避开他，便拼命向前紧追，一面使劲大喊："喂，你听我说！把你的马卖给我，随你要多少钱！几千卢布我也舍得！把老婆、孩子给你也行！把我的家底全拿去吧！"

切尔托普哈诺夫突然勒住了马列克－阿杰尔。那猎人向他飞奔过来。

"先生！"那个人喊说，"你说吧，要什么？我的亲老子！"

"即使你是皇帝，"切尔托普哈诺夫不慌不忙地说（虽然他平生从来没有听过莎士比亚[①]），"拿你的全部国土来换我的马，我也不换！"说罢便哈哈大笑，让马列克－阿杰尔竖起前腿，单用后腿像陀螺似的转了一圈，便一溜烟地飞奔开去。只见它在割过的庄稼地里一闪一闪的。那猎人（据说是个富甲一方的公爵）把帽子往地上一摔，猛地把脸扑到帽子里！他就这样在那儿躺了有半个钟头。

切尔托普哈诺夫怎么能不珍惜自己的这匹马呢？不正是仗着这匹马，他才得在所有乡邻面前重新显出明白无疑的优势、最后的优势吗？

六

可是时光一晃就过去，付款的日期说话就要到了。切尔托普哈诺夫不用说二百五十卢布，就连五十卢布也拿不出呀。怎么办呢，拿什么支付呢？"这有什么？"他终于打定主意，"如果那犹太人不讲情面，不愿延期，我就把房子和土地抵押给他，自己

---

① 莎士比亚的《理查三世》剧中有一处这样写道："马呀！马呀！我愿拿我的一半国土换这匹马！"

就骑上这匹马，随便去哪儿！宁可饿死，也不出让马列克－阿杰尔！”他焦急不安，甚至忧心忡忡。可这时候命运——第一次也是最后一次——怜悯他，对他露出微笑：有一位远房的姑妈——切尔托普哈诺夫连她的名字都不知道——在遗嘱中留给他一笔在他看来数目可观的款子，足足有两千卢布。这笔钱他得的可说正是时候，即犹太人要来拿钱的前一天。切尔托普哈诺夫几乎高兴得发疯，可是他并不想饮酒：自从得到马列克－阿杰尔的那一天起，他已滴酒不沾了。他跑到马厩里，吻了吻这位朋友鼻孔上方两边的脸，那是马的皮肤最柔软的地方。“这一下咱们不用分离了！”他拍拍马列克－阿杰尔那梳得整整齐齐的鬃毛下的脖子，大声地说。他回到房间里。数出两百五十卢布，封在一个纸包里。然后他仰身躺着，抽着烟，思量着该如何支配余下的钱——就是说，去买些什么样的狗：要真正科斯特罗姆种的，而且一定要红斑毛色的！他甚至还跟佩尔菲什卡聊了会儿，答应给他一件镶黄丝线的新上衣，然后他极为舒心惬意地睡去了。

他做了一个不祥的梦。他似乎觉得自己骑着马出去打猎，不过骑的不是马列克－阿杰尔，而是一头像骆驼似的古里古怪的牲口；一只雪白雪白的狐狸向他迎面跑来……他想挥动鞭子，想让狗去追捕，不料手里拿的不是鞭子，而是树皮，狐狸在他前面跑着，一边伸出舌头逗弄他。他从骑着的这骆驼上跳下来，绊了一跤，摔倒了……直摔在一个宪兵手里，那宪兵让他去见总督，他认出这总督就是亚夫……

切尔托普哈诺夫醒了。房间黑咕隆咚的；公鸡刚啼过二遍……

很远很远的地方传来马的嘶鸣声。

切尔托普哈诺夫抬起一点头……又听到一阵很弱很弱的马嘶声。

“这是马列克－阿杰尔在嘶喊！”他心里想，“这是它的嘶喊声！可是为什么这么远呢？我的天……这不可能……”

切尔托普哈诺夫顿时浑身发冷，猛一下跳下床，摸到靴子和衣服，忙着穿好，从枕头下抓起马厩的钥匙，急忙往外奔去。

七

马厩在院子的顶头；它有一面墙对着田野。切尔托普哈诺夫没有一下子把钥匙插进锁里，因为他的手在发抖，也没有立即转动钥匙……他屏着气一动不动地站了一会儿：门里边该有点动静才是呀！“马列什卡！马列茨[①]！”他低声地唤马：马厩里死一般的沉寂！切尔托普哈诺夫不由得猛扭了一下钥匙：门嘎的一声打开了……可能门没有上锁。他跨进门槛，又唤一声马，这一回是唤马的全名：“马列克－阿杰尔！”可是他那忠实的伙伴没有回应，只有一只老鼠在草堆里沙沙作响。这时候切尔托普哈诺夫冲进马厩的三个马栏中马列克－阿杰尔所处的那一栏里。虽然周围黑得伸手不见五指，他还是一下到了这一栏里……栏里空空如也！切尔托普哈诺夫的头天旋地转起来；他脑袋里仿佛有一只钟在当当地响。他想说些什么，可是只发出咝咝的声音。此时他喘起粗气，屈着两膝，用双手上下左右地摸，一栏一栏地摸过去……直摸到干草几乎堆到顶的第三个马栏，撞到一面墙上，又撞到另一面墙上，摔了一跤，翻了个筋斗，爬了起来，突然从半开着的门里慌张地奔到院子里……

“被人偷了！佩尔菲什卡！佩尔菲什卡！被人偷了！”他拼命大喊起来。

---

① 马列什卡和马列茨都是马列克的昵称。

小厮佩尔菲什卡只穿一件衬衫，从他睡觉的那间储藏室里跌跌撞撞地跑了出来……

老爷和他唯一的仆人两个人都像醉汉似的在院子中心一下相撞了；他们像疯了似的相互绕起圈子。主人说不清是怎么回事，仆人也不明白要他前来干什么。“出事了！出事了！”切尔托普哈诺夫嘟哝说。“出事了！出事了！”那小厮也跟着他喊。“拿提灯来！赶快点上！火！火！”从切尔托普哈诺夫发僵的胸口终于迸出这句话。佩尔菲什卡赶紧奔回屋里拿提灯。

但取火点灯谈何容易：在当时的俄国黄磷火柴尚属稀罕之物。厨房里最后的余火早已熄灭了；火刀和火石找了好一阵才找到，而且不大好使。切尔托普哈诺夫咬着牙从惊慌失措的佩尔菲什卡手里夺过火刀火石，亲自打起火来：火星迸出不老少，可迸出更多的是骂声，以至哼哼声——然而火绒不是点不着就是很快熄灭，尽管四个鼓起的腮帮和四片嘴唇一齐使劲地吹都不管用。过了五六分钟，只多不少，才点着了那破提灯底上的蜡烛头。切尔托普哈诺夫在佩尔菲什卡陪同下冲到马厩里，把提灯举在头顶上，朝四处察看……

四处都是空无所有！

他急忙奔到院子里，把院内各处跑了个遍——哪儿都见不到马的影子！潘捷莱·叶列梅伊奇宅院四周的篱笆早已破破烂烂，许多处已经倾斜了，歪向地上……马厩旁的一俄尺宽的篱笆已经完全倒地了。佩尔菲什卡把这一处指给主人看了看。

“老爷！您来瞧一下这儿：白天还不是这样的。桩头部从地里露出来了，准是被人拔出来的。”

切尔托普哈诺夫提着提灯奔过去，在地上来回照了照……

“马蹄，马蹄，马掌印，马掌印，是新踩出的印子！”他急忙嘟哝说，“马是从这儿被牵出去的，从这儿，从这儿！”

他一下子跳过篱笆，大声呼喊：“马列克－阿杰尔！马列克－阿杰尔！”并直向田野奔去。

佩尔菲什卡困惑地待在篱笆旁。提灯的光圈很快在他眼前消失了，沉没在没有星月的黑沉沉的夜色里。

切尔托普哈诺夫的绝望的喊声越来越微弱了……

八

他回到家的时候，已经出现一片朝霞。他变得没有人样了。浑身衣服上满是泥污，脸色粗野而吓人，眼睛阴沉得发呆。他以沙哑的嘟哝声赶走了佩尔菲什卡，关上自己的房间门。他疲惫得几乎站立不住，可是他没有上床躺着，而是坐到门边的一把椅子上，并抱着脑袋。

“偷走了！……偷走了！……”

那个贼是用什么办法在深更半夜从上了锁的马厩里把这匹马巧妙地偷了出去的呢？马列克－阿杰尔连白天都不让任何生人靠近，怎么可能无声无息地把它偷走呢？连一只看家狗也没有叫喊，这怎么解释呢？的确，看家狗仅有两只，而且都是小狗，由于又冷又饿而紧趴在地上——可是也总该叫几声呀！

“现在失掉了马列克－阿杰尔，让我如何是好呢？”切尔托普哈诺夫心想。“如今我失去了最后的欢乐——我的死期到了，另外买一匹吧，好在手头还有点钱？可是到哪儿去找这样好的马呀？”

“潘捷莱·叶列梅伊奇！潘捷莱·叶列梅伊奇！”门外传来胆怯的呼唤声。

切尔托普哈诺夫跳了起来。

“是谁？”他用变了样的嗓音喊道。

“是我，你的仆人，佩尔菲什卡。”

“你有什么事？是找到了，还是跑回来了？”

“不是的，潘捷列·叶列梅伊奇，是那个卖马的犹太人……”

“噢？”

“他来了。”

“呵呵呵呵呵！”切尔托普哈诺夫大喊起来，猛地一下开了门。“把他拉到这儿来！拉到这儿来！拉到这儿来！”

站在佩尔菲什卡背后的犹太人一见到自己的“恩人”蓬头散发、神情粗野地猛然闯出，就想抽身溜走；然而切尔托普哈诺夫两个箭步就抓住了他，像老虎似的掐住他的喉咙。

“啊，你来讨钱了！讨钱了！”他嘶哑地喊起来，似乎不是他在掐住别人，而是别人在掐住他。“夜里偷了去，白天来讨钱？是不是？”

“哪能呢，旦（大）……人。”犹太人哼哼起来。

“你说，我的马在哪儿？你把它搞到哪儿去了？卖给谁了？你说，你说，你说呀！”

犹太人已经连哼哼也哼不了啦；他那铁青的脸上惶恐的表情也失消了。两只手直挺挺地耷拉下来，他那被切尔托普哈诺夫猛烈摇晃的整个身子如芦苇似的前后摆动着。

“钱我会给你的，我会全数给你的，一文也不会少，”切尔托普哈诺夫喊道，“要是你现在不马上告诉我，我就要掐死你，像掐死一只小鸡那样……”

“您已经掐死他了，老爷。”小厮佩尔菲什卡平和地提醒说。

切尔托普哈诺夫此时才清醒过来。

他放开了犹太人的脖子；犹太人咕咚一声倒在了地上。切尔托普哈诺夫扶起他来，让他坐在凳子上，往他喉咙里灌了一杯酒，使他恢复知觉。待他恢复知觉后，就跟他谈起话来。

原来犹太人对马列克－阿杰尔被盗一事一无所知。再说，这马是他专为“最尊敬的潘捷列·叶列梅伊奇”搞来的，为何又要把它偷走呢？

随后切尔托普哈诺夫领他到马厩里看看。

他俩察看了马栏、饲料槽、门锁、翻了翻干草、麦秸，然后又来到院子里，切尔托普哈诺夫指给犹太人看了篱笆旁的马蹄印——突然他猛拍了一下自己的大腿。

“等等！”他喊道，“这匹马你是在哪儿买的？”

“在小阿尔汉格尔县的韦尔霍先马市上买的。”犹太人回答说。

“向什么人买的？”

“向一个哥萨克买的。”

“等等，那个哥萨克是年轻的或是年老的？”

“中年岁数，算中年人。”

“那人怎么样？模样怎么样，没准是个狡猾的骗子吧？”

“没准系（是）个骗子，旦（大）人。”

“那骗子他对你是怎么说的，他早就有了这匹马？”

“记得他说过，他早就有了这匹马。”

“这就是了，别的人偷不了，只有他能偷！你想想看，喂，你上这儿来……你叫什么呀？”

犹太人抖擞一下，抬起那双乌黑的小眼睛瞧了瞧切尔托普哈诺夫。

“您问我叫什么名字？”

“嗯，是的，你叫什么？”

“莫舍尔·莱巴。”

“喂，莱巴，我的朋友，你是个聪明人，你想想看，除了旧主人。还有谁能把马列克－阿杰尔搞到手呢！只有他才能给它上鞍，套嚼环，脱下马衣——那马衣就扔在干草堆上呢！……简直就像在家里干的那样！若不是主人，任何别人不被马列克－阿杰尔踩死才怪呢！它会拼命叫喊，把全村都惊动的！你觉得我说得对吗？”

“说得对，说得对，旦（大）人……”

“这样看来，应该首先找到那个哥萨克！”

“可系（是）怎么找得到他呢，旦（大）人？我总共只见过他一回，怎么知道他现在人在哪儿？他姓甚名谁？哎呀呀，不好办呀！”犹太人说，苦恼地摇动他那长鬓发。

“莱巴！”切尔托普哈诺夫突然喊道，“莱巴，看看我！要知道我已失去理性了，不能自控了……要是你不帮帮我，我就要自尽！”

“可系（是）我怎么能……”

“跟我一块儿去找那个贼！”

“可系（是）咱们上哪儿去找呀？”

“到集市上，到大路上小道上，到盗马贼出没的地方，到城里，到乡下，到村庄——哪怕找遍天涯海角！钱吗你不用担心：老弟，我得到了一笔遗产！即使花尽最后一分钱，我也要找到我那朋友！那个哥萨克，那个坏蛋，是逃不脱咱们的手心！他跑到哪儿，咱们就追到哪儿！他人地，咱们也入地！他跑到魔鬼那儿，咱们就追到魔王那儿！”

“干吗到魔王那儿，”犹太人说，“不到魔王那儿也行嘛。”

“莱巴！”切尔托普哈诺夫接着说，“莱巴，你虽然是一个犹太人，你的信仰不好，可你的心灵比有的基督徒还好！你就可怜可怜我吧！我一个人去不行，我一个人会把事办砸了。我性子太急，而你有头脑，非常好使的头脑！你们那种族就是这样的：不用学，就什么都会！你也许会怀疑，心里想，他哪儿来的钱呢？那就到我房里去，我把所有的钱给你看一看。你把那些钱都拿去，连我脖子上的十字架也拿去——只要把马列克－阿杰尔给我找回来，找回来，找回来！”

切尔托普哈诺夫像打摆子似的哆哆嗦嗦，脸上大汗淋漓，与眼泪混到一起，消失在他的小胡子里。他紧握着莱巴的手，恳求他，差点儿去吻他……他真像发狂了。犹太人本来是不想答应的，想说明自己无论如何离不开，因为他还有事……那有什么用！切尔托普哈诺夫什么都不想听。无可奈何，倒霉的莱巴只好答应。

第二天，切尔托普哈诺夫和莱巴一起驾着一辆农用马车从别索诺沃村出发了。犹太人的样子有些尴尬，一只手扶着车栏，整个衰弱的身躯在摇摇晃晃的座位上颠簸着；另一只手揣在怀里，那儿搁着用报纸包好的一沓钞票；切尔托普哈诺夫像个木偶似的坐着，只是用眼睛向四处打量着，用整个胸膛呼吸着；腰里别着一把短剑。

“哼，那偷马的坏蛋，现在你可得当心！”车子驶上大道时，他这样嘟哝说。

他把家托付给小厮佩尔菲什卡和一个厨娘照管，那厨娘是一个耳聋的老婆子，他是出于怜悯才收留她的。

“我要骑着马列克－阿杰尔回来，”临别之际他向他们喊道，“否则就永远不回来！”

“你干脆就嫁给我算了！”佩尔菲什卡用胳膊肘碰了碰厨娘。“反正咱们是等不到老爷回来的，不那样咱们会寂寞死的！”

九

过去了一年……整整的一年，潘捷莱·叶列梅伊奇音信杳然。那老厨娘死了；佩尔菲什卡准备抛下这个家，到城里去，他有一个堂兄弟在理发师那里当学徒，是那个堂兄弟一再叫他去的，突然传来消息，说主人要回来了。教区的执事收到了潘捷莱·叶列梅伊奇的亲笔信，他在信中告诉执事，说自己就要回别索诺沃村，请执事预先通知仆人作好应有的准备来迎接他。佩尔菲什卡对这句话的理解是，要他把灰尘稍稍打扫一下，并不很相信这消息是确实的；然而几天之后，潘捷莱·叶列梅伊奇本人骑着马列克－阿杰尔回到了自己的宅院，佩尔菲什卡才不得不相信执事的话是真的。

佩尔菲什卡向主人奔去，抓住马镫，想扶主人下马；可是主人自己已跳下了马，以胜利者的目光扫了一下周围，高声地说："我说过，我会找到马列克－阿杰尔的，结果就找到了，让仇人和命运干瞪眼去吧！"佩尔菲什卡前去吻他的手，切尔托普哈诺夫却没有理会仆人的那份心意。他拉着缰绳，牵着马列克－阿杰尔大步朝马厩走去了。佩尔菲什卡仔细瞧了瞧主人，感到担心起来："唉，这一年来他瘦多了，也老多了，脸色多么严厉可怕呀！"潘捷莱·叶列梅伊奇似乎是应该高兴的，因为他终于如愿以偿了；他的确是很高兴的……可是佩尔菲什卡仍然感到担心，甚至感到害怕。切尔托普哈诺夫把马安置在它原来的马栏里，轻轻地拍了拍它的后部，说："好了，你又回家了！以后得当心呀……"当天他就从免除赋役的贫苦农人中雇来一名可靠的看守人；他在自己家里安顿下来，照原先那样过起日子来……

然而，不能完全像原先那样了……关于这一点后面再谈。

在归来后的第二天，潘捷莱·叶列梅伊奇把佩尔菲什卡叫来，由于没有别的人可谈，就只能找他来说说话。主人把如何找到马列克－阿杰尔的经过情形都讲给仆人听，当然，说得不失自己的尊严，而且是用低嗓音说的。切尔托普哈诺夫在讲的时候，一直脸朝窗坐着，用长烟筒吸着烟；而佩尔菲什卡站在门槛上，倒背着双手，毕恭毕敬地瞧着主人的后脑勺，听着他讲。他是这样讲的：他经过很多次徒劳的奔波和追寻之后，终于来到罗姆内集市上，那时候他已是一个人了，犹太人莱巴已不在了，因为莱巴生性软弱，吃不了苦，便丢下他走了；到了第五天，他已准备要离开了，最后一次在一排排马车旁边走过，突然在另外的三匹马中发现有一匹被拴在车辕下饲料袋旁的马，一看，正是马列克－阿杰尔！他立刻认出了它，马列克－阿杰尔也一下认出他，于是便嘶叫起来，挣扎着，用蹄子刨着地。

“它不是在哥萨克人那里，”切尔托普哈诺夫继续说着，仍然没有转过头来，并且还是用低沉的嗓音说，“而是在一个茨冈的马贩子手里；我当然立刻抓住自己的马，想把它强夺回来；可是那个狡猾的茨冈人像被开水烫了似的，朝着整个市场大喊大嚷，并一再发誓，说这匹马是从另一个茨冈人那里买来的，他要找人来作证……我才不理呢——我付了钱，就不管他怎么样了！对于我来说，最可贵的就是找回了自己的老朋友，精神上得到了安慰。可有一次我听信犹太人莱巴的话，抓住了一个哥萨克，以为他就是偷我的马的那个贼，打了他一顿嘴巴；可那哥萨克原来是一个牧师的儿子，结果硬要我赔偿名誉损失，敲走了我一百二十卢布。不过，损失一些钱没有什么，主要的是马列克－阿杰尔又回到我手里了！我如今运道好了，可以过过太平日子了。对你呢，波尔菲里[①]，我要吩咐一下：万一你在附近一带看见那个哥萨克，半句话也不用说，马上跑回来，把枪拿给我，我知道我该怎么办！”

潘捷莱·叶列梅伊奇对佩尔菲什卡就是这样说的；他嘴上虽然这样说，可心里并不是他所说的那么踏实。

---

① 佩尔菲什卡的正式称呼。

唉，他在自己的心灵深处并不完全相信他所带回的这匹马真的就是马列克－阿杰尔。

十

让潘捷莱·叶列梅伊奇难堪的时候到来了。就是说，他极少有安心的时刻。的确，心情平静的日子也是有的：这时候他似乎感到心上的怀疑是瞎琢磨；他像赶走一只缠人的苍蝇一样赶开那种荒谬的念头，甚至还嘲笑起自己。可是也常遇到难堪的日子：那个纠缠不休的念头像从地下钻出的老鼠一样，又偷偷出来抓咬他的心，使他感到钻心般的深沉的痛苦。在找到马列克－阿杰尔的值得纪念的日子里，切尔托普哈诺夫只是感到得意和快乐……但是，他在找到的爱马旁边待了一整夜之后，到了第二天早晨，当他在旅店低矮的屋檐下给马备鞍的时候，有什么东西第一次在他心上刺了一下……他只是摇了摇头，可是种子已经播下了。在回家路上（约走了一星期），他心里很少发生怀疑。然而一回到自己的别索诺沃村，一来到以前真正无疑的马列克－阿杰尔所待的地方，心中的疑惑便变得更强烈、更明显了……在路上他骑着马大都缓缓而行，摇来晃去，东瞧瞧西看看，叼着烟斗抽抽烟，不大动脑子想这想那，只是偶尔暗暗想道："像我切尔托普哈诺夫这样的人想干什么，就能干成！不说着玩！"一边得意地笑；可是一回到家，就不是这样了。当然，这一切他都埋在自己的心里；单是那自尊心就不容他说出内心的惶惑。无论谁只要稍稍暗示一下这匹新的马列克－阿杰尔不像是原先的那一匹，他就要把这个人"撕成两半"。他有时碰见几个人，他们祝贺他"寻马成功”，但他不去寻求这种祝贺，而且比从前更加不愿与别人接触——这是多么不好的兆头呀！他几乎无时无刻对这匹马列克－阿杰尔进行考查，如果可以这样说的话；他常骑着这匹马到较远的田野上去测试它；或者悄悄地走进马厩里，关上门，站在马头前，盯着马的眼睛，低声地问：“你就是吗？就是吗？就是吗？”或者不声不响地细细察看它，一连几小时地凝视着它，有时高兴地嘟哝说：“没错！是它！当然是它！”有时又感到怀疑，甚至惶惑不安起来。

这匹“马列克－阿杰尔”与原先那一匹在形体上的差异倒不十分让切尔托普哈诺夫困惑……何况，它们之间的差异不算很大：原先那一匹的尾巴和鬃毛似乎稀疏一些，耳朵更尖些，蹄腕骨要短些，眼睛更明亮些——不过这仅是感觉而已；真正让切尔托普哈诺夫感到困惑的则是那些所谓精神方面的差异。原先那一匹的习惯是另一样的，整个癖性也不一样。比如说，原先那一匹马列克－阿杰尔一看见切尔托普哈诺夫走进马厩，每次都回头瞧瞧他，并轻轻地嘶叫；而这一匹则若无其事地只顾自己吃草，或者低着头在那里打盹。当主人从鞍座上跳下来的时候，两匹马都是一样的站住不动：可是在主人呼唤的时候，原先那一匹立刻会迎声前来，而这一匹却像树桩似的仍然待着不动。原先那一匹跑得也是那么快，而且跳得更高更远；这一匹走起步来更显洒脱，可是跑起来便显得颠颠晃晃，有时马掌还会磕碰，就是说，后蹄磕碰前蹄，原先那一匹可从来没有这样的丑相，绝对没有！切尔托普哈诺夫觉得这一匹老耸耳朵，样子挺蠢，而原先那一匹正相反：一只耳朵总是往后贴，一直贴着，注视着主人！原先那一匹看到周围脏了，立刻就用后腿踢马栏的墙壁，而这一匹却满不在乎，哪怕粪便堆得齐它的肚子，它也无所谓。原先那一匹如果让它迎着风，立即会用整个肺部去呼吸，全身打战，而这一匹只是打打响鼻罢了；原先那一匹对于雨天的潮湿会感到不安，而这一匹对于潮湿则没什么反应……这一匹比较蠢，比较蠢！也缺乏原先那一匹的帅气。驾驭起来就更不用说了！原先那一匹是很可爱的，可是这一匹……

切尔托普哈诺夫有时就想到这一些，一想起这些事，便甚感痛苦。不过有的时候，他骑着这匹马在刚耕犁过的田野上奔腾驰骋，或者策马跃下山沟的沟底，再让它从最陡的坡下跳上来，这时候他便高兴得心都碎了，嘴里不住地大声叫喊，他感到，的确感到，他所骑的是真的、无可怀疑的马列克－阿杰尔，因为除了它能这样，还有哪匹马能有这样的本事呢？”

然而这时候也难免有倒霉和灾难的事。长时间去寻找马列克－阿杰尔，使切尔托普哈诺夫耗费了大量钱财；他已不再奢望去购置科斯特罗姆种猎狗了，而只是像从前那样独自骑着马在附近一带遛遛。有一天早晨，切尔托普哈诺夫在离别索诺沃村五俄里的地方又碰上了那个公爵的猎队，即一年半以前曾在其面前显示过这马的奔驰雄姿的那个猎队。这一回又出现了相似的情况：像那一天一样，也有一只灰兔从斜坡上的田埂下跳到了猎狗面前！“逮住它，逮住它！”整个猎队向前飞奔，切尔托普哈诺夫也纵马飞奔，不过不是与那猎队在一起，而是在离他们二百步左右的一边——情况正与那时候一个样。有一条大水沟曲里拐弯地从山坡上穿过，挡住了切尔托普哈诺夫的去路，水沟越往高去便越渐渐变窄了。就在他要纵马跳越过去的地方——一年半之前他的确在这里跳了过去的——还有八步宽，两俄丈深。在胜利的预感中，在那奇特地重现的胜利的预感中，切尔托普哈诺夫舞动鞭子，一边得意扬扬地大笑着。那一队猎人也在策马奔驰，同时又盯着这位勇猛的骑手。他的马像箭似的飞奔，水沟已近在鼻子尖下——快，快，一下跳过去，像上一回一样！

然而这一匹马列克－阿杰尔猛然停住了，向左一转，便沿着沟边跑着，切尔托普哈诺夫不管怎样都没法使它扭过头朝向这大水沟。

显然，它畏惧了，失去自信了！

这时候切尔托普哈诺夫感到又羞愧又恼怒，差点儿哭了，放松缰绳，让马直朝前跑，奔到山里去，远远地避开那队猎人——但求不要听到他们嘲笑他的声音，尽快避开他们那些可恶的目光！

马列克－阿杰尔两肋带着鞭痕，浑身汗淋淋地跑回家来，切尔托普哈诺夫立即躲进房间里，锁上了门。

“不，这匹不是它，这匹不是我的那个朋友！那一匹即使扭断脖子，也不会让我出丑！”

十一

使切尔托普哈诺夫最后可以说走投无路的是下面的一件事。有一次他骑着马列克－阿杰尔从教士住区后边经过，那个住区位于别索诺沃村所属的教区的教堂附近。他把皮帽子拉到眼睛上，弯着腰，双手搁到鞍桥上，缓缓地向前骑去；他心里很不愉快，思绪纷乱。冷不防地听到有人唤他。

他勒住马，抬起头，看见那个曾与他有过书信往来的教堂执事。这位神职人员那编成辫子的褐色头发上戴着一顶褐色风帽，身穿一件淡黄色土布外衣，比腰低很多的地方系着一条浅蓝色腰带。他是出来查看他的禾垛的。他一瞧见潘捷莱·叶列梅伊奇，觉得应该向他表示一下敬意，顺便向他打听点什么。大家都知道，教会人员要是没有这类用意，往往是不同世俗人士攀谈的。

然而切尔托普哈诺夫没有心思去理这位执事；他略微答个礼，嘴里含含糊糊说了句什么，便扬了扬鞭……

"您的马多么帅气呀！"教堂执事赶忙接着说，"的确可以值得称赞。说真的，您是个聪明异常的男子汉，简直像头雄狮！"这位教堂执事是以花言巧语闻名的，这使那位牧师十分气恼，因为那牧师缺乏口才，即使喝了酒也激不起他说话。"虽然坏人的诡计使你失去了一匹好牲口，"教堂执事继续说，"而您一点也没有灰心丧气，反而更加相信神意，给自己搞到了另外一匹，一点也不比先前那一匹差，甚至可以说更好……所以……"

"你瞎扯什么呀？"切尔托普哈诺夫沉下脸打断他的话，"这怎么是另一匹呢？这就是原来的那匹马；这就是马列克－阿杰尔嘛。我把它找回了。别瞎说……"

"哎！哎！哎！哎！"教堂执事一字一顿，慢条斯理地说，一边用手指捻弄着胡子，用他那明亮而专注的眼睛打量着切尔托普哈诺夫。"这是怎么回事呀，先生？我记得您的那匹马是在去年圣母节[①]之后约两星期被偷掉的，现在已是11月底了。"

"啊，是的，这又怎么啦？"

教堂执事依然用手指捻弄着胡子。

"我的意思是，从那时候到现在已经过去一年多了，您的马当时是灰色带圆斑的，就像现在这样；甚至好像颜色更深了。这是怎么一回事呢？灰色马在一年里毛色会淡许多的呀。"

切尔托普哈诺夫颤抖了一下……仿佛是有人用长矛捅了一下他的心窝。可不是吗，灰色毛是会变淡的呀！这么简单的道理他怎么一直没有想到的呢？

"讨厌鬼！去你的吧！"他骤然大喊一声，疯狂地瞪了一眼，转眼间就跑得让那吃惊的教堂执事看不见了。

"唉！一切都完了！"

---

① 旧俄历十月一日。

现在的确一切都完了，一切都破灭了，最后一张牌也输掉了！就因为“毛色会变淡”这句话，一下子全都垮了！

灰色马的毛色是要变淡的！

跑吧，跑吧，这该死的家伙！你跑不出这句话！

切尔托普哈诺夫骑马奔回家了，又把自己锁在屋子里。

十二

这匹无能的劣马不是马列克－阿杰尔，它与马列克－阿杰尔之间没有一丁点儿相似之处，任何稍有点头脑的人一眼就能看出这一点，而他，潘捷莱·切尔托普哈诺夫，却以最卑劣的方式来欺骗自己——不，他是有意地、成心哄骗自己，蒙混自己——如今这一切已经没有丝毫可怀疑的余地了！切尔托普哈诺夫在房间里踱来踱去，走到墙根就以同一姿势转过脚后跟，犹如笼子里的野兽。他的自尊心承受不了这种伤害；但不单单是自尊心受的伤痛令他寝食不安；他还陷入了绝望，愤恨得透不过气来，报复心便油然而起。可是去恨谁呢？向谁报复呢？向犹太人、向亚夫、向玛莎、向教堂执事，向偷马的哥萨克，向所有的乡邻，向社会，最后也向自己报复吗？他脑子里全乱了。最后一张牌打输了！（他很喜欢用这个比喻。）他又成了一个最没出息的、最被瞧不起的人，成了众人的笑柄、滑稽的小丑、十足的傻瓜，教堂执事的嘲笑对象！！……他想象着，他清楚地设想着，这个讨厌鬼会怎样对别人谈起这匹灰马。谈起这个愚蠢的马主人……真该死呀！！……切尔托普哈诺夫极力想抑制心头涌上的怒火，可做不到；他想要说服自己，这匹马虽然不是马列克－阿杰尔，可毕竟是……一匹好马，可以为他服务好多年——这也不管用，而他立即生气地排斥了这种想法，好像这种想法里含有对原来那一匹马列克－阿杰尔的新的侮辱，因为他本来已经觉得自己很对不起它……还用说吗！他真是瞎了眼，真是蠢透了，竟把这匹又老又瘦的驽马跟它——原来的马列克－阿杰尔——等量齐观！至于说这匹驽马还能为他效力……难道他什么时候还愿意去骑它吗？决不会了！永远不会！！……把它送给鞑靼人吧，把它喂狗吧——它不配派别的用场了……是呀！这样最好啦！

切尔托普哈诺夫在自己房间里踱了两个多小时。

“佩尔菲什卡！”他忽然下令，“马上到酒馆去；打半桶酒来！听见吗？半桶酒，要快！马上给我把酒搁在桌子上。”

没多一会儿酒就出现在潘捷莱·叶列梅伊奇的桌上了，他喝起酒来了。

十三

当时倘若有人看一看切尔托普哈诺夫，倘若有人亲眼看到他一杯接一杯喝酒时的那副阴沉沉恶狠狠的神情，这个人由不得准会吓得要命。夜已经降临了；桌上的蜡烛在灰溜溜地燃烧着。切尔托普哈诺夫已不再来来去去地踱步了；他坐在那里，满脸通红，眼睛显得模模糊糊，时而瞧瞧地上，时而凝望着黑洞洞的窗口；他有时站起来，倒一杯酒，喝干后又坐了下来，眼睛又凝视着一个点，身子一动不动，只是他的呼吸越来越急促了，脸越来越红了。看那样子，他正在心里酝酿着某种决定，这种决定使他自己也感到惶惶不安，不过也对它渐渐习惯了；这样的一种念头不停地进逼着，而且靠得越来越近了，同样的一种想象越来越清晰地呈现在眼前，浓浓的醉意激起狂热的冲动，他心中的愤恨已渐渐变为野蛮的情感，他那嘴唇上露出凶险的冷笑……

“哼，得立即动手！”他以一种认真的几乎苦闷的语调说，

“不能等劲过去了！”

他喝干了最后一杯酒，从床头取来手枪——就是那支打玛莎的手枪，装好弹药，又把几个引火帽搁在衣袋里，以防万一，然后便来到马厩。

在他打开马厩门的时候，看守人向他跑了过来，而他朝看守人喊道：“是我！难道看不见？走开！”看守人稍稍退到一边。“睡觉去吧！”切尔托普哈诺夫又朝他喊道，“这儿你用不着看守了！有什么稀罕东西、有什么宝贝要看守呀！”他走进马厩。马列克－阿杰尔……这匹伪马列克－阿杰尔在草垫上躺着。切尔托普哈诺夫朝它踢了一脚，说：“起来，坏蛋！”然后把拴在饲料槽上的马笼头解下来，脱去马衣，扔在地上，粗暴地拉着这匹顺从听话的马在栏里转了个身，把它牵到院子里，又从院子里牵到田野上，这情形让那个看守人大为吃惊，他怎么也不明白，主人在三更半夜牵着这匹不戴笼头的马上哪儿去呢？他当然不敢问主人，只是目送着他，直到他在通向邻近树林的大路的拐弯处不见了为止。

十四

切尔托普哈诺夫迈着大步地走着，没有停歇，也没有回头瞧瞧；马列克－阿杰尔——我们就用这个名字称它称到底吧——百依百顺地跟着他走。这个晚上夜色相当明亮；切尔托普哈诺夫能够看出前面像一片黑点似的树林的齿形轮廓。夜晚的寒气从四面八方向他袭来，如果……如果不是另一种更强烈的醉意支配着他整个身心，他大概会被所喝的酒醉倒了。他的脑袋昏沉沉的，血液在喉咙和耳朵里嗡嗡作响，可是他的步伐是坚定的，并知道往何处去。

他下决心处死马列克－阿杰尔；他整天想的就是这件事……眼下他的决心已定！

他前去干这件事非但心中坦然，而且颇显自信，义无反顾，他像一个受责任感驱使的人那样去行动。他觉得这种“把戏”“简单”得很；只要消灭了这个冒充的家伙，他跟“一切”的账就一下算清了，并惩罚了自己的愚蠢，向自己的真正朋友做出了交代，又向全社会（切尔托普哈诺夫非常关注“全社会”）表明，跟他是不能开玩笑的……但主要的是：他要把自己跟这个冒充的家伙一起消灭。因为他还活下去干什么呢？这些想法在他脑子里是怎样形成的，为什么这在他看来是如此简单——那就很难解释了，虽然也不是完全不能解释：他很感委屈，又很孤独，身边没有知心的人，手头又一文不名，再加上喝了大量的酒、热血沸腾，已接近于疯狂状态，发疯的人的最荒唐行径，在他们本人看来，都自有其逻辑以至理由。切尔托普哈诺夫就总是完全相信自己的理由；他毫不动摇，他急于去对罪犯执行处决，可是他并没有使自己弄清楚：他所说的罪犯究竟是谁呢？……老实说，他对于自己要干的事很欠考虑。“必须结果它，必须，”他呆板而严厉地反复对自己说，“必须结果它！”

那个无辜的罪犯顺从地迈着小步跟在他的背后……而切尔托普哈诺夫心中却没有一丝的怜悯。

十五

他把这匹马牵到离树林边不远的地方，这儿有一条不大的山沟，沟里有一半面积长着小橡树。切尔托普哈诺夫走下山沟……马列克－阿杰尔绊了一下，几乎倒在他的身上。

“你想压死我吗，该死的家伙？”切尔托普哈诺夫喊了起来，似乎是为了自卫，他从衣袋里掏出手枪。他心中浮现的已不是残忍，而是一种特殊的麻木感，有人说，一个人在干犯罪的事之前，都陷于这种麻木感。但他自己的声音倒使他感到害怕：在黑森森的树枝的覆盖下，在树木繁生的山沟的腐臭而窒闷的潮气中，他的声音显得何等奇怪呀！此外，他上边的树顶上有一只大鸟蓦然拍拍翅膀，作为对他的喊声的回答……切尔托普哈诺夫哆嗦了一下。似乎他惊醒了他这件事的见证者——这是什么地方呀？在这样荒僻的地方，他是不该遇到任何一种有生命的东西的……

“去吧，鬼东西，你爱去哪儿就去哪儿吧！”他透过牙缝说，放开了马列克－阿杰尔的缰绳，用枪托在马肩上猛击了一下。马列克－阿杰尔立刻向后一转，爬出了山沟……就跑走了。它的蹄声不久便听不见了。刮起了一阵风，把各种声响都混合了、淹没了。

切尔托普哈诺夫自己也慢悠悠地爬出了山沟，到了树林边，沿着大路缓步向家里走去。他对自己很不满意；他脑子里和心灵里的沉重感扩散到他的四肢上；他一边走着，一边生着气，神色阴郁，心里不满，肚子又饿，似乎有人欺负了他，夺走了他的猎物和食物……

被人阻拦而自杀不成的人往往有类似的感觉。

突然有个东西从他背后朝他两肩之间碰了一下。他转身一瞧……马列克－阿杰尔就站在大路中间。它是跟着自己的主人来的，它用嘴碰了碰主人……报告自己来啦……

“啊！”切尔托普哈诺夫喊了起来，“是你呀，你自己要送死来啦！那就让你死吧！”

一眨眼间他拔出了手枪，扳起枪机，把枪口对准马列克－阿杰尔的额门，开了一枪……

这匹倒霉的马急忙往旁边一闪，用后脚站了起来，跳了十来步，猛一下重重地倒了下去，一边嘶哑地叫喊着，在地上痉挛地打滚……

切尔托普哈诺夫两手捂着耳朵跑了起来。他的两腿发软了。他那醉意、恶狠劲、愚蠢的自信一下子全消逝了。只剩下羞愧和丑恶的感觉——还有一种意识，一种明确无疑的意识：这一下他也让自己完蛋了。

十六

约过了六个来星期，小厮佩尔菲什卡认为有必要去拦住那个从别索诺沃田庄经过的区警察局长。

“你有什么事？”这位维护秩序的官老爷问。

“大人，劳您驾来我家一趟吧，”小厮深深地鞠躬说，“潘捷莱·叶列梅伊奇看起来要死了，所以我害怕得很。”

“怎么？要死？”警察局长问。

“确实是这样。起先他天天吃酒，如今他在床上躺着不起来，人已经瘦得厉害。我觉得眼下他什么也不明白了。完全不会说话了。”

警察局长下了马车。

“你怎么样，至少去请过神父了吧？你的主人忏悔过了吗？行过圣餐礼了吗？”

“还没有。”

警察局长皱起了眉头。

“你这是怎么搞的呀，老弟？怎么可以这样呢，啊？或许你不清楚，这种事……责任很大呀，懂吗？”

“前天和昨天我都问过他，”着了慌的小厮接着说，“我说：

‘潘捷莱·叶列梅伊奇，是不是让我去请神父来？’他说：‘闭嘴，傻瓜，不是你的事你就别管。’而今天我去跟他说几句话，他只瞅了瞅我，动了动胡子。”

“他喝了很多酒吗？”警察局长问。

“可多了！大人，就劳您大驾，到他房间里去看看吧。”

“好吧，你带路！”警察局长嘟哝说，就跟着佩尔菲什卡前去。

等待他的是一种令人惊讶的场景。

在一间既潮湿又阴暗的后室里，切尔托普哈诺夫躺在一张铺着马衣的简陋的床上，枕着一个毛茸茸的毡斗篷。他的脸色已不是苍白，而是像死人一样蜡黄。一双眼睛深深陷在发亮的眼皮底下，那乱蓬蓬的胡子上边的尖鼻子还有点发红。他躺在那里，仍穿着那件从来不换的胸前缝有弹药袋的短上衣和吉尔吉斯式的蓝色灯笼裤，红顶的高皮帽遮住他的额门，直抵眉毛。切尔托普哈诺夫一手拿着猎鞭，另一只手里拿着一个绣花荷包，那是玛莎所赠的最后一件礼物。床边的桌子上搁着一个空酒瓶；床头的墙壁上钉着两张水彩画，其中一张画上，可看得出，画的是一个手拿吉他的胖子——大概是涅多皮尤斯金；另一张上画的是一个骑马奔驰的骑手……那马就像孩子们在墙壁上画的童话中的动物；然而认真画出的马毛上的圆斑、骑手胸前的弹药袋、骑手的尖头长筒靴和浓密的胡子可令人无疑地认出，画的必定是骑着马列克-阿杰尔的潘捷莱·叶列梅伊奇。

警察局长惊讶得不知所措。房间里死一般地寂静。“看样子他已经死了。”他心里想，于是提高嗓门喊道：“潘捷莱·叶列梅伊奇！喂，潘捷莱·叶列梅伊奇！”

这时候出现了一种非同寻常的场景。切尔托普哈诺夫的眼睛慢慢地睁开了，黯然失神的瞳孔先是从右边转到左边，后从左边又转到右边，最后停在来人的身上，看见了他……在两眼暗淡的眼白里有某种东西闪烁着，眼睛里似乎投出了视线；发青的嘴唇渐渐地。张开，发出沙哑的、如已死去了的声音：

“世袭贵族潘捷莱·切尔托普哈诺夫就要死了；谁能拦住他呢？他不欠任何人的债，也一无所求……离开他吧，人们！走吧！”

拿着鞭子的手想要举起来……可举不动啦！嘴唇又合上了，眼睛也闭上了——切尔托普哈诺夫把身子挺得直直的。把脚后跟靠在一起，依旧躺在自己的硬邦邦的床上。

“等他死了，就来告诉我，”警察局长走出房间时，低声吩咐佩尔菲什卡说，“我看，现在就可以去请神父了。要按规矩办，给他涂圣油。”

当天佩尔菲什卡就去请神父来；第二天早晨他就去报告警察局长：潘捷莱·叶列梅伊奇已在昨天夜里去世了。

出殡的时候，护送他的棺材的有两个人：小厮佩尔菲什卡和犹太人莫舍尔·莱巴。切尔托普哈诺夫去世的消息不知怎的传到这个犹太人那里，他没有放过为自己的恩人尽最后一次义务。

枯萎了的女人

长期忍受苦难的祖国——
你这俄罗斯人民的国度！
——费·丘特切夫

法国有一句俗话说："干渔夫、湿猎人，一副倒霉样。"对于捕鱼我历来不感兴趣，所以，渔夫在晴朗的好天气里会有什么感受，在阴雨天气里捕到大量鱼时的快乐能消除几分被雨淋湿的不快，我就无法评判。可是对于猎人而言，下雨确实是一种灾难。我同叶尔莫莱有一回到别廖夫县去打松鸡，恰好遇上这样的灾难。从大清早起雨便下个不停。为了避雨，我们什么招没有使过呀！我们把橡皮雨披差点披上了头，躲在树下，想少挨点雨浇……这种雨披妨碍射击就无须说了，还恶作剧地让雨水漏了进来；而站在树下起初倒像是淋不到雨，可是后来树叶上的积水猛然一泻而下，根根树枝都朝我们身上浇水，仿佛从雨漏里下来似的；一股冰凉的水流灌进了领带，顺着脊背直往下淌……正如叶尔莫拉伊说的那样：没有比这更糟的了。

"不行呀，彼得·彼得罗维奇，"他终于喊道，"这样可不行！……今天是没法打猎了。一浇雨狗鼻子就不灵了；枪也打不着火了……他娘的！真不走运！"

“怎么办好呢？”我问。

“这样吧，我们到阿列克谢叶夫卡去。可能您不清楚，那边有一个属于您家老太太的田庄；离这儿七八俄里地。就在那边歇一夜，明天……”

“再回这儿来？”

“不，不回这儿……阿列克谢叶夫卡那边地方我熟……好些地方打松鸡比这儿强！”

我也不质问我的这位忠实的同伴为何起先不直接带我前去那些地方，就在这一天我们好歹到了我母亲的那个田庄，说真的，在这之前我没有想到有这样一个田庄。这田庄里有一间厢房，已经很破旧了，无人居住，因而很干净；我在这里过了挺安适的一夜。

第二天我一早就醒来了。太阳刚刚升起；天空中没有一丝浮云；周围闪耀着强烈的双重光辉：新鲜的朝阳和昨日大雨后呈现的光辉。人家在替我套车的时候，我就到那个从前一度是果园，如今已荒芜了的小花园里遛遛弯，这个小花园以它芬芳而滋润的草木丛从四面包围着那间厢房。在清新的空气里，在明朗的天空下是何等的惬意呀，云雀在那里飞翔啼唱，撒下了它们银珠般的嘹亮歌声！它们的翅膀想必沾满露珠，它们的歌声似乎也沾湿了雾水。我甚至脱下帽子，鼓起我的全胸膛欢快地呼吸着。在那不深的溪谷的斜坡上，在篱笆旁，有一个养蜂场；一条窄窄的小路通向那里，弯弯曲曲，宛如蛇爬，小路两旁长着密密麻麻的杂草和荨麻，在它们上边耸着不知来自何处的深绿色大麻的尖茎。

我顺着这条小路前去，来到了养蜂场。它的旁边有一间由篱壁隔成的棚子，人称冬季蜂房，是冬天里搁蜂箱用的。我往那半开半掩的门里一瞧，里面黑咕隆咚，可很幽静，也很干燥，透着薄荷和蜂蜜花的香气。棚角里搭有一副床板，上面躺着一个盖着被子的小不点儿的人体……我便想离开这里……

“老爷，老爷！彼得·彼得罗维奇！”我听到一个微弱、缓慢而嘶哑的声音，宛如沼地上苔草发出的簌簌声。

我停下步。

“彼得·彼得罗维奇！请过来呀！”这声音重复了一遍。我听到它是从棚子角落里，从那张我曾注意到的床板上传来的。

我走近一看——我惊呆了——我面前躺着一个活人的身躯，可是这像是什么呢？

脑袋全干瘪了，呈单一的青铜色，活像古书中画的圣像；鼻子窄得如刀刃一般；嘴唇几乎看不见了，不过牙齿倒很白，看得出那双眼睛，头巾下露出几绺头发，披在额门上。在下巴颏旁边，在被头褶子上，有两只也是青铜色的小手在那里挪来挪去，细柴棍似的手指在慢慢地摸索着。我更定神地瞧了瞧：那张脸孔非但不丑，还很漂亮——然而显得可怕，迥于寻常。我看到这张脸——金属般的两颊正在使劲……使劲浮出微笑，可又浮现不了，使我感到这张脸更加可怕了。

“您认不出我了吗，老爷？”这声音又轻轻地说，这声音像是从那微微颤动的嘴唇里蒸发出来似的：“哪里认得出来呢！我是卢克丽娅……记得吗，在斯帕斯科耶您家老太太那里的轮舞……记得吗，我还是领唱的呢？”

“卢克丽娅！”我喊了一声。“这是你呀？哪儿会呢？”

“是我，老爷，是我。我是卢克丽娅。”

我不知说什么才好，惊得发愣地瞧着这张黝黑的死板的脸和那双凝视我的明亮而没有生气的眼睛。真的是她吗？这个干尸般的女人竟然是卢克丽娅，竟然是我家全体仆人中第一号美人，那个苗条、丰满、红润、爱笑而又能歌善舞的姑娘！卢克丽娅，聪明可爱的卢克丽娅，我们那里所有的年轻小伙都追求过她；当时是个十六岁的孩子的我，也在偷偷地观赏她。

“哎呀呀，卢克丽娅，”我终于说道，“你怎么变成这副样子了呀？”

“遭了大灾大难了呀！您可别嫌我，老爷，别瞅着我的不幸而厌恶我——请坐在小桶上，坐近点，要不您听不清我的话……瞧，我的声音变得这么细了……我能见到您，真是高兴得很哪！您怎么上阿列克谢叶夫卡来了呢？”

卢克丽娅的话音非常微弱，然而没有停顿。

“是打猎的叶尔莫莱带我上这里来的。还是请你给我讲一讲……”

“讲一讲我遭的灾难？好吧，老爷。我出了这事已经很久了，有六七年了吧。那时候我刚刚嫁给了瓦西利·波利亚科夫——你记得吗，那个体格端正、头发鬈曲，替您家老太太管理餐室的年轻人？那时候你已经不在乡下，您到莫斯科上学去了。我同瓦西利非常恩爱，我一直忘不了他。事情发生在春天：有一天夜里……离天亮已经不远……我睡不着。一只夜莺在花园里唱得可甜啦……我忍不住了，便起了床，走到台阶上去听。夜莺在啼呀，唱呀……忽然我觉得有人在喊我，像是瓦西利的声音。喊声轻极了：‘卢莎[1]！……’我朝一旁瞧了瞧，可能由于我没全睡醒的关系，我踩了个空，从高高的台阶上直滚了下去，砰一声跌倒在地上！看起来我伤得不很重，因为我能很快爬了起来，回到自己的房间里。只是我的身体里边——内脏里边——像有什么断裂了似的……让我喘喘气……歇一会儿……老爷。”

卢克丽娅停下不说了，我惊讶地瞅着她。特别令我吃惊的是，她在讲她不幸的遭遇的时候几乎是愉快的，没有唉声叹气，

① 卢莎系卢克丽娅的爱称。

一点没有怨言，也不指望别人的同情。

“从那时候起，”卢克丽娅接着说，“我开始消瘦，虚弱下来，我的皮肤变黑了，走路也困难了，后来两条腿全动不了啦，既不能站，也不能坐，只好老躺着。不想喝，也不想吃：身子骨越来越糟了。您家老太太发善心让我去看医生，送我进医院。可是我这个病怎么治也不见好。甚至没有一个医生能说得出我害的是什么病。他们对我什么方法没有用过呀，用烧红的铁铬我的背，把我放到冰块里冰，通通不管用。后来我这身子骨就僵硬了……这样一来，那些先生们便认定我的病是没法再治好了，而主人家里又不能收留我这个残废人……结果，把我送到这里来了，因为这里有我的几个亲戚。您看到了，我就这么活着。”

卢克丽娅又静默下来，又竭力装出微笑来。

“可是，你的情况真不得了呀！”我感叹了一声，我不记得还说了什么，随后问了一句：“那么，瓦西利·波利亚科夫怎么样了呢？”瞧我问得多蠢。

卢克丽娅的眼睛稍稍转向一旁。

“波利亚科夫怎么样吗？他很悲伤，难过了好一阵子，以后就同别的姑娘结婚了，那姑娘是格林诺耶村的人。您知道格林诺耶村吗？离我们这儿不远。她叫阿格拉费娜。他原先是非常爱我的，可是他究竟是年轻人嘛，总不能老是单身。我还哪能做他的伴侣呢？他找的这个媳妇人很好，很善良，他们已有了孩子。他在一个邻近的人家里当管家，是您家老太太允许他自由的，感谢上帝，他现在日子过得挺滋润。”

“你就这样老躺着吗？”我又问。

“我就这样躺着，老爷，已经躺了六七年了。夏天里我就躺在这儿，躺在这个小篱笆棚里；到天冷了，我就被搬到澡堂的更衣间去。我就去那儿躺着。”

“谁来服侍你、照料你呢？”

“这里也有好心的人。他们没有丢下我。我也不需要很多照顾。吃吗我吃不了什么，水吗，水就在这杯子里盛着：里面总是存着干净的泉水。我自己够得着这杯子。我的一只手还能动。这里有一个小丫头，是个孤儿；她常常来看我，真感谢她。刚才她还来过……您没有碰见她吗？这小丫头长得挺俊的，皮肤又白。她给我送花来了；我可喜欢花啦。我们这儿没有种花——从前有过，后来就不见了。不过，野花也是挺好的，比家种的花还香呢。就拿铃兰说吧……可好啦！”

“你不寂寞、不难受吗，我可怜的卢克丽娅？”

“那有什么法子？我不想说假话，起先难受得很哪，后来习惯了，硬挺过来了，也就不在乎了；还有人比我更不幸呢。”

“这话怎么讲呢？”

“有的人还没有安身的窝呢！还有的人是瞎子，是聋子！而我，感谢上帝，眼力还挺好，耳朵也什么都听得见。田鼠在地底下打洞，我也听得见。各种气味我都能闻得出来，即使那气味多么细微！地里的荞麦开了花，或园子里的椴树开了花，不用对我说。我第一个先闻见。只要那边有点风吹过来就行。不，为什么要抱怨上帝呢？比我更不幸的人还多的是呢。就拿这种事来说吧：有的身体好的人很容易去造孽；而罪孽自己就不来找我了。前不久阿列克塞神父来给我授圣餐，他就说，‘你用不到忏悔了，像你这种情况还能犯罪吗？’可我回答他说：‘脑子里想的罪呢，神父？’‘哦，’他说着，自己也笑了，‘这种罪不大。’”

“大概我连脑子里想的罪也不大会犯。”卢克丽娅继续说，“因为我让自己养成习惯了：不去想事，特别是不去想以往的事。这样时间就过得快些。”

说实话，我听了深感惊讶。

“你老是一个人待着，卢克丽娅，你怎么能阻止你的脑子去想各种事呢？或者你老是睡着觉吧？”

“哦，不，老爷！我不是总能睡得着的。虽然说我没有大的病痛，可是我的内脏里常感到疼，骨头里也是，让我没法好好地睡。不……我就是这样躺着、躺着，也不去想什么；我只觉得我还活着，还会喘气——我整个就是这些了。我瞧着、听着。蜜蜂在蜂房里嗡嗡地响，鸽子停在屋脊上咕咕地叫，老母鸡带着小鸡来啄面包屑，或者飞来一只麻雀呀，一只蝴蝶呀，我都很高兴。前年竟有燕子在屋角里做起窝，在那里生儿育女。这多有意思呀！一只燕子飞回窝里，喂了孩子后又飞出去。再瞧，另一只燕子又飞回来接着喂孩子了。有时候没有飞进来，只是从开着的门边掠过，那些小燕子立刻就叽叽喳喳地叫唤，张开嘴巴等着……第二年我还等着它们再来，听说这里有一个猎人用枪把它们射死了。他为什么这样贪心？整只燕子不比甲虫大多少……你们这些打猎的先生们心真狠哪！”

“我是不射燕子的。”我急忙声明。

“有一回，”卢克丽娅又说起话来，“遇上一件蛮好笑的事！一只兔子跑了进来，真的！可能是狗在后面追它，它只得往门里直奔……就在我身旁坐了好半天，老是耸动鼻子，翘翘胡子——真像个军官！它望着我。它明白，我不会去伤害它。最后它站起来，一蹦一跳地到了门边，在门口回头瞧了瞧——就是那种样子！好笑着呢！”

卢克丽娅瞧了瞧我，似乎在说，不有趣吗？我为了让她高兴，就笑了笑。她咬了咬干燥的嘴唇。

“当然，冬天里我感到更差劲，因为太暗了；点蜡烛可惜，再说点了干什么呢？我虽然识字，常常喜欢读书，可是读什么呢？这里一本书也没有，即便有书，让我怎么拿着它，拿着书呢？阿列克塞神父给我拿来过一本历书，想让我解解闷，可是他看到没有用，又拿回去了。话说回来啦，虽然很暗，还是听得到声音，比如蛐蛐叫，或者老鼠在一处搔抓。这种时候就很好：省得瞎想！”

“有时我也做做祷告，”卢克丽娅歇了一会，接着说，“不过这些祷告词我知道得不多。再说，我干吗去打扰上帝呢？我能向他祈求什么呢？我需要什么，上帝比我知道得更清楚。他让我扛十字架，说明他是疼我的。这一点我们该是懂得的。我念过《我们的主》、《圣母颂》、《受难者颂》，过后又不思不想地躺着了。这没有什么！”

大约过了两分钟。我没有去打破沉默，木然不动地坐在这个给我当凳子的狭窄小木桶上。在我面前的这个不幸的活人像石头似的僵化不动地躺着，她的这种悲惨情状也感染着我：我似乎也僵住不动了。

“你听我说，卢克丽娅，”我终于开口说了，“你听我说，我替你想个办法。我让人把你送到医院去，送到城里一家好医院去，你愿意吗？说不定你的病还能治好。至少你不会一个人……”

卢克丽娅微微地动了动眉毛。

“唉，用不着，老爷，”她忧虑地低声说道，“别送我进医院，别让我动了。我到那里只会更加痛苦。我的病哪里能治得好……有一回一个医生来，他要替我检查检查。我求他说：‘看在基督面上，别打扰我了。’他哪里听呀！就把我翻过来倒过去，对我的手和脚又揉又扭；他说：‘我这样做是为了科学；我是搞科学的人，是科学家！’他还说：‘你不听我的不行：我因为有功，脖子上挂了勋章，我是尽力替你们这类傻瓜治病的。’他把我折腾了半天，然后说了我的病名——那名字可古怪啦——过后就走了。后来整整一星期，我身上的每根骨头都发疼。您说，我只有一个人，老是一个人。不，不总是这样。常有人到这里来。我很安静，不会妨碍别人的。有时有些农家姑娘来这里聊天；有一个女香客也来过，她给我讲耶路撒冷，讲基辅，讲一些圣城的事。而我也不怕一个人待着。这样更好，真的……老爷，别让我动了，别送我去医院……谢谢您了，您是好心，只是别让我动了，好老爷。”

“那就随你的意吧，随你的意吧，卢克丽娅。我本来是为你好。”

“我知道，老爷，您是为我好。可是亲爱的老爷，谁能帮得了别人呢？谁能明白别人的心呢？人要自己帮自己！您不大信吧，有时候我独自这样躺着……好像整个世界除了我就没有别的人了。只有我一个人活着！我好像感觉，我突然想到……我被沉思抓住了——真是奇妙呀！”

“那时候你想些什么呢，卢克丽娅？”

“老爷，这怎么也不好说呀，是说不明白的。而且过后就忘了。那想法上来的时候，就像乌云散开了一样，好清新、好爽快呀，而究竟是什么呢——搞不明白！我只是想，要是我旁边有人，就出现不了这种想法，除了自己的不幸之外，我就什么也感觉不到。”

卢克丽娅用劲叹了一口气。她那胸膛就像其他肢体一样，不听她指挥了。

“老爷，我看您的样子，”她又开始说了，“您非常可怜我。您不要太可怜我了，真的！我举例对您说吧：现在我有时还……您定记得，从前那时候我是一个多么快乐的人？一个爱玩的丫头！……是这样吧？现在我还唱歌呢。”

“唱歌？……你？”

“是的，唱歌，唱些老歌、轮舞歌、占卜歌、圣歌，还有各种各样的歌！我以前会唱的很多，现在也没有忘记。只是现在不唱舞曲。我眼前这种情况，唱它不合适。”

“你怎么唱呢？……不出声地唱？”

“有时不出声，有时也出声地唱。大声唱是不行了，但还可以听得清。我对您说过，有一个小丫头常来我这儿。她是个挺聪明的孩子。我就教她唱歌，她已从我这里学会了四首歌。您不信吧？请等一下，我马上唱给您听……”

卢克丽娅吸了一口气……这个半死不活的人要唱歌，这念头在我心中不由得引起了恐惧。可是在我能说出话来之前，我的耳边已经颤动起悠长的、难得听清的、然而纯正的声音……随之是第二声、第三声。卢克丽娅唱的是《在草地上》。她唱的时候，她那张僵化了的脸上没有一点表情变化，连眼睛也死盯着不动。然而这可怜的、使劲发出的、像一缕轻烟在摇曳的微弱嗓音唱得多么动人呵，她想把全部心曲吐个痛快……我已没有恐惧的感觉，我的心被一种难以言表的怜惜之情箍住了。

“唉，唱不了啦！”她突然说，“没有气力了……我真高兴看到您。”

她闭起了眼睛。

我把一只手放在她的冰凉的小手指上……她看了看我，她那如同古雕像上镶着金睫毛的深色眼睑又闭上了。过了一会儿，这眼睑在昏暗中闪耀起来……是泪水把眼睑打湿了。

我依然一动不动。

“我真是的！”卢克丽娅突然带着出人意料的气力说道，眼睛张得老大，竭力想把泪水挤出眼睛。“不羞人吗？我怎么搞的？我很久不这个样了……从瓦夏[1]·波利亚科夫去年春天来看我

---

① 系瓦西利的爱称。

那天之后，我就没有这样过。他坐着跟我说话的时候，我倒没有怎么的；待到他走了，我一个人就大哭了一场！不知打哪儿来的那么多眼泪……我们妇道人家的眼泪原是不值钱的。老爷，”卢克丽娅又接着说，“您大概带手绢了吧……请别嫌我，替我擦一擦眼泪。”

我急忙满足了她的要求，并把手绢留给她。她先是不肯要……说，“我要这礼物干什么呢？”这手绢是很普通的，但很洁白。后来她用自己瘦弱的手指抓住它，就不再松开了。我已经适应了我们两人待的地方的暗黑，能够清楚地辨认出她的面容，甚至能看到从她那青铜色脸上泛出的微微红晕，能在这张脸容上发现——至少我觉得如此——它昔日的秀美的痕迹。

“老爷，您问过我，”卢克丽娅又说起来了，“我是不是老睡觉？我睡得确实很少，可是每次睡着时都做梦，很好的梦！我从来没有梦见自己有病，梦里的我总是那么健康、年轻……有一点让我痛苦：我一醒来，想让身子舒展舒展，可是我全身好像被捆住了。有一回我做了一个好奇特的梦呵！要不要讲给您听听？好，请听吧。我梦见自己好像站在田野里，周围都是高高的熟了的黑麦，金灿灿的……好像有一只棕黄色的狗跟着我，样子凶着呢凶着呢，老是要咬我。我手上好像有一把镰刀，不是普通的镰刀，简直是个月亮，是像镰刀的时候的月亮。我必须用这个月亮割完这片黑麦。可是因为炎热使我疲倦得很，月亮照得我眼花，我犯懒了，周围长着矢车菊，多么大的矢车菊呀！它们都转过头朝着我。我心想，我要把这些矢车菊采下来；瓦夏答应要来的，我就先给自己编个花冠吧；割麦子还来得及。我就动手采矢车菊，可是它们在我的手指间都消失了，怎么采也没用！我给自己编不成花冠。这时候我听见有人向我走来，走到很近很近，他喊着：‘卢莎！卢莎！……’唉，我想，‘糟糕，来不及了！’管它呢，我就把月亮戴到头上代替矢车菊花冠吧。我就像戴头巾似的戴上月亮，我立刻全身闪光，把周围的整片田野照得通亮。一看，有一个人在麦穗顶上向我飞快过来，但他不是瓦夏，而是基督自身！我怎么会认出他是基督，这我说不上，人家画的他可不是这个样子的，但是我明白是他！没有蓄胡子，个子高高，年纪轻轻的，穿一身白衣服，只有腰带是金色的，他向我伸过手来，说：‘别害怕，我的打扮得好漂亮的姑娘，跟我来吧；你要在我的天国里跳轮舞，唱天堂的歌曲。’我便紧紧拉住他的手！我的狗立刻跑到我的脚边……可是我们一下腾空而起！他待在前边……他的翅膀在天空中伸得老长，像海鸥的翅膀一样，我跟着他！那只狗只得离开我了。这时候我才明白过来，这只狗就是我的病，在天国里不会有它的位置。”

卢克丽娅沉默了一会。

“我还做过一个梦，”她又开始说，“没准，这是我的幻觉——我搞不清楚。我觉得好像我就在这个小屋里躺着，我的已故世的父母亲来到我这儿，向我深深弯腰鞠躬，他们一句话也不说。我就问他们：‘爹，娘，你们为什么向我鞠躬啊？’他们这才说：‘因为你在这个世界上受了许多苦，所以你不但解脱了自己一人的灵魂，也替我们卸下了重担。我们在那个世界里会轻松得多。你已经减轻了自己的罪孽；现在是在替我们赎罪了。’我的双亲说了这些话，又向我鞠了个躬，便消失不见了：只看见一道墙壁。后来我感到疑惑，我遇上的是怎么回事。我就对神父讲了。可是他认为这不是幻觉，因为幻觉往往只有神职人员才会有。”

“我还做了一个这样的梦，”卢克丽娅继续说，“我梦见我好像是坐在大路旁的一棵爆竹柳下面，手里拿着一根削得光光的拐棍，肩上扛着一个背囊，头上系着头巾，真像一个女香客！我要上很远很远的地方去拜神。打我身边走过的全是香客；他们慢悠悠地走着，好像有些不乐意，人人都朝一个方向走；他们的脸都灰溜溜的，而且相互都很相像。我看见在他们中间有一个妇女在绕来绕去，前前后后地跑着，她比别的人高出一头，她的衣服很特别，不像是我们俄罗斯人的装束。那张脸也很特别，阴沉沉的，很严厉的样子。其他的人看起来在躲避她；她突然转过身，直向我走来。她停下步，张望着；她那双眼睛像老鹰的一样，又黄又大，而且亮着呢亮着呢。我就问她：'你是谁？'她回答我说：'我是你的死神。'照理说我该吓一跳，可是我不，我高兴得很，画了十字！那女人——我的死神——对我说：'我很可怜你，卢克丽娅，但我不能带你走。再见了！'天哪！那时候我多么悲伤……我说：'带我走吧，好大娘，带我走吧！'我的死神向我转过身，对我说了些话……我明白她是在指定我的死期，可是我听不懂，听不清……她好像说是在圣彼得节[1]之后……这时候我就醒了。我常常做这样奇怪的梦！"

卢克丽娅抬起眼睛……沉思起来……

"不过我最难受的是：有时我整个星期睡不着一次觉。去年有一位太太路过这儿，看见了我，给了我一小瓶治失眠的药，叫我每次服十滴。这药帮了我大忙，我吃了就睡得着了；可是现在那一小瓶药早吃完了……您知道吗，这是什么药，怎么可以搞到？"

那位过路的太太给卢克丽娅的显然是麻醉药。我答应给她搞同样一小瓶来，而我对她的那份忍耐力不能不表示惊讶。

"唉，老爷！"她不赞同地说，"您这是说的什么呀？这点忍耐力算什么呢？您看那苦行僧西梅翁的忍耐力才真叫大呢：他在柱头上站了三十年！另一位圣徒叫人把他埋在地里，直埋到胸

---

① 圣彼得节是旧俄历六月二十九日。

口，蚂蚁叮他的脸……还有一位读了许多经书的人给我讲过这样的故事：从前有一个国家被阿拉伯人占领了，那里的所有居民都受到阿拉伯人的迫害和残杀；居民们不管怎样斗争，总是争取不到自由。这时候居民里出现了一位圣处女；她拿着一把宝剑，穿上两普特重的铠甲，前去跟阿拉伯人作战，把他们赶到了大海的另一边。她一赶走了他们，就对他们说：'现在你们烧死我吧，因为我许过这样的愿：我要为我的人民死于火刑。'就这样阿拉伯人把她抓起来烧死了，从这时起人民便永远获得自由了！这才是功勋呢！而我算什么呀！"

我听了之后暗暗惊奇，关于贞德①的传说怎么会以这样形式传播到这里。我沉默了一会后，问卢克丽娅："你有多大岁数了？"

"二十八……或者二十九……不到三十。算岁数干什么！我还要告诉你……"

卢克丽娅忽然不知怎么地轻轻咳了一声，叹了口气……

"你话说得多了，"我向她提醒说，"这对于你的身体可能有害。"

"说得对，"她非常低声地说，"我们的谈话该结束了；其实也不要紧！您走了后，我就尽量不说话了。起码我已把心事倒出来了……"

我起身向她告别，把答应给她送药的事重提了一下，又再次请她好好地想一想，告诉我她还需要什么？

"我什么也不需要；一切都满足了，感谢上帝！"她费了好大劲并很动情地说了这句话。"愿上帝保佑大家身体安康！还有，老爷，请您跟您家老太太说说，这里的庄稼人穷得很哪，求她把他们的田租哪怕减轻一点点也好！他们的地很少，出产也少……

---

① 贞德（1412—1431），法国女英雄。

他们会祈求上帝保佑您的……我什么也不需要，一切都满足了。”

我向卢克丽娅保证，一定实现她的愿望。我已走到门口……她又叫住我。

“您记得吗，老爷，”她的眼睛里和嘴唇上闪过一种奇特的表情，“从前我的辫子是什么样的？您记得吗，一直挂到膝盖头！我很久都下不定决心……这样长的头发……可是拿它怎么梳呀？在我这种情况下……所以我把它剪掉了……唉……好了，再见吧，老爷！我不能再说了……”

就在同一天，在前往打猎之前，我和田庄的一个甲长谈起了卢克丽娅。我从他那里得知，村里人都管她叫“活尸”，可是她没有给村里人添任何麻烦；也听不见她诉苦或抱怨。“她什么也不要求，相反，她对一切都表示感谢；应该说，她是个安安静静的人，真正安安静静的人。大概是因为前世作了孽受到上帝惩罚的，”甲长这样下结论说，“我们就不去管这种事了。比如说，指责她——不，我们不去指责她。由她去吧！”

几个星期以后，我听说卢克丽娅去世了。死神终于来把她召去了……时间正好是在“圣彼得节之后”。有人说，她在临终那一天老是听见钟声，虽然从阿列克谢叶夫卡到教堂一算有五俄里多地，再说那一天又不是礼拜天。不过，卢克丽娅说，钟声不是从教堂传来的，而是“从上面”传来的。也许，她不敢说是“从天上”传来的。

车轱辘响

叶尔莫莱走进小屋对我说：“我向您报告件事。”这时候我刚吃过饭，躺在行军床上。这次猎松鸡倒相当顺利，可是很累人，所以想稍稍休息一下，再说，又正是7月中旬，天气热得可怕……“我向您报告件事：咱们的霰弹全用光了。”

我从床上跳了起来。

“霰弹用光了！哪会呢！咱们从村子里出来时，不是带了大约三十来俄磅吗？整整一袋子呢！”

“那倒是；还是挺大的一袋，该够两个星期用的。可谁知道是怎么回事呢！说不准袋上有裂口，反正霰弹没有了……只剩下十来粒了。”

“那咱们现在怎么办？前面正有几处最对劲的地方——咱们本指望明天能打到六窝呢……”

“那就让我到图拉跑一趟吧。离这儿不算远：只有四十五俄里地。要是您让我去，我就一口气奔去，带一普特霰弹回来。”

“那你什么时候去呢？”

“马上就去也行呀。干吗要耽误呢？不过得租两匹马才行。”

“怎么得租马！自己的马干什么呀？”

“自己的马跑不了啦。辕马的腿瘸了……瘸得厉害！”

“什么时候瘸的？”

“就在前两天——车夫牵它去钉过铁掌。铁掌倒是钉上了。大概是碰上一个二把刀的铁匠。眼下它的一只蹄子不能踩地了。是一只前蹄。它一直缩着这只腿……像狗一样。”

“那怎么办？至少把那个铁掌卸了吧？”

“没有，没有卸；应该把它立刻卸下来才是。大概钉子钉进肉里了。”

我吩咐把车夫叫来。叶尔莫莱的确没有瞎说：辕马的一只蹄子真的不能着地。我立刻嘱他把那块铁掌卸下来，让马站在湿地上。

“怎么样呀？让我租马去图拉吗？”叶尔莫莱缠着我问。

“在这个荒僻地方难道能租得到马吗？”我不禁懊恼地喊起来……

我们所逗留的这个村子很偏僻荒凉；这里的所有村民都挺穷：我们好不容易才找到这间虽谈不上干净但还算略微宽绰一点的农屋。

“能租到，”叶尔莫莱带着一向坦然的神情回答说，“您说这个村子荒僻是真的；不过这地方以前住过一个农人。人很聪明！很有钱！他有九匹马。那个人已经死了，如今是他的大儿子在当家。这个人很笨很笨，可是还没有把老子的财产糟蹋光。我们可以向他租马。您让我去找他来。听说，他有几个弟弟都挺机灵……可他还是他们的头。”

“为什么是这样呢？”

“就因为他是老大呀！当弟弟的就得听他的！”这时候他对一般当弟弟的人进行了过激的、难以形诸笔墨的评论。“我去叫他来。他是个老实巴交的人。跟他有什么不好说话的？”

当叶尔莫莱去找“老实巴交的人”的时候，我想到了，我亲自去一趟图拉不是更妥当吗？第一，我有过经验教训，我很信不过叶尔莫莱。有一回我派他上城里买东西，他答应在一天之内把我所交代的事全部办好，没料到他竟去了整整一个星期，把带去的钱全花在喝酒上了；而且他是坐竞赛马车去的，却走着回来。第二，在图拉我有一个相识的马贩子；我可以向他买一匹马来代替瘸了腿的辕马。

“就这么定了！”我心里想，“我亲自去一趟；路上还可以睡睡觉，我这马车是挺平稳的。”

“叫来了！”过了，一刻钟之后叶尔莫莱一面喊着，一面闯进屋来。他后边跟着进来一个大个子庄稼人，穿着白衬衫、蓝裤子和树皮鞋；他高度近视，长着淡黄头发，棕黄色尖形胡子，又长又粗的鼻子和咧开着的嘴巴。他看起来的确像个“老实巴交”的人。

“您跟他说说吧，”叶尔莫莱说，“他有马，他愿意出租。”

“是的，是这样，我……”这个庄稼汉用稍显沙哑的嗓音嗫嚅地说，抖了抖他那稀疏的头发，用手指摆弄着拿在手上的帽子的边。“我，就是……”

“你叫什么名字？”我问。

这庄稼汉低下头，像是在思索。

“问我叫什么名字吗？”

“是呀，你叫什么名字？”

“我的名字叫——菲洛费。”

“喂，是这样，菲洛费老弟，我听说你有马。你去牵三匹马来，把它们套在我的四轮马车上——我的车子是很轻便的——由你赶车送我去一趟图拉。现在夜里有月亮，很明亮，赶起车来也凉快。你们这一带的路怎么样？”

“路吗？路倒没什么。从这儿到大路总共只二十来俄里。不过有一处地方……有点不好走，别的没什么。”

“什么地方不大好走呢？”

“有条小河，得 水过去。”

“怎么，您要自己到图拉去？”叶尔莫莱问。

“是的，我亲自去。”

“那好吧！”我的忠实仆人摇了摇头说，“那也好！”他又说了一声，啐了一口，就出去了。

去图拉这件事对于他来说显然已毫无吸引力了；这件事在他眼里已显得没有意思了，无所谓了。

“你熟悉路吧？”我问菲洛费。

“我们怎么会不熟悉路呢！不过，随您吧，我是说，我不能……因为这样突然……”

原来叶尔莫莱前去雇菲洛费时，曾对他声明过，要他不必顾虑，会付给他这傻瓜钱的……就光有这句话！菲洛费，虽然按叶尔莫莱的说法是个傻瓜，却不满足于这样一句话。他要我给五十卢布——这价很高；我还他十卢布的低价。我们便讨价还价起来。菲洛费起先硬坚持，后来开始让价了，但仍咬得很紧。这时候叶尔莫莱进来待了一会，他就告诉我说：“这傻瓜（菲洛费听见了，就低声说：“瞧，他老喜欢这样损人！”）这傻瓜根本不懂换算钱。”他还顺便向我提起一件事：大约二十年前，我母亲曾在两条大路交叉的热闹地段开了一个旅店，就是由于被派去经管这旅店的那个老仆人的确不懂得怎么换算银币铜币，结果把那旅店搞得彻底亏损，关门了事，那个老仆人只知道数多就是好，比如，把二十五戈比的银币当作六个五戈比的铜币付给别人[1]，同时

① 原先一个二十五戈比银币等于五个五戈比铜币。从1843年起，银币与铜币的比价变了：规定十戈比铜币只等于三戈比银币。所以那位老仆人把二十五戈比银币当作六个五戈比铜币付给别人，吃亏甚大。

还使劲骂人。

“你呀，菲洛费，真是个菲洛费！”叶尔莫莱终于这样喊了一句。出去时还气冲冲地把门砰的一声带上。

菲洛费半句也没有顶他，似乎心里意识到，叫菲洛费这个名字确实不大得体，一个人有这样的名字该受人奚落，虽然实际上这得怪那个牧师，大概在行洗礼的时候没有好好酬谢那个牧师，所以就给取了这样的名字。

不过我最后还是跟他讲定了，给二十卢布。他便回家牵马去，过了一个小时，他牵来了五匹马供我选择。这些马都算不错，虽然鬃毛和尾巴显得乱些，肚子老大，绷得像鼓似的。菲洛费的两个弟弟也跟着他来了，他们一点也不像他。他们个子小，黑眼睛，尖鼻子，确实给人“机灵”的印象。他们话说得很多，又说得很快，正像叶尔莫莱所说的“哇里哇啦”，可是他们都听老大的。

他们把我的四轮马车从敞棚下推出来，便动手套车，忙活了一个半钟头，一会儿把挽绳松开，一会儿又把它拉得紧紧的。两个弟弟定要让那匹“灰斑马”驾辕，理由是“它下坡走得稳”；可是菲洛费却决定用蓬毛马，于是就把蓬毛马套上驾辕了。

他们在车子里放了不少干草，并把那匹瘸腿的辕马的马轭塞在座位底下备用，如果在图拉买到新马，可以给它配用……菲洛费还跑回家去一趟，回来时穿着他父亲的肥大的白长袍，戴着高毡帽，穿着上了油的靴子，挺得意地登上了驾车台。我坐上车，看了看表：已经10点一刻了。叶尔莫莱竟没有前来跟我道声再见，而是去揍他那只叫瓦列特卡的狗；菲洛费扯了扯缰绳，朝马尖声地吆喝：“嘿，你们这些小家伙！”他的两个弟弟从两旁跑过来，朝两匹拉梢马的肚子各抽了一鞭，马车便启动了，出了大门，转到马路上；那蓬毛马本想跑回自家的院子，可是菲洛费给了它几鞭，以示教训，就这样我们的车子便跑出村子，走在密密的小榛树丛之间的十分平坦的路上了。

夜晚寂静而明朗，最适宜驾车赶路。风儿时而在榛树丛中簌簌作响，摇动着树枝，时而完全停息下来；天上有的地方出现一些停住不动的银色的云；月亮高高地挂着，把周围照得清清楚楚。我舒展地躺在干草上，本想睡上一会……可是一想到那个“不大好走”的地方，便振作了一下。

“怎么样呀，菲洛费？离要　水的地方还远吗？”

“到要　水的地方吗？还有八九俄里”

“八九俄里，”我想，“没有一小时到不了。可以睡一会儿。”

“菲洛费，这条路你很熟悉吧？”我再次问。

“这条路怎么会不熟悉呢？又不是头一回走……”

他还说了几句什么，可我已经没有去听他话……我睡着了。

有时候自己想睡一个小时，到时候往往会自动醒了，而这一回使我醒来的却是我耳边响起的虽很微弱但很奇怪的扑哧声和咕嘟声。我抬起头来……

好奇怪呀！我仍然躺在车子上，在离车边不过半俄尺的地方竟是一片洒着月光的水面，荡漾着细碎而清晰的涟漪。我往前面一瞧：菲洛费正低着头，躬着背，活像个木偶似的坐在驾车台上；再前面一点，在潺潺的流水上边，是弯弯的马轭、马头和马背。一切都呆然不动、了无声响，仿佛陷在魔法的控制中，仿佛在梦中，在神奇的梦中……多么怪呀？我掀开篷布朝后面一瞧……原来我们是停在河中央呀……河岸离我们有三十来步！

“菲洛费！”我喊了一声。

“什么事？”他回答。

“什么什么事？真有你的！咱们这是在哪儿呀？”

“在河里。”

“我知道是在河里。就这样子咱们会很快淹死的。你就这样水过河吗？啊？你睡着了，菲洛费！说话呀！”

“我搞错了一点儿，”我的这位车夫说，“定是走偏了，我搞错了一点儿，现在得等一会儿。”

“怎么个得等一会儿呀！咱们要等什么呢？”

“让这匹蓬毛马细细认一下路。它往哪儿转，咱们就该往哪儿走。”

我在干草上坐起来。辕马的头在水面上一动不动。在皎洁的月光下，看见它的一只耳朵忽前忽后的稍稍动着。

“它也睡着了，你的蓬毛马！”

“不，”菲洛费回答说，“它这会儿是在嗅着水呢。”

一切又沉寂下来了，唯有河水依然发出微弱的汩汩声。我也发呆了。

月光、夜色、河水，还有困在河水中的我们……

“是什么东西在沙沙响？”我问菲洛费。

“这声音吗？是芦苇里的小鸭子……兴许是蛇。”

骤然辕马晃动起脑袋，耳朵也竖了起来，打起响鼻，并开始转动身子。

“嘚儿——嘚儿——嘚儿——嘚儿！”菲洛费顿时放声吆喝起来，欠起身子，挥动鞭子。马车立刻离开了原来位置，横截着水浪向前冲去，接着晃晃悠悠地走动起来……起初我觉得是在往下沉，往深处去了，然而经过两三次震撞和下陷之后，水面似乎突然下降了……水面越来越低，马车升出了水面——已经看得见车轮和马尾巴了。此时这几匹马激起了又猛又大的浪花，这些浪花在淡淡的月光下像金刚石一般，不，不是像金刚石，而是像蓝宝石一般四处飞溅——马儿们快活而齐心协力地把我们拉到了沙地的岸上，然后奋力地迈着又湿又亮的腿，沿着大路往坡上跑去。

我心里想："菲洛费现在会不会说：'我说的对吧！'或者诸如此类的话？"但他什么也没有说。所以我认为没有必要去责备他的疏忽大意了，于是就躺倒在干草上，又想睡觉了。

可是我睡不着——不是因为没有打猎而不觉疲累，也不是因为经历这场虚惊而驱散了我的睡意，而是因为我们来到了一处景色如画的地方。这是一片辽阔、宽广、湿润、茂盛的草地，这里有许多小草场、小湖泊、小溪、小河湾，那些小河湾里长满了柳树和灌木丛，属于地道的俄罗斯风光，是俄罗斯人最喜爱的地方，就像我们古老传说中的勇士骑着马来射白天鹅和灰鸭子的地方。被车马压平的道路像一条黄丝带似的蜿蜒着，马儿轻快地奔跑着——我不愿合上眼睛，我要欣赏一番！这一切在温情的月光下如此轻柔、如此和谐地从车旁掠过。菲洛费也为之感动了。

"我们这儿把这一带叫作圣叶戈尔草地，"他转过头对我说，"再往前去就是大公草地；像这样的草地在全俄罗斯也找不到第二处了……多么美啊！"此时辕马打了一声响鼻，颤抖了一下……"老天爷保佑你……"菲洛费庄重地小声说。"多么美啊！"他又说了一遍，叹了一口气，然后曼声地喊了一下。"很快就要开始割草了，这儿能割到多少草呀——不得了！河湾里的鱼也多着呢。多肥的鱼呀！"他像歌唱似的说着。"一句话：活着多带劲呀。"

他突然举起一只手来。

"嘿！瞧呀！那湖上……是不是停着一只苍鹭呀？难道它在夜里也捕鱼？啊哈！原来是树枝呀，不是苍鹭。看错了！月亮总是让人看错东西！"

我们的马车就这样跑着、跑着……眼看就到了草地的尽头，这儿出现了一片片小树林和一片片耕地；路旁的一个小村庄里闪烁着两三处灯光——到大路只有五六俄里地了。我睡着了。

我又不是自己醒来的。这一次是菲洛费唤醒我的。

“老爷……喂，老爷！”

我稍抬起身来。马车停在大路中央的平地上；菲洛费在驾车台上向我转过脸，眼睛睁得老大（我着实感到惊奇，没想到他的眼睛有这样大），严肃而神秘地嘟哝说：

“有车轱辘响……车轱辘响！”

“你说什么？”

“我说：有车轱辘响！您弯下身听一听。听见了吗？”

我从车子里伸出头去，屏住呼吸，确实听到后面很远很远的地方传来轻微的、断断续续的声响，像是车轮滚动的声音。

“听见了吗？”菲洛费又问一次。

“嗯，是的，”我回答说，“有辆马车在跑。”

“您还没听见……听！那是……车铃声……还有口哨声……听见吗？您把帽子脱下来……会听得清楚些。”

我没有脱下帽，而是侧过耳朵去听。

“嗯。是的……可能是。不过这有什么呢？”

菲洛费转过脸，朝着马。

“来的是辆大车……没有载着东西，轱辘是带铁皮的，”他说，一边抓起缰绳，“老爷，这是坏人来了；这里，图拉附近，拦路抢劫的……多着呢。”

“瞎说什么！你凭什么认定这一定是坏人呢？”

“我说的不会错。带着铃铛……坐的又是不装货物的大车……还能是什么人呢？”

“那怎么办，到图拉还远吗？”

“还有十五六俄里地，而且这儿没有一户人家。”

“那就赶快走，千万别耽搁。”

菲洛费挥一下鞭子，马车又跑动了。

虽然我不相信菲洛费的话，可是再也睡不着了。万一真的是这样，那怎么办？我心里出现一种很不愉快的感觉。我在车子里坐起身来（在这之前我是躺着的），开始朝四处张望。在我睡觉的时候，涌来一层薄雾——不是罩向地面，而是腾向天空；它浮在高处，月亮在雾中悬着，变成一个淡白的点，好像隐在烟气里。一切都变暗淡了、模糊了，虽然低处还较为清楚。四周尽是平坦而阴沉的地面：田野，无有尽头的田野，有些地方是灌木丛、沟谷——接着又是田野，大多是长着稀稀的杂草的休闲地，空旷……死气沉沉！连一只鹌鹑的叫声也听不到。

我们就这样走了约半个来小时。菲洛费不时地挥动鞭子，吧嗒嘴唇，可是无论他还是我都没有说一句话。此时我们爬上了一座小丘……菲洛费停住车，立刻又对我说：

"有车轱辘响……车轱辘响，老爷！"

我又从车里探出头去；不过就是在车篷里面也能听得见：那大车轮子的滚动声、人的口哨声，铃铛声，以至马蹄的嘚嘚声，虽然还很远，这会儿都听得很清楚了；我甚至听到了歌声和笑声。风的确是从那边吹过来的，但毫无疑问，那些陌生的过路人与我们已近了一俄里，也许已近了两俄里。

我和菲洛费对视了一眼，他只是把帽从脑后向前额拉了拉，立刻又俯向缰绳，挥鞭抽打马。几匹马快步跑了起来，可是没有持续多久，又换成小跑了。菲洛费继续鞭策它们。总得逃脱呀！

我自己也搞不明白，为什么起先对菲洛费的疑虑不以为然，而这一回却突然便相信跟在我们后面的准定是坏人……我没有听到什么别的声音：还是那些铃铛声，还是那辆没有载货物的大车的响声，那种口哨声，那种乱糟糟的喧闹声……可是这会儿我已经不再怀疑了：菲洛费说的不会有错！

就这样又过了二十来分钟……在这个二十分钟时间里，除了自己这辆车子的轧轧声和隆隆声外，我们已经听到另外一辆大车的轧轧声和隆隆声了……

“停车吧，菲洛费，”我说，“反正一样是完蛋！”

菲洛费怯生生地吆喝一声马。几匹马顿时便站住了，似乎很高兴能休息一下。

天哪！那铃铛简直就在我们的背后猛响着，那大车的隆隆声中还带点叮叮声，有人在吹口哨、叫喊、唱歌，马儿打着响鼻，还有嘚嘚响的马蹄声……

追上来了！

“糟——了！”菲洛费拖着腔轻轻地说，踌躇地咂下嘴，吆喝一声，又抽起马来。就在这一刹那，仿佛有什么东西猛然冲来，响起了狂喊声、轰隆声，一辆大型的摇摇晃晃的大车由三匹矫健的马拉着，如旋风似的骤然追上我们，并跑到了我们的前头，立即换成了慢步，挡住了去路。

“正是强盗的做法。”菲洛费嘀咕说。

说真的，我吓呆了……我朝着雾蒙蒙中洒着月光的半黑半亮的地方紧张地打量起来。在我们前面的大车上，不知是坐着还是躺着五六个穿着衬衫，敞开上衣的人；有两个人头上没有戴帽子；几条套着长靴的粗腿耷在车边的木杆上摇来晃去，手臂胡乱地举起来放下去……身子一颠一颠的……显而易见，这是一伙醉鬼。有几个人在乱喊乱嚷；有一个人吹着口哨，那声音很尖很脆，另一个人在谩骂；在驾车台上坐着一个穿短皮袄的大汉，他在赶车。他们让车子慢慢地走着，似乎没有注意我们。

有什么法子呢？我们也只好跟在他们后边慢慢地走着……真是无可奈何。

我们就这个样子走了四分之一俄里。这种等待真令人难堪……逃脱、自卫……哪儿行呢！他们有六个人，而我手上连一根棍子都没有！掉头往后跑呢？他们会马上追上来。我想起了茹科夫斯基[①]的一句诗（他在诗里写到了卡明斯基元帅的被害）：

强盗的斧头多卑鄙……

要不然就用脏里吧叽的绳子勒住喉咙……往阴沟里一扔……让你在沟里哼哼、挣扎，像一只落在套索中的兔子……

唉，糟透了！

而他们的车子依然慢慢吞吞地走着，他们也没有注意我们。

“菲洛费，”我悄悄地说，“试试看，往右靠，装作从旁超车的样子。”

菲洛费试着让车子靠右边走……可是他们也立刻让车子往右靠……无法超过去。

菲洛费又试着让车子靠左边走……他们还是不让他超车。他们甚至笑了起来。这表明，他们不放我们过去。

“没错，就是强盗。”菲洛费转过头小声对我说。

“那他们还等什么呢？”我也小声地问他。

“就在前面有一个洼地，小河上有一座桥……他们会在那边干掉我们！他们常常是这样的……在桥的附近。老爷，这事是明摆着的！”他叹着气接着说，“不见得会放我们活命；因为他们主要是想灭口。我只可惜一点，老爷：我这三匹马要丢了，我那两个弟弟得不到了。”

这时候我真感到惊奇，到了这个份上菲洛费还是念念不忘自己的马，老实说，我已经顾不到他的事了……“难道他们真的要杀人？”我心里反复在想。“为了什么呢？我把我的全部东西全

① 瓦·安·茹科夫斯基（1783—1852），俄国诗人。

给他们就是了。”

那桥越来越近，看得越来越清楚了。我们前面的那辆马车仿佛飞腾似的奔跑起来，跑到桥边，一下子停住了，停在路上稍稍靠边的地方，像被钉住了似的。我的心猛地往下沉。

“唉，菲洛费老弟，”我说，“我和你都得死了。原谅我吧，算是我害了你。”

“哪能怨您呢，老爷！命中注定的，是逃不了的！”菲洛费又对辕马说：“喂，蓬毛马，我忠实的马儿，往前走吧，伙计！出最后一把力吧！反正是一样了……老天保佑吧！”

随之他赶着三匹马大跑起来。

我们离那座桥，离那辆停着不动的可怕的大车越来越近了……那大车上像有意安排似的一切都静了下来。一点动静也没有！梭鱼、鹞鹰、一切凶禽猛兽在猎物靠近的时候都是这样悄悄等候的。我们终于走到与那辆大车并排了……那个穿短皮袄的大汉突然跳下车，径直朝我们走过来！

他什么也没有对菲洛费说，可是菲洛费立刻自动地勒住马……车子停下了。

那大汉把两只手按在车门上，把他的毛发蓬松的头伸向前边，咧着嘴，用缓慢而平稳的声音并以行话的方式说了下面一番话：

“尊敬的先生，我们是出席一个体面的宴会、出席一个婚礼回来的；就是说，我们给一位好伙计办了婚事，把他安顿得好好的；我们这伙哥们都很年轻，胆子很大，我们喝了好多的酒，但是没有东西可以醒醒酒；您是否愿意赏光，给我们一点小钱，好让我的哥们每人再喝上半瓶酒？我们会为您的健康干杯，会记住您这位好先生的；要是不愿意——那就休得见怪了！”

“这是怎么回事？”我心里想……“是开玩笑？……是要弄人？”

大汉低着头，仍然站着。正在这一会儿，月亮从雾里爬了出来，照亮了他的脸。这张脸在得意地微笑着——眼睛和嘴唇都在微笑。看不到那脸上有威胁的表情……不过整张脸似乎很警觉……他的牙齿是那么白，那么大……

“好的，好的……请吧……”我赶忙说，同时从口袋里掏出钱包，从中取出两个银卢布；那时候在俄国还通行银币。“请收下吧，如果不嫌少的话。”

“多谢！”那大汉像士兵似的喊了一声，他那粗大的手指一下抓走——不是整个钱包，而只是——那两个银卢布。“多谢！”他抖了抖头发，便跑回那大车旁边。

“哥们！”他喊道，“那位过路的先生赏给咱们两个银卢布！”那车上所有的人一下哈哈大笑起来……那大汉爬上了驾车台……

“祝您好运！”

我们顷刻就看不见他们了！三匹马一鼓劲，大车便轰隆隆地跑上了山坡——那辆大车在天与地之间晦暗的交界线上再次闪现了一下，就下了坡不见了。

接着车轮子声、叫喊声、铃铛声都听不见了……

随之是死一般的沉静。

我和菲洛费没有一下子回过神来。

“唉，真会开玩笑！”他终于说了一句，一边摘下帽子，画起十字来。“真的，开玩笑。”他又说道，他朝我转过身，满是欢天喜地的样子。“这家伙准是个好人，真的。喏——喏——喏，小伙计们！快点儿跑呀！你们平安无事了！咱们都平安无事了！就是他这家伙不让我们超车过去的；是他赶的车嘛。这小子真逗。嘚儿——嘚儿——嘚儿——嘚儿！快些跑吧！”

我没有言语，可我的心情也变好了。“我们平安无事了！”

我默默地反复说，并且在干草上躺了下来。“侥幸地打发了！”

我甚至有些羞愧起来，为什么我竟想起茹科夫斯基的那句诗。

我脑子里突然想起了一个问题。

“菲洛费！”

“什么事？”

“你娶老婆了吗？”

“娶了。”

“有孩子了吗？”

“有孩子了。”

“刚才你怎么没有想到他们呢？你心疼你的马，怎么没有心疼你的老婆孩子呢？”

“为什么要心疼他们呢？他们又没有落到强盗手里。可我脑子里一直在惦念他们，现在还在惦念呢……确实是这样。”菲洛费沉默了一会。“说不定……就是为了他们，老天爷才保佑咱们的。”

“也许那一伙人不是强盗呢？”

“那怎么知道呢？难道能钻到别人的心里去吗？俗话说：‘人心难测’嘛。信上帝总是好些的。不……我总是惦记着自己的家……嘚儿——嘚儿——嘚儿，小家伙们，快些跑呀！”

我们快到图拉时，天差不多已经大亮了。我迷迷糊糊地躺着。

“老爷，”菲洛费忽然对我说，“您瞧，他们都在酒馆里呢……那就是他们那辆大车。”

我抬头一瞧……可不，正是那伙人，还有他们的大车和马。在酒馆门口突然出现那个面熟的穿短袄的大汉。

“先生！”他喊道，一面挥动帽子，“我们正用您赏的钱喝酒呢！喂，赶车的，”他向菲洛费点点头，接着说，“刚才大概让你受惊了吧？”

“真是个蛮有趣的人。”在离开酒馆二十来俄丈的时候，菲洛费说。

我们终于到了图拉；我买了霰弹，顺便买了些茶叶和酒，还从马贩子那里买了一匹马。到中午我们便动身往回走了。菲洛费由于在图拉喝了些酒，变得特别爱说话，甚至还给我讲了些故事；当我们经过原来听见有大车响声的地方时，菲洛费忽然笑了起来。

“记得吗，老爷，我那时一直对您说：‘有车轱辘响……车轱辘响……车轱辘响！”

他好几次使劲地挥着手……他觉得这句话挺有意思。

当天晚上我们回到了他的村子里。

我把路上所遇到的虚惊告诉了叶尔莫莱。这时候他并没有喝醉酒，可是他没有说半句同情的话，只是哼了一声——是称赞呢还是责备，我想，他自己也不清楚。然而过了两三天，他挺高兴地告诉我一个消息，就在我和菲洛费去图拉的那天晚上，也在那条路上，有一个商人被抢了，还被杀害了。我起初不相信这个消息，可是后来不得不信了：区警察局长骑着马去调查，可见确有其事。我们所遇到的那伙勇猛之徒莫非就是参加了那场“婚礼”回来？他们，用那个开玩笑的大汉话来说，所好好“安顿”的是否就是这个“好伙计”呢？我在菲洛费的村子里又逗留了五六天。我每次一遇到他，就要对他说：“怎么样？有车轱辘响吗？”

“那个人真逗。”他每次都这样回答我，自己也笑了起来。

树林和草原

……他渐渐地想要归去：
回到村子里，回到深幽的花园，
那儿椴树树大叶茂，遍布浓荫，
铃兰又是何等的纯洁芳香，
那儿有一丛一丛的爆竹柳，
从堤岸边成排地俯向水面上，
那儿有沃土供橡树繁茂地生长，
那儿的大麻和荨麻香气袭人……
回吧！回吧！回到辽阔的田野上，
那儿的土地黑得如天鹅绒一般，
那儿的黑麦望不到边，
轻轻地翻着柔软的麦浪，
从一团团明净的白云后边，
洒下沉甸甸的金黄色阳光；
那儿多欢畅……

——摘自待焚的诗篇

我的这些笔记可能已让读者深感腻烦了；我立刻请读者放心，就限于已经刊出的这些篇章了，不再写了。不过，在向读者告别之际，我还得啰唆几句关于打猎的话。

扛着枪带着狗出去打猎，正如古话所说，für sich[①]，确是一种其乐无穷的美事；即使您生来不喜欢打猎，可是您总归喜爱大自然和悠然自在的吧；所以您不会不羡慕我们这些打猎的人……且听我道来。

比如说吧，春天里，天还未亮便乘车出猎，您可知道这是一种什么样的赏心乐事吗？您走到台阶上……在灰茫茫的天空上还有几处闪烁着星星；湿润的夜风有时如微波荡漾；听得见夜的拘谨而含糊的絮语；阴影笼罩下的树木在低声地玩闹。在您的车子里铺上脚毯，装茶炊的小箱子搁在踩脚的地方。拉梢马瑟缩着，打着声声响鼻，斯文地倒换着腿脚；一对刚刚醒来的白鹅不声不响，慢悠悠地横过大路。在篱笆里边的花园里，一个守夜人在安然酣睡；每种声响似乎都停滞在凝结的空气中，愣着不动。您坐，上车，几匹马儿齐步向前，马车辚辚地响起……您坐着车，经过教堂，下了坡往右拐，驶过河堤……池塘上刚起了雾。您感到冷丝丝的，拉起大衣领子遮着脸；您打起盹来。马蹄踩在水洼里，发出响亮的吧嗒吧嗒声；车夫吹着口哨。这时候您已走出四五俄里的路……天边渐渐红了；桦树林里的寒鸦一只只地醒来，笨拙地飞来飞去；麻雀在黑乎乎的禾垛旁叽叽喳喳。天渐渐亮了，道路看得更清了，天空越益明朗，云彩在泛白，田野也渐渐显绿了。一家家农舍里松明映出红红的火光，大门里传出睡意未消的话音。这时候朝霞燃烧起来；那些金色光带已伸向了天空，山谷里雾气腾腾；云雀在放声歌唱，黎明前的清风习习。那火红的太阳在悄悄地升起，阳光如洪水般地涌来；您的心像小鸟一样欢腾。多么清新、欢喜、可心！四周可看得远远的了。在小

① 德语：就本身而言。

树林的后边有一个村庄；更远一些又是另一个村庄，那儿有一座白色的教堂，山坡上有一片小桦树林；再往前就是一片沼泽地，那就是您要去的地方……快点跑，马儿呀，快点跑吧！大步地奔向前方……至多只有两三俄里路了。太阳迅速地爬上来；天空多明朗……将是一个大好天气。一群牲口从村子里出来，朝着我们走来。您登上了山坡……多美的风光！一条河流延伸着，长达十来俄里，透过雾霭隐隐地泛蓝；河对岸是一片片绿油油的草地；草地的那一边是一些平缓的小山坡；远处有些凤头麦鸡在咕咕地叫唤，盘旋在沼泽地上空；通过洋溢在空气中的湿润的阳光，可清晰地看到远方……与夏天比，这是另一番风光。胸膛呼吸得多么自在，四肢活动得多么爽快，饱尝春天清新气息的人多么健壮！……

哦，夏天里7月的早晨！除了猎人以外，有谁体验过一大早漫步在灌木丛中的那份欢畅？您的脚在沾满露珠的发白的草上踩出绿色的脚印。您拨开湿漉漉的灌木，聚积起来的温暖夜气一下向您扑面而来；空气中到处洋溢着苦艾的新鲜苦味，荞麦和三叶草的香甜；远处有密密的一片橡树林，在阳光照耀下闪着红红的亮光；天气尚还凉爽，但已可觉出炎热的迫近。香气闻得太多了，脑袋难受得发晕。那灌木丛真是没完没了……不过远处有一些发黄的接近成熟的黑麦，还有几处形似长带的泛红的荞麦地。这时候响起了一辆火车的轧轧声；慢慢地过来了一个农夫，他没等天热就把马牵到阴凉的地方。……您向他问声好，就走开了；您后边传来镰刀的叮当声。太阳越来越高了。草地很快变干了。天气已经热了起来。过了一小时又一小时……天边渐渐地黑下来；静止的空气散发着灼人的酷热。

“老乡，哪儿可搞到点水喝喝呀？”您问一个割草的人。

“那边山沟里有口井。”

您穿过蔓草缠绕的密密的榛树丛，走下沟底。果真是：悬岩下有一股清泉；小橡树把它的爪形树枝贪婪地伸到水面；大个大个的银色水泡从那长满细细软软的青苔的水底晃悠悠地往上直冒。您一下趴倒地上，饱饮了一顿，这时候您已懒得动了。您坐在阴凉处，呼吸着芬芳的湿气；您舒服极了，可是您对面的灌木丛却被太阳烤得滚烫，似乎变得焦黄。可这是怎么的呀？一阵风突然袭来。又一下急急地吹过；周围的空气颤动了一下：这不是雷声吗？你从山谷走出来……天边的那一道铅色是什么呀？是暑气的浓集？是乌云的临近？……只见电光无力地一闪……哦，要下雷雨了！四周依然是灿烂的阳光：还可以打猎呢。然而乌云涌上来了：乌云的前沿像衣袖似的伸展开来，像穹隆似的压了过来。青草、灌木丛、周围的一切顿时变暗了……快跑！那边似乎有一个干草棚……快跑！……您跑到了，躲了进去……好大的雨呀！多么吓人的闪电呀！雨水透过了草棚棚顶，从好几处滴到了芳香的干草上……可是您瞧，到处又是阳光普照。雷雨过去了；您走了出来。天哪，周围的一切显得多么欢快明亮，空气多么新鲜清爽，草莓和蘑菇多么芳香啊！……

瞧，黄昏来临了。晚霞如火一般地燃烧起来，染红了半边穹苍。夕阳西下。附近的空气不知怎的变得分外清澈，像玻璃一样；远处出现轻柔的雾气，一副暖洋洋的样子；火红的落日余晖伴着露水落在不久前还洒满淡金色阳光的林边空地上；树木、灌木丛、高高的草垛都投下长长的影子……夕阳下去了；一颗星星在落日的火海里燃烧着，颤动着……那火海渐渐变白了；天空渐渐变蓝了：一个个影子在渐渐地消失，涌上了苍茫的暮色。该回去了，回到村子里，回到您夜宿的农舍里。您扛上枪，不顾疲劳，快步往回走……这时候夜幕降临了；二十步开外已经什么都看不见了；狗在黑暗中隐隐发白。在那些黑黝黝的灌木丛上方，天边显出朦胧的亮色……这是怎么回事？是失火了？……不，这是月亮要升起了。在下边的右方已经闪耀着村里的灯火……终于见到了你寄宿的农舍。您通过那小窗子可看到铺着白桌布的桌子，点着的蜡烛，菜饭……

或者您吩咐备好竞赛马车，到树林里去猎松鸡。乘车走在两旁长着又高又密的黑麦的窄道上是很令人开心的，麦穗轻轻地拍打您的脸，矢车菊缠住您的脚，鹌鹑在您周围啼叫，马儿懒洋洋地跑着。来到树林了。树荫遍地，一片寂静。挺拔端庄的白杨高高地在您头顶上低声私语；白桦垂下的长枝在轻轻地摇荡；一棵强壮的橡树像一个卫兵似的站在俊美的椴树旁。您的车子走在草色青青、阴影密布的小路上；黄色的大苍蝇一动不动地停在金黄色的空气中，又突然飞走了；小蚊子成群地绕来绕去，在阴影里闪着亮，在阳光里则显得黑乎乎的；鸟儿在悠然地歌唱。知更鸟的金嗓子洋溢着天真而唠叨的欢乐劲，与铃兰的芳香挺协调。再向前去，再向前去，向树林的深处去……树林沉默着……心里一下感到说不出的寂静；四处显得睡意蒙胧，悄然无声。可是一阵风骤然扑来，树梢喧闹起来，仿佛往下滚的波浪。有些地方破开去年的褐色树叶长出高高的青草；蘑菇各自戴着自己的帽子站着。冷不防地跳出一只雪兔来，狗汪汪地大叫；急追过去……

深秋，山鹬飞来的时候，同一片树林显得何等俊俏！山鹬没有待在林子的深处，要在林边才找得到它们。没有风、没有太阳、没有亮光、没有阴影、没有动作、没有喧闹；柔和的空气中洋溢着像葡萄酒气味的秋天气息；远处发黄的田野上罩着一层薄雾。透过光秃秃的褐色树枝可看到发白的平静不动的天空；椴树上仍有几处挂着最后的金色叶子。湿润的土地踩在脚下颇有弹性；高高的干枯草茎一晃不晃；长长的蛛丝在苍白的草上闪闪发亮。胸间平和地呼吸着，心里却涌上奇怪的惊惶。您沿着林边走着，一边注视着狗，这时候，一些可爱的形象、可爱的脸庞，有死去的和活着的，都记起来了，久已沉睡的印象突然苏醒过来；想象力如鸟儿一般地飞翔，一切都如此明晰地活动着，呈现在您的眼前。心儿有时突然发颤起来，蹦跳起来，热烈地要向前奔，有时会一个劲地在回忆里打转。整个一生仿佛画卷似的轻快地展开；一个人领悟着自己往昔的一切，领悟着全部的情感和力量，支配着自己整个的心灵。周围没有什么东西去扰乱他——无论太阳、风声、喧闹……

而在清早寒冷、白天稍有凉意的明朗的秋日里，白桦树仿佛神话中的树一样，一身金黄，在淡蓝色天空中摆出优美的身姿。这时候低垂的太阳已失去了热劲，但是它比夏日的太阳更加明亮；小片的白杨树林整个透亮，似乎觉得光溜溜地站着显得更轻松舒畅。谷底上还留着白晃晃的霜花，清风轻轻地吹拂着，驱赶着蜷曲了的树叶；这时候河里欢快地奔流着蓝色的波浪，一起一伏地托着悠然自得的鹅和鸭；在远处，被柳树半遮半掩着的水磨在轧轧地响着，鸽子在水磨的上空迅速地盘旋，在明亮的空中显得五彩缤纷……

雾霭沉沉的夏日也是别有情趣的，虽然猎人不喜欢这样的天气。在这种日子里打不了猎：有时候鸟儿就是从您脚边轻轻地飞起，顷刻间便消失在白茫茫的凝滞的雾气中。可是周围是何等的宁静呀，静得难以形容！一切都醒来了，可一切都默然无声。您从树旁经过，它安然不动，显出怡然自得的模样。透过均匀地弥漫在空气中的薄雾，显现在您面前的是黑黑的长长的一片。您以为它是附近的树林；待您走近了，树林却变成田埂上高高的一溜苦艾。在您的头顶上，您的周围，到处都是雾气蒙蒙……可是风轻轻地吹动了——透过越来越稀的仿佛在冒烟的雾气，隐约地露出一块淡蓝的天空，金黄色阳光一下冲了进来，滚动长长的光流，猛泻在田野上，劈入树林里，可过了一会儿，一切又被云遮雾罩了。这种争斗持续了好一阵；但光明终于获胜了，已被烘热了的最后一股股雾气时而滚动着，像桌布一般地铺开，时而缭绕上升，消失在那光线柔和的高空中，这一天就要变得无比灿烂、无比美好……

现在您打算到离庄院远远的田野上去，到草原上去。您坐车在乡间土路上走了十来俄里，终于到了大道上。您的车子经过无数的货车旁，经过一家家旅店，旅店敞开着大门，里面有水井，屋檐下的茶炊在吱吱作响；您的车子经过一村又一村，穿过望不到头的田野，沿着绿油油的大麻田，要跑很久很久。一群喜鹊在一棵棵的爆竹柳上来去飞翔；农妇们拿着长柄的草耙在田野上慢慢地行走；一个穿着破旧的土布褂子的过路人，肩上扛着行囊，拖着疲乏的步子在赶路；一辆地主的笨重的轿式马车，套着六匹疲惫不堪的高头大马，朝着您迎面急奔。从车窗里露出车垫的一角，在车后边的脚镫上，一个穿着外套的仆人侧身坐在一个袋子上，手抓着绳子，泥水直溅到眉毛。您来到一个小县城，这里有一座座歪歪斜斜的小木屋，没完没了的栅栏，不住人的石造店房，深沟上的古老的桥……再向前，再向前走……来到了草原地带。从山上往下望去——多美的风光！一个个全部耕种了的低低的圆形丘冈像巨浪似的翻滚；丘冈间蜿蜒着一道道长满灌木丛的沟谷；一片片小丛林形成椭圆形的小岛；村落和村落之间伸展着一条条狭窄的小路；有一些发亮的白色教堂；柳丛间闪烁着一条小河，有四个地方建有堤坝：远处田野上有一群野雁个挨个地站着；一个不大的池塘近处有一座地主的古旧住宅，还有杂用棚舍、果园和打谷场。您坐车再向前走，再向前走。丘冈显得越来越小，几乎看不见什么树了。终于到了，那就是无边无际、望不到头的草原……

冬日里，踩着高高的雪堆前去追猎野兔，呼吸着严寒凛冽的空气，柔软的白雪放射着刺眼而细小的光芒，使您不由地眯起眼睛，欣赏着淡红色树林上边的苍穹……而在早春时节，周围的一切都显得亮亮光光，冰雪开始消融了，透过融雪的浓重水气，便可闻到温暖大地的气息。在冰雪融化尽了地方，在阳光的斜照下，云雀怀着天真的信心在歌唱，水流在欢腾，大声嚷嚷着，从一道山沟向另一道山沟奔腾……

可是，我该打住了。我恰好谈到了春天：春天里轻别离，连幸福的人儿在春天里都向往远方……再见了，读者；祝您永远安康。

创美工厂出品

出 品 人：许　永
责任编辑：许宗华
装帧设计：海　云
责任印制：梁建国
　　　　　潘雪玲

投稿信箱：cmsdbj@163.com
发　　行：北京创美汇品图书有限公司
发行热线：010-53017389　59799930

创美工厂
微信公众平台

创美工厂
官方微博